本书为福建省社科规划后期资助重大项目
"女性空间危机研究——以虹影小说为中心"
（项目号：FJ2017JHQZ010）的最终成果

身体
历史
审美

虹影小说的
女性空间危机研究

BODY
HISTORY
AESTHETICS

A STUDY ON FEMALE SPATIAL CRISIS
IN HONG YING'S NOVELS

唐湘　著

社会科学文献出版社
SOCIAL SCIENCES ACADEMIC PRESS (CHINA)

序 言

　　唐湘的这本著作，本于她的博士学位论文，经过一番修饰，成为独树一帜的学术著作，不论其学术规范，还是观念的内涵，均甚可观。虽系重读，仍有新异之感。两个唐湘出现在面前：一个是最初来读博士之时，对于博士论文的学术要求，似乎没有感觉；另一个则是当下，对学术规范和探索有了相当的把控，追赶着学术前沿，有着广阔的前景。我深深感到，这孩子终于在学术上长出了自己的翅膀，可以放飞了。

　　回想这几年，一路走来，对唐湘来说，可能不太轻松，说得重一些，应该是曲折艰辛，甚至折磨。但是，好比春蚕蜕变，蜕了几层皮，忍受一番痛苦也许是不可避免的。最初，我对她是有点不解的，学年作业，拿一篇六千字左右的评论文章来交差。第二年，字数是增加了一些，但是基本是个报刊评论，还没有多少学术上的进展。问题史梳理，不够系统，没有提出有学术深度的问题，平铺直叙，缺乏独立的概括。我的话可能说得重了一些，她似乎有点怕我了，有一段时间，老是躲着我，但是，躲得了初一，躲不了十五。最后可能硬着头皮，她还是来了。我开始反思：可能是自己指导无方，再加上我对海外华文文学并不太专业，特别是对她研究的虹影并无多少兴趣，相关的学术资源比较缺乏。如何突破，特别是如何将前沿性的文献，转化为原创的研究，我的指导是不够具体的。这时，我想到了余岱宗教授，他曾经是我的博士生，在西方前卫文论、女性文学理论和当代海外华文文学方面有比较全面的研究。我就让余岱宗教授对她直接指导。应该感谢余教授，他的指导，显然是有效的。唐湘也进行了大量的，甚至可以说是海量的阅读，对西方前卫文论的理解深化了，对海外华文文学中女性文学的历程有了比较系统的把握。当她把修改好的一些章节拿到我面前的时候，我的感觉是耳目一新。

她终于从报刊评论式的思维模式中突破，呈现出学术性的逻辑和论证的相对严密。

这样的突破，足以让我莞尔。她终于开发了她自己，把她的潜能向学术前沿进发了，前景不可限量。

当然，在我的学生中，她不是陈晓明、谢有顺那样的才华横溢，只要一滴水就可能迅猛地长成大树，甚至只要轻轻一阵春风，就会开出令人惊艳的花朵。她似乎是一颗坚果，播在地里，一般的浇灌，并不足以让其生命之芽破壳而出。要让她的智慧发芽、开花，有时，难免要耐心等待，有时还不能不助之以击打，当然其间还得辅以学术基础的营养添加。

本来唐湘的这个选题，并不具有填补空间的性质，但是，她以论述的深入和逻辑的递进见长。不像流行的文章那样满足于贴西方文论的标签，她的文章中没有平面肤浅缺乏内在联系的罗列，她提出的系列观念聚焦在"危机"上：从"性别危机——身体空间的内外交困"到"身份危机——历史空间的权力更迭"。她的论述，特别是具体的文本分析，是比较深切的，这是由于她并不完全依赖演绎，而是对文本进行直接归纳，因而时有智慧之语。观念与观念之意，有明显的递进性。特别令我满意的是，她并没有满足于像西方文论那样局限于意识形态的剖析，而是把文学当成文学，对之有专门论述，我指的是第三章"审'美'危机——美丑空间的边际突破"。更难得的是，她将这三个方面建构为一个在逻辑上自洽的系统。她不像一些西方女性文学论者那样，平面展开，缺乏层次深化，结论来得突兀。她的结论是在前面三个部分的基础上层层推进归纳出来的：虹影是集边缘人物、边缘性别、边缘身份于一身的中间人物，在如此多重的自我冲突中，人物就处在妥协与和解的缓冲中。难能可贵的是，她并没有忘记矛盾的对立规律，明确地指出了这种缓冲的相对性、危机的潜在性。从这一点上说，她达到了女性文学研究值得称许的深度。

　　人的成长，各如其面，但是，大致有早熟和晚熟两种。对于人生来说，是各有优长和局限的。就晚熟而言，最大的好处是，稳重；最大的局限，就是失去青春期那种不拘一格的朝气。这是值得唐湘深长思之的。

孙绍振

2019 年 12 月 19 日

前　言

　　虹影是新移民作家的代表之一，本书的研究对象是虹影迄今为止正式出版的十部长篇小说。一方面，作为旅居海外的华人华文作家，她的长篇小说有理由成为当代小说跨国"互文"交流的研究对象；另一方面，她坚持以观照女性内外空间的独特视角解读其成长所经历的时代及前时代，以女性创伤这种独特的"站在边缘上"的方法把握现代空间危机的本质，具有独特的研究价值。通过引进"我"和母亲两个典型的边缘人物，虹影带领读者一起经历了女性跨越创伤、自我忏悔、包容"他者"和审"美"重建的艰难历程。

　　从1991年的《背叛之夏》开始，虹影持续小说创作近三十载。青春期的她因情感问题离家出走，抓住机遇北上深造，婚后移居英国周游欧美。由重庆到北京，由上海到伦敦，当年那个重庆贫民窟里的女孩以自身的身体空间为出发点，以故乡为轴心，向这个世界伸出了探索的触角，逐步从早期的《背叛之夏》中那个放纵想象、姿态无畏的先锋实践者，蜕变成为《饥饿的女儿》里坚守女性立场的作家。无论是女性主义还是现代主义，写实主义还是新历史主义，乡土文学还是海外文学，于她似乎都有迹可循。自中期的《英国情人》、《阿难》到后期的"上海三部曲"，在看似越来越"伧俗"的创作中，她不但以与时俱变的才情紧扣了读者的阅读欲望，也借着从前卫转向大俗之胆气，尽可能地容纳与民间性、边缘性有关的，"精神飞地"以外的凡人与俗事。她的民间不同于林白、严歌苓、莫言、余华的民间，她有属于她的不变的关怀对象，那是她因"饥饿"而在时间、空间和情感构成的三维世界里生出的永恒眷恋：执念于历史时间——革命战争，难忘于地理空间——故土家园，耽溺于情感欲望——人伦情欲。这是充满矛盾的写作位置，念兹在兹与抵制抗衡尽纳其中，正是在这些矛盾里产生了她作品最闪光的那些部分。她的后期作品渐渐凝练出陈思和所说的知识分子的人文精神融入民间后产生的真正力量。借着这一力量，她最终得以呈现女性长期以来在各种间性关系中面临的危机总和——空间危机。

本书从身体空间、历史空间和审美空间三个层次，叠构出女性空间危机的外部轮廓和内在根源。

第一章：性别危机——身体空间的内外交困。

女性的性别特征不仅在于外部的"丰乳肥臀"，更由内部的子宫定义。随着性成熟，性别特征在带来更大创造力、生育力的同时也带来更大的危机。女性身体，内化为子宫、胎儿，外幻为母亲、情人，身体与"己身"最亲密，但在男权社会，又异化为"他者"，与"己身"对立。在这一过程中，胎儿流产是关键，从对子宫空间的剥夺和伤害，到对女性生存空间和社会空间的威胁，身体空间危机由此而生。虹影的自传性小说《饥饿的女儿》和《好儿女花》中，母亲那养活了一家六口的身体是如何从充满活力走向臃肿变形最后疯癫而死，女儿小虹影是如何在追寻"精神之父"的过程中意外怀孕而被迫流产最后远走他国，家乡小桥上花痴的肚子缘何不断鼓起又瘪下，这些以强烈的女性身体意识书写的创伤，无一不呈现出女性身体内外空间的巨大危机。子宫，是人类繁衍不可或缺的空间，但往往沦为男人创生胎儿的囚笼，进而给女性带来伤害。随着胎儿被从子宫中强行剥离，子宫重新陷入巨大的空虚，女性的性别危机、内外空间危机达到顶峰。由此，避免性别危机，追寻"父"与"命"的关系，成为虹影小说叙事最大的抗争对象与消解目标。

此外，从虹影作品诸多女性意象中凝练而成的"河母"意象与张爱玲以降形成的"地母"意象对比，也体现了不同时代女性作家对女性性别的不同处理方式。"河母"与"地母"虽然皆以"藏污纳垢"为特点，将伤害化为抗争的力量和豁达的滋养，通过痛苦的历练达到女性的自我敞开和自我认同，但"河母"与"地母"在求"变"与否的问题上呈现分歧，于自我反顾的共同旨归中表现出不同的思想倾向和艺术风格。"河母"形象成为女性敞开自我、包容"他者"的核心象征。这既是虹影的独创，也是本书发掘出的虹影小说的创新点之一。"河母"形象从哪儿来呢？她来源于虹影小说以身体意象为出发点的六大意象——孤岛、河流、母亲与梦魇、死亡、孩子。六大意象形成了内外两条意象链条，相互交织构成了丰富复杂的意义之网，最后都指向虹影创作的核心价值：希望——希望之光就闪现在她独创的"河母"形象上。在将严歌苓等人创造的"地母"形象与虹影的"河母"形象对比的过程中，二者的共性和个性愈加分明。就二者的共性而言，"河母"与"地母"皆以陈思和提出的藏污纳垢、孕育万物的内在生命能量为本，以各自鲜明而强烈的表现力，不约而同地突破了男性视角的封锁。她们不再仅仅作为男性的情欲对象或家庭妇女而存在，也不再与历史叙事绝缘，而是通过痛苦的历练达到女性意识的自觉和升华。就二者的个性而言，"河母"幻化多变，在污秽的环境下经历了从躯体到心理的苦难"变形记"，但"河母"藏污纳垢的包容力和对爱与希望的坚定信念，使其不仅仅成为家庭的支柱和社会最底层的基础，更代表了在历史苦难中蹒跚前行的民族见到黎明曙光的希望。"河母"把女性身体的意义从忏悔式的"（怪）罪（自）己"推进到敞开并放空自己，进而为"他者"保留空间，唯有如此，她才能包容创伤、滋育万物。而严歌苓塑造的"地母"

则与古今中外诸多的类似形象构成了一个"地母"系列,在多样性上胜于"河母";但严歌苓的"地母"缺乏与时俱变的应有之义,"地母"从女性的史诗变成了一个遥不可及的神话。

第二章:身份危机——历史空间的权力更迭。

此部分虹影从内省自身转向考察社会。从"上海三部曲"(《上海王》《上海之死》《上海魔术师》)中军阀混战时代三个女主人公的命运轨迹中,不难发现 20 世纪的革命与战争的一大"成就"是将渴望自由却又毫无准备的中国女性从传统的家庭空间解放出来,一把推向了社会。初获自由的女性,未及享受广阔的新天地,却旋即沦落为资本买卖、权力交易的牺牲品,在原有夫权、父权、族权的桎梏上,又增加了一道资本与权力的枷锁。家庭空间的敞开,不但未能根本改变其社会地位,反而加深了身份危机,使自身陷于更大、更复杂的社会空间危机之中。

这一部分的关键词是从虹影的自传小说《饥饿的女儿》中提炼出的"三父六命",这既是虹影童年命运的缩影,也是众多女性在历史空间中苦苦挣扎的缩影。六"命"——"要命、夺命、问命、丢命、害命、争命"——概括了虹影出生后所受的主要伤害,即"大跃进"、三年困难时期、"文革"等动荡的社会环境与私生女、不伦恋等坎坷的个人际遇,它们共同导致了虹影对生存空间的强烈渴望、对女性空间的高度敏感和对历史空间的误判,这对应地产生了无可回避的"三父"——生父、养父、精神父亲——问题。"三父"是虹影对女性空间的严重危机自然而然产生的应对机制,一种病态的争夺与幻想。从"父亲缺席"到"寻找父亲",从"拒绝父亲"再到"恋父情结",虹影的尝试一次次碰壁。可贵的是,她于矛盾困境中找到了突破口,从"寻找父亲"到"成为母亲",在对父母的怨恨和一次次绝望的突围和失去中学会了妥协、忏悔和宽恕。其起于"父"止于"母"的探索和书写,突破了当代文学"寻根文化"中"父"的意义的局限,为女性、母亲的价值开辟并坚守住了一片天空。

围绕着"三父六命",几个重要的问题逐一浮现:饥饿与情感、饥饿与女性尊严、流产与子宫、"肉体勒索"等。饥饿是对女性影响最大的创伤之一,它不仅使虹影对情感产生了异常渴望却又难以言说的"类饥饿"心理,而且使反思饥饿中的人性成为虹影对自我存在的一种肯定方式、一种不能忘却的纪念。饥饿的消除(身体内部空间的占满)与道德的坚守(与历史权力空间的对抗),两难的处境被设计成为拷问人性的试金石。在与莫言、君特·格拉斯等人的作品对比中,虹影的小说从饥饿中体现了对尊严的坚持,在女性自我认同中凸显了"灵魂的深"。

第三章:审"美"危机——美丑空间的边际突破。

此为虹影小说的核心价值。虹影笔下的女性皆是历经重重空间危机后的创伤女性,从衰败的皮相(《饥饿的女儿》中臃肿变形的母亲)到戴罪的灵魂(《英国情人》中施行"房中术"的闵),似乎都是丑恶的代名词。然虹影以写实画丑的手法,揭示创伤女性在特殊时代烙印下的变形之美,以此寻求对丑的审"美"可能性,突破了美丑的常规定义和审美局限,创造出"恶之花"的审美空间。本章将虹影的文本与其他女性作家的审丑文本加以对比,前者的审丑文本显然独树一帜。她并不以放纵丑化女性或客体对象为能事,而是着意于寻找女性视角下特有的美的变形或美与丑的交锋,设想对丑的审"美"重建的可能性。

值得一提的是,身体空间符号的"多名性"和女性的性爱"反驱离"立场被首次提出并层层挖掘,丰富的文本佐证了虹影女性审丑视角下的性别意义。在身体符号"多名性"的观照下,花痴不断隆起又瘪下的腹部、长江上俯仰各异的浮尸、兰胡儿与加里的血缘之谜、字母K的多层含义等,构成了女性视角里躯体的"降格"与审丑表征,也构成了与位于中心、高级的事物相反的边缘的、低级的存在。性爱"反驱离"的表达,针对女性性爱

"饥饿感"和"失语症"的处境,以女性重返自己的身体为方式,把女性写进文本,从而也把女性嵌入了世界和历史。在虹影女性"丑"的文本呈现中,作为创伤女性再变异的体现,兼具"恶魔性"与"女人花"特点的"恶之花"诞生了。"恶之花"并非虹影的首创,但本书对其"恶之花"的提炼,意欲体现时代压迫下女性抉择与"恶魔性"爆发之间的关系。《背叛之夏》中的 Lin Ying,《女子有行》中的"我",《英国情人》中的闵,《上海之死》中的于堇等人,以温柔的暴烈、肮脏的伟大为特点,在外表美—手段丑—目的美的曲折演绎中,在女性与男性、女性与自我的诸种对抗、妥协、和解中,产生了与传统意义判然有别的崭新的"恶之花"。

结论:"中间地带"与"隙缝人"。

在所有的意义紧张与冲突阴影之下,虹影频频遭遇着的是一个"中间地带"。那是虹影集边缘人物、边缘性别、边缘身份于一身的晦暗模糊的边界地带,是将自我身份的认同归结于"多重自我"的妥协与和解的缓冲区。必须警惕的是,中间地带是设置在女性自我与女性自由之间的空间双刃剑,既有可能阻隔女性走向创伤后的极端反应,也有可能使得女性安于一片和光同尘的世俗妥协。它就像《孔雀的叫喊》里的三峡大坝一样,呼唤着勇敢者的跋涉穿越,却也可能使目光短浅者安于其下。值得关注的是,虹影在《上海魔术师》的最后涉及了中间地带的危险性及其突破问题。她以兰胡儿和加里的遭遇说明做"隙缝人"——也就是做"在社会的隙缝中生存和思索的人"——或许是突破中间地带的可能方向。作为传统意义上的站在空间边缘的人群,女性经历过"中间地带"的历练而后抵达隙缝状态的这段旅程,并非徒走一遭回到原点的重复之旅,而是在内外空间依旧逼仄的重重危机里,挣出一片天空的尝试。于有限的隙缝空间中,可神游万仞、心骛八方,女性的心灵空间或可得到更大的自由与自我解放。

目 录

绪　论

一　选题缘由

1. 为什么是虹影？

当代的文学形式中，小说占有显赫的位置。这不仅因为小说（尤其长篇小说）体量庞大、受众最多，还可能因为这个时代不是诗的时代，而是散文的时代，当抒情被谥为"滥情"，叙事理所当然地占据了文学的中心。在许多读者的心目中，小说就是当代文学的"代表"。

虹影，1962 年出生于重庆，1991 年移民英国，2000 年返回北京定居。二十多年来虹影在小说、诗歌及散文等领域笔耕不辍，产量颇丰，并且在海内外获得了较高的知名度和较为稳定的读者群。虹影作为新移民作家的代表之一，其长篇小说能够作为当代小说跨国"互文"交流的研究对象；作为坚守女性主义阵地的小说家，她的小说不仅在陈述一个民族的特殊历史，也在陈述女性在历史中的特殊经历和创伤感受，而这种边缘人的边缘体验是"微弱的、含糊的、常常被颤抖地发出，因而很容易被忽视"[1]的声音。因此，本书的研究对象是虹影迄今为止正式出版的十部

---

① 米兰达·弗里克、詹妮弗·霍恩斯比编《女性主义哲学指南》，肖巍、宋建丽、马晓燕译，北京大学出版社，2010，译序，第 1 页。

长篇小说。

但尴尬的是，"在文学界，虹影的位置在哪里呢"①？陈晓明说，"虹影没有参照系，她的参照系都超出文坛常规经验范畴"②。虹影之所以没有足够的文坛"地位"和相应的"参照系"，其中的主要原因有二。其一，虹影的小说成就主要是她移民英国后逐渐积累而成的，因此她自然被划归于新移民作家、离散作家或海外华人华文作家的行列，不完全属于国内现当代文学研究的对象。其二，她与众不同的出生和成长背景造成不甚讨巧的个性特点和我行我素的写作风格。虹影背负着私生女的"原罪"诞生，直接被抛入中国有史以来最恶劣的自然环境（三年困难时期）和社会环境（"文化大革命"）中，她对人与社会的关系、人与人的关系、男人与女人的关系，天然地形成了一种直觉而不乏深刻的体认。耻辱的身世和苦难的童年塑造了她矛盾的个性——她放浪形骸又内向孤独，特立独行又温柔敏感，勇于流浪又极度封闭，受尽伤害又伤害他人，希望自己的声音被倾听但又害怕自己被关注，总之，她就像她小说中的性爱描写一样，温柔而又暴烈，沉默而又喧哗——所以，她难以被归纳、分类、定位，她说："我自己就是一个无法归纳的人。我想把我这样的人写进一部特殊的历史。"③ 这"特殊的历史"就是一个女性半个世纪的成长史，一种在爱的饥渴和觉醒下女性主体意识从创伤的痛苦中复苏和忏悔的过程。她不停追寻女性历史和女性家园，以自传和虚构的双

---

① 陈晓明：《专业化小说的可能性——关于虹影的〈英国情人〉的断想》，载虹影《英国情人》，现代出版社，2009，第179页。也可参见陈晓明《专业化小说的可能性——关于虹影〈K〉的断想》，《南方文坛》2002年第3期。

② 陈晓明：《专业化小说的可能性——关于虹影的〈英国情人〉的断想》，载虹影《英国情人》，现代出版社，2009，第179页。也可参见陈晓明《专业化小说的可能性——关于虹影〈K〉的断想》，《南方文坛》2002年第3期。

③ 虹影：《你在逝去的岁月里寻找什么》，载《绿袖子·鹤止步》，文化艺术出版社，2006，第149页。

重叙事方式交织呈现精神内核，她用历史、女性、创伤、身体标注出了自己的"参照系"。没有创伤就没有虹影。

2. 什么是虹影的女性主义与创伤？

表 0—1　虹影长篇小说发展历程

十部长篇	初稿完成时间	发展历程
《背叛之夏》	1991 年 12 月	阉割期
《女子有行》	1996 年	
《饥饿的女儿》	1996 年 6 月	自恋期
《K——英国情人》	1998 年 12 月	
《阿难》	2001 年 11 月	
《孔雀的叫喊》	2002 年 12 月	忏悔期
《上海王》	2003 年 10 月	
《上海之死》	2004 年 9 月	
《上海魔术师》	2005 年 9 月	轮回期
《好儿女花》	2009 年 5 月	

虹影的十部长篇小说大致可从两个方面进行分类。第一，从时间坐标上看，可以分为四个发展阶段：阉割期、自恋期、忏悔期、轮回期；第二，从关注的对象世界来看，可以分为主流世界（发达国家或第一世界）和非主流世界（不发达国家或第三世界）。在时间分界上，虹影突破自我局限，从青年先锋作家阶段的放纵阉割，到久居英国后离散作家的自恋自闭，到回归祖国后的赎罪忏悔，再到女儿出生后的希望轮回，时间线性排列的小说展现了虹影从颇具才华的坎坷少女到宽容自在的成熟女性的发展历程。在对象分界上，虹影不仅在多部作品中关注了主流和非主流世界的相遇、冲突、融合与矛盾，展现了离散作家的跨界视野，而且还坚持以女性立场审视她所经历的时代和前时代，叩问道德与历史二律背反中女性为争取话语权所付出的代价，即战争和革命、政治和权力、菲勒斯中心和国家机器等因素在女性身体

上留下的历史创伤。

村上春树在新作《没有色彩的多崎作和他的巡礼之年》中说："心与心之间不是只能通过和谐结合在一起，通过伤痛反而能更深地交融。疼痛与疼痛，脆弱与脆弱，让彼此的心相连。每一份宁静之中，总隐没着悲痛的呼号；每一份宽恕背后，总有鲜血洒落大地；每一次接纳，也总要经历沉痛的失去。这才是真正的和谐深处存在的东西。"[①] 村上春树的这番话不仅触及了虹影真实的创作"根底"，或许也构成了许多作家深埋心底的创作基因。

但虹影与村上的不同之处在于，空间切换之中，不同时代文化背景之下，她更在意伤和伤、痛和痛、脆弱和脆弱的交融中，女性的悲痛呼号，女性的血洒大地，女性的痛切失去，女性的何去何从，女性的空间危机，以及这一切之中潜藏着的女性的宁静、宽恕、包容和接纳。在女性追寻和谐的旅程中，创伤成为她们"思考暴力、体验迫害、反思文化伦理的有效工具"[②]。这既构成虹影个人经验和小说创作的特点，也成为本书选题因循发展的主要逻辑脉络：从虹影的私生女体验出发，分析创伤的历史来源——革命，寻找革命对女性伤害最典型的表现之——饥饿，剖露饥饿之下隐藏的历史动因、权力话语、女性情怀与作家的价值取向；继而，回归承受这些创伤和饥饿的女性主体——躯体，它象征着沾满鲜血的大地上能够包容一切悲痛丧失的伟大女性——"江河母亲"，这是虹影从忏悔到"罪己"再到走进"他者"的引渡者；最后，在女性受尽创伤之苦的丑陋躯体和坎坷历史中，挖掘虹影在女性性爱表达和恶之花塑造中生成的对女性"丑"的审美重建。

---

① 村上春树：《没有色彩的多崎作和他的巡礼之年》，施小炜译，南海出版社，2013，第 234~235 页。

② Farrell, Kirby. *Post-traumatic Culture*. The Johns Hopkins University Press, 1998, p. 357.

从这个意义上说，虹影的女性主义（Feminism）是一个"因差异而不断斗争的过程"①，是一个不断更迭的充满错乱的空间，除了女性和男性的差异，女性内部的阶层差异、个人差异也同样促成了虹影对女性主体的反思。虹影的小说带领我们去经历一个差异化的女人的历史与空间，这同时也是一个民族、一个大时代的历史，但它终归是"一个女人"（与强大的主流意识背离）的历史，正因其背离性，她的存在空间充满焦虑与危机。她的作品展现了我们在历史、社会、文化中最为深层的性别焦虑的来源，以及这些焦虑包围并主宰我们生活的表达方式。她向任何被主流意识排斥于价值边缘地带的人展示了通往拥有一个自我的道路，一种切断主体性和自我否定之间的历史纽带的方式。

二　研究现状及问题的提出

1. 研究现状

2005 年，凭借《饥饿的女儿》、《背叛之夏》和《K——英国情人》，虹影获得了素有"文化奥斯卡"之称的意大利"罗马文学奖"，成为获此奖项的第一个中国人；在欧洲，她的书得到出版大鳄 Bloomsbury（布鲁姆斯伯里）的主推，享受中国大陆作家少有的殊荣——与伍尔芙和玛格丽特·杜拉斯摆在同一书架上。尽管如此，虹影在文学（评论）界的位置却没有如此确定而显眼。截至 2013 年初，从伦敦大学学院 UCL（University College London）图书馆检索的结果来看，虹影在国外/英文研究界激发的影响力有限，以她为对象的研究约为 8 篇/部，其中期刊论文 7 篇、专著 1 部，多以女性、性爱、记忆、离散、跨文化等作为研究中心，研究对象集中在西方受众较多的《背叛之夏》、《饥饿的

---

① 魏天真、梅兰：《女性主义文学批评导论》，华中师范大学出版社，2011，第3页。

女儿》和《K——英国情人》等小说上。

其中，Martin Winter 针对顾彬（Wolfgang Kubin）的大作 Die chinesische Literatur im 20. Jahrhundert（《20 世纪中国文学研究》）而撰写的书评 "Die chinesische Literatur im 20. Jahrhundert（review）" 指出，顾彬的著作忽略了近 25 年来中国出现的许多杰出作家。例如，虹影（和张炜）仅有最近的一部作品被提及，而没有任何关于该作家作品发展的其他资料。尽管如此，笔者从 Winter 的陈述中还是看出，相较于陈忠实、刘醒龙、严歌苓等人的"完全被遗漏"（omitted）①，张贤亮、朱文等人的"概要性介绍中予以跳过"（summarily dismissed）的情况，虹影（和张炜）勉强算是入得顾彬先生的"法眼"了。

其余的国外虹影研究可大致分为以下两类。第一类研究形式与国内的博士学位论文相近，从历时或共时的角度，依据虹影及其作品的显著特点（如离散性），将虹影划归为某种"类属"的成员进行比较和剖析。Amy Tak-yee Lai 的专著 Chinese Women Writers in Diaspora：Jung Chang，Xinran，Hong Ying，Anchee Min，Adeline Yen Mah（《中国离散女性作家：张戎、欣然、虹影、闵安琪和马严君玲》），从离散角度共时性地分析了包括虹影在内的五位具有代表性的中国女性移民作家的作品特点②。Henry Y. H. Zhao 有两篇文章涉及了虹影。其中，"The river fans out：Chinese fiction since the late 1970s" 一文，按时间进程梳理了 20 世纪 70 年代末以来的文学发展，在分析了伤痕文学、新浪潮、先锋派等阶段性流派后，把虹影小说归入"离散中国小

---

① Winter, Martin. "Die chinesische Literatur im 20. Jahrhundert（review）." *China Review International.* Volume 13，Number 2，Fall 2006：439.

② see Lai, Amy Tak-yee. *Chinese Women Writers in Diaspora：Jung Chang，Xinran，Hong Ying，Anchee Min，Adeline Yen Mah.* Newcastle：Cambridge Scholars Publishing，2007.

说"（Chinese novel in the diaspora）的范畴，将她与大洋彼岸的严歌苓相提并论，视她们为度过了离散危机并且登上了事业新巅峰的少数成功离散作家的代表。难得的是，Zhao 关注到了国外研究者不常留心的几部虹影作品，如《阿难》和《孔雀的叫喊》，并因为这些作品对全球问题的关注而把虹影视为当代中国文学中最具有"世界性"（cosmopolitan）的小说家之一①。Zhao 的另一篇文章"A fearful symmetry: the novel of the future in twentieth-century China"的研究焦点集中在中国 20 世纪的未来小说上，虹影的《女子有行》与梁晓声的《浮城》、王小波的《白银时代》等，作为 20 世纪 90 年代第二波未来小说繁荣的证明而被他纳入研究视域。②

　　第二类则针对虹影的一或两部作品进行个案研究。Philip Tew 的"Considering the Case of Hong Ying's *K: The Art of Love*: Home, Exile and Reconciliations"③ 一文，讨论了《英国情人》在欲望之下的牺牲、暴力以及族裔文化认同问题，认为虹影通过跨文化的死亡书写传达家园与流亡之间的和解，进而投射更具有普世价值的人性和解，并确认虹影作品的基本形式是"美学自我与意识形态和文化认同的对立"④。Jian Xu 的论文"Subjectivity and Class Consciousness in Hong Ying's Autobiographical Novel *The Hungry*

---

① Zhao, Henry Y. H. "The river fans out: Chinese fiction since the late 1970s." *European Review*. Volume 11, Issue 2, May 2003: 205.

② Zhao, Henry Y. H. "A fearful symmetry: the novel of the future in twentieth-century China." *Bulletin of the School of Oriental and African Studies*. Volume 66, Issue 3, October 2003: 460.

③ *K: The Art of Love* 是虹影小说《英国情人》的英译名称，《K》是《英国情人》的原中文名称，后因官司裁决改为《英国情人》在中国大陆出版发行。

④ Tew, Philip. "Considering the Case of Hong Ying's *K: The Art of Love*: Home, Exile and Reconciliations." *Euramerica*. Vol. 39, No. 3, September 2009: 411.

Daughter"①，认为虹影的《饥饿的女儿》以（工人）阶级意识的主观性，在苦难的生存经验和作家想象力之间构成了一种斡旋调停，而虹影的母亲是文学形象中很独特的工人阶级苦难女性的代表。② Johanna Hood 的论文 "Creating Female Identity in China: Body and Text in Hong Ying's *Summer of Betrayal*"，提出《背叛之夏》以身体和文本作为塑造中国女性身份认同的方法。③ Richard King 的书评 "*Daughter of the River*, and *Summer of Betrayal* (review)" 认为，《背叛之夏》的写作风格较之《饥饿的女儿》更为坚硬而断裂，两部作品的价值都在于描写了处于压抑和幻灭之中的中国年轻知识分子的心理碎片。④ 遗憾的是，King 忽略了对女性知识分子在压抑和幻灭中独特的心理感受的挖掘。

国内的虹影研究（以长篇小说为主，包括少量诗歌和翻译研究）呈逐年上升的态势。从"中国知网"获得的统计数据显示，1994～2012 年，研究虹影的有效文献（排除了重复发表的文章、诗作刊发的介绍信息等）数量为 238 篇，主要包括期刊文章、硕士学位论文和博士学位论文三大类，另有报纸文章、集刊、论文集、访谈、作品目录若干。虹影研究数量略高于同期的哈金研究数量，而研究严歌苓的文献数量则四倍于虹影。虽然文献数量不能代表研究水平，但由此可以推断，同样作为新移民作家的中坚

---

① *The Hungry Daughter* 是虹影小说《饥饿的女儿》的直译名，因西方出版商担心 "Hungry" 一词会给西方读者造成较大的冲击，后改译为 *Daughter of the River*。尽管后面这个英译名没有直译出"饥饿"一词，但"大河"是隐藏在"饥饿"之后的作品核心意义之一，因此虹影本人对改译的书名是比较满意的。

② Xu, Jian. "Subjectivity and Class Consciousness in Hong Ying's Autobiographical Novel." *The Hungry Daughter. Jounnal of Contemporary China*. 17 (56), August 2008: 529—530.

③ Hood, Johanna. "Creating Female Identity in China: Body and Text in Hong Ying's *Summer of Betrayal*." *Asian Studies Review*. Vol. 28, June 2004: 167.

④ King, Richard. "*Daughter of the River*, and *Summer of Betrayal* (review)." *China Review International*. Volume 7, Number 1, Spring 2000: 96.

力量，虹影得到的重视程度是不足的。与莫言、贾平凹等当代著名作家相比，虹影研究更是处于"非主流"的行列了。

为了直观、客观地呈现国内的虹影研究情况，方便资料浏览及数据查阅，在此特将 1994～2012 年"中国知网"上以虹影为唯一研究对象或主要研究对象之一（主要是博士学位论文）的相关文献列举如下。需要说明的是，因为 1994～1999 年的虹影研究处于起步阶段，文献数量很少，故而将这几年的研究成果合并统计，2000 年及以后的研究成果则按年份分别统计。

表 0－2 国内虹影研究文献统计（1994～2012 年）

出版时间	文献总数	期刊论文	硕士学位论文	博士学位论文	其他（报纸、集刊、论文集等）
1994～1999	4	4	0	0	0
2000	1	0	1	0	0
2001	3	2	0	0	1
2002	11	8	0	0	3
2003	15	8	0	0	7
2004	13	8	3	0	2
2005	18	12	4	0	2
2006	27	16	9	0	2
2007	30	19	9	1	1
2008	25	16	4	2	3
2009	23	19	4	0	0
2010	26	15	10	1	0
2011	23	12	10	0	1
2012	19	9	8	1	1
总计	238	148	62	5	23

国内期刊上最早刊登的虹影研究是 1994 年 5 月发表在《当代作家评论》上王宏图的一篇名为《危险的幽会·沸腾的夜·幸存者——虹影诗歌小札》的文章，尽管这是对虹影诗歌的研究，

但是从中已经能读出"男性话语"、"幸存者"等对未来虹影研究富有启发性的字眼。虹影于1995年撰写的《自由谈：记忆和遗忘》一文，简短却鲜明地提出："没有记忆我们不存在，没有遗忘我们也无法存在。问题的关键是记住什么，忘记什么。这个分配成为我们这主体的基本形成方式，使我们生存下去。但是记忆和遗忘，站在峡谷的此岸与彼岸，它们必须握手、拥抱、交谈，通过语言注视对方，而语言像玫瑰一瓣瓣张开翅膀时，让我们惊异的不见天光的部位：一个个横断面会赫然出现。"[1] 彼时尚属年轻作家的虹影已经注意到作家的创作是从记忆中提取素材，用语言进行重新发现、塑造和呈现的过程，同时她强调了记忆与遗忘、语言玫瑰与作品断面、作家的旁观与生命的投入等若干重要问题，这在她后来的创作中都留下了明显的痕迹，并成为她与众不同的特点之一。例如，她在早期作品《饥饿的女儿》中流露出对底层人民顽强生命力的尊敬和无力救助他们的内疚，到了后期的《上海魔术师》中，她将这种内疚发展成为让作品人物奋力自救的觉醒的力量。又如，她的《孔雀的叫喊》以孔雀之美的受伤害比拟地方与历史记忆的被抹杀，张颐武将其肯定为"通俗的力量和一种现代主义式的自我反思性结合"，具有"非常积极的意义"。[2] 因此，虹影的《自由谈：记忆和遗忘》一文作为她的创作论的雏形是不能被忽略的。

2000～2003年是国内虹影研究的成长期，不仅文献的数量有了较大增加，而且在2000年出现了第一篇涉及虹影的硕士论文——郭素平的《论新生代作家的批判性写作》，首次将虹影归入一个类别范畴加以比较，这是对始终缺少"参照系"的虹影研

---

[1]　虹影：《自由谈：记忆和遗忘》，《文学自由谈》1995年第4期，第49页。

[2]　张颐武：《猜一猜，孔雀为什么呼喊》，载虹影《孔雀的叫喊》，山东文艺出版社，2005，第225～228页。

究的"零的突破"。2002～2003 年涌现了 7 篇虹影访谈,内容从虹影独立不羁的个性特点、作家虚构的权利、到脂粉阵里的英雄、女性苦难、情感探求,再到成长小说、想象崇拜等,给出了许多虹影在创作背景上的线索,为读者更全面地理解和阐释文本提供了难得的第一手资料。2002 年,陈晓明、李敬泽、李洁非、赵毅衡等著名评论家对虹影小说《英国情人》和《阿难》的创作得失及其根源加以探究。这些都令初露端倪的虹影研究的整体水平得以提升,也说明虹影小说因其独特的品质开始得到专业人士的关注。

2004～2006 年是虹影研究的高增长阶段,它呈现以下两个特点。

第一,大篇幅和连续性的虹影研究开始出现。一方面,针对虹影研究的硕士学位论文开始较多出现,其特点是能以较大篇幅完整地观照需要论述的对象和作品,并且在对以往的相关研究总结归纳的基础上有所创新。另一方面,开始出现同一作者连续地、多角度地、多篇文章地研究虹影。如较早研究虹影的阮南燕,先期关注的重点是《饥饿的女儿》中对生命本真的还原和超越,继而扩展至《饥饿的女儿》与方方的《风景》,对比边缘视阈下的都市人性。王俊秋分别撰文探讨了虹影小说中的追寻情结、情感追寻历程、道德反省与宗教意识。王文艳先后分析了虹影创作的两大特点——全球化语境、女性与新历史主义。肖晶的研究侧重虹影作品中的女性意识与现代化思想、边缘情境意识。赵毅衡对虹影的研究也未曾中断,从 1996 年的《虹影打伞》,到 2001 年的《惟一者虹影,与她的神》,2002 年的《如何走出"双重真空"》,再到 2003 年的《无根有梦:海外华人小说中的漂泊主题》,他不仅近距离"披露"了虹影的写作环境、资料收集、书稿修改等创作细节,更试图触及虹影内在的创作理念,深挖其文本的现实意义。

第二，虹影研究的多元性此时已初露端倪，主要体现为：历史的本真与荒诞、性别的对立与超越、生命的苦难与执着、女性身份的边缘与重构、新移民的漂泊与寻根、现代性的审视与叩问、跨文化语境的冲突与反思，以及虹影与其他作家的比较研究等。罗承丽的《致命的飞翔——评虹影的〈康乃馨俱乐部〉》与凌逾的《"美杜莎"与阴性书写——论虹影小说〈饥饿的女儿〉》，紧扣西方女性主义理论和埃莱娜·西苏的阴性书写，拓展了女性个人叙述声音的空间，是虹影研究中女性主义方向的先行者。之后有不少的虹影研究从女性主义的根源上开枝散叶，其中王文艳的《谁是历史真正的主角？》聚焦虹影新作《上海王》和《上海之死》，认为这两部"重写海上花"的作品以鲜明的女性视角来重构历史，探讨了女性在历史中的能动性，内蕴的思考向度和写作策略不仅对女性主义写作具有一定的启示意义，同时也为新历史主义的写作打开了新的空间。王文艳的另一篇文章《跨越疆界》以全球化语境作为考察虹影小说的基本前提，探讨全球化与新移民文学写作之间的关系。有趣的是，2006年朱雪琴的《虹影与三岛由纪夫比较论》，"前无古人"地将虹影与日本著名作家三岛由纪夫进行对比，提出虹影在题材选择（爱情、畸恋）、小说体裁（自传）、创作风格（语言、叙事）和美学追求（生死、爱欲、人性、命运）等方面受到三岛由纪夫的影响。

2007～2012年虹影研究进入相对成熟期，虹影研究中的女性主义主题在这一阶段衍生出许多异彩纷呈的解读：女性欲望叙事、女性历史叙事、女性成长小说、女性谱系建构、叙事伦理，等等。丁雯娟的《越过雷池的狂欢——虹影小说中的两性关系论》（2011），绕过虹影研究惯用的"悲剧"思路，提出虹影作品中两性关系惊世骇俗的特征与巴赫金狂欢化理论中狂欢式生活特征具有相似性，就两性狂欢中女性的态度和结局进行了研究，阐述在这种狂欢背后虹影的女性主义写作立场，即焦虑状态下对安全感的寻找、女性欲望展露中的自我认同、对男性世界的排斥和在狂欢中寻求女性的自我救赎。《历史想像与性别重构——世纪之交世界华文女性写作之比较》一文，以施叔青的《香港三部曲》、严歌苓的《扶桑》、虹影的《上海王》以及王安忆的《长恨歌》等近年来世界华文女性写作中跨越多重时空背景、多元文化形态的历史性鸿篇巨制为对比的原型，重构女性记忆和历史，为世界华文女性写作提供自我认同和反省的精神镜像。徐胜敏的《书写上海的方式：历史、女性与跨文化——虹影'重写海上花'三部曲研究》（2011）显示了虹影对历史空间和地域空间的重新定义和审视，否定了男/女、中/西之间控制与对抗的二元对立的简单模式，重塑上海文化的内在建构性，从而实现另一种上海传奇的写作。周韵的《虹影小说的叙事伦理》（2011）从虹影小说的性爱（三种性爱模式：女同性恋、忘年恋、跨国恋）、家庭（三个伦理维度：亲子、姐妹、夫妻）、历史（消解集体主义伦理的历史叙事和对现代文明与历史运动的伦理反思）、民间（边缘人物的个体主义伦理与民间叙事）四个方面入手，运用叙事伦理的研究方法，探究虹影小说中各种伦理道德的可能性，剖析虹影小说中伦理空间形成的原因，此文视角全面而新颖。

　　这个阶段总计有五篇博士学位论文将虹影小说纳入研究体系。博士学位论文《二十世纪五、六十年代旅外作家与八、九十年代"新移民作家"小说比较研究》（解孝娟，2008）即在借鉴前人研究成果的基础上，对这两个作家群进行比较研究，在涉及新移民小说中的女性主义的部分时，强调虹影的创作鲜明地体现出性别战争的硝烟及其末路，是女性主义创作的超越。陈思和教授指导的博士学位论文《新移民小说研究——以严歌苓、高行健、虹影为例》（倪立秋，2008），可贵之处在于对严歌苓、高行健和虹影这三个新移民作家的主要小说作品认真进行了个案分析，并将新移民小说作家作品与早期移民小说作家作品、中国本土同期小说作家作品加以比较，在历时性和共时性的双重层面上探索新移民小说所显现出的文学特质、取得的文学成就与其应享有的文学史地位。魏庆培的《视觉祛魅与历史记忆——新时期以来的当代文学伦理研究》（2012）见解深刻。该论文提到虹影的小说所表现出的悲剧之思在抵抗文学沉沦方面具有借鉴价值，她的"后新历史主义"小说在历史中重构个人记忆，取得了可喜的创作成果，为未来文学发展开辟了一种可能。

总的来说，2002年与2007年的两次"名家评虹影"的浪潮令虹影研究登上了新的台阶，而稳步增加的研究成果数量也说明虹影的接受程度和评议范围在不断扩大之中，这对于海纳百川的中国当代文学和中西融汇的比较文学的发展都是有所裨益的。虹影的小说风格多变——时而"关注现代"，时而"返回古典"，并且技巧娴熟——"对故事、人物、情调、结构以及叙述节奏都把握得相当出色"[1]。虽然她的小说情节大多无甚新意，被称为未来小说的《女子有行》以奇异空灵的想象"试图彩排出未来对人类总体情状之影响"[2]，除此以外的小说大多情节精巧却无新意，尤其越是后期的小说（例如"上海三部曲"）越显"伧俗"。然而，虹影的用心可能正埋藏其中。兰胡儿所在的张家班，加里表演的魔术，申曲名角筱月桂成了"上海王"，于董是披着明星外衣的美国特工……越是俗不可耐的情节越是接着地气，越能无尽地容纳一切民间的、边缘性、"精神飞地"以外的凡人与俗事，在某种程度上实现了陈思和所说的"融入民间才可能在现代社会中产生出真正的力量"[3]。抑或又如王德威所云："许多感时知命的线

---

[1]　陈晓明：《专业化小说的可能性——关于虹影的〈英国情人〉的断想》，载虹影《英国情人》，现代出版社，2009，第181页。

[2]　Zhao，Henry Y. H. "A fearful symmetry：the novel of the future in twentieth-century China." *Bulletin of the School of Oriental and African Studies.* Volume 66. Issue 03. October 2003：461.

[3]　陈思和：《犬耕集》，上海远东出版社，1996，第75页。

索，窜藏其间。……一脉不甘蛰伏的心思，还在上下求索；越是无关痛痒的笔墨，越让我们觉得悸动不安。"①

此外，把俗的东西写得好看而不俗也是考验一个小说家写作功力的试金石，不少著名研究者和批评家对虹影的小说有着正面积极的评价：陈晓明认为虹影最受争议的小说《英国情人》是一部"好看而又具有相当艺术水准的小说"②；乐黛云先生说《阿难》让人欲罢不能的故事中有印、中、英、泰多种文化间的"不断地跨越、反思"，"既有后现代的优点，又去掉后现代的某些弱点"③；李洁非认为虹影在《阿难》这本"对侦案小说具有戏仿意味的长篇小说"中提出了"罪及救赎的主题"，阿难之死实际上代表着"信仰的真空"——现代性与自适自足的传统结构的矛盾，意味着必须回到中国传统固有的精神家园以"重新认同、肯定自己的历史、伦理和价值观"④；止庵借《孔雀的叫喊》重申虹影作品的价值在于一方面固守了"中国知识分子的传统姿态"，充满对历史的苦难记忆和对现实的深切忧患；另一方面，她的立足点又摆脱了知识分子形而上的姿态，深深扎根于"底层民众"和"小人物那儿"⑤。

2. 问题的提出

综观近二十年来国内的虹影研究，尽管有名家点评和诸多研究者的独到见解，但遗憾的是，除了名家点评以外，其他的虹影研究大多呈现出"专而不广"、"博而不精"的特点。

---

① 王德威：《当代小说二十家》，三联书店，2006，第346页。
② 陈晓明：《专业化小说的可能性——关于虹影的〈英国情人〉的断想》，载虹影《英国情人》，现代出版社，2009，第180页。
③ 乐黛云：《中国式的后现代小说——评虹影的新作〈阿难〉》，《涪陵师范学院学报》2007年第1期。
④ 李洁非：《为何去印度——对虹影〈阿难〉的感思》，《南方文坛》2002年第6期，第55~56页。
⑤ 止庵：《一本好看的书》，载虹影《孔雀的叫喊》，山东文艺出版社，2005，第231页。

"专而不广"指的是在期刊文献中，囿于篇幅的局限，诸多研究者只能就某个方面专门讨论，没有与同时代的众多东西方作家对比，没有在文学发展的线索中找出虹影的位置，因而使研究无法具有系统性，无法对虹影整个的创作脉络及其所处的写作环境进行历时性和共时性的广泛探讨，易言之，虹影研究依然缺少陈晓明所谓的"参照系"，所以她还是尴尬的"孤家寡人"一个。

"博而不精"指的是博士论文，它们虽然以观照某个作家群落的广博视角进行书写，在一定程度上解决了期刊文献"专而不广"的"参照系"问题，但虹影只是作者界定了研究范围后向内回观的一个构成部分，是需要时被选取的研究对象，她没有成为研究的中心，因为她不是出发点，她的作品特点是以"类属"的划分而存在的。对虹影的创作而言，这种按需而取的"类的最大公约数"的研究容易流于表面，精深不足，很难挖掘出属于虹影个人的独一无二的作品内蕴。在众人的参照系下，虹影失去了她的独特性。

针对这两个问题，本书将虹影的长篇小说确立为研究的中心对象，立足于建造以虹影为中心的研究"参照系"，并以她的自身创作为出发点，进行体系性的全面研究。并且，本书试图在花样繁多的虹影研究中清理出虹影创作特点的主要根源，即在新移民、女性欲望、女性成长、女性叙事、阴性书写等名称之下最重要的核心出发点，而这是被当前的虹影研究所忽略的。

另外，针对一些文章的偏颇，笔者也提出两点质疑，以防止本书在撰写过程中陷于类似的偏颇迷潭而失去客观的研究立场。

质疑一：张凯乙的《虹影与郭小橹小说中"新女性"形象之探讨》①，基于当代旅英华人女作家虹影和郭小橹在各自作品中都

---

① 张凯乙：《虹影与郭小橹小说中"新女性"形象之探讨》，《浙江万里学院学报》2012 年第 3 期。

塑造了有别于传统东亚女性的"新女性"形象，而将她们进行对比，得出结论之一是两位作家的"新女性"形象的描写仍具有片面性，回归到如何在文化传播中突破"自我东方化"窠臼的问题。笔者的质疑在于，郭小橹与虹影有多少可比性？首先，郭小橹生于 1973 年，2002 年赴英国，现居英国拍电影写小说。虽然她仅比虹影年轻 11 岁，但她与虹影成长的年代、出国的背景、创作的媒介都大相径庭，陈思和先生谓其为"10 年一轮改朝换代"①。虹影一代对 20 世纪 70 年代的"文革"和之前的"大跃进"、三年困难时期心有余悸，而当时尚且年幼的郭对此是没有深刻的切身体会的。80 年代是中国政治、经济、文化发生巨大变革的岁月，20 岁出头的虹影如海绵吸水般完全融入那个时代中去，并在文学上开始了先锋性的尝试。而此时的郭小橹只有十岁，她对文化、社会、人生的理解至少要到 90 年代才逐渐开始。而 90 年代与 80 年代是截然不同的两段时光了。因此她们在经验背景上差异较大。其次，郭小橹主攻电影美学，主要成就在于电影。她的电影《你的鱼今天怎么样》夺得 2006 年鹿特丹影展亚洲影评人奖，2007 年巴黎克雷泰伊国际妇女电影节大陪审团奖，电影《中国姑娘》获得 2009 年瑞士洛迦诺电影节的最高荣誉——最佳影片金豹奖。而她作为作家的作品数量不多，影响力不够（几部作品只是入围一些奖项的初选或得到提名奖），并且她也并不专于文学创作，兼具小说家、评论家、编剧、导演数种身份。用郭小橹少量的作品与虹影作品对比，得出关于"新女性"形象和"自我东方化"的结论，令人不得不怀疑作者是否为了追求对比角度的新颖才发掘了郭小橹，为此牺牲了论证证据的充分和有力；以及作者是否有理论先行的预设心理，以"新女

---

① 陈思和：《从"少年情怀"到"中年危机"——20 世纪中国文学研究的一个视角》，《探索与争鸣》2009 年第 5 期，第 9 页。

性"的框架套中虹影和新人郭小橹，而不是从文本细读后的体会反思中得出二人的对比价值。

质疑二：宋小梅《虹影小说女性悲剧命运深层意蕴探讨——基于文学伦理学批评视角》[①] 一文，认为虹影小说将追求性爱欲望和颠覆传统伦理道德作为体现女性意识觉醒和女性价值认同的标志，是导致小说中女性走向悲剧命运的根本原因。对此，笔者的质疑有二。首先，因果关系不成立。这里又分为两层因果，第一层，虹影笔下的女性以追求性爱和颠覆传统伦理道德，作为体现女性意识觉醒和价值认同的标志，这一层关系是说得通的，在虹影笔下的女性身上不难看到。第二层，这种追求和颠覆为什么会导致女性走向悲剧命运？从小虹影、闵、筱月桂等角色身上，得出女性悲剧命运这样单薄浅显的结论是不当的。其次，虹影小说书写的重点并不在于女性的悲剧命运，更多在于关注她们在扭转命运、摆脱悲剧、挣扎向生的过程中如何从徘徊迷茫，到觉悟振作，再到立志奋斗。她们或成功地摆脱了命运的束缚（小虹影），或以自我牺牲为代价警示后人对命运的不妥协（闵），或在成败得失间再次叩问女性的心灵诉求（筱月桂），等等。同年，果金凤的硕士学位论文《女性谱系的建构与家族叙事的书写》，认为虹影的《饥饿的女儿》、铁凝的《玫瑰门》等作品，将家族叙事传统与女性主义融合，书写出女性在家族场域中的存在经验、命运波折以及代际绵延，以此确立女性在历史中的生命意义和文化价值，女性谱系的构建和家族史的叙述在女性文化建构和主体性回归方面具有很大的意义，女性意识的觉醒和女性自我主体性的自觉建构在此成为一种内涵指向，彰显的是历史文化的价值。这就从另一个角度证明，宋小梅的女性悲剧命运因果论是片

---

① 宋小梅：《虹影小说女性悲剧命运深层意蕴探讨——基于文学伦理学批评视角》，《苏州教育学院学报》2012年第4期。

面的、武断的，没有将历史文化的立场纳入女性主义文学批评的视野。这是本书在书写的过程中要避免的误区。

三　创新思维和研究方法

埃莱娜·西苏曾说："在又一次写作，又一个思想之后，他人便比比皆是。特别是那些极难接近却又近在眼前的他人：人民。至于历史呢？这可怕的问题一直萦绕着我，它就像一个过失那样在我心中久久撞击出回声。……我的文本中充满了那些受难的人们，那些跌倒在地的或挣扎着站起来的人们。哪一部历史是我的？我是谁的历史的见证者？如何将历史与文本结合在一起？"[①] 如果虹影尝试着回答西苏的问题，我想她的答案也许会是：战争和革命，女性与身体，创伤与包容，就是她的空间，她的历史，她的危机，她的出路。做出这样的猜想，是因为虹影说过："历史和个人的命运联系在一起，离开历史的个人，是虚假的，是自我幻觉……每个人的命运，都与历史有关……我写的书，《饥饿的女儿》《英国情人》《孔雀的叫喊》，包括我的未来乌托邦小说《女子有行》，都和历史的强大进程联系在一起。我写战争，写大饥荒，写二战前的中国，写正在修建的三峡大坝。"[②]

虹影对亲身经历的新中国历史有感而发，"文革"、改革开放等，统统作为背景被写入《背叛之夏》、《饥饿的女儿》等小说中。但对于自己未曾经历的过去，虹影并没有顾得上多想，她着急地关注着当下并设想着未来。虹影已经从书写亲历的历史中收获了那么多——她的作品、她的读者、她的知名度，而她的代价

---

① 埃莱娜·西苏：《美杜莎的笑声》，孟悦译，载张京媛主编《当代女性主义文学批评》，北京大学出版社，1992，第227页。

② 虹影：《答杨少波八问》，载《英国情人》，现代出版社，2009，第190页。

是沉溺于那段历史不可自拔，反复回味，目光变得不那么深远而敏锐。幸而作为一名专业作家，她醒悟到自己不可能只局限于亲历过的历史碎片，而忽略更多更精彩的"前历史"的呼唤，不可能在道义和文学上再对之缄口不言。那么接下来她对未曾经历的"前历史"的期待就应该是另一番模样。

于是她转而投身于那些她出生前的历史，她的笔下开辟了更广阔的历史空间，除了一战和二战，一些宏大却隐秘的战争和革命，也被她从历史的尘埃中翻出。拍拍历史的灰尘，她走向更深邃的时光洞穴，以自我"放空"、保留他者空间的全新方式，书写革命，书写历史，书写女性。她学着进入"无我"的境界，这种忘我的、放弃自我的境界，是与她早期执着迷恋、反复舔舐的"创伤"相悖逆的。她的想象力被无限打开，曾经顾影自怜的女性创伤被更复杂、更多样的人类伤痛所填充，她最珍惜也最放纵的身体开始被这样的丰富刺激所撕裂，她曾经视为极度痛苦的童年和身世反而开始显露出温和而有益的价值。在否定、废墟与路径、重建中，她尽其所能地不断向前，不，应该说是不断"向后"，追随这样痛并美好的领悟。当她开始不再是她自己，她设想自己是大变革、大革命下的诸种人物（以女性为主），《好儿女花》中的母亲、《阿难》中的国家特工、《上海之死》中的孤胆女杰、《上海王》中的孤独女王、《上海魔术师》中的流浪艺人、《孔雀的叫喊》中的归国科学家，她甚至可能成为她所书写的一切人物。但在虹影女性视角的观察和呈现之下，她们都不再是原来意义上的英雄和受害者，而是呈现出了人性不同程度的妥协。这是一个作家所能获得并给出的最丰富的体验。虹影不是在替代她们，不是在抗衡男性的话语霸权和单一视角，企图创立女性的"一片天"；她是让自己变成她们，让她们进入她已经"放空"的身体，去努力尝试一种"有节制的、虚怀若谷的自我，足以使他人能够侵入并占据他自身"①。这种"有节制的、虚怀若谷的自我"源于她对"他者"的生命的尊重，尤其是在革命和战争的辗轧之下仅余最后一丝尊严的那些濒死或已死的卑微丑陋者，她以自己的卑微与忏悔与她们应和。

职是之故，本书把虹影的历史观具体到她笔下的战争、革命、女性、身体、创伤、他者、反思等细节之上，落实到她在作品中的成长与矛盾、忏悔与包容、妥协与和解之上。同时，因为这样的"具体"化，对虹影十部长篇小说的文本细读将成为本书重要的基础，并结合小说中女性主义视角、身体哲学的转向、女性视角下的审丑，最终寻求存在于显性主题（革命与创伤）之下的隐性话语（女性审"美"重建与现代性迷失问题），寻求"一种差异与另一种差异之间"的"深切的共鸣"②。

此外，本书在对虹影长篇小说的细读中，发现并探讨了一些未曾被涉及的空白领域，包括："三父六命"的归纳，历史两大空间链条的构成，"河母"精神的提炼，性爱的"反驱离"表达，身体的"多名性"演绎，"恶之花"的审美颠覆，女性离散视角下对现代性的观察和思考等，这些皆可归入"创新思维"的范畴。

① 埃莱娜·西苏：《美杜莎的笑声》，孟悦译，载张京媛主编《当代女性主义文学批评》，北京大学出版社，1992，第230页。
② 埃莱娜·西苏：《美杜莎的笑声》，孟悦译，载张京媛主编《当代女性主义文学批评》，北京大学出版社，1992，第228页。

第一章

性别危机

身体空间的内外交困

第一节 "身"

一 哲学之"身"

在西方，从古希腊的柏拉图，到中世纪的基督教，再到启蒙时期的笛卡尔、康德、黑格尔，存在着一个漫长的"主体哲学"。这种哲学或者将人看作智慧的存在（柏拉图），或者将人看成信仰的存在（基督教），或者将人看成理性的存在（启蒙哲学）。这一切实际上存在着一个共同的对"人"的形而上的定义：人是理性的动物。"这个定义支撑着全部的西方历史，它的起源迄今尚未被理解。"[①]

在"主体哲学"的漫长过程中，中世纪后期随着超验（上帝）世界进入了它的衰微阶段，世俗景观重新进入了人们的视野。由于文艺复兴的提振，身体开始走出神学的禁锢，身负"原罪"的人开始走向肉体无罪。文艺复兴和宗教改革的短暂过渡

---

① Heidegger, Martin. Nietzsche. Volumes three and four. Harper San Franciso, 1991, p. 217.

后，从17世纪开始，哲学和科学逐渐击退神学，理性逐渐击退信仰。但是，文艺复兴对身体的赞美虽然热烈却太过短暂，身体并未获得长久的哲学注视，它只是被用来证明人的精神（知识）摆脱了神学的压制，人的身体并没有相应获得激情洋溢的自我解放。因为哲学此刻的主要目标是摧毁神学，而不是解放身体。想想黑格尔哲学的秘密所在——"精神"现象学，人被抽象为意识和精神，人的历史被抽象为意识和精神的历史——你就不会怀疑，总被贬低为感性事实的身体注定要与启蒙哲学对理性的崇拜格格不入。意识到这一点的马克思，赋予了意识一个物质基础，并且说身体的饥寒交迫是历史的基础性动力，把身体与历史用政治经济关系联结起来。但马克思依然相信除了身体的基本满足外，还存在一个基本人性，人性的惬意满足是历史的最后和最高的要求。显然，在马克思那里，身体只是隐约浮现，并没有获得其自主性。跋涉于意识和身体的哲学双轨中的马克思，出现了阿尔都塞所说的"断裂"。后来各种各样的马克思主义者，卢卡奇、葛兰西、阿尔都塞等，尽管大显身手，却依然在历史唯物主义的道路上奉行着身体和意识的对立叙事，即身体的出现只是一个必需的基础，是吃饭生存的经济学工具，而不是哲学和伦理学的中心。这一切，到了尼采那里，都受到了刻薄的嘲笑，他狠狠地斩断了身体和意识对立的哲学叙事的线索。

自尼采喊出"以身体为准绳"（即一切从身体出发）以来，身体成为一切事实的评价基础。尼采以身体来衡量万事万物，把身体和世界，身体和历史、和社会、和政治经济结合起来。福柯在对尼采的传承中，继续强调身体和历史、身体和权力、身体和社会的复杂纠葛。历史不再呈现在人的意识之中，而是直接和身体打交道，这样身体一下子就占据了西方历史进程中的核心位置。布洛赫亦强调人首先是一个物质生物，人的活动领域首先是自身的身体，精神是从人的物质本性上发展起来的功能，对于身体的物质体验是所有超越式体验的基础。

如果说西方传统哲学是以一种高度抽象的方式把握世界的话，中国传统哲学则坚持从"事必躬亲"的"身"出发以体会世界，以一种不无具体的方式把握世界，即所谓"亲己之切，无重于身"（萧统）。甲骨文中的"人"字描绘的是人的身体侧站的形状，这形象地证明汉语中的"人"字的原初意义是指"人的身体"，包括身体的动作（侧站）和身体的状态（形状）。身，作为世间的至为具体者，作为古人所讲的"即此"和"当下"，也作为存在主义所谓的"亲在"或"此在"，就是中国哲学经由现象学还原到始源的宇宙本体和事物本身。以"身"来指认"人"是始原期中国哲学思想的重要特征。孔子"爱人"、"正身"的"仁"的思想，老子"贵以身为天下"的"无身"思想，庄子"不以好恶内伤其身"的"无情者"思想，都在强调着中国传统哲学的基础——贵身论。①"贵身论思想的关键是坚'身体''第一性'的思想。"②贵身论也成为汉语始原思想的一个根本性的信念。张再林指出："中国哲学的根本宗旨，不是主张思在同一的

---

① 关于孔子和老子的"贵身"思想，这里还可以再举几例。第一，《论语》（1·4）中曾子曰："吾日三省吾身——为人谋而不忠乎？与朋友交而不信乎？传而不习乎？"此处，"三省吾身"的"身"应该理解为"自身的身体"，而不是"自我的品格"。因为后面反思的三件事都是指涉身体行为的性质，而非直接反映精神品格。此处的"身"作为主体自指词，有反身代词之意，可译为"自身"。因为"身"有"反之于己"的意思，一个主体意识到自我的时候，本能的第一个想法是，自己是一个独立的身体。作为对照，再看第二例，《论语》（2·9）："子曰：吾与回言终日，不违如愚。退而省其私，亦足以发。回也不愚。"这里用"私"指对"思想"的考量，未见用"身"，也可说明《论语》对"身"的使用是特指身体的。第三，《老子》十章曰："载营魄抱一，能无离乎？"老子认为"营、魄"是构成身体的两个方面，二者"抱一"，"一"的意思就是身体，"抱一"指的是身体的"坚守"。如何实现真正的"抱一"呢？《老子》五十五章有"含德之厚，比于赤子"之说，在老子看来，最有厚德的是赤子婴儿状态的人，也就赤裸裸的身体的人。由此，我们可以说，老子是一个身体本位主义者。

② 葛红兵、宋耕：《身体政治》，上海三联书店，2005，第6~7页。

'我思故我在'，而是坚持身在同一的'我躬故我在'。惟其如此，中国古人才有所谓的'即身而道在'之说，中国古代哲学才一言以蔽之为所谓的'反求诸身'之学。"① 但是后世思想流变更多的是在"身份"的层面上使用"身"的概念而忘记了更为本源的"身"的意指应当是内驱力作用下的"身躯"。

　　为了破除主体意识哲学主客二元对立的思维定式，现代西方开始重视人类的前科学、前思维的生活性状，人的直觉、情感、意志、想象连同人的生命和作为生命之显在形态的身体，就此进入了哲学的视野，甚至一跃而成为哲学新的出发点。而中国学者在尼采、海德格尔、梅洛·庞蒂、罗兰·巴特、巴塔耶和德勒兹等人的身体观和快感、色情、欲望等身体相关理论的启发下，也从中国传统哲学思想中找回了人的"身体"。中国对身体的唯物论观点，是对欧美偏向身体唯心的人文学传统的一个重要拓展。有一些学者认为，中国传统哲学思想最为突出的特征就是它的"身体性"或"亲身性"，即"根身的宇宙论"②。这种对中国传统思想的原生形态的把握，可以与西方的身体哲学互补，使"身体"这一看似不言而喻实则处于晦暗之中的思想的前提充分彰显，为现代人确立起一个重新理解生活世界的坐标。③ 同时，值得强调的是，由于中国哲学固有的根身性正如其所谓的感应之"感"被近取诸身为男女之感一样，其所谓的亲和之"和"亦被返本追源于"和两性之好"的男女之和。因此，无论是中国哲学的"感"的核心概念，还是"和"的概念，最终都根身于"男女间性"，正是在每个个体的"男女性感和阴阳和合之中，才使

---

① 张再林：《作为身体哲学的中国古代哲学》，中国社会科学出版社，2008，第57~58页。

② 张再林：《作为身体哲学的中国古代哲学》，中国社会科学出版社，2008，第177页。

③ 张曙光：《身体哲学：反身性、超越性和亲在性》，《学术月刊》2010年第10期，第29页。

人类社会的互主体性从理想走向了现实"。[①]

至此，身体成为对象世界的基本构成和主体意识的存在基础。罗兰·巴特以诸多源自身体的微不足道的习惯和爱好作为自我与"他者"差异的个人性标记，宣称自我与"他者"不同，就是因为"我的身体和你的身体不同"[②]，这句话通俗地概括了尼采哲学。比起身体的习惯和爱好，身体的变形无疑在文学叙述上具有更鲜明的视觉冲击，因而也成为许多作家文学叙述的焦点之一。从剪辫子、放小脚、饿肚子、砍人头的肉体变形，到极精致、极颓废、极悲凉、极孤独的身体氛围，鲁迅、张爱玲堪称现代作家中"肉体凝视"的个性代表。从发疯、残废、剥皮、谋杀，到疾病、强奸、罪渎、通奸，当代作家中的余华、贾平凹、莫言、林白、苏童、李昂等都是身体世界的书写高手。单就写"乳房"来说，莫言的《丰乳肥臀》从女性的身体看一个家族承载的一段波澜壮阔的历史；毕淑敏的《拯救乳房》充满高度的人文精神和现实关怀；西西的自传体小说《哀悼乳房》在身体转向的当代哲学文化语境中面世，从女性个人切身经验出发书写身体和心灵感受，颠覆禁锢身体话语的权力。[③] 但我们不得不承认，在中国历史上，由于父权地位的不断巩固，阳尊阴卑等级制度的步步强大，根身性原则、"感"与"和"的生命繁衍与对话原则，

---

① 张再林：《作为身体哲学的中国古代哲学》，中国社会科学出版社，2008，第148页。

② Barthes, Roland. *Roland Barthes by Roland Barthes*. Hill and Wang, 2010, p. 117.

③ 西西 1989 年 8 月罹患乳腺癌，时年 51 岁，放射治疗半年基本痊愈后，写就了这部自传体小说。《哀悼乳房》叙述不为人关注的女性身体真实知识和心理体验；审察女性身体的修辞譬喻，目的在于破除被科学包装的话语，传达对女性而言准确的知识。毕淑敏长期致力于对人性的终极关怀，《拯救乳房》中表现出了她一贯执着的写实精神、强烈的拯救和在生命体验与女性写作中的超越意识。参见凌逾《女性主义叙事的经典文本——论西西的〈哀悼乳房〉》，《文艺争鸣》2009 年 4 期；刘发明：《写实、救赎与超越——对毕淑敏长篇小说〈拯救乳房〉的一种解读》，《安徽大学学报》2004 年 6 期。

都逐渐让位于权力话语的强势侵略，充斥于正史中的杀伐、征战和铁血、强权，无时无刻不在表明这种对肉身之体、男女之和的褫夺和漠视。然而，正是因为肉体在现实中的"在场"与在历史中的"缺席"所形成的强烈对照，让人们开始在历史的缝隙中寻找被丢失和抛弃的生命的本源，每一次的"缺席"反而成为身体又一次被呼唤的原因。"身"与男女之和是如此重要，而虹影的视线也总是很难从这二者上移开，缘乎此，我们在此节中关注"身"在虹影作品中的核心意义。

二 女性之"身"

私生女的特殊出身和饥饿难耐的童年，两个悲剧的叠加产生了 1 加 1 大于 2 的效应，比起其他同样经历过饥饿岁月的同时代作家，虹影自出生之日起就注定无法摆脱对承受饥饿的自我身体的关注：自我从何而来？为什么依附于这样的躯体？这个肉身要经历怎样的苦难？肉身之下又潜藏着多少的秘密？这种关注与思考是虹影身体意象的诞生动力。安东尼·阿尔托（Antonin Artaud）给身体下的定义是，"身体是有机体的敌人"，应该存在着一个"无器官的身体"（the body without organ）。这个无器官的身体意味着身体内部并没有一个主宰一切的核心，因而身体的每一个部分都成为自主、独立的碎片，可以反复改变、突破、锻铸、重组。

虹影对身体意象的呈现与改造，与阿尔托的身体理论有相似之处。她笔下的"身"（尤其是女性的身体）有着相当纷繁复杂的变化，"身"不再是完整的躯体，"身"的每个部分都具有独立的意义，女性的乳房，女性的子宫，女性的皮肤，女性的嘴唇等，每个部分都有可能成为中心。而"身"的每个部分又因其在不同的人身上、在不同的时代环境下、在不同的力的关系中，代表着不同的欲望。以女性典型性征"乳房"为例，就能明显地看出这一点：《饥饿的女儿》中小石桥上的花痴裸露的双乳，暗示着小虹影要以女性（主义）的强烈立场坦荡无畏地面对未来；小虹影与历史老师做爱时坚挺的乳头，代表她对爱情毫无保留的热烈渴望；干活回来的母亲擦身时露出的臭皮囊般干瘪的乳房，是女性特征在母亲身上消亡的又一证明，因为艰苦的生活不需要乳房，没有爱情的女人不需要乳房，即将远行的女儿小虹影也不再需要母亲的乳汁。

欲望就像一部机器，或者说欲望把人的身体改造成了一部机器，德勒兹所谓"乳房是产生奶水的机器，口则是与乳房搭对的机器"①，即表明乳房不仅是"生产性"的欲望机器，而且如同尼采的力的永恒流动性一样，它也是"连接性"的，它连接着其他欲望，所有的欲望都是"驱动其他机器的机器，受其他机器驱动的机器，带有一切必要的搭配和联系"②。易言之，欲望永远处在搭配、连接的过程中，永远和另外的一台甚至数台欲望机器相连。德勒兹的欲望世界与尼采的力的世界具有惊人的同构性，如果说，尼采的身体就是力本身的话，那么，德勒兹的欲望同样也是身体本身。③《上海王》中，常爷、黄佩玉、余其扬等不同男性对待筱月桂乳房的方式，和筱月桂处于不同权力地位时面对男性通过乳房表现出的不同心理和生理反应，都表现了乳房作为"身"的碎片所流露出的强烈欲望，以及男性欲望和女性欲望之间反复流动的力的作用。

常爷是最欣赏筱月桂的黑帮老大，他从一品楼老鸨新黛玉手里一眼相中了完全不符合中国传统审美标准的十六岁的小月桂，

---

① 吉尔·德勒兹：《反俄狄浦斯》，参见汪民安、陈永国、马海良主编《后现代性的哲学话语》，浙江人民出版社，2000，第36页。
② 吉尔·德勒兹：《反俄狄浦斯》，参见汪民安、陈永国、马海良主编《后现代性的哲学话语》，浙江人民出版社，2000，第36页。
③ 汪民安、陈永国主编《后身体：文化、权力和生命政治学》，吉林人民出版社，2003，第16页。

她虽然"不是公认的美人娉娉婷婷",但她的"风韵很特殊","丫头服装,太紧,挤着身子",很像"'西洋春宫'画片上,那个扛着水罐的西洋美女"。① 没有一个字直接写到小月桂的乳房,但是它在衣服的掩映下呼之欲出。尤其是小月桂不愿意学传统女子束胸的举动,突出了她"清纯"而"粗犷"的自然气质,这种感觉深深吸引了直率霸气的常爷。约翰·伯杰(John Berger)曾说,"每个意象都代表了一种看的方式"②,同样地,每种看的方式都象征着主体施加于客体的控制。常爷和小月桂的关系就如同他对待她的乳房的方式那样直截,要么"目不转睛地看着侧立着的小月桂胸前布衫下顶起的乳头"③,要么当着新黛玉的面"手正抓在她的乳房上"与她"做事"④。

当常爷死后,失去了保护伞而逐渐成熟的小月桂明白了世间的权力争斗、尔虞我诈,她开始刻意讨好黄佩玉,她的乳房——就像是肢体语言一样——代她表达了身体的话语和心底的真实想法。黄佩玉砸了小月桂如意班的场后,小月桂第一次赴约相见前,特地到百货公司买了洋女人戴的"乳罩"。她本以为乳罩和新黛玉曾逼她戴的束胸布差不多,可以遮掩自己太过诱人的乳房和身体曲线,哪知一戴上,把她吓了一跳,乳房反而"挺得太高",只好不用。小月桂在一品味楼里当妓女时,正因为她"当娼而不像娼"才吸引了见惯娼女的常爷;现在小月桂赎身卖唱不再为妓,却陷入"不当娼而像娼"的无奈处境。乳罩变成了控制、束缚、遮蔽她的天性和身体的代名词,乳房从象征着自然天性之美好,沦为与社会、男性、权力等符号"达对的机器","带

---

① 虹影:《上海王》,江苏文艺出版社,2012,第13页。

② Berger, John. *Ways of Seeing*. London:British Broadcasting Corporation;Harmondsworth:Penguin Books, 1972, p. 10.

③ 虹影:《上海王》,江苏文艺出版社,2012,第14页。

④ 虹影:《上海王》,江苏文艺出版社,2012,第123页。

有一切必要的搭配和联系"。

　　戴上乳罩后反而挺得太高的乳房，以欲遮还露的方式体现着小月桂征服黄佩玉、立足上海滩的强烈欲望，这欲望强大到把她自己"都吓了一跳"。尽管有着政治上的强大野心，但小月桂的身体本能地抗拒着阴险狡诈的黄佩玉，当黄佩玉在初次见面后想解开小月桂的旗袍时，那里簪着一颗钻石针阻拦了他的动作。钻石象征着小月桂自视清高、高贵、高价的身体，别针则暗示着女性身体对黄佩玉侵犯的抵制。解不开钻石针的黄佩玉最终扯破了代表传统女性美的旗袍，这实际上也戳穿了小月桂的伪装，暴露出她赤裸裸的进军现代、掌控一切的欲望，两个身体的相遇成为男女力量角逐和缠斗的战场。乳房则因为两人情感的虚伪和淡漠，退隐到身体的次要位置。而黄佩玉与她之间像"蜻蜓点水"般的性爱过程，也证明乳房所代表的自然欲望的退位。

　　只有当黄佩玉死后，成了名角的筱月桂与常爷的得力助手余其扬相恋时，乳房作为女性性爱和感情复苏的象征，才重新回到了主场的位置：那余其扬想象了多少年的"丰满的乳房"，"乳沟间的一颗痣"，像"武士一般雄赳赳地站立"着的乳头，都让他们的感情暂时超越了其他的政治、社会、经济、家庭等因素而显得所向披靡。但是，此时的筱月桂已经不是当年清纯的乡下丫头了，她在迈向"上海王"的道路上越走越坚定，正如德勒兹说过的，欲望永远在流动，"促使流体向前流动，自身也流动，并且中断这些流动"①。"中断这些流动"的是筱月桂留洋归来的女儿常荔荔。女儿继承了筱月桂那对挺拔的乳房，更因其开放前卫的思想，比起当年被赞为像极了"西洋春宫"画上美人的筱月桂还要更像西洋美人，因为她从身体到思想都已经西洋化了。常荔荔

---

① 吉尔·德勒兹：《反俄狄浦斯》，参见汪民安、陈永国、马海良主编《后现代性的哲学话语》，浙江人民出版社，2000，第40页。

无视人伦，主动勾引余其扬而得逞，筱月桂为了女儿、为了她"上海王"的名声和地位，放弃了和余其扬的十年感情，个人性爱和情感寄托双重欲望的蠢蠢"流动"为着更重要的血缘欲望和权力欲望的咄咄"流动"而让步了。

"乳房，成为时代精神的象征"①，这句被虹影斥为"荒唐"的话语，实际上是以欲扬先抑的姿态说出了一个"乳房原则"：力创造了世界，欲望生产了社会现实，力和欲望正是通过身体达成了连接关系和等式关系。把"乳房原则"还原到女性身体上，我们发现——就像福柯早已认识到的——"历史在某种意义上只能是身体的历史，历史将它的痕迹纷纷地铭写在身体上"②。

既然"身体是事件被铭写的表面，是自我被拆解的处所，是一个永远在风化瓦解的器具"③，那么身体必然因为连接着历史和权力的关系而被不断摧毁和重塑，找到这些被摧毁和重塑的具体肉身形式，发掘在身体和历史复杂的连接地带的女性意义，就是虹影"肉体凝视"的意义所在。譬如"革命尤物"与于堇的关系。稍稍留心现代革命小说，就会发现包括茅盾、海上独啸子在内的当代男性作家偏好把知识分子出身的女性革命者描绘成"革命尤物"或"革命女神"，革命的正义光环之下掩盖着男性对女性美貌容颜和曼妙身材的刻意铺陈甚至意淫心理。细心的读者会发现，在更早一些出版的《上海王》中，虹影已经对男性作家（刘骥）眼中的"革命尤物"进行了嘲讽：

　　他（刘骥）《红蔷薇》、《狂流三部曲》和《江》，其中

---

① 虹影：《上海王》，江苏文艺出版社，2012，第 224 页。
② 汪民安、陈永国主编《后身体：文化、权力和生命政治学》，吉林人民出版社，2003，第 16 页。
③ Foucault, Michel. *Language, Counter-Memory, Practice: Selected Essays and Interviews.* ed. by Donald F. Bouchard. Cornell University Press, 1981, p. 148.

的女性主人公，尤其是女革命者，都有一副"魔鬼身材"，丰乳细腰。

刘骥成为中国的德拉克罗瓦！我用不着怀疑，他写那一批小说时，心里想的是筱月桂。①

虹影摒弃了男性作家们对"革命尤物"的幻想，她并不惧怕赋予于董"尤物"和"女神"的外表，但于董默默无言（不言说）和默默无闻（不流传）的死亡方式，否定了"他者"强加在"尤物"和"女神"身上的男性视角下的审美意义。她的肉身被摧毁是为了证明女性（美好而自然的）身体不再是为了迎合男性主体和国家霸权而被随意支配的客体，相反，身体成为唤醒女性独立思考、解放女性"被审美"的历史地位的有力武器。

归纳起来，虹影对肉体凝视的想象演绎包括：诞生、饥饿、丑陋、流产、变形、死亡、情色、阉割、逃亡等，其独特之处在于：这些"身"的拓展演绎始终需要"他者"的参与，并且这并不是终点，相反，它们是作为身体悲剧的转折点而被书写的，在这转折之后留下大量的空白（潜文本），在这空白中自我与"他者"相互想象、凝视、接触、进入、背离。就像伽斯通·巴什拉（Gaston Bachelard）指出的，想象力"是把依靠知觉提供的意象扭曲变形的能力。它使我们从基本的意象中解放出来，获得了改变意象的能力"，而想象力的价值在于"某一意象的价值是靠想象力所发挥的辉煌程度来界定的"②，也就是说，想象力决定了最终意象的呈现效果和对人类生存本身的拓展程度。

① 虹影：《上海王》，江苏文艺出版社，2012，第223页。
② 大江健三郎：《小说的方法》，王成译，金城出版社，2012，第71页。

三　他者之"身"

1. 母亲、情人、胎儿：女性最密切的"他者"

母亲、情人、胎儿，是女性一生中最亲密的三类人。但《饥饿的女儿》中展示了三个典型的"身"的形象，它们在社会特定时代和环境的压抑下，不仅自身承受着创伤，也给小虹影带来了间接但同样沉重的创伤辐射。最亲密的人异化成为"他者"，这是女性的一大悲剧。

第一个身体是小虹影"凝望"着的母亲的身体。因为长年的辛劳和压抑而臃肿变形的母亲，"腰带上下的衣服从来没有干过"，她"肚子饿得咕咕怪叫，脸上被虫子咬得斑斑红点"，"她的头发在脱落，腰围在增大，背在弯，肩上的肉疱在长大，她的脸比她猜测的还飞速地变丑变老"。①小虹影从未见过大姐口中母亲年轻时的美丽，超负荷的辛劳只把烂牙泡眼、疏发驼背、粗腿糙皮，留在了母亲身上，"她很快变成了我有记忆后的那个母亲"②。小虹影对母亲外表的不堪描绘，充分暗示了她对母亲的感情也是不堪凝望的。事实上，此处有着更深层的潜文本意义。一方面，现在的母亲和当初怀着她的母亲，已经美丑判若两人，不论小虹影如何借助想象，她依然找不回"他者"（大姐）口中的"母亲"的感觉，那就是母亲的美和母亲的爱。母亲在此成为"他者"，母女间天然的情感和信赖的纽带的断裂就暗藏在这肉身从美到丑的摧毁之中。

另一方面，如果要追问，是什么让母女间的情感纽带发生了断裂？是什么强大到让女人爱美、母女信任的天性荡然无存？答案存在于"力"中。"力"既作用于虹影，也作用于母亲。就虹

①　虹影：《饥饿的女儿》，北京十月文艺出版社，2010，第219~220页。
②　虹影：《饥饿的女儿》，北京十月文艺出版社，2010，第220页。

影而言，她对母亲的"肉体凝视"带有马克斯·霍克海默尔所说的"内化的压抑"①，即虹影已经把社会统治的力量深深地根植于自我的肉体中，并以此为出发点对母亲展开美的审视，母亲因为在情感问题上违背了社会正道（看似不疼爱女儿和曾经发生婚外情），因而在虹影眼中从来就是丑陋而陌生的。反过来，就母亲而言，她的身体因为连接着历史和权力的关系而被不断摧毁和重塑。正如我们从《饥饿的女儿》中不断看到的，"大跃进"、三年困难时期和"文化大革命"给母亲的日常生活带来了沉重的压力和难言的苦难，母亲身体的劳累变形、母女情感的隔阂对立，皆可归咎于革命动荡、秩序混乱造成的恶果。"如果政治秩序不致力于'活生生的'最易触知的层面，不致力于属于一个社会的肉体的感性生活所有一切中的最有形的领域，它怎么可能繁荣呢？"② 政治力量之致力于身体，就是一种"他者"的介入，从"最有形"也最脆弱的社会构成——身体而且是下层女性的身体——下手，导致的后果正如朱迪丝·巴特勒所言，"受权力场支配的"女性身上"早已负载了许多不同的文化建构物"③。

第二具身体是初恋情人历史老师自尽身亡后的尸体。面对历史老师静止的尸体，小虹影想象他临死时的模样：

> 他拿着绳子，往厨房走去，他不愿在正房里做这事，害怕午睡的女儿醒来吓坏：吊死的人，舌头吐出来，歪嘴翻眼，阴茎朝前冲直，屎尿淋漓。他不要在她幼小的纯洁的心

---

① 特里·伊格尔顿：《审美意识形态》，王杰、傅德根、麦永雄译，柏敬泽校，广西师范大学出版社，2001，第17页。
② 特里·伊格尔顿：《审美意识形态》，王杰、傅德根、麦永雄译，柏敬泽校，广西师范大学出版社，2001，第2页。
③ 朱迪丝·巴特勒：《身体至关重要》，吴蕾译，参见汪民安、陈永国编《后身体：文化、权力和生命政治学》，吉林人民出版社，2003，《编者前言——身体转向》，第189～190页。

灵上留下一点儿伤口。他拿着那根让他致死的绳子，推开厨房的门，从容地将绳子扔上不高的屋梁，他站在一条独凳上，使劲系了个活结，拉拉绳子，让结滑到空中，他才把脑袋伸进强套里，脚一蹬，凳子倒地，他整个人就悬在了空中。

　　这一刹那，他的身体猛地抽紧，腿踢蹬起来，手指扣到脖颈上，想扳开绳子，但那只是自动的生理反应。绳子随着身体的重量摇晃了几下，梁木吱呀地叫了一阵，他的双手垂了下来，就永远静止了。①

　　这段想象依靠小虹影"自我"的心理投射而支撑。一具现实的尸体，经过"自我"的想象，既表现出"歪嘴翻眼，阴茎朝前冲直，屎尿淋漓"的恐怖的"物"的坚固特征，也具有"他不愿在正房里做这事"的深层的"人"的内在情怀。因此，这是一具与活着的历史老师截然不同的"陌生化"了的尸体。当我们从对尸体对象和活着的历史老师的固定概念中解放出来，以空白崭新的视线观察它时，便诞生了想象力的出发点，那就是"事物与人的赤裸裸的相会以及由此产生的'陌生化'作用"②。

　　"自我"在此时已经完全进入了"他者"，把"自我"想象成"他者"，再次经历了肉体的死亡。这个过程仿佛是种戏剧性的伪装，内心的尖叫和哀号因为想象的沉思而得以逐渐平息，并转化为一种心理防御机制，"受到过许多的痛苦威胁的心灵借此机制把痛苦的原因转化成无害的幻觉"③，在不再可能伤害自我的解脱中获得宁静：（1）小虹影的第一感觉是"自我"做得不

---

① 虹影：《饥饿的女儿》，北京十月文艺出版社，2010，第242页。
② 大江健三郎：《小说的方法》，王成译，金城出版社，2012，第83页。
③ 特里·伊格尔顿：《审美意识形态》，王杰、傅德根、麦永雄译，柏敬泽校，广西师范大学出版社，2001，第155页。

够好，油然而生的弥补心理让她对"他者"之死充满愧疚；
（2）为了摆脱愧疚，情绪迅速转化为对"他者"抛弃"自我"、
背叛爱情的极度愤怒；（3）对死者的愤怒无法持久，于是愧疚和
愤怒同时变成对"自我"和"他者"都只想到自己的自私心理的
双重谴责；（4）谴责过后，变为对"他者"看不穿历史、挺不过
难关的蔑视，在潜文本里其实隐含着对"自我"依然在这个世界
上坚持活下去的一种想象的骄傲；（5）突然意识到蔑视"他
者"是一种冤枉，对"他者"的理解压倒了对"自我"的肯定；
（6）于是承认也许正是"自我"对"他者"病态悲观的人生态
度予以纵容，才导致"他者"的死亡和"自我"梦想的彻底失
败，这个梦想是与身体密切相关的、试图以想象中的纯洁爱情摆
脱贫民窟庸俗生活的自怜自艾的愿望；（7）情绪渐趋平稳后，进
入"他者"更为深切，假想"自我"和"他者"交换了位置，
变成彼此，此时"他者"的死亡等同于"自我"缺失了一块；
（8）感受到应该让"自我"／"他者"有决定命运的自由；
（9）回想起"自我"与"他者"的唯——次做爱，"这身体和他
的身体已经结成一个整体"，"对峙着欢乐和绝望的双峰"①，即
使进入"他者"，结为整体，也存在着"自我"与"他者"永远
无法逾越的差异，所以分离为碎片也不必感伤；（10）想象到这
时，小虹影终于说服了"自我"，理解了"他者"，"他对我并不
重要，我对他并不重要，如果我曾经疯狂地钟情于他，他就得纠
正我，用他沉默的离别"②。

　　第三个身体是小虹影十八岁时流产的胎儿，那个未曾出生、
未曾存在、微末到几乎没有意义的身体，它就真的未曾存在且不
具有丝毫意义吗？艾里斯·杨把怀孕界定为：女性对身体内在的

---

① 虹影：《饥饿的女儿》，北京十月文艺出版社，2010，第245页。
② 虹影：《饥饿的女儿》，北京十月文艺出版社，2010，第245页。

另一空间的体验，"然而仍是我自己的身体"①。反向推之，流产就是女性对身体内在的另一空间的另一种体验，挑战了女性"身体经历的统合"②，不再是女性自己的身体。

胎儿曾经根植于女性体内，子宫既是胎儿的温床，又是女性从生理到心理区别于男性的重要依据之一，流产是这二者同时从整体向外剥离成痛苦的"碎片"的过程，是"碎片"向自我身躯高声呼救的过程。中国传统道德舆论早已形成了对非婚生子铁板一块的绝对排斥，虹影作为脆弱的个体已经无力承受胎儿所负载的"他者"意义，所以流产是与小虹影相连又背离的"他者"（胎儿）退出自我的过程，或者说，是自我选择离弃"他者"的过程。暴力作为一种"最有激情的形式"惩罚着身体：不打麻药和止痛针就把胚胎从子宫里生拉活扯下来，流产室里回荡着"杀猪时才有"的尖利叫声，像是在"活割活宰人"，医生"图痛快，就莫叫"的声音不紧不慢地传出来。这一切皆因为身体被卷入了政治领域中，"权力关系总是直接控制它，干预它，给它打上标记，训练它，折磨它，强迫它完成某些任务、表现某些仪式和发出某些信号"③，流产就是一种权力关系作用于身体的"仪式"。

流产后，小虹影在公共浴室里淋浴，"我从没抚摸那从未隆起过的肚子，待肚子里什么也没有，我才感到里面真的太空"④，短短三句话，三个否定"从没"、"从未"、"没有"加一个"空"，强调看似没有变化的平坦小腹之下其实是胎儿的失去，流

① Yong, Iris. "Pregnant Embodiment." *Throwing Like a Girl: And Other Essays in Feminist Philosophy and Social Theory*. Indianapolis: Indiana University Press, 1990: 163.

② Yong, Iris. "Pregnant Embodiment." *Throwing Like a Girl: And Other Essays in Feminist Philosophy and Social Theory*. Indianapolis: Indiana University Press, 1990: 163.

③ 米歇尔·福柯：《规训与惩罚》，刘北成、杨远婴译，三联书店，1999，第27页。

④ 虹影：《饥饿的女儿》，北京十月文艺出版社，2010，第261页。

产意味着身体内在的"变形"和胎儿肉体"逃亡"的双重遭遇。自我和身体并不再有对应的关系，身体并不一定属于自我，没有边界的身体与自我断裂了。

流产的胎儿击破了虹影从小对爱与自爱欲言还羞的遮掩，仿佛有一个喷薄的情感在身体与自我的断裂处呐喊："触摸我，爱抚我吧，你这活着的无名氏，把我的自我原原本本地给我吧。"①小虹影第一次产生了"关心自己"的态度，这与她之前追寻身世、漠视母亲、拒绝生父等自我怀疑的态度不同，与她瞧不起自己吐出蛔虫的身体、营养不良的身体、发育中的身体等自我轻贱的态度也不一样，"关心自己"是对自我态度的一种根本性的转折。福柯把"关心自己"定义为"某种注意看的方式……把注意力由外转向'内'……从外部、他人和世界等转向'自己'"②，这种改变意味着"所有的生命形式都具有内在价值"③的主体观念的确立，落实到女性身上，就是一种女性自爱的理性观念的萌芽。

但从理性的角度看，小虹影选择流产，是因为她要与过去斩断联系，向着不确定的未来重新出发。这意味着，在决定流产的问题上，发挥重要作用的，是小虹影的"理性工具"。用福柯的话来讲，理性是根本上"训练有素的"权威之观念服务于一种"真理统治"（regime of truth），"真理是这个世界的一样东西：它不过是由多种形式的约束而产生的。而且它会诱发有规则的权力后果。每个社会都有它的真理制度，都有它的'普遍政治'的真理"。④

---

① 埃莱娜·西苏：《美杜莎的笑声》，孟悦译，载张京媛主编《当代女性主义文学批评》，北京大学出版社，1992，第196页。

② 米歇尔·福柯：《主体解释学》，余碧平译，上海人民出版社，2005，第12页。

③ 布赖恩·巴克斯特：《生态主义导论》，曾建平译，重庆出版社，2007，第74页。

④ Foucault, Michel. *Power / Knowledge*: *Selected Interviews & Other Writings* 1972—1977, ed. by Colin Gordon, trans. by Colin Gordon, Leo Marshall, John Mepham and Kate Soper. London: Harvester Wheatsheaf, 1980, p. 131.

从这个意义上说，小虹影的理性并不出自她的自由权利，而是受迫于传统道德对非婚生子的强烈鄙视，社会舆论对失贞女性的话语凌迟和国家秩序对计划生育政策的严格执行等"多种形式的约束"，即真理制度的强制力的约束，或曰权力后果。所以小虹影可以在历史老师的自杀中受到他沉默的离别式的"预设保护"，但她作为一个历史文化的承袭者、社会的成员和国家的公民，根本上无法甩脱"普遍政治"的"真理"束缚，而这种"普遍政治"又是男权话语、男权制度的化身。她的流产实际上是对历史老师的一种辜负，是对一个男性个体的背叛。她真正想要背叛的是这个社会里一切压抑她的东西，而这恰恰是她有心抗衡却力所不逮之处。

母亲、恋人、胎儿——与女性关系最为密切的三个身体——的变形、死亡和离弃，凸显了"他者"之所以是"他者"，在于他们对女性的极大伤害，导致女性在认同外部世界和内在自我两方面产生了双重怀疑和焦虑。继续追索"他者"的成因，会发现在母亲丑陋变形的身体后面，在历史老师恐怖僵硬的尸体后面，在小虹影空空如也的子宫后面，隐藏着各式革命、战争对躯体的剪裁，以及制度权力对身体的消解。女性的身体成为历史性的、过程性的、经验性的身体，不是一个稳定性的、固化的、结构性的存在，这就是德勒兹所说的身体：身体就是力（的差异关系）本身。两种不同的力发生关系，就形成身体，不论是社会的、政治的、化学的身体，还是生物的身体。身体不再是海德格尔所说的"在所有冲动、驱力和激情中的宰制结构中的显著整体"[①]，而是被权力撕裂和驯服的身体，是福柯所关注的被权力侵犯和规训的身体，是反映着各种力改制、生产痕迹的身体。女性不仅要直接承受肉体的戕害（如流产），还要以社会结构最底层的身份承

---

① 尼采：《苏鲁支语录》，徐梵澄译，商务印书馆，1997，第27页。

受其他伤害的间接影响（例如，失去自然美丽的母亲和活生生的情人），女性身体成为历史的副产品。

2. "房中术"：女性是自我的"他者"

从他人的身体到自我的身体，女性最终发现自己才是自我最大的"他者"。在这一发现中，东方的古老秘技"房中术"成为一种深具意义的介质。其意有四。

第一，从虹影对"房中术"的认真考究、小心运用和优美描写上来看，它不是虹影用来吸引眼球的噱头，而是以"女性特有的风味"完成的一次"知识分子写作"，朱大可评论说"它拥有诸多知识分子话语的外在标记：措辞典雅、优美，弥漫着世界主义（欧洲主义）的气质，风格在劳伦斯和纳博科夫之间"①，陈晓明干脆说它"把勾引的艺术、艺术性的勾引写到家了"②。第二，"房中术"是保持文本结构完整性的必要手段。没有"房中术"的调和，闵和裘利安的东西方冲突（包括自由观、革命观在内的文化之间的"他者"性）将会爆发得更早，他们之间情感的深层次矛盾（包括婚恋观、异性观在内的两性之间的"他者"性）就无法在充分酝酿后充分爆发。易言之，经历过"房中术"的甜蜜，再尝两性情爱之苦，其苦者更甚也。第三，虹影对"房中术"进行了彻底的大解放，她并不回避以闵的父亲为代表的东方男性依旧把"房中术"视作男人"御女"、采阴补阳、益寿延年的法宝，但这么做的目的是反衬出闵对"房中术"截然相反的理解和运用：闵从女性主体的视角出发，"房中术"成为她主动引导裘利安走上一条享受两性交合的欢愉之路的"圣经"。这样肆意的"篡改"历史典籍，正显示了虹影对女性性享受的坚持和

---

① 虹影：《英国情人》，现代出版社，2009，封底。
② 陈晓明：《专业化小说的可能性——关于虹影的〈K〉的断想》，《南方文坛》2002年第3期，第35页。

倡导，即女性也可以在性关系中占据和发挥主导的作用，摆脱她
们一贯被动和受苦的压抑形象。第四，也是最关键的一点，"房
中术"在虹影的改造之下，不仅是男女性爱欢愉的象征，同时它
也是一柄双刃剑，人们赖以获得幸福的地方恰恰就是潜伏着最大
危险之处。"房中术"所喻示的两性关系的正反颠倒和相互作用，
正如德勒兹所说："界定身体的正是这种支配力和被支配力之间
的关系……任何两种不平衡的力，只要形成关系，就构成一个身
体"①，不平衡的力之间就是"他者"的差异性活跃的空间。

　　一旦力与力之间的对抗和平衡关系被打破，例如，一个力的
消失，即等同于另一个力的落空，差异性无处存活，力与力之间
的关系不再维系，而身体就此消亡，或者，身体以新的力的关系
形式再现。裘利安战死西班牙沙场后，"房中术"对闵丧失了意
义，一向注重养生养命、男女双修的闵将外部的肉身弃若敝屣，
多次以自杀的方式要彻底抛弃之。可以想见，在闵的世界观中，
"房中术"曾象征着灵肉合一的桥梁，现在失去了爱人的身体，
就如同在遇到爱人之前一样，身躯只是个"空"。她的不断自杀
是身体追随裘利安灵魂而去的"逃亡"，是肉体向生命的背叛，
而向灵与爱的皈依。那么在"他者"之力消失后，"房中术"会
成为何种物质呢？在《英国情人》的书末透露出了问题的关键。
屡次自杀未遂的闵，选择在鬼节当日跳楼，在半昏迷之中她如愿
看见了裘利安的灵魂向她走来：

　　　　果然，她看见裘利安，带着他常有的讽刺性的微笑，只
　　是这次他从医院的太平间那头走过来的……
　　　　她幸福地闭上眼睛，她感到他已经走近了。她的衣服在

---

① 吉尔·德勒兹：《尼采与哲学》，周颖、刘玉宇译，社会科学文献出版社，
2001，第59页。

被剥开……他们一直在高潮里，四周是不断轮回的天地，是斑斓闪烁的河流，广阔和悠长。

"太奇怪了，"护士的声音，"怎么这块刚挂上去的白布帘有了血迹？"

闵没听见护士的话，但她知道鬼节还没有结束。①

为什么在灵肉合一的轮回高潮里，突然有小护士的声音破空而出大煞风景？全书以"她知道鬼节还没有结束"收尾又是何用意？这与我们上面讨论的"房中术"有关系吗？其实，一切的答案早早就埋伏在此书行至一半之处：

"我是冒着生命危险来和你做爱的，今年是我本命年……本命年，应禁违例性事，会有难以预料的灾祸。"闵不情愿说下去，她甚至也不看裘利安。

"上帝保佑！"裘利安笑起来，中国人迷信太多，这种十二年一轮转的属相，比西方星象更不值一哂。不过对中国古老文化，他还是最好谦卑一些。"这么严重？"

闵说，母亲说起过此事，但她从未见过书，父亲如宝贝藏着，连母亲也没法帮她找到。上一次本命年，二十四岁时，她有所心动，就去一向保持中国唐代遗风的日本旅游，曾到一个有名的神道寺。那里的住持，世代相传，女儿接任，虔信房中术。她与女住持一见投缘，便请教了关于本命年的戒论。女住持说，中国古传，本命年不能有逾分内性事，分内性事稍有节制即可。至于何为"分"，各家说法不一。按中国民族道德婚内房事为分，不然犯冲。

女住持还说，人不可与鬼交，犯之不出三年必死。

---

① 虹影：《英国情人》，现代出版社，2009，第173页。

何以知之？她问。

女住持说，只需取新布一尺，在落日之时，悬挂在东墙上，第二日查看，布上必有血色。而且声称七月十五日鬼节始，鬼交之期，若交，必有重难，悬挂东墙之布，即刻就有血色。

裘利安问，有谁试过吗？中国人什么都是身体力行，他知道自己这问题很傻。

那住持说，有人试过，布上果然有红色，后果然暴卒。闵说，住持警告过她，千万勿试。[1]

闵曾忧虑过在本命年"逾分"与裘利安偷欢一事，甚至想拜托母亲从父亲手里偷出"房中术"的秘籍以求化解，可惜不得。而今裘利安已死，养生延年完全没有了意义，触犯戒论对于求死而不得的闵来说只嫌不够。她决定在鬼节"鬼交之期"与裘利安的鬼魂交合，只求必死、速死。所以这个关于"房中术"的片段至少有三个作用：既是对小护士"怎么这块刚挂上去的白布帘有了血迹"的预设回答；又是对"她知道鬼节还没有结束"这个收尾的遥相呼应；更是在书末再一次提醒读者，闵虽然有想象的权利，但即使是如此斑斓闪烁、广阔悠长的高潮轮回，也并不意味着两性关系就此平坦无阻，死亡并不是解决自我与"他者"矛盾的终极办法。裘利安傻傻问过的"有谁试过吗"的问题，由闵来傻傻地"身体力行"，这既是关于"身"的东西文化差异，也是关于爱和自由的"他者"差异。

事实上，"房中术"就是闵最大的"他者"。她认为自己能掌控"房中术"这个传统文化的非主流异质，认为自己已经牢牢掌握了它，不仅为它迷醉，以它诱人，甚至借它赴死——她始终以

---

[1]　虹影：《英国情人》，现代出版社，2009，第110～111页。

高度的理性来理解和把握"房中术"的每一个分寸。而闵不知道的是,"他者"之所以成为"他者",就是因其难以被理性所动摇和支配,"他者"与自我的差异性永难消弭。"归根到底,所有的事物都必然地、绝对地而且必须服从于主流,只有主流唯一存在。然而,他者拒绝消失。它继续存在,持续存在。这是难以被理性的牙齿动摇的硬骨头。"① 所以,闵借"房中术"完成了最美的肉体凝视,也因"房中术",她与自我和裘利安成为最遥远的"他者"。

第二节　身体空间的内外交困

从身体意象出发,虹影的作品出现了许多"意象群落",根据这些"意象群落"的主要特征,我把它们归纳为六大意象体系。在归纳梳理的过程中,这六大意象体系逐渐显现成为两个须臾不离的意象链条。外在的显现是由"缺父寻父"开始的,包括孤岛意象、河流意象和母亲意象。内在的线索是由"私生女儿"激发的,包括梦魇意象、死亡意象和孩子意象。两个链条都有内部的纵向关联,又与另一链条上的对应环节有跨界的横向呼应(见表1-1)。两大链条互相交织殊途同归,构成了丰富复杂的意义之网,最后都指向虹影创作的核心价值:希望。对于尝遍了苦难折磨的人来说,不论男女,都是因为心怀"希望"而得以坚持和守望,"希望是与恐惧正相反的对立情绪,希望是一切情绪中最人性的情绪,也是只有人才能通达的情绪。与此同时,希望关

----

① Octavio Paz. El laberinto de la soledad y otras obras. N. Y.: Penguin Putnam Inc., 1997, title page. 奥克塔维奥·帕斯(1914-1998)是1990年的诺贝尔文学奖得主,在其作品《孤独的迷宫》的扉页上刊登了诗人安东尼奥·马查多(Antoni Machado, 1875-1939)的这段话。

涉到最辽阔、最明亮的发展视域"①。

表 1 - 1　虹影小说的身体意象链条

身体意象	缺父寻父	外在显现： 孤岛意象（缺乏安全感的外延象征）—河流意象（包围着孤岛）—母亲意象（渡河彼岸，变形升华）	希望的救赎 大爱的轮回
	私生女儿	内在线索： 梦魇意象（缺乏安全感的内聚象征）—死亡意象（梦魇的主题）—孩子意象（死里求生，向死而生）	

一　外在空间

1. 孤岛意象——孤

从重庆、上海、青岛到香港、伦敦，别父辞母无家可归的虹影踏上了世界孤岛之旅。重庆长江南岸的贫民窟孤岛，虹影出生于此；上海临近养父的故乡，被虹影视为亲切之地，是虹影离家后进修深造的地方之一，也是她笔下频频出现的二战期间沦陷的孤岛；伦敦是虹影移民后的寄居地，是她自我封闭进行创作的孤岛，是她的丈夫和小姐姐发生婚外情而背叛她的孤岛；青岛是虹影为闵与裘利安设置的爱情孤岛；香港是联系内地与域外的文化孤岛。幼年"缺父"，少年"寻父"，成年"弃父"、别母、失恋、流产、离家，这一系列的黑暗经历造成的"孤（独）（隔）绝感"，是虹影创作中"孤岛"意象的根本由来。不论是出生地、寄居地，还是笔下的城市，她总是缺乏安全感，自我隔绝，躲避伤害。

曹文轩将"岛"这样的特别空间命名为"异境"，这种空间的一大标志就是它的孤立。②《鲁滨逊漂流记》是西方小说史上对

---

① Bloch, Ernst. Das Prinzip Hoffnung. Frankfurt/Main. , 1959, pp. 83 - 84.

② 曹文轩:《小说门》, 人民文学出版社, 2010, 第 183 页。

这种空间的最早尝试，威廉·戈尔丁的《蝇王》和安部公房的《砂女》，都是异境空间的经典文本。如果追溯"异境"在中国传统文学中的起源，神话中的盘古、后羿、女娲、嫦娥都处于异境空间中，事实上，异境是人类根据自己的生存经验所做的一种假设性想象，既体现了初民对神力的向往和崇拜，也是揭察人性的特殊场域。

孤岛的意象不完全由地理位置决定，可以说，孤岛之孤，半是地理，半因人心。所以，坑、洞、峡谷、沼泽等，都成为"岛"的变体。但无论怎么变形，本质的封闭性和"逃离"的基本欲望是岛之异境的根本特点。虹影笔下的"孤岛"意象更为灵活广泛，但始终不离封闭隔绝和背叛逃离的本质。有的地方——如青岛——本身并不是孤岛，而是风光秀美的临海之城，却被虹影写成见证闵和裘利安爱情分离、生命陨落的伤心地，岛不孤而人孤矣。还有的地方，如重庆，本是拥挤陡峭的内陆山城，和孤岛挨不上什么关系，因为长江南岸的穷苦落后和人情冷漠，而令虹影的童年充满隔离于世界的孤立陌生之感，故乡在虹影的心中就此定型成孤岛般的绝情冷硬的回忆。

又有的地方，如上海（租界），曾在沦陷后成为著名的"孤岛"[①]，但虹影并没有努力跟上进步文化人士对"孤岛文学"的写作姿态，她的"上海三部曲"转而写活了在孤岛中奋勇挣扎的平凡女子：从《上海王》中的妓院丫头筱月桂，到《上海之死》中的孤胆英雄于堇，再到《上海魔术师》中聪颖果敢的杂技女子兰胡儿。三个女性的命运浮沉有着跨书的呼应：丫头筱月桂终于

---

① 1937 年 11 月 12 日，中国军队撤离上海，上海沦陷，日军占领了除上海租界以外的上海华界。直至 1941 年 12 月 8 日珍珠港事件爆发，日军侵占上海租界为止，上海租界成为著名的"孤岛"。其间，上海租界成为进步文化人士坚持抗战的根据地。这一特定地区特定时期的文学，史称"孤岛文学"，它是中国整个抗战时期文学的一个独特的侧面。

变成了"上海王"，拥有了整个上海的她却孤独得无人相伴；"女王"般高贵美艳的于堇为国捐躯却无人知道她的秘密，她成为黄泉路上孤独的献祭者；兰胡儿既不想当"上海王"，也没有为民谋福祉的宏愿，作为一个平凡女子，她要与加里王子逃离上海孤岛相伴天涯海角，只要不孤独就好。正如同劳伦斯的寓言故事《爱岛的人》，理想主义者对岛的欲望，与作家劳伦斯以小说实现生命的理想主义一样，二者都难以企及，历史在寓言叙事中以孤寂、碎片的意象表征自己，渺小生命的本相得以昭示。虹影的"上海三部曲"将渺小生命的视角集中到女性身上，用大回环叙事的方法把她们的"孤绝感"表现无遗，客观上是对父权体制高扬的"生命理想"的背离，消解了"（女性）王者"和"（巾帼）英雄"作为中心焦点和终极理想的幻觉。这种对"高处不胜寒"的否定使用，让女性主体接近了自由的存在，体现出了更深刻、更开放的批判精神。

　　孤岛意象令虹影的作品充斥冷暗色调，此时，色彩鲜艳的花朵成为黑暗世界中唯一的亮色。《好儿女花》的"花"，指的就是虹影母亲最爱的凤仙花（又名小桃红——作者注），此书开篇第一页，虹影就直言自己偏爱曼陀罗，酷爱猩红色；《上海之死》中于堇在香港接受特务训练时的代号是蓝靛花，摆在她房中的花是凤尾花；《女子有行》的主人公"我"也被比作蓝靛花；《阿难》的书尾写"我"梦中见到紫红净蓝的九重葛。这些大红大蓝的明艳花朵与孤岛幽冷灰暗的意象形成强烈反差，象征着女性在黑暗中找寻的那一丝丝希望和光明。除了色彩明艳以外，这些花朵还具有一个重要的特征——与名贵高雅无缘，它们令人想起作为浪漫主义象征的那废墟上的"蓝花"①，既没有牡丹、芍药、玫

---

① 关于废墟上的"蓝花"与浪漫主义的象征，可参见勃兰兑斯《十九世纪文学主流·德国浪漫派》，人民文学出版社，1981。

瑰的雍容大气，也不似玉兰、茉莉、百合的淡香幽雅，这些小花拥有的只是开遍山野墙角的顽强生命力和清独、孤傲之气。"孤岛之花"暗示了虹影的女性立场所带有"孤"冷、"孤"傲的情结和"怀携利刃"面对世界的"温柔的暴烈"[1]，这是来自社会底层的"渺小"女性在被排斥于主流文化和主流社会之后的一种悖反式的自我肯定和自我保护。

从虹影的"孤岛之花"的态度，可以对照出她与其他作家不同的孤岛情致。以张爱玲、王安忆、陈丹燕都写过的上海为例，她们笔下的上海带有各自独特的情绪和想象。张爱玲取材20世纪三四十年代上海普通小市民的生活，缔造从俗世享受和生活细节中以小见大的朴素传奇，在《金锁记》、《倾城之恋》等作品中塑造了既通俗又先锋、既传统又现代的上海。在对上海孤岛世态炎凉的描摹中，蕴含了张爱玲关于中国现代性的判断和对千疮百孔的社会面貌和国家精神的悲凉的世界观。与张爱玲自觉地以文本叙述发表对上海乃至中国的看法不同，王安忆带着理性从往日的传奇里寻找为上海代言的证据，她鄙薄张爱玲"窄逼"的眼界，在以《长恨歌》为代表的作品中，坚持以"不变"的精神叙写临近21世纪充满"变异"、"缭乱"的大上海的生活。但是王安忆笔下繁华的淮海路、粉饰的梅家桥，无不镀上了一层富裕时代的物质的金光，在过度"抒情"也过度"理性"的书写下，上海变成混合着幸福感伤与高雅精致情调的"初级阶段"美学的代表。[2] 而陈丹燕的《慢船去中国》以及之前的《上海的风花雪月》等作品，以纪实的底子加上文学的描写，讲述了具有普遍意义的上海故事，提供了关于上海的精确的公共想象（例如，上海一家人如何送大女儿去美国），然而这种时尚写作缺乏个体，尤

---

① 虹影：《好儿女花》，江苏人民出版社，2009，第1页。
② 郜元宝：《不够破碎》，吉林出版集团有限责任公司，2009，第242页。

其是女性个体对上海、对时代和对世界的独特体验。

虹影笔下的"上海三部曲"，是虹影较新的三部作品，最能显现迷惘、受伤、妄想、疯狂的孤独女性，在陌生疏离的孤岛世界里，灵魂漫游般苍凉冷艳的女性之美（《上海之死》），甚至具有20世纪30年代以来"左翼"文学所强调的突入事物内部与之一道燃烧一道搏斗的粗暴而执着的力（《上海王》），有时又"故作"幼稚浅薄和没心没肺的"杂语"在风云变幻的上海滩追逐起爱情的浪花（《上海魔术师》）。不能简单断言虹影的上海比张爱玲、王安忆、陈丹燕的上海，谁更接近上海的本质，虹影的故事也肯定不及张爱玲的影响广泛，但就女性立场和上海孤岛的核心意义而言，虹影以对"情"的引入和回归，写出了属于她的孤独的上海。

2. 河流意象——渡

孤岛四周皆水。诚如法国著名文论家巴什拉所言，宇宙万物的四大本源（水、火、风、土）[①]不仅是客观的物质四元素，而且是十分富有诗意的自然意象[②]。虹影的孤岛意象都与水有着千丝万缕的联系。为方便行文，以下把虹影作品中出现的江河湖海皆纳入"河流意象"。

水是虹影成长环境的要素，也是她创作中的重要意象：重庆中间有长江穿城而过，上海紧邻黄浦江和外海，青岛面临黄海，香港本就是小渔村发展而来，伦敦城里有泰晤士河，而整个英国就是大洋中的岛屿，与欧洲大陆之间隔着著名的英吉利海峡和北海。英语中的 insular 一词意指"海岛的"，引申出"孤立的、与世隔绝的"意义。只有像英国人这样久居孤岛的民族才会萌生

---

① "物质四元素"是指火、水、气、土，它们来自古希腊前苏格拉底哲学家的"直观宇宙起源论"。巴什拉（Bachelard）在对想象力进行精神分析学研究时发现，在诗歌想象的领域中，人抛弃对世界的认识论态度或实用态度，从而遇见物质最原始的形象，即元素的形象。

② 加斯东·巴什拉：《空间的诗学》，张逸婧译，上海译文出版社，2013，第4~9页。

insular 的概念，中华民族作为发源并主要生活于内陆平原的民族，在 insular 这个西洋词汇引入之前，恐怕很难想到海岛的居住环境会潜移默化地导致"孤立隔绝"的民族性格。虹影对孤岛及河流意象的钟情，与她深切的女性创伤造成的孤立隔绝的性格不无关系。江河湖海的包围和隔绝造成了她的孤立、孤独之感，同时也引发了强烈的自我保护意识。

除了孤独，创伤女性更为隐蔽的特质也包含在虹影的河流意象中。她的河流摆脱了千年不变的"平面"流淌的方式，演化为"垂直下落"的雨水和泪水，或肆意冲刷，或蜿蜒零落，冲击人心，积累情绪，与环境相融，与情节相辅。这种演化不仅是从平面到立体的视觉效果的延伸，更是河流内涵意义的丰富：雨水和泪水都是"无根之水"，在落到地面之前，它们都远离大地和江河的怀抱，"无根"性强烈暗示着女性温婉如水的气质与黑暗危险、死亡压抑的环境背景之间的冲突。《上海之死》写了短短 12 天中于堇的救国行动，从头到尾相伴的绵绵阴雨衬托了于堇的性格和命运，暗藏了故事发展的脉络维系，虹影对女主人公的爱怜与敬佩尽数融于滴滴雨中。

按照时间顺序，于堇从香港坐船经黄浦江抵达上海外滩时，下起了"断魂雨"：

> 她跨入出租车，脸上感到雨点，真是赶巧了，车子驶出百米，就听见雷声像锣鼓喧天，雨水在车子顶上打出切切嘈嘈的声音。非但不难听，节奏反而复杂得令人兴奋。
>
> 很好，于堇交叠的腿换了一下：上海知道怎么迎接我回来。
>
> 不一会儿，景色就模糊了：雨水毛茸茸地覆盖了玻璃，像戏里唱俗了的词：行人欲断魂。①

---

① 虹影：《上海之死》，江苏文艺出版社，2012，第 10 页。

当国际饭店的经理夏皮罗按上司休伯特的指示，向于堇传达情报线索时，下起了"亡灵雨"：

> 当天夜里，雨下得无声无息。若不是把整张脸贴在冰凉的玻璃上，于堇不会发现外面正在下雨。
>
> 玻璃贴得她两颊如冰，寒意传遍她脖子胸口和整个身体，她不由得后退一步……
>
> 在雨水中她似乎看到了亡灵，那亡灵不是对哈姆雷特说话，因为亡灵是她的亲生父母……这场雨符合她整个回到上海后的心情，她听得见父亲的血喷涌的声音，就像这雨水声。①

当于堇按计划顺利接近日本军官古谷三郎套取情报时，雨竟停了：

> 夜空深远，几乎在这一瞬间瞧得见星月。不下雨的上海，第一次在夜晚露出迷人的美妙来。②

于堇和休伯特双双自杀后，夏皮罗在返回国际饭店的途中幻遇"雪雨"，纯洁的雪映衬着于堇血淋淋残破的尸体：

> 于堇跳得远，着地的地方已经到了街的南半边，鲜血流了一地，头颅后裂开，惨不忍睹。
>
> 她的高跟皮鞋还在脚上，高领的长袖旗袍、仍在脖子上的白丝巾，溅满了血。

---

① 虹影：《上海之死》，江苏文艺出版社，2012，第86～88页。
② 虹影：《上海之死》，江苏文艺出版社，2012，第205页。

......

　　他（夏皮罗）突然觉得整个四马路都是白色的，他走在雪花之中。眨眼一看，一切如旧。寒风冷雨中裹夹着雪点，冰凉地扎着他的头发稀疏的头顶，扎着他的脸颊。[①]

　　从《上海之死》里淫雨霏霏暗示于董救国失败的命运，到《饥饿的女儿》中长江上漂过的浮尸，再到《英国情人》里隔开裘利安与闵的海洋，虹影的河流意象大多象征着死亡与分离，这与法国当代著名作家勒·克莱齐奥所钟情的"水元素"不无相似。后者的处女作《诉讼笔录》中，"水"是暴虐的、宿命的、催人毁灭的。不仅如此，勒·克莱齐奥也采用大量诸如雨水、河水、海水、泪水、血水等"水元素"的幻化形式展开写作，他的《战争》即以"血的诗学"展现西方现代文明下人类生存的困境："血流出来了，和这血一道流的是生命。她很快分崩离析了。她的肉体、骨骼、思想在这荒野消逝了。"[②] 但值得注意的是，勒·克莱齐奥也借鉴了基督教教义中"水"的双重性格——既代表灾难毁灭，又可以净化和重生——赋予他笔下的"水元素"第二重含义，即生命与希望。在他的《沙漠的女儿》中，像母亲在泉水边生下自己一样，最后拉拉也遵循蓝面人部落的习俗，来到沙漠边缘的海边，独自默默等待孩子的降临。"这个新生儿的诞生"，正如评论家苔瑞萨·蒂·斯卡诺所述："意味着生命的传承和不朽的沙漠的重生。"[③] 勒·克莱齐奥借蓝面人部落的"水"图腾揭示了"水"的第二重含义：它是生死传承的纽带，宿怨转化的

---

① 虹影：《上海之死》，江苏文艺出版社，2012，第246、254页。

② 勒·克莱齐奥：《战争》，李焰明、袁筱一译，许均校，译林出版社，1994，第12页。

③ Scanno, Teresa. Di. La vision du monde de Le Clézio Cinq études sur lòeuvre. Paris: Nizet, 1983.

桥梁。这与虹影在《饥饿的女儿》中，讲述自己小时候"江边寻母"的故事何其相似。始终处于创伤阴影之下的虹影，不论走到多远的地方，不论心中的创伤多么痛苦，始终未曾忘了年幼时在长江岸边冒雨寻找母亲的记忆，那个"江边寻母"的 Daughter of the River 一直没有停下溯水而追的脚步，在这不弃的追寻里就潜藏着虹影对河流意象的更深层次的拓展，对女性生命潜力的开掘：河流即母亲，"饥饿的女儿"即"大河的女儿"，河流象征着母亲的保护和女性对繁衍生息的责任，渡河即对罪愆的"超度"和承担。

3. 母亲意象——变

《饥饿的女儿》的英文版译名是 *Daughter of the River*，意为"大河的女儿"，这是虹影视水为母亲的心理依恋和精神态度。虽然中华儿女多称长江黄河为"母亲河"，但如果仅从这样宽泛一维的角度去理解虹影笔下的长江，是无法真正体会她对"母亲"这个概念复杂而微妙的情感的，因为这一情感伴随她的成长同样经历了蜕变的历程，不仅仅是对母亲哺育之恩的单纯感激。

"母亲"意象的蜕变首先表现为"母性"的丧失与重拾。因为三年困难时期，母亲故意去江边洗衣，把即将出生的儿子闷死在肚中，以免孩子生出来受苦。狠心冷漠之下是有苦难诉、无处可依、心灵变形的悲凉。但不久后，在同样恶劣的环境里，母亲选择生下了小虹影。与虹影亲生父亲的一段婚外恋，赋予了母亲爱情的力量，让母亲焕发了从未有过的生机，她忍受饥饿，忍受邻里的非议，忍受丈夫的责打，甚至忍受大女儿的羞辱，拼尽全力要生下小虹影——这是她为虹影生父唯一能做的事情。虹影的诞生，唤醒了母亲尘封的"母性"。

小虹影的诞生令这个本就贫困的家庭雪上加霜。曾经年轻美丽的母亲，为了挑起一家八口的生活重担过度操劳，肢体和容貌的变形日益凸显，"变"的第二层意义就直接反映为母亲身体的变形。更糟糕的是，小虹影并不知道自己私生女的身份，她只是凭直觉认为母亲打小对她冷淡严肃不亲不爱，她不能理解又不敢当面质问。因此她对母亲始终抱有疏离敌视的态度，"左眼右眼挑母亲的毛病"，"当面背后都不愿多叫她一声妈妈"。在一个母女彼此"都很难朝对方露出一个笑容"，连一面镜子都没有的家里，小虹影眼中的母亲是彻头彻尾丑陋的形象：

> 或许是我自己，故意抹去记忆里她可能受看的形象。我看着她一步一步，变成现在这么个一身病痛的女人，坏牙，补牙，牙齿掉得差不多。眼泡浮肿，眼睛混浊无神，眯成一条缝，她透过这缝看人，总认错人。她头发稀疏，枯草般理不顺，一个劲掉。几天不见便多了一缕白发，经常扣顶烂草帽才能遮住。她的身体好像被重物压得渐渐变矮，因为背驼，更显得短而臃肿，上重下轻。走路一瘸一拐，像有铅垫在鞋底。因为下力太重，母亲的腿逐渐变粗，脚趾张开，脚掌踩着尖石碴也不会流血，长年泡在泥水中，湿气使她深受其苦。①

不难看出，"变"的第三重意义，是虹影与母亲的情感阻隔，是母女间情感的变异。对母亲的负面情绪，在虹影心中不断累积，逐渐砌成了一道"墙"，隔断了母女二人的心。直到母亲去世，虹影回乡送葬，才得知母亲死前发疯的消息。母亲活着时因为与女儿间的隔阂有苦难言，待到死去已然是无法倾诉；但恰恰是此时，追寻亡母发疯真相的决心，让虹影第一次开始尝试了解母亲守口如瓶多年的许多秘密。正如谢拉·罗伯森在《女人的意识：男人的世界》里所说的："打破沉寂之时，正是真正理解沉

---

① 虹影：《饥饿的女儿》，北京十月文艺出版社，2010，第12页。

默之日。"① 到最后，虹影把母亲的老友王嬢嬢当作母亲一般，投入她温暖的胸膛，想起无法挽回的过去，深深地遗憾和忏悔。但幸而，母亲留下了让虹影赎罪的方式：以对虹影腹中胎儿的祝福，宽恕了虹影身为不孝之女的罪愆。

母亲身体的变形，从美到丑，直到发疯，高潮渐近。但高潮的顶点并不是身体的死亡，在对死亡问题的哲思中，"一个极其重要的问题便是：究竟你是从生的角度看死还是从死的角度看生，真正具有积极力量的态度是前者"②。缘此，虹影把高潮的顶点放在了生命延续的希望之上：母亲死了，但自己的女儿即将诞生，她将是至美的天使，是母亲用爱向生命交换来的肉体的重生。母亲去世后七个月，虹影的女儿出生，与外婆一样属猪，小女儿高高的额，妩媚的唇，是母亲丑到疯灭的身体如凤凰涅槃后的灰烬重生。正是从这个意义上，我们才能"从作为类的主体的角度把个体的毁灭看作是自己的自我更生，从而也才能从作为个体的主体的角度寻找自己生命中不死的东西"③。事实上，走完这"漫长而辛苦的旅途"的，不是虹影，而是母亲。七个月前肉体的死亡其实"未完"，七个月后肉体"转世"，母亲的这一生才算真正走完。因为在此时，母亲变成了虹影的女儿，而虹影变成了女儿的母亲，"母亲—虹影—女儿"的历史生命循环形成，女性身体空间架构完满合围，从这个意义上说，女性的空间危机因为女性的反思自省和代际传承而于绝处复见生机：

　　我走到窗前，下面是滔滔东逝的江水，船在行驶，汽笛

_____

① 转引自苏珊·S. 兰瑟：《虚构的权威——女性作家与叙述声音》，黄必康译，北京大学出版社，2002，第30页。

② 刘东：《西方的丑学——感性的多元取向》，北京大学出版社，2007，第167页。

③ 刘东：《西方的丑学——感性的多元取向》，北京大学出版社，2007，第167页。

鸣叫，远处的山峦若隐若现。

一个小蝌蚪在水里游，一个大蝌蚪跟在小蝌蚪身后。她们在宽阔无比的江里，努力游向对岸。小蝌蚪对大蝌蚪说，真好，前一世你是我女儿，这一世你是我母亲！我们俩永远在一起，永远不分离。

我醒了，清楚地记得那蝌蚪的声音，和母亲一模一样，她的脸，当然也和母亲相同。①

女性的子宫，藉由肉身的循环上升到神圣的地位，它不仅是孕育生命的所在，同时也成为宽宥罪愆的"河之桥梁"。当小虹影流产后抚摸着空空如也的子宫时，她期待顺着浴室的水流汇入江河，回到母亲温暖的子宫。当虹影尝试着原谅小姐姐与自己丈夫背叛她的乱伦之恋时，她说"但愿时间的子宫会让她（小姐姐——作者注）痊愈"，本没有过错的"三个人遇在一起，悲剧就发生了"，而自己才是"罪的源头"②。当她回忆起五岁半的自己"江边寻母"的场景时，一阵口琴声传来，陌生又熟悉，"就像在母亲子宫里时一样清晰"③，那是生命的悠远的旋律，重又响起：

> 我们不是乘客，而是船舟，
> 不是船舟，而是航行，
> 不是航行，而是航行之幻想，
> 航行的航行，给我水吧！④

---

① 虹影：《好儿女花》，江苏人民出版社，2009，第230页。
② 虹影：《好儿女花》，江苏人民出版社，2009，第223页。
③ 虹影：《饥饿的女儿》，北京十月文艺出版社，2010，第277页。
④ 虹影：《阿难·章外章》，文化艺术出版社，2006，第237页。

二　内在空间

1. 梦魇意象——幻

还记得《飘》的女主人公斯嘉丽在丈夫白瑞德离开时说过的话吗？她发誓要找回他，但当时她太累了，只能先睡上一觉，"不管怎样，明天又是新的一天"，这成为打不垮的斯嘉丽自我鼓励的名言，也是她恢复斗志的秘密武器。为什么睡眠会有如此神奇的力量，天大的事情睡过一觉就能缓解不少？虹影也很好奇："睡眠真是个奇怪的过程，像一次死亡接着一次新生，过滤掉了痛苦，榨干这种那种的欲望和情感。"[①] 睡眠之所以会让人产生"新生"的感觉，除了紧绷的神经能在睡眠中放松，让身体得以休养的原因以外，也许还因为睡眠的过程中，有着"梦魇"的存在。

这简直就是个悖论。睡眠是为了舒缓身体和神经，而因为现实的压力和创伤产生的"梦魇"只会让人在睡梦中也不得安宁，怎么可能让人在睡醒后有精力面对新的一天？其中的道理也许就在梦魇的产生和再现机制中。"梦魇"高强度地复现白日的痛苦，可又与现实不完全一致，它以支离破碎的无序组合，让清醒时被理性压制的鼓胀奔突的情绪，寻得一个在幻境中宣泄的方式，尽管不可能完全平复心绪，甚至有可能让人感觉更为疲劳，但当人们第二天醒来时，昨日的种种因为在梦魇中的发泄可能已经淡化、缓和了一些。"梦魇"正是以其不可抗拒性对压力和创伤进行重构并释放：既要有力量揭开创伤中那些被抑制的东西以便克服，又要有力量承受这些创伤存在的事实。这正吻合了弗洛伊德所说的"妥协之路就是这么走出来的"[②]。

[①]　虹影：《饥饿的女儿》，北京十月文艺出版社，2010，第230页。

[②]　Freud, Sigmund. *Remembering*, *Repeating and Working*. Through Further Recommendations on *the Technique of Psycho-Analysis*, Ⅱ. London: Hogarth Press, 1958, p. 145.

虹影作品中频繁出现的梦魇，是真实与虚幻的战场，似梦似真，亦真亦幻，重演过去，预示未来。梦魇是她摆脱压抑和渴望新生的另类表达，是"创伤叙事的重要手段之一"①。或者也可以这样说，虹影的写作，是把无序混乱的梦魇整合成有历史感的创伤事件的叙述过程。梦魇是现实的再现，写作是梦魇的再现。当现实成为历史，它的虚构性与梦魇的虚幻性恰有两相契合之处，因而也成为虹影落笔的突破口之一。

为什么虹影的梦魇多是"重演过去"？因为她的梦魇意象发端于童年，它是童年的经历和想象力在成年后的延伸和变形。

> 我经常做一个梦，在老家的阁楼看到一个白色的身影，她是一个冤死的鬼，她飘出我的视线后，我要去追她。正在阁楼养鸽子的三哥却把我推下梯子。我呢，总会爬起来，再爬上梯子。他会再推我下去。我再往上爬。②

"白色的身影"、"冤死的鬼"，"白"、"鬼"相加，即为"魄"也。为了追随魂魄，虹影才要写作，"写作如同爬梯子"，虽然一次次被推落，却要执着地再往上爬，因为只有追随魂魄才能"看清自己从何而来"，才能记录"那些消失在记忆深处的人和景致"，包括她自己。③ 而作为家中长子的三哥，代表着家人对虹影的意义。他反复把她推下梯子，既可以理解为家人与虹影在童年时期的隔膜和拒绝，也可以从反面推测出迥异的内涵：在小虹影不知道自己私生女的秘密时，家人有意的冷淡与忽视，或许是特殊时代下一种畸变的"保护"形式，因为温情的言语和关爱

---

① 李桂荣：《创伤叙事：安东尼·伯吉斯创伤文学作品研究》，知识产权出版社，2010，第49页。
② 虹影：《饥饿的女儿·新版说明》，北京十月文艺出版社，2010，第2页。
③ 虹影：《饥饿的女儿》，北京十月文艺出版社，2010，新版说明，第2页。

必然导致这个秘密过早地被泄露，只有克制与疏离才能维护秘密的坚固与可靠。

虹影把自己从 1980 年离家出走到 2000 年从英国返回中国的这二十年"离散"历程，与奥德修斯离乡二十年的磨难经历相比，虽然她的经历"少有辉煌耀眼的瞬间，多有失败和痛苦的岁月"，但二十年同样的意义在于，"归于自己的故土，归于出生之地"。① 从这个意义上看，她的梦魇意象不仅是对自我"从何而来"的追寻，也是对故土之"根"的追寻。

自我与故土的寻根，是为了更有勇气面对未来，虹影把梦魇也当作是对未来的一种"占卜算卦"，是命运在通过梦魇预示着将要发生的一切。小虹影离家出走时，当天夜里睡在朝天门港口客运站的长条木椅上，她刚一合上眼，幻象就迫不及待地跟上来：

> 江上结满冰，我在城中心这边，就从上面走过去。想回到南岸去，但走了一半，冰就开始融化，冰裂开，格格格响，白茫茫一片，竟没有一个活人，只有些死猫死狗从江底浮上来，我赶紧睁开眼睛，不是怕一年又一年死掉的人浮上来，而是怕我的家人追来。②

"想回到南岸"的梦表明虹影身离家而心不离家的暗念，是二十年离散生涯的心理预设。但开裂的冰层阻止了她回家的脚步，美梦在这里变成了梦魇。"冰裂开"象征着什么？虽然梦魇因混乱无序的本质而难以一一对号入座、解释清楚，但"冰"是由水冻结而成，"冰"又传达出强烈的孤绝寒冷之意，很难令人

---

① 虹影：《饥饿的女儿》，北京十月文艺出版社，2010，新版说明，第 2 页。
② 虹影：《饥饿的女儿》，北京十月文艺出版社，2010，第 248 页。

不想到虹影常用的孤岛意象和河流意象。"冰裂开"是要吞噬生命，白茫茫的冰上"竟没有一个活人"，身体与生命的消失，强化了"万径人踪灭"的孤岛之感。此时，虹影自己已经变成一座被冰封的孤岛，折射出她对离散前景的深切恐惧和无助。而这种恐惧的根源是与家人的隔阂，因为害怕"家人追来"而被吓醒了，梦魇在清醒状态下继续蔓延，她想象着当家人知道她的出走会做出何种的反应：母亲会"痛骂，咒我"，很少发作的养父"也会觉得这是种不容原谅的伤害"，小姐姐一定幸灾乐祸再不用跟她挤在阁楼睡觉，以一家之主自居的三哥定会因为她的"背叛"和"欺骗"而"暴跳如雷"，而跟踪过她的生父"现在想跟也跟不到了"。①

梦魇意象与孤岛意象既相互呼应，又彼此强化。孤岛意象是外在的、具体的、有空间感可触摸的，而梦魇意象则是内在的、抽象的、变异而不可触摸的。内外意象共同指向虹影的个人经历对身体所造成的创伤"后遗症"——"极度的恐惧、无助、失控和灭亡感"②。

然而，梦魇中最可怕的部分并不是梦魇的内容，而是"梦的失忆"。《上海魔术师》里所罗门在梦中，以一国之君的身份让智慧的老臣帮他圆梦析梦，谁能做到，便以城池和钻戒为赏。可是谁也没有能圆他的梦，因为"我自己都想不起做的什么梦，谁又能圆梦"③。记得梦，却不记得梦中之梦，对梦中之梦的失忆意味着永远无法打开梦的核心，即使在梦中智慧如所罗门王，拥有财富与众臣，对当下的梦都无法把握，无从解析圆梦，更遑论理解梦之所示的过去与未来？这才是作为一个人的最大的"梦

---

① 虹影：《饥饿的女儿》，北京十月文艺出版社，2010，第248～249页。

② Herman, Judith Lewis. *Trauma and Recovery: From Domestic Ability to Political Terror.* London: Pandora, 2001, p. 33.

③ 虹影：《上海魔术师》，江苏文艺出版社，2012，第251页。

魇"——对自我与当下的无力与虚无。

2. 死亡意象——无

自我虚无的极致，就是生命的消亡。在中国传统文化的各家学说中，儒家的生死观并没有明晰的体系性架构。孔子的"未知生，焉知死"阐明了儒家对生死问题的基本态度：懂了活着的道理，自然就会明白死的道理。缘此，最重要的是弄清如何活着。"重生忌死"成为以儒家学说为主的中国传统生命哲学的核心与最后归宿，传统的死亡一直背负着"朝闻道，夕死可矣"的神圣崇高的终极价值目标。

但是，在当代文学创作中，尤其是先锋文本中，死亡的本体形态描写开始褪去神圣和崇高的光环。对死亡偶然性和不可知性的揭示，颠覆了对待死亡的传统方式，死亡具象化为突发偶然事件或必然来临的（无）生命状态。"先锋作家嗜好悲剧，"南帆曾这样总结，"死亡充塞于每一个角落"①。死亡叙事的这种变化，深层原因在于存在主义哲学思想的启悟。"文革"十年浩劫给存在主义哲学启悟提供了深刻的社会和文化根源。存在主义对世界和个体的深刻怀疑，正迎合了面临信仰危机的中国作家的认知模式。二者之间的契合造就了死亡观念的全新架构，正如费希特所说："你是什么样的人，你便选择什么样的哲学。"②"悬临"于我们头上的死亡，其实质就是生命的一种特殊形态。死亡开始成为自足自卫的艺术载体和文学表现空间，文学的"死亡"开始接近它最本然的意义：死亡。

虽然虹影能否划归先锋作家的行列可留待另行讨论，但由于她对革命和创伤的天然"亲近"，她的每一部作品都不可避免地

① 南帆：《文学的维度》，中国人民大学出版社，2009，第165页。
② 阿尔森·古留加：《康德传》，贾泽林、侯鸿勋、王炳文译，商务印书馆，1981，第45页。

涉及各色人等的死亡。虽然同样受到过存在主义的影响，但虹影坚持从女性立场看待死亡，对死者多抱有深切的怜悯。即使如小虹影的三姨夫这样连配角都算不上的无名氏，虹影也在曲折隐秘的笔法下透露了些微她的女性温情。

无家可归、饿得浮肿的三姨夫来找小虹影的母亲求助，但由于邻居们对他犯人身份的非议，他悄悄地主动离开了。如果虹影写他飘零着失去音信，结局是不难猜测的死亡，这样的死就依然具有传统哲学形而上的崇高性，进而带有一丝遐想的余地和古典凄美的韵味，因为他不想在当时的特殊环境下连累亲人，他有做人的底线，即使面对死亡，他依然有情有义有担当。但事实上，三姨夫根本无力走远，几天后，他被人发现死在了公共厕所里，"眼睛也没闭上，睁好大"①。相比于又脏又臭又烂的公共厕所，小虹影觉得还不如死在露天干净些。干净是对活人而言的，对濒死的三姨夫来说，又饿又冷、无处可去的他只能凭本能想到厕所，因为厕所有墙，而且进出自由，在有墙又无人阻拦的地方避避风雨，在当时很难找到比这更合适的空间。最重要的是，厕所的墙意味着掩护和遮盖，让人看不见、至少不会直接目睹他死时的恐怖模样。这是他对自己最后一点尊严的捍卫，那是一种"欲盖弥彰"的、悲惨又尴尬的死亡方式，裹挟着厕所的臭气扑面而来，让人动容。

鲁迅在《呐喊》自序中说过："有谁从小康之家而坠入困顿的么，我以为在这途路中，大概可以看见世人的真面目。"鲁迅虽然点出了世人的面目，但没有明说他本人作为这"坠入困顿"的人会如何自处，尽管实际上他以《呐喊》表明了"坠入困顿"后人的一种可能性，那是一种从家衰到国亡的激烈抗争的态度。小虹影的三姨夫也是从小康之家坠入困顿的人，他自生自灭的微

---

① 虹影：《饥饿的女儿》，北京十月文艺出版社，2010，第49页。

渺意义无法与鲁迅先生拯救国民"劣根性"的志向相提并论，可是他用自己死前的行动为鲁迅的话语做了一个小小的脚注：不论世人面目如何，生存之道多艰，也不论生与死如何没有界限，自处之道都可以也应该掌握在自己手中，因为哪怕多一丁点死亡的尊严，也是微渺意义中的意义。

与虹影对"死亡"保留余地的做法不同的是，同时代以余华为代表的多数男性先锋作家，从存在主义哲学中汲取的是死亡的必然性和悲观性。当然，虹影也曾在早期的作品中经历过类似的极端表达，如《背叛之夏》，但紧接着在《女子有行》中，她就以"康乃馨俱乐部"的解散来逃避对男性的"阉割"，并对大法王桑二的牺牲和"我"的流产表露出女性特有的对"生"的坚强——"女人还得自己救自己"①。相较而言，在《难逃劫数》、《现实一种》、《往事如烟》、《死亡叙述》、《活着》和《兄弟》等作品中，余华或暴力、或冷静、或嘲讽、或含混地把人物一个个推入死亡的深渊。苏童、叶兆言、洪峰等人的作品也浸透了深重的死亡意识，他们笔下的人物最终大多难逃死亡的厄运。如洪峰的《极地之侧》，接连七八个死因不明的死亡故事的讲述，从头至尾纠缠着噩梦般的死亡情结。叶兆言的《五月黄昏》在对叔叔死因的追问中完成了对死亡意义的解构。叔叔的死因被人们的种种传言涂抹得犹如迷津一般，在徒劳无获的查证中，死亡的价值和目的无从判断，而作者冷静客观而不动声色的叙述传达出对死亡的冷淡与漠视。这种对死亡的反复言说和迷恋，表明以先锋小说家为主的一批作家陷入了"为死而死"的预设的死亡叙事迷宫，从后"文革"时代价值解体、文化失范的现实步入了极端怀疑主义和悲观主义的泥沼。

在跌入生命信仰的谷底后，部分先锋作家从泥沼中觉醒，在

---

① 虹影：《女子有行》，文化艺术出版社，2006，第175页。

死亡的注视下开始生的沉思，正如叶兆言在其《挽歌》系列自序中所说："死亡有时太强大了，然而正是这种强大才能真正体现了生命的力量。"[1] 史铁生也发出在"这必死的路上纵舞欢歌"[2]的呼喊。

漂离海外的虹影没有机会卷入这两股大起大落的"生死"叙事，正如在伦敦时她独自创作一样，在作品中她独自坚守着自己不温不火、不离不弃的生死态度，逐渐发展出不一样的"淡而不冷"的生死观。

《阿难》中阿难的父亲黄慎之是中国赴印度的远征军军官，母亲库尔玛则是印度的贵族之女，他们携手走过了二战的战火，战胜了印度森严的等级制度，在印度摆脱英国后的光荣独立中幸福地结合了。可随之而至的印巴兄弟相残，令阿难成为不幸诞生于那混乱血腥环境里的遗腹子和孤儿。中国与印度一样，是在与西方列强、殖民主义的艰巨对抗中建立起的现代民族国家，面对着先辈们留下的遗产和其中的激情与希冀，我们就像阿难一样充满了迷思和困惑。我们不禁要问，阿难之"生"何其艰难，他代表了谁的遗腹子？他是什么意义上的"孤儿"？正像他的名字颇具由来：父亲早早给他取好大名"黄亚连"，意为亚洲人联合起来，而小名"Ananda"梵文意为"欢喜"，中音意为"难"，合起来就是"艰难时世中惟一的欢喜"。阿难就是困难与苦难，是现代中国之"难"，"是我们无可排遣、终须面对的精神之'难'与历史之'难'"[3]。

阿难之生如此"伟大"，可是他死得并不"光荣"。虽然他自沉恒河以赎罪，但这无法改变任何现状：在法律意义上他还是逃

① 叶兆言：《挽歌》序言，广西师范大学出版社，2001。

② 史铁生：《答问自己》，《作家》1988 年第 1 期。

③ 李敬泽：《"行者"虹影追阿难——评〈阿难〉》，《涪陵师范学院学报》第 23 卷第 1 期，第 53 页。

亡境外的金融要犯，在爱情意义上他以死背弃了爱人苏菲。阿难在整个故事中与"我"做游戏，让"我"像破案一样抽丝剥茧寻找他的踪迹，而找到他的那一刻——如此大费周章的"侦探小说"式的结构安排，在读者期待着最后、最大的意义降临的时刻——他自沉恒河消失了，苏菲也追随他而去，而"我"大病一场后生活一切如故。死亡、恒河、历史、当下、国家、爱情，如此之多重大意义的背后，居然是毫无意义！就像浪费了，白白牺牲了，让人沉重的期待突然落了空，不知该安放在何处。

　　事实上，是活着的人要赋予死者以意义，对于死者而言，一切的意义都是空，也就是没有意义。阿难只是"坚持生命自行消失的权利"，而活着的我们却要用"意义"追踪它、捆绑它、囚禁它，把它投入"牢"里，"破坏这种完美孤独"。所以，让意义从死亡的意象上稍稍撤退吧，就像不断流逝的恒河水，"恒河之风清兮，可以送我圆满，恒河之水浊兮，可以令我完成"[1]，清或浊，都无损于死亡，这就是"空"的死亡意象。这也许是虹影在经历了许多患难考验、目睹了许多悲欢离合后，对死亡解脱的一种发自内心的理解和对死亡权利的尊重。无以为死，何以为生？

　　于是，我们被迫返回头重新思考，是否我们遗漏了什么，死亡的意义究竟是什么？以先锋小说为主的当代许多小说，虽然充斥着死亡，但它们已经同古典式的悲剧相去甚远，人们无法从这些小说中体会到古典的崇高或悲壮，难以敬佩于主人公对命运的不屈抗争和最终失败；相反，许多人物的死亡毫无分量，轻易而无故的死亡让原本最大的悲剧变成了意义期待的落空。作家频繁地以尸首或者发疯来了断小说，把死亡作为"一种叙事策略巧妙地维系着故事的持续性"[2]，以对"死亡景象"的爱好取消对

---

① 虹影：《阿难》，文化艺术出版社，2006，第 219 页。
② 南帆：《文学的维度》，中国人民大学出版社，2009，第 166 页。

"死亡原因"的探究，这是他们与古典悲剧渐行渐远的主要原因。

阿难死在佛教发源的印度，他的名字也与佛祖最爱的弟子相同，如此明显的故事核心吸引我们不由自主地陷入了虹影设置的障眼法中，认为阿难的死就是一种看破世事、向佛皈依的历程。这个很容易得出的结论，在经过上面的讨论之后或许要瓦解了，以佛教对轮回的重视，绝不会如"我"忘却阿难一般没有下文。所以，阿难并不是表面上看起来的那样，以佛教系统而深邃的死亡理论指导自己的人生实践，恰恰相反，阿难走的是佛儒二教"为我所用"的自我皈依之途。

中国现代社会，多元复杂、开放自由，带来了物质享受空间的扩张，同时也导致坚定信仰的缺失，这一点在阿难的成长经历中尤为明显。不论是个人层面、家庭层面，还是国家层面、制度层面，当中国在经历着宏观确定性和指导性的动荡时，个体也在经历着相应的微观动荡。阿难，先是凭个人的天赋成为明星和巨商，继而"无根之木"必然产生精神焦灼和选择困惑让他毫无悬念地沦落，这是俗套但又十分真实的历史中的个体。依阿难的个性，他绝不愿做牢，也不愿逃亡，唯一选择就是在经历了人生的盛衰浮沉后回归自我。此时他选择葬身于恒河是希望轮回转世重新做人吗？不。阿难所浸入的恒河，并非洗净罪孽、轮回重生的圣河，他也远非大彻大悟。那是带给阿难一颗平常心的河流，河流从"神圣"回归"平凡"，正如他从人生巅峰和谷底走向平常心，他要平静地面对过去，平静地面对死亡。在这里，虹影取了佛教"轮回"的部分意义，因为始终生灭、聚散起止、念念相续、种种取舍，皆是轮回。而同时，虹影也再次提醒我们重审"未知生，焉知死"的儒家观点，从表面上看这是儒家对死亡问题采取了回避的态度，但实际上，儒家的这种理性的生死观有利于促使人们保持精神上的宁静、平和，不为死亡的降临所烦扰：既知生，便知死。儒家从人生正面之主体性入手，佛教从人生负面之苦业入手，前者的忧患反思意识在后者的苦业无常意识的对照之下，显得更为明朗了。哪怕阿难身为罪犯而不再具有世人所谓的存在的"意义"，但生命本身就是经历一场，所以死亡也是种经历，死亡本身就是主体所经历的无意义之"意义"。"无意义"，恰恰是浮躁喧嚣、你争我夺的现代人所缺失的一种心理状态。正如"不能时刻考虑非信仰可能性的信仰，并非信仰"[1] 一样，阿难无意义的死亡中产生了意义，寻找超越本身就是一种超越。

抑或，我们有理由猜测居留西方十年的虹影，或多或少受到了西方哲学的影响，阿难成为克尔凯郭尔式的"孤独个体"的象征，人类的那种不断向前的积极展望，在这里不得不被个体的死亡终止，由于这个死亡是个体选择的结果，所以死亡成为最终的意义指向。"死是把此亲在作为个别的东西来要求此亲在"[2]，只有在阿难选择了死亡这种绝对的寂灭虚空之后，他才能获得超越自身的自由。那种不断从过去流向未来的时间向度，由于个体的死亡选择，就只意味着个人从出生到死亡的一小段不可逃避但也趋向虚无的历史。

虹影在《好儿女花》中，以"我"回乡为亡母送葬开头，转而死亡问题被搁置，探寻母亲死前发疯的原因成为故事中心，牵引出母亲这一生在困难时期与若干男性的诸多关系。待这些关系剥离清晰，却发现逼疯母亲的罪魁祸首是"我"与母亲之间的"心墙"——隔阂。死亡与发疯，女性与男性的复杂关系，都只是真相前的伪装和迷雾，等到谜底揭开，身为女儿的虹影成为最大的悲剧源头。疯母之死的意义即在于此。虹影并不以疯和死作为终结，反而看淡死亡，以死为开端，讲述生死疯魔背后"孤独

---

① Heidegger, Martin. *An Introduction to Metaphysics*. trans. by Ralph Meinheim. New Haven: Yale University Press, 1959, p. 6.

② 中国科学院哲学研究所西方哲学史组编《存在主义哲学》，商务印书馆，1963，第 67 页。

的人"的故事，阿难之死暗中契合了她的这一理念。

3. 孩子意象——生

从"五四"时代的"儿童崇拜"和冰心的"金色童年"，到鲁迅的"救救孩子"；从马克·吐温的《汤姆·索亚历险记》和《哈克贝利·费恩历险记》到罗琳的《哈利·波特》系列，近百年来社会和文学对孩子投注的目光，从东到西，未有间断。但是，除了儿童文学作家，很少有作家在每部作品中都把孩子作为主要叙写对象，虹影是个例外。在除《背叛之夏》外的九部长篇小说中，每部都有一个独立而明确的"孩子意象"存在，即使不是小说的核心人物，也是以核心人物的成长背景或"前世今生"的意义被叙写。（见表1-2）

表1-2　虹影小说中的孩子意象

作品	孩子角色	出场年龄	孩子意象的意义
《女子有行》	"我"与桑二的孩子	胎儿	未及出世就被暴力摧毁的转世法王
《饥饿的女儿》	小虹影	未成年少女	背负"原罪"的私生女
《英国情人》	裘利安	成年男性	作为他母亲永远的儿子
《阿难》	阿难	成年男性	小阿难（遗腹子加早产儿）
《孔雀的叫喊》	柳璀、月明	成年女性、成年男性	作为玉通禅师和红莲分别转世投胎的女儿和儿子
《上海王》	筱月桂	未成年少女	小月桂（成为"上海王"前的妓院丫头）
《上海之死》	小于堇	成年女性	被休伯特收养前的孤儿
《上海魔术师》	兰胡儿、加里王子	未成年少女、未成年少男	都是孤儿
《好儿女花》	虹影	成年女性	作为母亲永远的女儿

显然，虹影的"孩子意象"并不局限于18岁前的孩子，裘利安、阿难和于堇，是以成年人的身份出场和死亡，《好儿女花》里的虹影也已经从《饥饿的女儿》里的"小虹影"变成著名作家

虹影女士。但是虹影在写这些成年男女时，总是时时在情节中加入孩提时代的故事，让读者看到一个成年人背后的成长经历和时代环境是如何作用于他/她当下的性格和命运的。裘利安在与闵相恋时，经常写信回英国向母亲报告他与闵的恋情，《英国情人》中提到信件内容的就有 17 次之多。裘利安在每封信里下意识地把母亲与闵两相对比，表现出不一般的"恋母情结"。不论走到哪里，他都要以写信的方式维系与母亲间的特殊感情，"母亲那里累积他的信，怕有上百封了吧"①。这么多的信足以解释裘利安为何对与闵结婚充满畏惧，而又对革命和女性充满热情和想象，因为在一定程度上，他还是母亲怀里不肯长大的孩子，任性而有才华，骄傲而又单纯。《阿难》里的阿难，在改革开放的大潮中从摇滚明星和商人巨贾沦为金融逃犯，巨大的人生落差是历史曲线与他的自我"弹性太大"叠加作用的结果：无父无母的他"从小卑微，多少年习惯低头服软"，躲过了"文革"浩劫，"压力一撤，气球就立即膨胀，傲然升空"②。《上海之死》中，于堇虽感激休伯特多年的养育之恩，但她永远也忘不了亲眼看见父母和同胞流血牺牲的童年印象，这些血淋淋的画面在她的梦魇中不断重现，促使她最终放弃自我的幸福，为国捐躯。

不同的背景年代，不同的身世遭遇，"孩子意象"成为童年成长记忆的映射，或正或反地作用于成年后的个体，这样的"孩子意象"在现当代作家作品中并不少见，譬如鲁迅塑造的少年闰土之于成年闰土的巨大反差，余华在《兄弟》里讲述李光头和宋钢两兄弟从小到大的人生轨迹，莫言用《丰乳肥臀》里上官金童对母亲乳汁的病态迷恋写尽 20 世纪国家与个人所经历的癫狂岁月，等等。

若论想象力的奇崛丰富、历史跨度的宏伟浩荡或写作手法的

① 虹影：《英国情人》，现代出版社，2009，第 169 页。
② 虹影：《阿难》，文化艺术出版社，2006，第 238 页。

怪异创新，虹影的"孩子意象"并无过人之处。但虹影有其独出新意的地方：她的"孩子意象"与她的"母亲意象"是遥相对应、相辅相成的；此外，"孩子意象"不仅是对"母亲意象"的致敬，更是对"母亲意象"的超越。除了在《好儿女花》中虹影怀孕并生下女儿，虹影所有其他作品中的"孩子意象"都以"绝代"的姿态出现在故事中，即"孩子意象"后继无人。不像男性作家擅长的历史家族小说——比如，陈忠实的《白鹿原》、莫言的《红高粱》和《丰乳肥臀》等，多怀"子子孙孙无穷匮也"的希望以见证历史——虹影的"孩子意象"凝固在了当下的故事文本中，前有"母亲"，而后无"来者"。

以凝固于当下的方式实现对"母亲意象"的超越，究其根源，是因为虹影的"孩子"并不是在身为人母、人父的意义上延续着"母亲意象"，而是在自我存在的意义上延续着"母亲意象"。即使如裘利安那样长不大的孩子，如阿难那样辜负了父母"艰难时世中惟一的欢喜"的期待的孩子，也是在以悖逆的方式证明自我存在的痕迹。《女子有行》中，"我"与桑二的孩子是"转世法王"、"未来佛主"，因敌人对桑二和"我"的加害而胎死腹中，"他"虽无法普度众生，但是让身为"佛母"的"我"明白，身为"母亲"的意义不仅是孕育，更是不能逃避，要勇敢保护身边的亲人，即使这种尝试会落空，但为之坚强奋争是"母性"应有之义，这是"生"之大义。虹影在历史构筑的框架之外，始终以温柔而执着的心坚持孩子就是希望，是女性主义最后的皈依，是新历史主义未来的主人。孩子对虹影的意义，就好像希望对于写作的意义一样，"希望正是对写作的另一个命名。这一命名下的写作将把我们载向我们自身无法达到的境界"①。

------

① 埃莱娜·西苏：《美杜莎的笑声》，孟悦译，载张京媛主编《当代女性主义文学批评》，北京大学出版社，1992，第237页。

第三节　河母

一　子宫：身体的内化空间

　　尽管在小虹影的眼中长江险恶凄冷如斯，但她却始终记得五岁半时沿着长江在雨中奔跑，一身泥泞地追寻母亲的一幕。江河在波涛汹涌的险恶表象之下，像母亲一样孕育着江边的代代黎民百姓。江河的包容和繁衍的线索，暗藏在前文刚刚提到的一个细节中，即人们通过江上流尸的仰俯姿势，判断他们的性别。此时，尸体的社会性别（Gender）已经毫无意义，只有生理性别（Sex）是人们所关注的。她的关注并不纯粹出于孩童的好奇，更是蕴含着对男女身体根本区别的性启蒙，以及男女结合（男上女下的传统姿势）的隐喻。

　　陈染在《与往事干杯》中曾以唯美诗意的语言描绘了女主人公肖濛性意识的萌芽：

　　　　她在海洋上漂荡，她变成了一条美丽的白鱼，潮涌而来的海水抚弄着她的面颊，撞击着她肌肤，她浸泡在黑暗的阳光里。黑暗中她把一种不曾命名过的感觉吸进体内，从此便有了一种东西不再朦睡。[①]

　　两相对照，虹影的浮尸与陈染的白鱼，都是女性躯体对于性意识的发端，但虹影的对象客体显然面目可憎，带有她一贯的格调。这种伤痕累累的情绪只有在母亲子宫的安抚下才能唤回安全

---

① 陈染：《与往事干杯》，载王铁仙主编《新时期文学二十年精选·中篇小说卷》，上海教育出版社，2003，第358页。

的体验。就像小虹影流产之后，在公共浴室里令她备感温暖的水流，温暖了她冰冷的身体，流过她平坦而空荡荡的小腹，流入下水道，最后汇入江中。水像母亲一样安抚着她，她想象自己漂浮于母亲子宫的羊水中，不仅舒适安全，而且是对她所失去的胎儿的一种道歉：她化身为胎儿，代替胎儿感受"母亲"的温暖。此时，她既是胎儿的母亲，又是母亲的女儿，这是对创伤的巨大包容，是虽断犹连的代际繁衍，是对人类最古老愿望的回应——"对于活着穿越死亡的希冀"①。用文学的语言来表达，那就是陈染笔下肖濛面对怀孕的乔琳时，坚信除了物质化的家园外，人们的内心所渴望着的"另一个精神的家园"②。

这时的胎儿想象，还可以视作虹影对自己在胎儿期的一种情感弥补。虹影始终认为她的出生是一种缺失，作为胎儿的她被动地出生，生在一个饥饿的年代，生来就带有不该出生的私生女的"原罪"，生父与母爱的缺席等，这一切的缺失她毫无选择的权利。现在她选择流产胎儿，虽然对于胎儿来说同样被剥夺了权利，并且这种选择权的转移依旧是痛苦而无奈的，但小虹影从被动出生上升到了主动流产的位置，她的女性力量随着她的成长在不断增加。这股女性对自己身体处置权的争夺之力，可以看作女性成年后"故意"对童年、少年时代曾无力对抗的社会和家庭的一种反抗，并且这与她下一步离家出走的决定是互为促进、密切相关的。

进一步假想，小虹影的流产喻示着一种痛苦地"放空"自己的方式，她把胎儿放弃了，意味着她把历史老师作为"父"的替代物的希望彻底割绝了。她空出来的子宫意味着孕育新生命、新

---

① 埃莱娜·西苏：《美杜莎的笑声》，孟悦译，载张京媛主编《当代女性主义文学批评》，北京大学出版社，1992，第231页。
② 陈染：《与往事干杯》，载王铁仙主编《新时期文学二十年精选·中篇小说卷》，上海教育出版社，2003，第331页。

生活的可能性，所以接着她决定要离家出走。并且，空出来的子宫也意味着向恋父情结的暂时"告别"，由缺父—寻父—拒父构成的"父"的阶段向"母"的阶段过渡和接近。

二　河母：多变的包容空间

"水总被认为是无意识的象征，是心理生活阴暗的、未知的层面。就像生命源于水一样，自我源于无意识。"[①] 正因水的这种无意识的象征性，生长在长江边的虹影一直把对未知的生命起源和阴暗的童年记忆归结于水：养父是长江上的一个水手，母亲就在长江边干苦力，她的笔名就来自江河："虹影，仰天之水，相遇阳光。河流不仅是我生命的象征，而且就是我的生命本身。"[②] 而要重现并化解对前半生的痛苦回忆，她无疑要重新回到水的象征中去寻找。在前文论及虹影笔下的江河意象与母亲意象时，二者之间的隐喻关系已然十分明显，在《饥饿的女儿》中，江河如母亲般的孕育与滋养，江河如母亲般的多变与包容，江河与子宫羊水的直截联想，都表明虹影已经不期然地独创了属于她的"江河母亲"形象。

因为江河在虹影的小说中时常化为雨水和泪水，所以"江河母亲"的形象也延展到女性与雨水、泪水的共生关系上：例如，《上海之死》中于堇与上海的雨，《英国情人》中闵与大海。甚至有时，可以通过男性中介，表达女性对人与水的相伴相生的感念：阿难在"我"与苏菲面前自尽于恒河就是这样的例证。由此可见，虹影的"江河母亲"形象不是拘泥僵化、一成不变的，相反，它一如"水"般有着相当的涵盖面和灵活度，从女性与水的

---

① Moon, Beverly. ed. *An Encyclopedia of Archetypal Symbolism.* Boston & London: Shambhala Publications Inc. , 1997, p. 455.

② 虹影：《答杨少波八问》，载《英国情人》，现代出版社，2009，第189页。

共同特质——多变、柔韧、孕育、包容——出发，塑造出虹影式的不一样的女性/母亲形象。

"江河母亲"这个新颖的名称，不禁让人想到另一个已经在评论圈中颇有名气的名称——"大地母亲"。当我们为"地母"划分类别、建立参照时，我们发现"地母"几乎是世界一切民族都曾有过的神祇，"地母观念的出现是人类在早期土地有灵意识基础上的人格化"①。从文字学角度将"地"与"母"拆分细解，《说文》卷十三下释"地"字云："地，元气初分，轻清阳为天，重浊阴为地，万物所陈列也。从土也声。"段注曰"也"："坤道成女，玄牝之门，为天地根，故其字从也。"由此可见，东汉许慎的《说文》根据"也"的篆文形象将其释为女阴，清代段玉裁作注予以申说："此篆女阴是本义。"这是用传统的阴阳哲学从宇宙发生论的角度对地的概念所做的阐释，确认了大地是与阳性的"天"相对的阴性存在，又是万物赖以生存的基础。②《广雅·释亲》说："母，本也。"《释名·释亲》云："母，冒也，含生己也。"归纳起来，即如《周易·说卦传》中地母象征系统的古老类比形象："乾，天也，故称乎父；坤，地也，故称乎母。"《后汉书·隗嚣传》最为直截："地为母。"在人类早期思维意识中，将"地"与"母"关联，源自土地与女性在繁衍生殖方面的共性。在希腊神话中，地母受雨神拥抱受孕而生育儿女；还有谷物女神得墨忒耳，也是母亲大地的意思。这些在希腊神祇族群中占高级位置的女神都具有生育、丰产与呵护的强大能量，她们使得世界富饶肥沃、人丁兴旺、欣欣向荣。③

---

① 杜正乾：《论史前时期"地母"观念的形成及其信仰》，《农业考古》2006年第4期，第108页。

② 叶舒宪：《中国上古地母神话发掘——兼论华夏"神"概念的发生》，《民族艺术》1997年第3期，第31页。

③ 王安忆：《地母的精神》，《文汇报》2003年2月17日。

美国著名剧作家尤金·奥尼尔（Eugene O'Neill）的《大神勃朗》中的"地母"身体壮硕、长相丑陋、说话粗鄙，但自由、洒脱、善良、恒常的气质使得张爱玲深深为之着迷，张亦成为中国现代作家中"地母精神"最早的推崇者："在任何文化阶段中，女人还是女人。男子偏于某一方面的发展，而女人是最普遍的，基本的，代表四季循环，土地，生老病死，饮食繁殖。女人把人类飞越太空的灵智拴在踏实的根桩上。"①"地母精神"肯定了女性的生存繁衍价值以及对凡俗人生的投入与物质理性。② 换句话说，它肯定个体普遍、基本的凡俗性、物质性，并且对卑微残缺的人生予以博大的同情、怜悯和关爱。中国当代作家的作品，不少拥有这一"血统"。王安忆以"重女抑男"的鲜明态度追随"地母精神"，把对传统家国叙事的反拨和日常现代性的追求融入其中，这种人本位、生本位的市民价值取向重构非"地母"无以承载，她的《妹头》、《富萍》、《天香》等彪悍泼辣的生命力都是"地母"的俗世变相。赵本夫的"地母"三部曲以柴姑和子孙近一个半世纪以来与土地的关系——从垦荒到土改再到城镇化——写出"土地的史诗，文明的追问"，写出黄河故道滋养下中原文化生命活力的民族生存寓言③。何存中的《太阳最红》是第一部以大别山地区黄麻起义为素材创作的长篇小说，女主人公傅大脚因能干和脚大而得名，她以中国女性典型的勤劳坚韧、宽厚慈爱、受难牺牲的精神竭力维系生命绵延不绝的使命，代表了地母形象与苦难之神。傅大脚不再只是指代血与火融粹的沧桑革

---

① 张爱玲：《张爱玲文集·第四卷》，安徽文艺出版社，1991，第 70 页。

② 张娟：《王安忆小说的"地母精神"与现代市民价值观》，《求是学刊》2012 年第 3 期，第 132 页。

③ 赵本夫的"地母"三部曲包括：《黑蚂蚁蓝眼睛》、《天地月亮地》和《无土时代》，参见何镇邦《土地的史诗，文明的追问——重读赵本夫的"地母"三部曲》，《小说评论》2011 年第 4 期；程亚丽《民族生存的寓言——解读赵本夫〈地母〉的隐喻叙事》，《当代作家评论》2006 年第 2 期。

命中英雄母亲的抽象符号，而是有血有肉饱满鲜活的个体，她在亲情旋涡中衍生的爱恨纠葛成就了艺术上独特的"这一个"①。马步升《青白盐》中的"地母"是混沌的情欲和强悍生命力的体现，以大地为生命的支点，将属于女人的自然本性发挥得淋漓尽致。在西方作品中，也能见到以"地母"为楔口叙写中国历史的尝试：著名的美国作家赛珍珠的代表作《大地》，主人公王龙的妻子阿兰在名字、体貌和品性方面都具有地母的特征，她与土地的关系是赛珍珠叙事的神话原型之一。

在传承"地母"血统的诸多作家中，著名旅美女作家严歌苓无疑是杰出的一位。她在长期创作中自觉或不自觉地缔造出一个女性形象的脉络：从少女小渔到扶桑再到第九个寡妇王葡萄的"地母"脉络，其中内涵日趋丰厚饱满，体现了中国民间、民族内在生命能量的成熟和喷薄。同为海外华人女作家的代表人物，虹影和严歌苓身处异域，不忘家国，念兹在兹的是借"河母"与"地母"形象讲述女性的历史与历史中的女性。她们以江河和大地分别为母亲的象征，异同何在？"地母"与"河母"的意义是否仅局限于母亲，还是已经在作品中实际产生了广泛的女性指涉意义？

"河母"与"地母"自觉强调女性的地位，不约而同地突破了男性视角的封锁，从长久栖息的历史背景走向舞台的中心。她们不再仅仅作为男性的情欲对象或家庭妇女而存在，也不再与历史叙事绝缘，而是上升到拥有力量和掌握力量的高度，这种力量是由对自我躯体的承认和信赖所带来的女性力量。这股力量不再屈服于"男性躯体修辞学"所代表的既定内涵，而是希望通过痛苦的历练达到女性的升华。

事实上，早在莫言那里，男性躯体与历史的"生物联系"就

---

① 程曦：《傅大脚：中国的地母形象与苦难之神》，《小说评论》2012年第3期，第188页。

已经"无形地中止了"①。《红高粱》中活剥罗汉大爷的片段里，那两只在瓷盘里叮咚跳动的耳朵，从两腿间一蹿一蹿呲出的焦黄尿水，褪去的头皮下一棱棱的肉丝，无皮的肚子里蠢蠢欲动的肠子……莫言以血淋淋的战栗和哀号引起读者身临其境的惊悚和恐惧，血肉之躯的生理性质得到了前所未有的展示，而这种展示的最大意义正是对男性躯体所代表的高于女性一等的阶级意义和文化传统的无情践踏。残雪则是把两性间的差异以丑化的方法一并抹杀。但无论是如莫言对男性躯体亵渎式的惨烈临摹，还是如残雪对男性和女性躯体一视同仁的丑恶描写，他们所代表的意义也终止于此。易言之，他们只顾得上动摇男性（躯体）的既有传统，或者只做到以"共同丑恶"来抹消两性之间久存的等级差异，但是他们没有为动摇和抹消后的两性空间寻找到替代物，不论这个替代物是否合理。

虹影的"河母"与严歌苓的"地母"的出场恰恰弥补了替代物的缺席，把躯体与历史已经中断的"生物联系"重新弥合，其弥合的力量来自"河母"与"地母"自身的女性特质——藏污纳垢。那么，什么是"藏污纳垢"的能力？"河母"与"地母"为什么具有"藏污纳垢"的伟大能力？而"藏污纳垢"又凭什么变成伟大而不是鄙琐呢？

民间大地拥有"藏污纳垢"能力的诗学阐释来自陈思和先生。他认为民间作为审美的文化空间，表现为以自由自在的原始生命活力紧紧拥抱生活本身的过程。拥有民间价值立场的知识分子就有可能在"自在民间藏污纳垢"的状态中，发现具有审美意义的艺术世界。②

---

① 南帆：《文学的维度》，中国人民大学出版社，2009，第131页。
② 参见陈思和《民间的浮沉》，《上海文学》1994年第1期；《民间的还原——文革后文学史某种走向的解释》，《文艺争鸣》1994年1期。

　　所谓藏污纳垢者，污泥浊水也泛滥其上，群兽便溺也滋润其中，败枝枯叶也腐烂其下，春花秋草，层层积压，腐后又生，生后再腐，昏昏默默，其生命大而无穷。不必说什么大地之母，其恰如大地本身。大地无言，却生生不息，任人践踏，却能包藏万物，有容乃大。①

虽然陈思和认为没有称呼"地母"的必要，因为"藏污纳垢者"本身"恰如大地"，但作为小说中一类人物形象的统称，"地母"还是比较贴切而简洁的，也符合把大地唤为母亲的传统习惯。严歌苓笔下的扶桑、小渔、王葡萄等"地母"形象充分体现了女性来自民间大地的原始生命活力，是东方的"维纳斯"②。首先，她们突破了中国传统知识分子对女性或蹙眉病态、弱柳扶风，或仪态万方、绰约多姿的体态审美偏好。小渔"人不高不大，却长了高大女人的胸和臀，有点丰硕得沉甸甸了"③。王葡萄人如其名，以甜蜜多汗、浑圆饱满的果实暗喻其女性的身体特征。其次，她们都是来自社会最底层的普通女性，但都显现出自

---

① 陈思和：《当代文学与文化批评书系·陈思和卷》，北京师范大学出版社，2010，第404页。

② 作为原始人类深层次意识思维——原始艺术的文化遗产，"地母"的形象被塑造成了一个颇具生育能力的女神。在古罗马神话中，"维纳斯"不仅是爱和美的女神，也被称为生育女神。因此，考古学家、艺术史家把史前石雕女性裸像通称为"维纳斯"。国内外的考古界发现的"维纳斯"女性石雕有一致的风格：总是裸体，乳房高耸，肚子硕大，突出地表现了女性作为生育者的形象。欧洲史前维纳斯孕妇像在突出表现隆起的腹部的同时，还将下肢雕刻为锥状以便插入地中。这种把孕妇同地母相联系的做法是以下述信仰为基础的：大地母亲是一切生命的本源，人类妇女的怀孕同样是依赖于地母的无限生育能力，或者是直接从地母那里获取生命再生之神秘功能的。如果把地母的无限生育能力看作神力的本源，那么妇女的怀孕则是在较小的规模上重现了地母特有的神力。参见叶舒宪《中国上古地母神话发掘——兼论华夏"神"概念的发生》，《民族艺术》1997年第3期；杜正乾：《论史前时期"地母"观念的形成及其信仰》，《农业考古》2006年第4期。

③ 陈思和、李平：《当代文学100篇》（下），学林出版社，1999，第1400页。

在、自立、自信的生存姿态。小渔在与男朋友及"假丈夫"意大利老头相处的过程中，充分体现了勤劳善良、宽容忍让、甘于奉献的母性美德；而寡妇王葡萄无论是对公公的保护和照顾，或是与几个男人的相爱相处，又或是面对敌人时浑然不惧的双眼，都充满"不死不败"的女性风范。这是内在与外在皆温润的"地母"韵致在民间的发扬。最后，也是最重要的，她们以原始的生命活力和自立自强的生存信念，毫无怨言地承载着男性所代表的国家机器和父权话语的蹂躏和践踏，同时也以永不干涸的"女性"灌溉着他们的孩子气的依赖和繁衍的期待，换句话说，"地母"满足了各个阶段男性的所有心理需求，以她们"泥土般的真诚"：

> 在那艘远洋轮上，十七岁的克里斯突然懂了那一切。他看着阴暗早晨的海，几乎叹出声来：多么好的女人，诚心诚意地像脚下一抔土，任你踏，任你在上面打滚，任你耕耘它，犁翻它，在它上面播种收获。好在于她的低贱：任何自视高贵的女人身上的女性都干涸了。带着干涸死去的女性，她们对男人有的就剩下了伎俩；所有的诱惑都是人为的，非自然的。从这个时候起，女人便是陷阱，女人成了最功利的东西。克里斯在自己的社会中看到足够的女性，早已干涸的女性。这个海洋上的清晨他想，扶桑是个真正的最原本的女性。
>
> 那泥土般的真诚的女性。[1]

上面这段话可以看作严歌苓的"地母"宣言，吊诡的是，这段意义重大的文字中两次出现了海洋，两次出现了"干涸"，不由让人想到"地母"滋蕴万物所依托的其实不只是大地，还有

---

① 严歌苓：《扶桑》，北京联合出版公司，2013，第123～124页。

水，那不竭不枯江河湖海中的水。当然，"地母"与"河母"不是二元对立的单项选择，就藏污纳垢、孕育万物的内在生命能量而言，虹影的"河母"与严歌苓的"地母"有着各自鲜明而强烈的表现力。

尽管如此，环境的压抑、物质的匮乏与身体的劳累并不是最无法忍受的，作为女性，最难面对的恐怕应该是"性"的挑战，即来自异性的凌辱压迫和不当的索取交换。《好儿女花》中，虹影在母亲去世后无意中发现了母亲与不止一位男性的关系，当每一段母亲生前为维持家庭生计所隐忍的关系被女儿揭露，母亲对家庭的奉献和担当就沉重了一分，她"藏污纳垢"的博大胸怀就愈加沉痛而感人。而面对唯一一个真心相爱的男人（虹影的生父小孙），母亲又因为家庭的牵绊和责任不得不放弃，令人扼腕叹息。漫长而艰难的岁月没有打垮母亲，到了该享福的年纪母亲却发疯了，这个秘密的揭示是叙事的重大转折，它比起母亲的去世更令活着的人感到痛苦和不解。随之而来的对谜底的发掘一步一步把叙事推向高潮，这不仅是对叙事人兼女儿的虹影而言，对被叙事的母亲而言也同样：发疯是母亲"藏污纳垢"到极致而产生的最极端的"变形"，是以精神的崩溃回应生活的无情摧残和女儿的长久隔阂，这证明哪怕再顽强、再有韧性的女人，也会被最后一根稻草压垮。严歌苓的"地母"形象也有"藏污纳垢"深感人心之处。在《扶桑》中，叙事人对扶桑也对自己说："人们认为你在出卖，而并不认为我周围这些女人在出卖。我的时代和你的不同，你看，这么多的女人暗暗为自己定了价格：车子、房子、多少万的年收入。好了，成交。这种出卖的概念被成功偷换了，变成婚嫁……难道我没有出卖？多少次不甘愿中，我在男性的身体下躺得像一堆货？那么，究竟什么是强奸与出卖？"[①] 叙事

---

① 严歌苓：《扶桑》，北京联合出版公司，2013，第 198 页。

人以自身所处的东西方文化冲突和诱惑为出发点,对一百年前相似文化处境下的妓女传奇重新理解与阐释,把一个世纪前的扶桑的象征意义延长到了当代。叙事人作为当代中国人前往美国的"第五代移民",不仅痛切于在离散和无根状态下周围女性以婚姻为"出卖"自身的"藏污纳垢"状态,更悲哀于她们对这种状态的无意识,甚至因为价高而沾便沾沾自喜。正如苏青所批判的那样:"为获得生活或获得更好的生活起见,美貌便是最好的工具。"①

严歌苓本想把扶桑"藏污纳垢"的"地母"胸襟,与在东西方经济、文化不对等输入及输出的前提下,充满漂泊感的弱势民族的悲哀相联系,却无意中把在嫖客床上"浑身汗水,下体浴血"的扶桑变成了"扶摇而升的凤凰",变成了"敞开自己,让你掠夺和侵害",变成了"没有排斥,不加取舍的胸怀"。"因为灵魂没有统治""最自由的身体",所以"羞辱和受难,失去了亘古的定义"。②从这个意义上说,严歌苓把母性对罪恶的宽恕、对伤害的包容,等同于在毁灭中释放了自身的最自由的肉体。所以尽管扶桑只是没有文化的小脚女人,却有着不可思议的、极文明或极古老的包容性和自由观,不仅针对他人,也针对自己。她被人贩子骗上船后,是唯一不寻死、不闹绝食、把端来的粥呼呼喝得一干二净的女仔;她与众多被拐的女仔挤在船底舱板,生了烂疥疮却"坐着也睡得烂熟",连身边其他女人死亡发臭被拖出船舱扔进大海也毫无知觉;经期接客到第十个男人,她的视线里是"对于流血的从容";被人绑架,她主动张大嘴等坏人把毛巾塞进来,好像"乳燕待哺"那样。即使懵懂而痛苦地感觉到了自己对克里斯的"爱",她也并未在克里斯与大勇的雄性对决中倾向任

① 苏青:《女作家与美貌》,《苏青经典作品》,当代世界出版社,2004,第113页。
② 严歌苓:《扶桑》,北京联合出版公司,2013,第92页。

何一方，只是无限温柔地继续"跪着"给大勇洗头修面。叙事人和克里斯一起沉醉于扶桑的"跪着"，"解放与拯救和她周围的美妙气氛大相冲突"，所以克里斯放弃了杀死大勇解救扶桑的冲动。多年后，七十岁的克里斯想起扶桑的这一跪，突然明白"他正直的一生是被一个妓女宽恕下来的"，"宽容与跪这姿态是不冲突的"①！

> 跪着的扶桑是美丽的形象。美丽是这片和谐。跪着的姿势使她美得惊人，使她的宽容和柔顺被这姿势铸在那里。她跪着，却宽恕了站着的人们，宽恕了所有的居高临下者。……这个心诚意笃的女奴是个比自由含义含蓄而丰富得多的东西，这不可捉摸的含义使她美，使她周围的气氛也美了。②

看到扶桑之神奇比"不死不败"的王葡萄还令人叹服，真不禁感慨于严歌苓把"地母"从女性的史诗变成了一个遥不可及的神话。读者原本期待在东西文明、百年沧桑的流转中，看到弱势民族对于强势民族的无畏敞开和对于自身的批判鞭策，可是在扶桑身上只看到那一"跪"成了化干戈为玉帛的"绝世神功"，加上她天生做妓女的躯体和心态，一切迎刃而解。让人弄不明白的是，扶桑到底是抱着"反正我死不了，所以让暴风雨来得更猛烈些吧"，还是抱着"我就是怕死，所以只要不死做什么都可以"的心态，对于一切变故、折磨、强奸都能安之若素。部分现代人怀有待价而沽的心态尽管是事实，但也并非每一桩婚姻都是"出卖"。东西方文明的冲突不只是在"性"的问题上，也不能以男女之事概括周全。实际上，严歌苓在讲述如此"完美"的扶桑神

---

① 严歌苓：《扶桑》，北京联合出版公司，2013，第 221 页。
② 严歌苓：《扶桑》，北京联合出版公司，2013，第 172 页。

话时露出了马脚，她把扶桑比作"像雾一样包容着"每一个戳向她的人，她"一次又一次弥合、完整"。所以，扶桑并不像坚实的"地母"，她更像是虚无的大雾，一个以虚无的美、虚无的包容为化身的雾！而真正的"地母"，虽然可以默然无声地包容万物，但它是有形有质有底线有骨气的，在巨力的累积作用下会以山崩地裂实现力的释放，这是另一种包容，以覆盖吞噬、毁灭一切为形式的包容：毁灭之后，大地再次恢复了坚实包容与滋养万物的能力，同时也积累着下一次爆发的力量。

　　就像《好儿女花》中虹影的母亲，当她再也无法承受儿女们与她的隔阂和她对儿女们的牵挂时，几十年来支持着她包容隐忍的那条倔强坚韧的神经终于垮塌了，她疯了，唯有如此她才能释放压抑太久的情绪。实际上，疯癫是她作为"河母"的另一个重要形式，是她挣扎着在自己的内心世界里继续活下去的努力，正是凭着这种努力，她才带着一家八口渡过了曾经的艰难岁月。虹影的母亲从来就不是单纯作为忍耐与奉献的光辉典型而被塑造的，她在情感和身体上的"变形记"曾造成母女间的隔阂，证明她自己本身也是"污"中之"污"。让她出污泥而不"堕"的，是她所具有的一颗"爱"的心，为爱情而勇敢生下私生女，又为亲情而放弃爱情。当女性无法逃离最污浊低贱之处时，天生具有的母性迫使其承担起家庭的责任。此时她们不是作为丈夫的妻子或者家庭主妇而行为处事，而是作为家庭的支柱和社会最底层的基础而存在，她们的承压能力不仅关乎家人的存活，更代表了在历史的苦难之中蹒跚前行的民族能否坚持见到黎明的曙光。而这种能力就是把"藏污纳垢"从鄙琐变为伟大的力量源泉，它是女性博大无私的"爱"，爱一个异性，爱子女，爱家庭。又比如虹影写《英国情人》里的裘利安远在大洋另一头的母亲，尽管只是侧面描写，却可以体会到她与妹妹伍尔芙、丈夫、情人、儿子间两性纠葛、同性爱恋、恋母情结的复杂性，这种状态并不因为她引领着布鲁姆斯伯里的精英文化圈就有所缓解。而闵对于父亲、丈夫和裘利安的感情也证明她并非完人,她的"房中术"只是爱情锦上添花的装饰,无法成为冲破东西藩篱、婚恋鸿沟的法宝。但裘利安之母和闵,作为"河母"的象征之一,她们的存在也好,死亡也罢,都在努力证明着曲折求生、尽力求爱是多么难能可贵,即使因此而饮恨吞污,也无怨无悔。

简言之,虹影注重刻画"河母"在污秽的物质和生理环境下"藏污纳垢"的包容力,还有在此过程中女性躯体和心理的"变形记",以及心中对"爱"的坚定信念。而严歌苓塑造的"地母"独独缺了这个"变"字,即使在风云诡谲的历史洪流前,或面对"性"的关键问题时,她们同样"以不变应万变"。扶桑天生迟钝而柔和,对一切灾难都逆来顺受;小渔的简单善良宽容从不因环境而改变,不论是面对男友还是"假丈夫",人到花甲依然保持少女之心;王葡萄的心理始终定格在公公孙二大把她买下时的七岁,她怀着一颗感恩的心任劳任怨、隐藏保护公公,又张着一对永远是初生牛犊不怕虎的大眼打败了所有敌人。从"变"与"不变"的角度看,严歌苓的"地母"更像是讴歌女性的一首诗而不是一部小说,她在"不变"的抒情讴歌中把女性丰厚而直拗的价值升华放大,忽视了环境对人的影响以及女性作为人的弱点。严歌苓对"地母"角色塑造的这一误区,正应了保罗·德曼(Paul de Man)的那句名言:洞察力不可避免地造成一定的盲目性,把任何一组特定事物放在焦点上,就会使其他事物退出焦点。①

想想《宠儿》中的塞思,在逃亡路上为使"自己身体最宝贵

---

① 苏珊·斯坦福·弗里德曼:《超越女作家批评和女性文学批评》,载马元曦、康宏锦主编《西方女性主义文学文化译文集》,广西师范大学出版社,2008,第101页。Paul de Man 在此译文集中被称为"保尔·德曼",此处为保持与常用译名的一致,采用"保罗·德曼"。

的部分"免受摧残而亲手锯断幼女"宠儿"的喉咙，那厚重强烈的母爱在非人性的奴隶制的步步紧逼下以不可思议的畸变方式爆发，我们就能明白严歌苓的"地母"有何不足，是什么退出了严歌苓洞察的"焦点"——"时代沧桑和风云变幻在她的生命历程中竟也没有留下任何痕迹，这就让人怀疑了"[1]。虹影的"河母"就像莫里森的塞思一样，是一幅赤裸裸的人性画卷，以"白刀子进去，红刀子出来"绝不手软的方式"对自己下手"[2]，因此释放出女性作为人的弱点和女人修复此种弱点的顽强能力。尽管塞思与虹影的母亲所处的地域环境、历史时间和人生道路完全不同，但不可否认，她也是一位"河母"，当塞思站在水泵前时，汩汩涌出的水流开启了她记忆的闸门，尘封已久的黑人苦难史在水的冲刷下从记忆中凸显出来。当奴隶制带来的苦难已成为不堪承受的重负之时，席卷佐治亚的大雨来袭吞没一切，"雨下着……下着……下着……一切都随着一个月前那场大雨带来的洪水蒸发了，却也繁茂地开了花"[3]，保罗·D 在这场毁灭之雨中幸存了下来，成为黑人活下去的希望，成为被解放的奴隶代表。解放他的是一场暴雨，而解放他的苦难民族的是一场如暴雨般摧枯拉朽的战争。

《宠儿》中大量水的意象充分说明了水是"生命的力量，意味着治疗、清洗、破坏与再生"[4]。美国黑人诗人兰斯顿·休斯在《没有彼岸的河》里吟诵出他对江河的挚爱，"我熟悉与世界同寿，比人类血管里血液还古老的江河。我的灵魂越来越深沉，深沉如江河"，而虹影的"河母"不仅拥有着同休斯笔下的江河一

---

① 曹新伟：《女性在民间视角下的诗学观照——严歌苓作品中的女性形象解读》，《山东师范大学学报》（人文社会科学版）2008 年第 4 期，第 52 页。

② 葛红兵：《虹影中短篇小说自选集·封底》，新世界出版社，2012。

③ 托尼·莫里森：《宠儿》，中国文学出版社，1996，第 112 页。

④ Moon, Beverly. ed. *An Encyclopedia of Archetypal Symbolism.* Boston & London：Shambhala Publications Inc. , 1997, p. 456.

样深沉的内涵，并且"河母"具有"母性"的特点，她如江河一般韧而柔、曲而续、变而归的精神，是其拥有能将天下至污至贱之物转化为营养和生命的再生能力而得以被称为"母亲"的原因。

尽管严歌苓的"地母"有"不变"的弱点，但本质上它与"河母"有着共通之处。大河与大地以藏污纳垢、自贬格调的方式积聚复生的力量，从而具有了包容和新生的伟大意义。诚如陈思和先生所言，包藏在藏污纳垢状态中的是"民间的审美理想"，在"不洁不雅的现象"之下，"隐藏于其中的精神所在却是不可忽视的"。① 这一"接地气"的包容性是女性、母亲所特有的，是从小虹影的母亲和扶桑、小渔、王葡萄的特性上升为具有共性的"个性"。

在共性之外，"河母"与"地母"有着明显的区别。一方面，流动不居的流水比稳固坚实的大地更加灵活多变，因此虹影的"河母"比严歌苓的"地母"具有更多样的呈现形式，"河母"不只局限于母亲，它在作品中实际产生了更广泛的女性指涉意义——"河女"。《上海之死》的于堇，并不是作为母亲而出场，但她一方面作为无母的孤女充满对母亲的渴望，另一方面又为祖国母亲而放弃爱情、勇敢献身，所以她同样具有"河母"一样无私的爱和力量。虹影以绵绵不绝的雨贯穿《上海之死》的每一个角落，就是以化为雨水的江河之水，叙写"河母"的另一种形象。相似的还有《孔雀的叫喊》中的"河女"柳璀，她对受三峡大坝建设所影响的万千江边生民的关心，就像母亲对子女的爱一样纯粹。另一方面，大地的广袤博大更容易被中原文化所滋养的传统心理所接受，所以"地母"的形象也具有多样性。不过，

① 陈思和：《当代文学与文化批评书系·陈思和卷》，北京师范大学出版社，2010，第120页。

"地母"的多样性不同于"河母"的多样性：其一，"河母"是虹影的独创，而"地母"是不同作家在不同作品中的智慧集合；其二，"河母"的多样性以"水"的多变性为基础，演化出以雨水、泪水、海水等为象征的不同"河母"形象，而"地母"的多样性是以不变的"大地"为根本，在不同作家作品中表现为截然不同的人间俗世变相。从这个意义上说，由多人多部作品共同构成的博大"地母"，其人物性和故事性丰富于"河母"，也是必然的。

　　莫言《丰乳肥臀》中的上官鲁氏就是"地母"的一种经典俗世变相——"乳汁母亲"。我们有理由相信这是莫言在以《红高粱》等作品动摇男性（躯体）既有传统后，为遗留下的两性空间寻找的"替代物"。处于丈夫不育和传宗接代的父权观念夹缝之中的上官鲁氏，充满顽强生命力，到处借种，生育了八女一男。她丰沛的乳汁所哺育的单传儿子上官金童却成为一个无能的病态恋乳狂。这让人想起莫里森的《宠儿》中的一个情节：女奴塞思在其同为奴隶的丈夫绝望的眼皮底下被人轮奸并吮吸乳汁。此时，塞思那分泌乳汁的身体的社会性别标志在种族标志的强化下愈加分明。同理，莫言借上官鲁氏的丈夫不育、四处借种、九子多育、病态儿子、恋乳狂症等情节，着力挞伐"（男性）种的退化"和女性躯体的意义，有如朱迪斯·巴特勒一语双关地指出过的："身体问题毕竟还很重要。"[①] 从上官鲁氏和塞思这两个"乳汁母亲"的对比中可以看出，当女性的生理性别（Sex）遭到无情的制度（如父权结构）或巨大的暴力（如强奸）摧残的时候，她们的社会性别（Gender）（妻子、儿媳、女性、母亲、奴隶）

---

① 朱迪斯·巴特勒（Judith Bulter）的原话为：Bodies that matter，国内有译者译为：身体之重。参见巴特勒《身体之重：论"性别"的话语界限》，李钧鹏译，三联书店，2011。

就开始发生相应的变化，西苏正是在这个意义上说女性"是用白色的墨汁写作的"①。因此"乳汁母亲"所代表的"地母"比严歌苓的"地母"更具有大地"藏污纳垢"的包容性和多变性，与虹影的"河母"对照阅读能激发更多的反思。

第四节　解困空间：从"罪己"到进入"他者"

《饥饿的女儿》不仅是幼年虹影的成长史，也是母亲的"变形记"，而在这个艰难历程中长大的虹影曾经愤怒过，反抗过，逃离过，以笔代刀发泄过。幸而有了这样的逃离，二十载的离散让虹影被苦难充塞的心灵开始了静默的反思。她的身体从少女成长为女人，她的身份从女儿变成母亲，而她的母亲则渐渐疯老直至死亡。女性在历史更迭中经历的痛苦在传承，痛苦中淬炼出的女性独有的柔韧与智慧也在代际繁衍的生物过程中无言地累积。虹影开始认识到，不论是"文革"、饥饿，或是战争、运动，那是每个身处其中的人都参与的历史灾难，因此"每个人都有责任……我们要有自我批判的精神，我们得自己审视自己曾做了些什么。在我看来，……每个人都是一个罪人"②。

意识到人人都有罪，放弃批判谴责的预设立场，这并不是虹影的独家发明。叶弥对丁玲用革命话语遮蔽女性身体受辱的揭示，张爱玲、铁凝对革命中女性身体悲剧的反省，严歌苓对夏衍用民族观念遮蔽妓女爱国的颠覆，都可以看作对革命中的女性及女性身体的认同和还原，是女性话语对男性话语的反叛。更深一

①　埃莱娜·西苏：《美杜莎的笑声》，孟悦译，载张京媛主编《当代女性主义文学批评》，北京大学出版社，1992，第196页。
②　蒋晔：《虹影：到彼岸改变命运》，《商周刊》2004年第12期。

层的问题是，反省与颠覆过后又该如何？有罪之人自我批判的目的是什么？前面说过虹影笔下死亡的"无意义"，孩子意象和河流意象的象征表达，以及"河母"的包容性，帮助我们在虹影的作品中找到这样一条隐约可见的情感和思维线索：从怨恨叛逆，到向父母忏悔，再到自我问责，最后形成了自我救赎的平静。这种独特的作品气质的变化，就是从"罪人"（怪罪他人）到"罪己"（怪罪自己）的过渡，从此岸到彼岸的过渡之舟，即人残存的最后一丝尊严，对肉体存在的最虔诚的敬畏和尊重。缘此，"河母"的包容性其实就是一种"罪己"性。虹影说："佛不度我，我就自度。"①

父亲既是虹影怨恨的根源，也随时间转化成为她自我救赎的起源。她带着深刻的自省意识来重新审视父亲，一反当初那个叛逆的姿态，回到伦理中的女儿的视角，在这种情况下她和自己的"三位父亲"（生父、养父和作为精神之父的前夫）达成了某种和解。② 在《饥饿的女儿》中，当小虹影从母亲手里接过生父临死前为她辛苦积攒的五百元钱时，每一分钱都代表了生父对她点滴不绝的爱，她对生父的怨恨之情瞬间冰消瓦解为哗哗流淌的泪水。后来小虹影梦到生父用竹枝抽打自己，她的内心反而充满喜悦，因为"他像一个严父那样打我，以此来处罚我对他对母亲做的所有不是"，她欠生父的情终于可以"俩清"了。而她也终于在梦中，在陷于绝望之时，走向生父的怀抱，抱住生父说："爸爸，原谅我。"③ 对养父，她深怀一份感恩："他虽不是我亲生父亲，却是我最爱之人，他身上的善良、同情心，使一个像我这样的女孩子未葬于污浊的黑暗之中，因为他的存在，让我始终对这

---

① 虹影：《答杨少波八问》，载《英国情人》，现代出版社，2009，第 194 页。

② 关于虹影与"三位父亲"的和解，参见拙作《从寻找到宽恕——对虹影主要作品的几点思考》，《福建师大福清分校学报》2013 年第 3 期，第 67 ~ 72 页。

③ 虹影：《好儿女花》，江苏人民出版社，2009，第 185 页。

个世界不彻底绝望。"① 在《好儿女花》中，面对拈花惹草甚至占有妻姐的前夫兼"精神之父"小唐，虹影在愤怒与绝望过后，选择了原谅并与之和解，"渐渐地，我会那样做，不得不那样做，原谅他……但愿时间的子宫让她（虹影的小姐姐）痊愈……一切恍若隔世……要说有罪，那就是我，我是罪的源头"②。

仅有忏悔是远不足矣偿还存在之罪的，虹影以父亲之名踏上忏悔之途，而以母亲之死实现自我救赎的转折，母亲是虹影"自渡"向彼岸的河流。

母亲的肉体虽然又丑又老，虹影与母亲间也长期隔着难以打破的心墙，但只要母亲在那里，即使远隔万水重洋，母亲就是可以时时想起、默默依恋的活的存在。人总是容易伤害最亲近的人，就像虹影长期与母亲拒绝沟通最终把母亲逼疯了那样，可即使是伤害，也必须以对象存活为大前提，否则连伤害与隔阂都将无所依附，遑论爱与忏悔？但生命如此无常，又如此无情，"造成所有苦难的原因，就是生命必然会死去这个事实。假如生命被肯定，死亡便无法被否定"③。虹影痛苦的高潮和觉悟的发端，是母亲的离世。"我在，可是母亲不在了。人人都知道的事实，就是我被蒙在鼓中。以前 18 年，关于我的身世，是如此，现在关于母亲的晚年，是如此。我对他人的愤怒远不如对自己的厌恶和憎恨，我恨不得立刻抹了脖子。"④ 这是虹影从"罪人"到"罪己"的启悟点。她是以母亲为榜样，以母亲江河一般包容万物的心胸作为引渡自己的天地。

但"罪己"又是为了什么？把革命之罪、社会之罪、父母之

---

① 虹影：《还愿到上海（代后记）》，载《上海王》，江苏文艺出版社，2012，第 313 页。

② 虹影：《好儿女花》，江苏人民出版社，2009，第 22~23 页。

③ 约瑟夫·坎贝尔、比尔·莫耶斯：《神话的力量》，朱侃如译，万卷出版公司，2011，序曲，第 1 页。

④ 虹影：《好儿女花》，江苏人民出版社，2009，第 195 页。

罪消解的目的是什么？西苏说，要"以一种前所未闻的方式为他人保留着空间"①，这就是为了让"他者"进入而退让自我、收缩自我，在对自我膨胀的遏制中，在不断检视自我尚有多少空间可以为"他者"保留中，贯穿着对"他者"的尊重，以及对自我的反思和收敛。这种反思和收敛不仅仅是针对父母和亲人，更应该不断放大至对所有人类都保留应有的"他者"敬意，这或许不失为中国传统哲学精神的最高境界之一——"慎独"——意义的一种现代阐释。而"前所未闻的方式"强调的或许不是方式的新颖，而是反思与敬意的诚恳程度。

以《上海魔术师》中的杂技为例，兰胡儿为了震住大世界的唐经理，让他借钱给师妹燕飞飞医治断腿，她发誓要与加里一起，练成唐朝皇帝曾下诏禁演的高危杂技"空中飞人"。不论兰胡儿如何艺高人胆大，她也"第一次觉得生命危如累卵：我兰胡儿其实也是怕这恶魔秋千"②！

> 秋千往左升到几乎触及天花板，猛地回荡，又往右甩到不能再高的地方，再回荡，灯光照射着。看客脸往右往右，仰高，跟下，已经忙得眼睛顾不过来，这两个红衣人在空中像一道彩虹荡过去荡过来。
>
> ……
>
> 秋千正到左边最高点，突然兰胡儿和加里一起喊了一声"嗨"，两人同时放开手，翻过身，跳起来又一起落在荡着的秋千上。他们依然面对面，却是用双腿倒勾在木杠上，呼啦啦快速冲过观众头顶。

---

① 埃莱娜·西苏：《美杜莎的笑声》，孟悦译，载张京媛主编《当代女性主义文学批评》，北京大学出版社，1992，第230页。

② 虹影：《上海魔术师》，江苏文艺出版社，2012，第170页。

......

他们又听见了一声喊，兰胡儿竟然放开腿掉下来，只是沿着加里的身子滑落，靠他的双手抓住她的双手，两人成了倒挂的串儿，从左一直俯冲下来，几乎从看客的眼前飞过，又高速冲上右边天花板。

......

正在这时，兰胡儿"嗨"地一声，加里松开她的手，她再次在空中翻转过来，他马上抓住她翻递过来的脚。

可是，加里的手没有抓得牢兰胡儿的左脚，只有右脚在他手里，她歪斜过来，马上就要飞出去。看客大声惊叫，有的人似乎要夺门而去。那些胆大好奇的仍要看下去：在悬吊在快松开的一只手上，兰胡儿飞了两个来回之后，竟突然恢复了平衡，她的脚递了回去，加里伸出手一把抓住。全场透出一口气，响起激动的掌声。①

空中飞人在此成为相当重要的叙事媒介，它不仅把杂技的灵魂从遥远的唐朝带回现代，将未知真假的传说带上舞台，更是把传统上被认为是危险的、放纵的女性的"自我表演"②上升成为一种表现女性自信和女性自立的公共景观。就像兰胡儿想用空中飞人震慑唐经理、为燕飞飞讨要医疗费一样，空中飞人已经成为表达女性诉求和女性抗争的政治行为。

不仅如此，虹影让这个杂技进入更深的层次，因为有它，兰胡儿和加里把自我交付给对方，仿佛他们的躯体注定要在一种无止境的、令人眩晕的游荡中去追寻自己的主人，追寻它的另一姓

---

① 虹影：《上海魔术师》，江苏文艺出版社，2012，第 172～173 页。
② Goodman, Lizbeth. *Contemporary Feminist Theatres*: *To Each Her Own*. London: Routledge, 1993, p. 14.

名。当兰胡儿与加里在不断的飞荡中分离又聚合，抛起又落下时，他们相遇、找到自己——他者，他们体验到多么巨大的喜悦。而虹影借此来说明这两人即使如此相爱，在高飞的秋千上命如累卵般危险时，他们交付给彼此的是爱，更是经过深切的思考后产生的高度的尊敬和信赖，是"以一种前所未闻的方式为他人保留着空间"，这才使得自我和"他者"都有了生存下去的空间，并在此历程中重新辨认出自己那惊心动魄的远行。兰胡儿和加里飞过自我（ego）所设的鸿沟，这种甩脱自我、融入他人的行为，将自己毫无保留地托付他人的行为，本身便是一种高度自觉的圣洁的仪式，是一种借助杂技将身体"泛化"的行为，以自我的隐让而使生命得以保障和成全，或者说放空自己的身体，让自己无所不是，又一无所是，从而可以依附于一切事物自在生灭的解脱境界。虹影对兰胡儿和加里的寄托，也是以一种"豁出去"后有舍才有得的搏命气概，从谦卑的"罪己"过渡到勇敢地进入"他者"和为"他者"保留空间，达到像母亲之河一样"包容"万物的境界。

|第二章|

身份危机

历史空间的权力更迭

虹影的长篇小说几乎皆以革命和战争为背景，这在当代（女性）作家中是比较罕见的。革命和战争对虹影意味着什么？她以何种立场和态度思考并讲述这些历来以男性和国家为主导的革命和战争？女性在革命与战争中的命运除了承受和创伤之外，还能有什么变化？对这些问题的探讨是本章研究的重点。

看似已经飘远的过去与倏然而至的回忆，无时无刻不在诡异而蓬勃地提醒着我们，历史并未走远，历史永远不会消失。宏大战争与革命笼罩下的渺小个体，如何面对阴影冲突（决然正视还是反躬自省），如何抒写个人意志（发皇实践还是曲心雅意），如何常葆心灵关怀（相违相随还是抱残守拙），这些都成为众多作家绕不开的先于叙述的思考。萨尔曼·鲁西迪借撒利姆·撒奈伊之口说过："我不可思议地跟历史铸在一起，我的命运就此跟国家前途结合为一，永不分离。"①

---

① 萨尔曼·鲁西迪：《午夜之子》，张定绮译，台湾商务印书馆股份有限公司，2005，第 2 页。《午夜之子》曾赢得英国最权威文学奖"布克奖"，撒利姆·撒奈伊是故事的主角、叙述者。

第一节　女性与革命

一　革了谁的命

"革命"① 有广义和狭义的外延。狭义的革命是指社会学以及日常生活中，常常伴随极端和暴力的、对现存政治和交际关系的社会性变革或颠覆（如法国大革命）。广义的革命则囊括了政治学上一切对现行体制的推翻或取代的行为（如世界大战）。从广义上说，文学与革命的复杂性在于，一方面，文学被卷入革命之中，担负起"改造国民性"（鲁迅语）的重任；另一方面，"文学形式"本身也在其间发生了无法自控的"革命"。革命深刻地改变了我们的想象、虚构和叙述历史与构筑现实的方式，而创伤作为革命的必然和严重的后果，与文学也必然产生"严重"的碰撞。

---

① 在西方前工业时代的传统思想观念里，人、社会与自然都是由神所创造，并和谐共存，形成一种宁静的秩序。如果自由民单方面依赖于旁人，并且失去了"德"（virtus），即个人利益与共同利益的统一，那么整个社会、单独的团体及个人，都会受到持续存在的堕落（corruption）的威胁。在这种情况下，就可以回到原点（参见马基亚维利《论提图斯·李维之罗马史的最初十年》，此书为《君主论》的姐妹篇，是一部关于政治历史与哲学的作品，由意大利政治哲学家马基亚维利于16世纪创作），由"乱"重新回归到"治"。实际上我们从现代革命运动一直追溯到法国大革命之始，总是可以看到回归"旧秩序"（公正、公平）这样的要求。"revolution"在今天的新的含义，则是1789年之后产生的观点。在中国，"革命"一词最早喻指改朝换代，"天地革而四时成，汤武革命，顺乎天而应乎人"（《周易·革卦·彖传》），商汤推翻夏朝，周武王取代商朝的行为称为"汤武革命"。在近代，该词则始于晚清时期，孙中山从日本的翻译著作中取出"革命"二字作为推翻清政府、创建共和的号召。通常，现代意义上的"革命"，含义等同于西文1789年后"revolution"的新含义。

尚·拉普朗什（Jean Laplanche）与彭塔力斯（J. B. Pontal-is）① 在他们的著作《精神分析词汇》（*The Language of Psycho-a-nalysis*）中指出，西方的"创伤"（trauma）一词，来自希腊语的"损伤"（τραῦμα）②，本意指身体的"伤口"（wound），或是"外在暴力对于身体表层所造成的破洞伤害，以及此一伤口对于生命体所造成的影响"③。当代各大词典对"创伤"的定义阐释比较接近，《牛津现代高级英语辞典》为"身体上的外伤，损伤；常常导致神经机能性疾病的情感冲击"④；《英汉大词典》为"（医）外伤，伤口，损伤；（心理、精神）创伤"⑤；《现代汉语词典》为"身体受伤的地方，外伤；比喻物质或精神遭受的破坏或伤害"⑥。三者对照，不难发现词典对"创伤"的释义均包括两层含义：第一层含义，即原始意义，与《精神分析词汇》中的"伤口"相同，指强大的外部力量对身体（肉体、躯体）所造成的伤害；第二层含义是引申意义，指强烈的情绪刺激所造成的心理（精神、情感）损伤。后者正如弗洛伊德在《精神分析引论》中对"创伤"的界定："一种经验如果在一个很短暂的时期内，

---

① 彭塔力斯（J. B. Pontalis）是当代法国的精神分析学家和精神分析者。他曾经是萨特的学生，享有国家学衔的哲学教授，后师从法国著名精神分析学家拉康。他与同时代的精神分析学者拉普朗什合著了在法国精神分析学史上具有重要地位的《精神分析词汇》，并用数十年主编了在精神分析学发展中起到积极作用的著作《新精神分析学杂志》。

② Liddell, Henry George and Robert Scott. *A Greek-English Lexicon*. Oxford: Clarendon Press, 9th Revised edition, 1996, on Perseus.

③ Laplanche, Jean and J. B. Pontalis. *The Language of Psycho-analysis*. trans. by Donald Nicholson Smith. New York: Norton, 1973, p. 465, p. 535. trans. of Vocabulaire de la psychanalyse. Pressess Universitaires de France, 1967. 亦可参见尚·拉普朗什、J·B·彭塔力斯《精神分析词汇》，沈志中、王文基译，行人出版社，2000。

④ Hornby, A. S. et al. eds. *Oxford Advanced Learner's Dictionary of Current English*. Oxford: Oxford University Press, 1988, p. 1233.

⑤ 陆谷孙主编《英汉大词典》，上海译文出版社，2000，第 3717 页。

⑥ 中国社会科学院：《现代汉语词典》，商务印书馆，1997，第 196 页。

使心灵受一种最高度的刺激，以致不能用正常的方法谋求适应，从而使心灵的有效能力的分配受到永久的扰乱，我们便称这种经验为创伤的。"①

创伤叙事一直是古今中外的文学作品的重要组成部分，其对创伤的描写主要集中于弗氏的"创伤的经验"这个层面，即心理、精神、情感的创伤。作家们为何偏爱心理创伤？因为心理创伤具有以下两方面的"优势"。第一，在时间性上，心理创伤将对个体的身心各方面（包括身体、行为、智力、心灵、情绪等）产生潜移默化的长期影响，它的时效性、潜伏性和伤害程度远超于身体创伤。弗洛伊德在《超越快乐原则》中以"重复的冲动"和"被延缓的行动"说明心理创伤的后果。"重复的冲动"是指创伤个体往往会遭受创伤事件不断的、重复的侵扰直至心理创伤缓慢愈合；"被延缓的行动"是指童年时期重要的记忆碎片在成年生活中某一事件的冲击下，以一种先前难以理解的方式被重新唤醒和阐释，产生创伤的"延异"性反应。正如卡茹丝（Cathy Caruth）所总结的："创伤描述了一种突发的或灾难性的事件所具有的压倒性经验，其中，对事件的反应往往以延迟的、无法控制的各种幻觉和其他干扰性现象的重复出现方式发生。"②

心理创伤的重复性和延异性为作家的想象力和创造力发挥留下了充足的余地，也正是从这里引发出心理创伤的第二个"优势"，即从空间性上考虑，表面的身体创伤及其描写虽然具有强大的视觉冲击力，但内在的心理创伤显然更加复杂深刻、耐人寻味，个体心理创伤的细节和个体对待心理创伤的独特方式绝不雷同，正如拉康说"创伤是遭遇真实情况时的主观掩饰，是自我向

---

① 弗洛伊德：《精神分析引论》，安徽文艺出版社，1996，第216页。

② Caruth, Cathy. *Unclaimed Experience: Trauma, Narrative, and History*. Baltimore: The John Hopkins University Press, 1996, p. 11.

外界打开，是对自我代偿机制的破坏"①，主观掩饰、自我打开、代偿破坏都为文学创作预留出了探索真相和发挥想象的极大空间，对其探究的过程也更能体现创伤背后的社会、文化、政治、经济等复杂因素的相互作用。因而文学创作多从外部的身体创伤开始，围绕内部的心理创伤展开层层叙事。这就是罗伯塔·卡伯特森（Roberta Culbertson）所谓的创伤主体的"叙述功能"——"要想完全地回归到社会所规定的完整自我，要想与世界重新建立起联系，创伤主体必须要将所发生的事情讲述出来，这就是叙述的功能"②，并且"当用语言来表述创伤性经历时，其结果往往是隐喻性的"③。

文学作品对于心理创伤的隐喻描写可以追溯到"该隐打死亚伯"的《圣经》故事，但这个以警戒世人为目的的创伤隐喻到了20世纪却不得不成为文学中赤裸裸的常客，因为20世纪是一个"创伤的世纪"。各种战争、革命、变革、运动为创伤文学提供了太多无法回避的素材——两次世界大战和多地区的局部战争、内部战争、种族暴行、宗教迫害、殖民活动、民族冲突、社会运动等各种人类纷争把创伤的数量和激烈程度推向了前所未有的高度。而19世纪末到20世纪上半叶，以弗洛伊德学派为主要代表的创伤学研究取得了很大的成就，在医学、心理学、哲学、社会学等研究领域引发了革命性的作用，这反过来又推动人们观察人与人、人与社会、人与自然的视野往更深入、更全面的方向发展，同时也为文学中的创伤叙事敞开了新的思维方式和美学架构

---

① Critchley, Simon. *Ethics*, *Politics*, *Subjectivity*. London: Verso, 1999, p. 191.

② Culbertson, Roberta. "Embodied Memory, Transcendence, and Telling: Recounting Trauma, Re-establishing the Self." *New Literary History*. Johns Hopkins University Press, 26. 1, 1995: 179.

③ Culbertson, Roberta. "Embodied Memory, Transcendence, and Telling: Recounting Trauma, Re-establishing the Self." *New Literary History*. Johns Hopkins University Press, 26. 1, 1995: 176.

的可能性。除了人与人之间的战争，20 世纪也是人与自然之战的高峰，物质文明的发达和人类主体性的膨胀侵占了太多的自然资源并对自然平衡造成了严重破坏，自然开始把报复的利刃高悬于人类之顶。所以，20 世纪成为创伤叙事文学作品的高产期。

自 1840 年鸦片战争以来的一个半世纪，中国文学出现了创伤叙事作品的两个集中区，一是 20 世纪上半叶，一是 20 世纪 70 年代末到 80 年代初，它们都与当时中国社会状况的剧烈动荡有着密切的关系。20 世纪上半叶的中国处于一个改朝换代、民不聊生的时期，病态的社会体制和人们的"劣根性"都亟须救治，鲁迅的《祝福》、《孤独者》、《伤逝》、《明天》，沈从文的《边城》，郁达夫的《沉沦》，张爱玲的《金锁记》等，都是西学东渐之风影响下知识分子的创伤叙事代表作，表达了以文学作品揭示民族和个体的创伤并唤起疗救注意的深切情怀。20 世纪 70 年代末期中国刚刚结束了史无前例的"文化大革命"，一大批作家怀着对社会的关注、对人的悲悯和对历史的反思，创作了一系列优秀的创伤叙事作品，这其中包括刘心武的《班主任》、卢新华的《伤痕》、茹志鹃的《剪辑错了的故事》、冯骥才的《啊！》、王蒙的《蝴蝶》、宗璞的《我是谁？》、白桦的《苦恋》、礼平的《晚霞消失的时候》、张贤亮的《绿化树》、梁晓声的《这是一片神奇的土地》、张洁的《祖母绿》、史铁生的《我的遥远的清平湾》等。

在西方当代文学中，创伤叙事精品迭出，大致可分为以下几类。第一类表现种族创伤，托尼·莫里森的《宠儿》堪称杰出的代表作。第二类以表现社会创伤为主，伊恩·麦克尤恩的《星期六》和安东尼·伯吉斯的《发条橙》影响巨大。第三类以表现家庭创伤为主，包括伊恩·麦克尤恩的《赎罪》、安东尼·伯吉斯的《比尔德的罗马女人》和玛吉·吉的《我的清洁工》等。有的经典之作集宗教、种族、社会和家庭等多种创伤效应为一体，如安东尼·伯吉斯的《世间力量》、阿尔伯特·加谬的《沉没》和扎迪·史密斯的《白牙》等。

东西方的文学实践已经证明了创伤叙事具有成为经典的可能性。为什么造成苦难和悲恸的革命与创伤能够变成阅读的享受呢？圣伯夫在《什么是经典》中曾说过："艺术的目的不仅仅是给我们提供短暂的快乐和暂时的自由之梦，它的目的是使我们彻底地自由。它在我们心中唤醒、运用、完善一种力量，使我们把我们感到的世界推向远方（推到我们能够客观地看待这个世界的距离），使我们的心灵能够自由飞翔，使我们的思想脱离物质性影响。"[1] 创伤叙事之所以可以成为经典中的有机组成部分，因为它自有其达到"极致"的途径：创伤叙事以极恶、极丑、极痛、极哀、极悲、极悔、极伤、极恨、极苦的审美机制，以闪回、梦魇、延宕、谜团等不同于非创伤叙事的艺术手法，既挑战了读者的心理承受极限，又以文字的高贵的"智力游戏"实现思想对物质的摆脱，让心灵以更完善的觉醒的力量在更广阔的想象空间飞翔。有了经典创伤叙事构筑的恢宏极致的想象的文化空间，"才有了乌托邦精神、弥赛亚精神以及灵知精神在当代世界的复活……即使是生活在一个生命不复圆满的破碎世界，诗人们也希望去抓取其中一息已暗淡的灵韵，一缕缥缈的诗意"[2]。

尽管中外创伤叙事的作品和研究均已颇有成就，但在对创伤叙事的研究中，女性作为创伤主体和女性作为创伤叙事主体没有得到同等的重视。易言之，在菲勒斯中心主义盛行的时代，女性作为创伤主体的观点很容易得到认同，而女性作为创伤叙事主体来讲述创伤故事的"内视写作"却一直没有受到研究者的重视。

---

[1] Sainte-Beuve, Charles Augustin. "What is Classic?" In James Harry Smith and Edd Winfield Parks eds. *The Great Critics: An Anthology of Literary Criticism.* New York: W. W. Norton & Company, Inc., 1932: 545—546.

[2] 吴治平：《空间理论与文学的再现》，甘肃人民出版社，2008，前言，第3页。

回顾中国的现当代文学，这一点尤其明显。有历史学家认为：
"当中国女性因缠足而柔弱蹒跚、无知、低效、不独立、在内部
被隔绝时，这个国家是没有希望的。所以其中的逻辑是，她们正
在拖国家的后腿。"[1] 诚然，这样的说法容易引起女权主义者极大
的愤慨和抗议，但换个角度来想，这句话也可以被理解为，伴随
着西方现代化和资本主义制度对中国陈旧体制和传统文化的严峻
挑战，中国女性的地位成为这个国家衰弱程度的关键指征，这一
点从儒家教义到缠足和（女性）文盲，无处不在显现。[2] 许多改
革者发现一个"有趣"的类比现象，中国传统怎样不当地对待
（mistreated）女性，反过来，中国自身就像女性一样怎样被西方
列强所对待。[3]

二　"三父六命"

虹影出生于中国内陆西南山城重庆，从某种意义上说，她
"生逢革命"：她的出生与她的前半生，都与各种意义上的"革
命"结下了不解之缘。革命的抽象定义在虹影身上具体化为社会

---

[1]　Edwards, Louise. "Policing the Modern Woman in China." *Modern China*. 26. 2,
Apr. 2000: 126. 爱德华的原话是："the logic was that China's women were letting
the nation down —while China's women remained weak and crippled by foot-binding
and ignorant, unproductive, dependant, and isolated in the domestic sphere, there
was no hope for the nation."

[2]　Ideas on this issue can be found in Tani Barlow's "Theorizing Woman: Funv, Guo-
jia, Jiating (Chinese women, Chinese State, Chinese Family)," in Joan Wallach
Scott ed. *Feminism and History*. Oxford, UK: Oxford University Press, 1996. 此处
原文是：Many of the reformists found the position of China's women, as indicated
by everything from Confucian aphorisms to footbinding and illiteracy, to be a crucial
indicator of the nation's weakness.

[3]　Shaoqian Zhang：《民国时期的"新女性"的身体和形象（1912 – 1949）》。此
文于 2007 年 3 月在哈佛举办的"东亚社会"第 10 届年会（the Tenth Annual
East Asia Society Conference）上宣读。作者 Shaoqian Zhang 系美国西北大学
（Northwestern University）艺术史系（Department of Art History）博士资格候选
人（PhD Candidate）。

学和政治学意义的"革命"对个人私有畛域产生的一切与"命"相关的人生经历和情感体验。与许多 20 世纪五六十年代出生的作家一样，在革命环境和革命氛围笼罩下长大的虹影，满怀压抑与求索的欲望，试图承续鲁迅以疗救社会为己任的"五四"文学传统，却在屡屡受挫、几经曲折后一朝梦醒，发觉自己才是亟待被疗救的那一群人，而她所经历的"三父六命"的童年，让这种"疗救"显得更为迫切。神圣"革命"的意义在虹影个人的曲折经历中已逐渐发生某种倒转或质变。

出生：虹影出生于 1962 年，这时正值三年困难时期的末期，全国性的饥馑让她在娘胎里就深深烙上了饥饿的印记。饥饿成为她一生都挥之不去的梦魇、一生要与之抗争的"革命"。她的出生意味着两个"父"的错位：生父的"缺席"与养父的代行其职。

童年：刚开始懂事的虹影遭遇"文化大革命"，感情的压抑、人性的扭曲、经济的倒退、政治的混乱、斗争的惨烈、传统的崩塌，周围的一切时时提醒着她那是个动乱浩劫的时代。

少年：被虹影视为"精神之父"的初恋情人历史老师因不堪"文革"压迫而自杀，同时虹影生父的出现导致其私生女身份的揭露。两个"父"的再次错位，使得年方十八岁的虹影决心离家出走挣脱命运的摆布，处于"空窗期"的灵魂等待着下一场革命的洗礼。

青年：这个从小在物质和精神上都备感"饥饿"的女孩，遇上了改革开放和思想解放，在经济和文化双重革命浪潮冲击之下，她一边混迹于当时最时髦的"地下文化圈"过着前卫糜烂的生活，一边跻身于北京鲁迅作家学院（Lu Xun Writer's Academy）接受正规的文学导引。世俗与精神意义上的思想大解放让她的"饥饿感"得到了前所未有的满足，让她曾经懵懂幼稚的文学热情开始勃发疯长。离家十年后的 1991 年，未及而立的虹影因与赵毅衡的结合，远渡重洋定居英国。移民英国后她深刻体会到西方（主要是欧洲）文化所带来的自由与冲击（culture shock），进入比较封闭自恋式的创作状态。

中年：2000 年虹影返回北京定居至今，见证了千禧年后中国跨世纪的巨大发展和其中潜伏的一些隐忧。例如，动工于虹影母亲老家的长江三峡工程，作为人类与自然关系的重要变革，完全可以纳入虹影的"革命"视野中。

要探讨宏远的战争和革命（变革）背景与虹影个人叙事之间的关系，其中最关键的契合点在于虹影独特的个人经历和童年创伤。在虹影的自传体小说《饥饿的女儿》中讲述的所有故事，核心创伤都与"革命"有着千丝万缕的关联，小虹影的"革命情结"在她尚无力选择时就已随命运悄然降临，她对命运不舍的追寻与叩问，命运馈还给她的不断的打击与创伤，正体现了在宏大革命面前个人叙事的脆弱无力，因应着此种力量悬殊的对决，身体也正遭受着重创。

下文在对"六命"的阐释中，融入了对"三父"的分析。"三父六命"是革命与创伤在女性身体上最真实的体现，虹影的革命情结就落实在了被否定、被惩罚、被伤害、被抛弃的身体上。她只有以远离"三父六命"的叛逃———一种在米兰·昆德拉看来的背叛行为，来摆脱纠缠了她整个童年的成长阴影和革命创伤———"背叛就是出自所处的地位，走向未知"[1]。

1. "要命"的饥饿

由于"大跃进"、人民公社化运动，加上严重的自然灾害，1959 ~ 1961 年发生了全国性的粮食短缺。对此，虹影在《饥饿的女儿》中写道：

---

[1]　米兰·昆德拉：《生命中不能承受之轻》，作家出版社，1995。

　　对这场大饥荒，我始终感到好奇，觉得它与我的一生有一种神秘的联系，使我与别人不一样：我身体上的毛病、精神上的苦闷，似乎都和它有关。它既不是我的前世，也不是我的此生，而是夹在两个悬崖间的小索桥。我摇晃着走在这桥上时，刮起一股凶险的大风，吹得我不成人形。①

　　1962 年出生的虹影是大饥荒后"青黄不接"的第一个春天出生的，母亲在怀着小虹影时一直忍饥挨饿，为虹影五个都在生长发育期的哥姐省粮食。养父说："你恰恰擦边躲开了饿肚子的三年困难时期，是福气。但这边擦得够重的。你在娘胎里挨了饿，肠胃来跟你要债。"②所以小虹影与饥荒有着说不清摆不脱的关系，不是前世（因为她已经在娘胎里），不是此生（因为她还在娘胎里），却要在此生还饥饿的债，"饥饿与我隔了母亲的一层肚皮"③，"饥饿是我的胎教"④。小虹影的性命就如同"夹在两个悬崖间的小索桥"，后面是大饥荒，前面是十年"文革"，"凶险大风"吹得她"不成人形"——身与心的创伤是革命、政治、权力、社会对柔弱个体肆意蹂躏侵犯的必然结果。

　　小虹影的母亲不是没有为了避免这样的结果而奋力抗争过：她曾为了少让一个孩子来到这世上挨饿，故意在临产前三天去江边洗衣服，把马上就要出生的胎儿活活闷死在肚子里。当护士对躺在病床上的母亲埋怨时，"母亲脸上出现了浅浅的笑容，轻声细语地说，'死一个，少一个，好一个'"⑤。

　　胎死腹中，亲手扼杀了新生命的母亲，反而浅浅地笑了，这

① 虹影：《饥饿的女儿》，北京十月文艺出版社，2010，第 34 页。
② 虹影：《饥饿的女儿》，北京十月文艺出版社，2010，第 34 页。
③ 虹影：《饥饿的女儿》，北京十月文艺出版社，2010，第 35 页。
④ 虹影：《饥饿的女儿》，北京十月文艺出版社，2010，第 40 页。
⑤ 虹影：《饥饿的女儿》，北京十月文艺出版社，2010，第 167 页。

是多么吊诡的画面。如果母亲爱这个孩子，她就应该把他生下来，再苦再难也要把他抚养成人，事实上，这也是我们在许多作品中看见和听见的惯性思维，多个人只是多双筷子的事。但是，当时的现实状况是连多双筷子都不允许了，母亲的母亲、姐姐、姐夫、弟媳、前夫，一个接一个地饿死，眼前的惨剧让母亲根本不敢心存幻想，在已经有了三个孩子、丈夫又几近失明的情况下，这个摇摇欲坠的家庭还能再添一张嘴而不至垮塌？也许母亲不把这个孩子生下来挨饿，才是真正的爱这孩子，"不出生，便可避免出生后在这个世界上所有的痛苦和磨难"①。可是一个以不得已的方式"爱"孩子的母亲，如何能在刚刚扼杀了孩子后就露出浅浅的笑容，说"死一个，少一个，好一个"呢？至少该为这生不逢时的孩子在心中默默哀恸。所以护士不解母亲的冷静，"这么无情义的母亲，恐怕她是头回碰到"②。

　　长大了的虹影却慢慢地理解了母亲，因为母亲早已看清"她和孩子们的命运"③。她能表达的唯一爱孩子的方式，只有扼杀他，以死亡作为爱的终极形式呈现。母亲浅笑着说"少一个，好一个"就是福柯"权力向身体的进犯"的血淋淋的例子，女性身体的被动性昭然若揭。母亲爱这个被自己闷死肚中的儿子，她的爱只能表达为死亡。就像托尼·莫里森《宠儿》中的黑奴塞思（Sethe）一样，在逃亡途中为"保护"最珍贵的幼女而亲手割断她的喉咙。"权力向身体的进犯"不再是形而上的高蹈抽象的哲学意识，它是一个无知贫妇在生活的地狱中自然而然产生的绝望念头。

　　2. "夺命"的"文革"

　　紧随三年困难时期而来的，是长达十年的"文化大革命"，

---

① 虹影：《饥饿的女儿》，北京十月文艺出版社，2010，第 167 页。
② 虹影：《饥饿的女儿》，北京十月文艺出版社，2010，第 167 页。
③ 虹影：《饥饿的女儿》，北京十月文艺出版社，2010，第 167 页。

虹影眼见着亲人饿死，母亲忍辱，养父失明，生父被逐，姐弟反目，邻里冷漠，重庆长江南岸的贫恶故乡成为像"厕所"和"监狱"一样令人窒息、污浊不堪的所在。"文化大革命"，革去的不仅是亲人的生命，更有世间的温饱、温暖和温情。

> 南岸的山坡上，满满地拥挤着简易木穿斗结构的小板房、草盖席油毛毡和瓦楞石棉板搭的棚子，朽烂发黑，全都鬼鬼祟祟；稀奇古怪的小巷，扭歪深延的院子，一走进去就暗糊糊见不着来路，这里挤着上百万依然在干苦力劳动的人。整个漫长的南岸地区，几乎没有任何排水和排污设施：污水依着街边小水沟，顺山坡往下流。垃圾随处乱倒，堆积在路边，等着大雨冲进长江，或是在炎热中腐烂成泥。
>
> 一层层的污物堆积，新鲜和陈腐的垃圾有各式各样的奇特臭味。在南岸的坡道街上走十分钟，能闻到上百种不同气味，这是个气味蒸腾的世界。我从未在其他城市的街道上，或是在垃圾堆集场，闻到过那么多味道。①

故乡在虹影笔下是诸多复杂感觉的交杂，在直截的嫌弃憎恶之外，又流露出一股凄凉悲悯的哀叹。虹影的家是一间只有十平方米的正房，外加一个更狭窄的半人多高的小阁楼，住着父母和兄弟姐妹八口人。正房"朝南一扇小木窗，钉着六根柱子，像囚室"。细心的读者会发现，一扇小窗，如何钉得下六根"柱子"？莫不是虹影用错了词，六根"棍子"才像话些？仔细回味上下文，"柱子"恐怕是虹影别有深意的用法：其一，窗小，不论多细的棍子，一扇钉着六根，挤得密密匝匝，透过棍子从较暗的室内看向较亮的室外，很容易造成粗密"柱子"的视觉误差，所以

① 虹影：《饥饿的女儿》，北京十月文艺出版社，2010，第4~5页。

虹影的用字显得用心而精准；其二，过度拥挤的柱子没有给光线留下太多穿透的余地，所以正房是阳光不足的"晦暗空间"，小虹影在此处和更为憋屈幽暗的阁楼里，幻生了许多暗黑世界的梦魇和想象；其三，小窗却故意要钉上如此紧密的柱子，目的是为了保护和防卫，把坏人和伤害挡在"家"外，但现实的效果是，小窗密柱虽然可以防止外来力量的入侵，但也同时把"家"变成了"囚室"，产生令人插翅难飞的困锁压抑之感。外来的伤害进不来，但内在的情感也释放不出去了。小窗上的"柱子"，包含了虹影对家的五味杂陈的情感和回忆。

从狭小的柱间缝隙望出去，窗外不到一尺就被另一座很高的土墙房挡得严严实实，所以即使打开小小"囚室"的木窗，房里依然很暗。这阴郁逼仄的黑房子与整个重庆南岸"拥挤""发黑"的感觉浑然天成，就像羸弱的子宫孕育了一个畸胎一样。压抑、阴沉环境下的情绪酝酿到高潮，子宫从孕育新生命的温床变作生命"必要的开端"的"血淋淋的房间"[1]，于是子宫的外在对应物——血浊污秽的顶点——"厕所"出现了。

子宫和厕所代表着同属于身体下半部分的内外功能，却也同时象征着神圣纯洁与污秽丑陋的异质对抗。厕所成为子宫的黑暗隐喻，是伟大的生命孕育的反面意象。贫民窟的家庭里没有厕所，公共露天厕所拥挤不堪，尤其夏天气味浊烈刺鼻。传统的重男轻女思想在如厕这样的问题上有着典型的体现：女人上厕所比男人麻烦，可是男厕所偏偏比女厕所大一倍，"多三个茅坑"。女人们提着裤子"毫无顾忌地盯着没门挡蔽的茅坑"，这里就是很多故事在时间和空间上的聚焦之所。

---

① Showalter, Elaine. *A Literature of Their Own: British Women Novelists from Bronte to Lessing*. Princeton: Princeton University Press, 1999, p. 331. 亦可参见伊莱恩·肖瓦尔特《她们自己的文学——英国女小说家：从勃朗特到莱辛》，韩敏中译，浙江大学出版社，2012，第 307 页。

"文革"留给小虹影的并没有太多的政治冲突和阶级矛盾，也不是充斥着"文斗"、"武斗"、口号、标语的抽象概念；相反，她印象中的"文革"具体化为长江南岸贫民窟的生活、囚室一样黯败的家庭和污秽不堪的厕所。这些充满负能量的黑暗回忆深刻影响了她的童年，但越是惨痛的人生经验中越可能暗藏着与未来祸福相倚的奥妙关系。多丽丝·莱辛回顾她在殖民地罗得西亚的童年经历时曾说，那里"有时像地狱一样孤独，但是现在我知道它是多么不平凡，而我自己又是多么幸运"①。儿时恶劣黑暗的生活环境和压抑痛苦的心理体验，在虹影后来的小说里起到了三方面不可或缺的作用：第一方面，这演化成了她创伤灵感的来源，如小说中重要的阁楼象征、孤岛意象和梦魇意象；第二方面，促使她展开对女性家园的追寻，如《孔雀的叫喊》里柳璀对良县的回归和对三峡大坝的关心；第三方面，她自然而然地具有了对边缘性的"亲切感"。在对边缘性的身份认同过程中，私生女身份的揭晓成为虹影自我认同之旅中的一个助推力。

3. "问命"的身世

身份的自我认同是复杂的社会学问题，它是指"现代人在现代社会中塑造成的、以人的自我为轴心展开和运转的、对自我身份的确认，它围绕着各种差异轴（譬如性别、年龄、阶级、种族和国家等）展开，其中每一个差异轴都有一个力量的向度，人们通过彼此间的力量差异而获得自我的社会差异，从而对自我身份进行识别"，② 简言之，它是因个人力的差异而获得自我社会差异所构成的"我是谁"的本体论解释。虹影说，私生女情结"可以

---

① Walder, Dennis. "Alone in a Landscape: Lessing's African Stories Remembered." *Journal of Commonwealth Literature.* Open University, Milton Keynes, Vol. 43 (2), 2008: 99. 转引自周桂君《现代性语境下跨文化作家的创伤书写》，东北师范大学博士学位论文，2010，第28页。

② 王艳芳：《女性写作与自我认同》，中国社会科学出版社，2006，第47~48页。

用来解释所有我的作品，因为这就是我到这个世界上来的使命，我被命运指定成为这么一个人，或者是成为这样一种类型的作家，或者是成为这样一个类型的女子"①。"私生女"三个字，深深地影响了虹影从作家使命到女性类型的全部人生。

　　坦然承担私生女的命运需要很大的勇气，而尚未知晓命运的安排之前，已经为此而承受着莫名的欺辱，受苦而不知苦从何来，这是更为苦痛的折磨。虹影从小就觉得父母待她"很特殊"：母亲看她时"凶狠狠地盯着"，关照周到却"从不宠爱"；父亲看她时一脸"忧心忡忡"，沉默寡言，不怒不责。父母好像当她是"别人的孩子来串门，出了差错不好交代"。② 这种现象就是约兰达·甘佩尔（Yolanda Gampel）所提出的创伤的"辐射穿透"的特质，即小虹影的私生女身世所产生的自上而下的创伤代际影响。当私生女在中国传统社会中所代表的道德败坏的意义"渗透到父母的内部主观性空间（intrasubjective space）并且潜存在他或她的无意识中"，就会"通过跨代传播的方式经由父母的主体间空间（intersubjective space）沉积到孩子的身上"③。其他长兄长姐、街坊邻居、父亲同事的含沙射影话有所指，也是创伤"辐射穿透"的边际效应。

　　小虹影上学后，每隔十天半月就在学校大门外被一个中年人跟踪盯梢，直盯得她"背脊发凉"④。天生的敏感和直觉促使她不停地追问，直到她十八岁生日前夕，母亲才揭开她的身世之谜——

① 虹影、荒林：《写出秘密的文本才是有魅力的文本——虹影访谈录》，《上海文论》2010 年第 6 期。

② 虹影：《饥饿的女儿》，北京十月文艺出版社，2010，第 9 页。

③ Gampel, Yolanda. "Reflections on the Prevalence of the Uncanny in Social Violence." *Cultures Under Siege*: *Collective Violence and Trauma*. eds. Antonius Robben, C. G. M., and Marcelo M. Suarez-Orozco. New York: Cambridge University Press, 2000, p. 61. 转引自李燕《创伤·生存·救赎——奥古斯特·威尔逊戏剧作品研究》，苏州大学博士学位论文，2012，第 32 页。

④ 虹影：《饥饿的女儿》，北京十月文艺出版社，2010，第 3 页。

她是母亲与另外一个男人（小孙）的私生女，在学校大门外跟踪小虹影的人就是她的生父。"问命"的结果是前方命运的突然逆转——亲生父亲出现了。之前被人盯梢的恐惧的感觉有了"合理"的解释，那是生父对她暗暗的关爱。但这种关爱是小虹影需要的吗？事实上，"被看"是小虹影最为厌恶的事情之一。她小时候去船厂为父亲计算工龄争取平等的工资权利时，就被几个干部暧昧地嘲笑过，"那种盯着我看的目光，仿佛在从头到尾地剥开我，检验我"①。这种与她身世相关的鄙视的眼神在小虹影的心中是不明原因、天生抵制的。这也是社会制度、社会规范、社会习俗对人的自然身体的又一次进犯和驯服的尝试。所以小虹影从小就讨厌被周围的人带着各种目光"盯着看"。

身世之谜突然彻底揭晓，父爱汹涌而至，渴望着爱的小虹影却不知道如何接受爱，因为爱对她而言是陌生的。于是她发出拒父的呼喊："这个世界，本来就没有父亲！"小虹影从之前被抛弃、被隔离的被动角色，变成了拒绝和逃离的主动角色，从"寻父"进入"拒父"。这证明父的缺席所造成的创伤无法通过父的出现来医治，只有通过书写来弥补无父的缺憾，因而"寻父"与"恋父"成为虹影小说中的重要潜文本：《饥饿的女儿》中小虹影的初恋历史老师是她恋父情结的萌芽；《好儿女花》中有恋父情结的虹影嫁给了如父一般的小唐；《阿难》中苏菲与"我"共同寻找的与其说是阿难，不如说是精神意义上的父亲偶像；《上海魔术师》中为了弄清兰胡儿与加里的血缘关系，张天师与所罗门两位养父踏上了寻找生父之旅；《上海王》中常爷像父亲一样宠爱筱月桂，而二十年后，筱月桂的女儿常荔荔也恋上了如父亲一样宠爱她的（母亲的情人）余其扬；《上海之死》中于堇为了报答养父休伯特，在送出假情报后跳楼自杀，以死报恩。

---

① 虹影：《饥饿的女儿》，北京十月文艺出版社，2010，第254页。

　　就在小虹影拒绝生父，同时以历史老师作为父的替代物偷尝初恋的禁果时，历史老师——精神意义上的"父"——自杀了。三个父亲都辜负了虹影：生父只给她带来羞辱，养父从未亲近过她的心，历史老师弃她而去。短时间内小虹影就经历了从"拒父"到"失父"的巨大落差。三个父的失去，既是虹影对父权话语软弱无能的讽刺，也使她意识到在缺父环境中成长是一种创伤，"我是多么畸形之人，因为我天性残缺"①。这种残缺来自失去父亲后她所得到的空前自由和报复的快感，但是自由和快感之下暗藏了悬空的危险，"任何理想、道德、良心都失去了存在的根据……混乱不仅将毁灭他人，同时也将吞噬自己"②。所以站在虹影的立场上，她的迫切任务就是明确接下来该如何在无父的状态下管理自己，并进而在世界中找到自己的位置。而当她忧虑于这些问题时，"父亲"的意义在此中悄然"复辟"了：后来她以《饥饿的女儿》和"上海三部曲"表达对生父和养父的忏悔，就是"复辟"的一方面表现；另一方面，《饥饿的女儿》的末尾描写了她遇见前夫后产生的依恋、信赖及追随，也是这种"复辟"的表现形式，到了《好儿女花》中她彻底认清前夫的面目并选择了分手与宽恕，是她从父亲意义的枷锁——恋父情结——中解脱并清醒的征兆。"父"既是创伤，也是疗伤药，影响了虹影一生的创作。

　　4. "丢命"的情人

　　由于生父在小虹影成长过程中的"表面缺席"和他对不明就里的小虹影的暗中窥视，极度缺乏安全感的小虹影产生了严重的恋父情结。她把这种情感托付在历史老师的身上，却又怕自己心里"藏起的孤独"和"总想把自己交给一个人的渴望"，会被他

---

① 虹影：《好儿女花》，江苏人民出版社，2009，第67页。
② 南帆：《冲突的文学》，江苏大学出版社，2010，第62页。

一眼看穿。[1] 显然，刚刚成年的小虹影尚未意识到，她对历史老师的感情并不是爱情，而是她对"缺席"父亲的补偿式依恋和对脱离贫民窟的迫切情状的一种"爱情"置换，这正如乔治·艾略特（George Eliot）在《米德尔马契》中展现的那不够成熟的自我——"世上的男女往往对自身的一些迹象作出极其错误的判断，把模糊不安的憧憬……当作强烈的爱情"[2]。

反过来，历经着"文革"沧桑的历史老师为什么会喜欢少不更事、长得营养不良头发稀疏的小虹影呢？原因是复杂的。他虽然有知识有学问，但也一样有需要向人倾吐、被人理解的"苦闷"，"在感情的需求上"，他与小虹影是"对等"的。[3]所以首先是一种对等的情感互助在吸引着他。其次，他在小虹影的身上看到了和自己一样倔强的精神，而她的纯洁无知令她比他更加勇敢。另外，"文革"的残酷、混乱、恶斗、暴力，让历史老师一介"秀才"有理无处说也说不清。在瞬息万变、无理可讲的革命乱流中，小虹影无知者无畏的单纯精神对他忧虑焦灼的心是一种开解和滋润。讽刺的是，历史老师在学校里教的是历史，他向小虹影分析起"文革"的特权阶级、利益集团、政治报复时头头是道、充满愤慨，但正因为他的才气和抱负，所以一直都无法摆脱被历史卷入其中的命运。传授历史的人却看不透历史，他的职业设计是虹影对历史小小的嘲弄，还是对凡人在历史中的巨大无力感的静哀？历史老师曾如此评价小虹影大姐的命运，"你大姐用耗尽自己生命力的方式，对付一个强大的社会，她改变不了命运"，[4] 而这何尝不是他对自己命运的一语成谶。

历史老师悬梁自尽。他弄丢的不仅是他自己的性命，更是小

---

① 虹影：《饥饿的女儿》，北京十月文艺出版社，2010，第176页。

② 乔治·艾略特：《米德尔马契》，项星耀译，人民文学出版社，1987，第884页。

③ 虹影：《饥饿的女儿》，北京十月文艺出版社，2010，第175页。

④ 虹影：《饥饿的女儿》，北京十月文艺出版社，2010，第174页

虹影在无情的人世沙漠里刚刚萌芽的"爱"的希望。因为，爱，对于"饥饿"的六妹来说，就是"命"：

> 我被他抱着站起来，整个儿人落入他的怀中。我的脸仍仰向他，晕眩得眼睛闭上，一时不知身在何处。一点挣扎，一点勉强也没有，我是心甘情愿，愿把自己当作一件礼物拱手献出，完全不顾对方是否肯接受，也不顾这件礼物是否需要。我的心不断地对他说，"你把我拿去吧，整个儿拿去呀！"他的亲吻似乎在回答我的话，颤抖地落在我滚烫的皮肤上。
>
> 我突然明白，并不是从这一天才这样的，我一直都是这样，我的本性中就有这么股我至今也弄不懂的劲头：敢于抛弃一切，哪怕被一切所抛弃，只要为了爱，无所谓明天，不计较昨日，送掉性命，也无怨无恨。[①]

在小虹影与历史老师的命运交集中，有一组对比尤具深意：言与食。古语有云：慎言语，节饮食。又云：口可以食，不可以言。再云：可以多食，勿以多言。"诸如此类，皆以斤斤严口舌之戒而驰口腹之防，亦见人之惧祸过于畏病，而处世难于摄生矣。"[②]古人虽明白"摄生"之难，但更惧处世之祸。故就"食"而言，古人从"节饮食"开始，到"可以食"，物质丰富了就"可以多食"；对"言"的恐惧则令他们始终坚持"勿以多言"。"言"成为"食"的反面指涉，时时警戒世人小心祸从口出。历史老师命运的逆转就始自他谏言四川饥馑的问题，因"少食"而"多言"，落得个悲惨的下场。而小虹影的整个童年和少年时期，

① 虹影：《饥饿的女儿》，北京十月文艺出版社，2010，第 192 页。
② 钱钟书：《管锥编（一）》上卷，三联书店，2001，第 48 页。

始终处在食不果腹的饥饿状态，她始终不敢多言，性格内向。"多言"的男性与"少食"的女性，在外部构成了与古训相悖的历史冲突，在内部又构成了与个人意愿相违的苦难命运。虹影在这两人身上的安排，不可谓不用心。

面对历史老师突然自杀的噩耗，小虹影会以忍受饥饿的态度去默默承受命运的又一次戏弄吗？南帆曾说，在现当代文学中寻父行为实际上出现了两种倾向："或者以崇敬的心情重新缅怀父亲的功绩，或者在景仰父亲的过程中不知不觉地使自己成长为新一代的父亲。"① 张承志从《北方的河》到《金牧场》的一系列小说即宣告了一个被父亲抛弃的儿子是如何逐渐成长为坚定、自信与成熟的新一代父亲。《金牧场》的最后画面是主人公携带女儿共同迎接冉冉上升的太阳②，这让人不禁想到了虹影在母亲去世七个月后生下了女儿西比尔，"她的脸好像我的母亲，她的外婆"③，当女儿睡在床边的婴儿箱里时，虹影"感觉一个漫长而辛苦的旅途结束"④。

虹影也经历了从"寻找"到"成为"的过程，不过，她"寻找"的是父亲，"成为"的却是母亲，这是她从女性立场出发对"精神之父"的摧毁与重建，也是对始终陪伴在她生命左右的母亲的致敬，因为她曾误解了母亲、伤害了母亲，现在她以女儿的诞生表达对母亲的歉意，证明她对"父"的超越和对"母"的精神皈依。在以莫言的《红高粱》、梁晓声的《父亲》、方方的《祖父在父亲心中》、洪峰的《瀚海》等为代表的诸多当代作家的作品中，在一片以"寻父"为特征的曲折演变的"文化寻根"热

---

① 南帆：《冲突的文学》，江苏大学出版社，2010，第63页。
② 李以建：《张承志的困惑与矛盾》，《当代作家评论》1988年第1期，第17页。
③ 虹影：《好儿女花》，江苏人民出版社，2009，第228页。
④ 虹影：《好儿女花》，江苏人民出版社，2009，第228页。

潮中，虹影起于"父"止于"母"的探索和书写，为女性、母亲的价值开辟并坚守住了一片天空。

尽管如此，虹影的坚守并非从一开始就达到了这样的高度，未婚先孕的第一个孩子并没有让她幸福地成为母亲，流产带来的极大痛苦反而造成了她对女性命运的怀疑，以及对母亲这个头衔所承载的意义的逃避。

5. "害命"的流产

小虹影"才刚弄明白自己想要什么样的生活"，就发现自己已"未婚先孕"，"越贫穷的女人生育能力就越强"，贫穷＋胎儿＝更加贫穷。

"饥饿的女人自然就有个特别饥饿的子宫"，能量守恒的大自然在以怀孕的方式"补偿"母女俩饥饿的身体。可是这种"补偿"越补越糟糕，直教人无法承受：因为"未婚先孕"这个词语，在那个时代虹影从小所受的教育里，从来都是"比任何罪恶更耻辱，比死亡更可怕"的罪孽。[①]看似没有任何科学道理的"补偿"，其中包含的宿命论观点正击中了女性的要害，女性因为怀孕的天赋能力，总是在"产出"的同时"失去"，在拥有天赋的同时以承受更大的伤害作为对命运的"补偿"。

在这个由能量守恒定理所规制的世界里，一切都必须由互补而达到平衡，在流产的过程中，表现为由"灰"、"冷"与"亮"、"暖"形成的矛盾感觉。灰：飘雨的天空十分阴暗，妇科诊室门口挂了块多年不换的暗灰的布帘，手术室门后的拖鞋不仅旧而且脏得可疑，长久没粉刷过的天花板和墙上都飞挂着墙屑，包着刮宫器械的布包是洗不干净的脏灰色。冷：整个手术室冷极了，让人打着寒战，手指像冻麻了一样，手术台是冰冷的铁床，一件件的手术器械也冰冷无比，就像所有板着脸孔面无表情（即使有，

---

①　虹影：《饥饿的女儿》，北京十月文艺出版社，2010，第253页。

也是充满了道德优越感的憎恶病人的表情）的医护人员一样冰冷。与这种"灰"和"冷"达到平衡的是"亮"与"暖"。亮：手术室屋顶中央的日光灯像个"巨大的又白又亮的球"，砸得手术中的小虹影"眼前一团漆黑"，医护人员操作时的"亮"与被流产时的身体的"黑"，又是一个小的互补，伤害与被伤害的互补。"暖"是小虹影顾不上要坐"小月子"的规矩，流产后直接去了公共浴室的感觉，"一种说不出的安慰，好比亲人爱护着我照顾着我"，"好像是身上流过的水，冲走我要忘却的事，让它们顺着水洞流进沟渠，流入长江"。① 小虹影从母亲子宫中带来的痛苦，加倍在她自己的子宫中上演，身体内部刹那间受到的暴力摧残比饥饿缓缓的折磨更让人一时无法承受。在这里又有了第三对互补的平衡，"尖叫"与"不叫"——身体的尖叫与意志克制之下的不叫。

> 一件冰冷的利器刺入我的阴道，我的身体尖声叫了起来……器械捣入我的身体，钻动着我的子宫，痛，胀，发麻，仿佛心肝肚肠被挖出来慢慢整理，用刀随便地切碎，又随便地往你的身体里扔，号叫也无法缓解这种肉与肉的撕裂。知道这点，我的号叫就停止了。我的牙齿都咬得不是我自己的了，也未再叫第二声。②

"灰"是种色彩——视觉，"冷"是种温度——触觉，"叫"是种声音——听觉，虹影在这里综合运用了身体外部五种感官功能中最重要最直观的三种，不仅如此，她尤其表现了女性身体在流产这件事上的独特感受，所用的"灰"和"冷"的阴郁词语，

---

① 虹影：《饥饿的女儿》，北京十月文艺出版社，2010，第 261~262 页。
② 虹影：《饥饿的女儿》，北京十月文艺出版社，2010，第 259 页。

类似于个体濒死症状的描绘。艾里斯·杨（Iris Young）在对怀孕现象学的研究中认为："怀孕通过使我自己的内部与外部之间的边界流动可变而挑战了我的身体经历的统合。我体验了我的内在，是另一个空间，然而仍是我自己的身体。"① 虹影对流产胎儿这个细节的呈现，把艾里斯·杨对自我身体"经历的统合"的挑战发挥到了另一个层面，虽然"仍是我自己的身体"，但虹影用"灰""冷""叫"凸显着内在的"另一个空间"的意义，即它不仅是女性身体内的"另一个空间"，也是男性话语的社会规约下女性生存的"另一个空间"，一个逼仄窒息的、令人紧张害怕、需要"冲洗"的空间。女性在这个空间中的变化（如怀孕），有时会以被迫返回原点的失败和创伤而告终。

"灰"喻示着社会制度对女性存在的规约（如未婚先孕）和触犯这种规约后必然造成的对身体的侵犯和伤害，"冷"是创伤后身体的感受和代价，"叫"是身体对外来侵犯的反抗性呐喊。回想一下历史老师与小虹影的第一次，也是唯一一次性爱关系中，历史老师的男性身体/男性性器官也是另一种意义上对小虹影女性身体/女性性器官的"侵犯"，但基于爱、自由和自愿原则上的这种"侵犯"换来的是女性的迎合，女性甚至产生了要对方把自己"整个儿拿去"的献祭似的"牺牲"的希望。我们完全有理由推定，沉醉在自己这种"崇高"意图中的小虹影，如果无意中发出叫喊，是绝对不会加以遏制的（尽管文本中并未有"叫床"的情节加以佐证）。但流产时的小虹影叫出第一声后，她立刻明白了剧痛是"号叫也无法缓解"的，此时的号叫对身体而言是无用的，无意义的，不必做无谓的挣扎，只要忍受就好，所以

① Young, Iris. "Pregnant Embodiment." *Throwing Like a Girl: And Other Essays in Feminist Philosophy and Social Theory.* Indianapolis: Indiana University Press, 1990: 163.

她"未再叫第二声"。这是意志对肉体的战胜，是个体被公共道德和国家机器辗轧过后变成"空"洞的身体的暗喻，是以"肉与肉的撕裂"为代价的最可悲可叹的社会制度的胜利。

公共浴室的"暖"对应着肚子里的"空"。洗浴的水顺着水洞流进长江，勾连起读者对在虹影的多部作品中出现的江河意象的联想。江河，在虹影笔下，是母亲的象征，流经小虹影身体的暖水流进长江，就像带着有体温的她（暖的证明是活的）在江河中溯游，就像胎儿在母亲的子宫（羊水）中漂浮，四周一片黑暗，但充满着安全感，是一种寻找和返回的途径。肖瓦尔特曾评价德拉布尔（Margaret Drabble）小说①中的"孩子是对女性投降的补偿"，从这个角度来看，小虹影选择流产就是对这种补偿的放弃，更是对女性投降的抗议。首先，在动荡的社会环境下，女性表面的早熟很有可能伴随着心理的蒙昧，一个不愿长大或太急于长大的女性其实尚处于孩子的心态，她如何有能力担负起养育下一代的重任？其次，女性"自己的一间屋"（a room of one's own）不再局限于所谓的"生养孩子的地方"，而是"复原力、仁慈和智慧的试验场"，流产正是对这试验场最无情也最合适的测试。最后，小虹影在流产后的离家出走使得流产具有了新的解读意义，如果说怀孕是一种"认识方式"的话，流产也许是一种女人专有的"解决方式"。②

---

① 玛格丽特·德拉布尔在所有当代英国女小说家中，是最热忱的传统主义者，她对"女性性别的厄运、其伤心的遗产"的意识首先来自她本人的过去。因她在《针眼》（The Needle's Eye）、《磨盘》（The Millstone）［《磨盘》美国版的标题为《多谢各位》（Thank You All Very Much）］等小说中对女主人公的女性传统的坚持和发展，尤其是对女性局限性（如怀孕和分娩）的处理，肖瓦尔特称她为"写母性的小说家"。

② Showalter, Elaine. *A Literature of Their Own: British Women Novelists from Bronte to Lessing.* Princeton：Princeton University Press, 1999, pp. 305—306. 亦可参见伊莱恩·肖瓦尔特《她们自己的文学——英国女小说家：从勃朗特到莱辛》，韩敏中译，浙江大学出版社，2012，第283页。

以所失，求所得，得失之间，返回婴儿的元初状态，这大概是除了"房中术"（《英国情人》）外，虹影对中国古代道家/道教的又一个借鉴。但这个借鉴明显比"房中术"来得隐晦，未曾引起足够的重视。作为一种本初的在世状态论，老子"赤子"观对调整现代人生存观念，提高现代人生存质量有着重大的启示意义。《老子》五十五章有"含德之厚，比于赤子"之说，在老子看来，最有厚德（最具事物的自然、本性的）是婴儿状态的人，是不为外物所役的赤裸裸的婴儿状态的身体。"赤子"状态是未遮蔽（这与前文"石桥遇花痴"中，肥长的裤子对身体的遮蔽和不知羞耻裸露的双乳，形成了对比与呼应）、未污染、无保留的人的元初状态，也是人的存在的真理状态。现代人生命原驱力的衰退和丧失，正如莫言所担忧的"种的衰退"一样，与遮蔽、压抑有关，现代人的封闭、萎靡和虚荣、好斗也正是这种遮蔽导致的恶果。在老子看来，人的社会化，就是人的身体堕入"名、货、得"这些非本质的在世状态中的过程，在这些在世状态中，身体不但没有受到保护和发扬，相反受到了遏制和摧残，所以人的本真存在应该是对这种状态的抵抗。正如《老子》四十四章所言："名与身孰亲。身与货孰多。得与亡孰病。甚爱必大费；多藏必厚亡。顾知足不辱，知止不殆，可以长久。"

6."争命"的流浪

近半月时间中，一个男人早就离开现在却突然进入，另一个男人一度进入现在却突然离开，好像我的生活是他们随时随地可穿越的领地。

我是在这个时候坚定了要离开家的决心。

我知道自己患有一种怎样的精神疾病——只有弱者才有的逃离病。仰望山腰上紧紧挤在一块的院子，一丛丛慢慢亮起的灯光，只有逃离，我才会安宁。①

　　小虹影在此或许说出了一个真相：女性天生害羞、怀疑、善良、温柔的性格里，包藏着弱者的因子。正因如此，每当渺小个体与庞大历史之间发生冲突，伤害始终在女性身上体现得最为淋漓尽致。对此，虹影选择了多数女性都会选择的逃离。"只有逃离，我才会安宁"，疲惫的身体启动了自我保护的机制，十八年不断追寻身世和关爱，要狠心地切断灵魂的追寻，首先必得从身体的逃离开始，只有身体获得了安宁，灵魂才可以安静下来。但是，小虹影同时又撒了谎：她说自己的逃离是"弱者"的病，可她要离家的决定并不是一个弱者可以做出的，弱者只会选择在沉默中隐忍直至灭亡。她是为了活下去而逃离，不管变好还是变坏，不管是"诱惑与被诱惑"②，只要活下去就有改变的可能，希望就埋藏在这可能性之中。可是，刚成年的她从哪里汲取了离家独活的力量呢？

　　隐藏在小虹影自嘲式"弱者"面具下的，是两股力量的来源：她对"母"的继承与对"父"的愤怒。一方面，虹影的力量来自对母亲勇于反抗和坚韧不屈的品性的继承：母亲敢于逃婚、敢于和小虹影的生父（婚外）相爱、敢于生下私生女、敢于一人养活六子一夫。事实上，母亲所有的举动都是一种"叛逆情结，是女性个体对于父权制婚姻体制的生命反抗"③，她用尽一生消解了婚姻赋予父权的至高无上性。逃婚、婚外情和私生女是母亲消极、逆向的反抗，一个人养活一家人是母亲积极、正面的执守。简言之，母亲以一种"咬定青山不放松"的坚韧，教会了虹影对

① 虹影：《饥饿的女儿》，北京十月文艺出版社，2010，第246页。
② 虹影：《饥饿的女儿》，北京十月文艺出版社，2010，第249页。
③ 荒林：《日常生活价值重构——中国当代女性主义文学思潮研究》，北京大学出版社，2013，第218页。

爱的坚持和对生命的尊重。另一方面，她的力量来自她对生命中至关重要的两个"父"（生父和历史老师）"随时随地""穿越"她生命的愤怒——她已无力再哀伤，也无谓再震惊——真相留给她的只剩愤怒。"文革"创伤造成的"对平庸与恶俗现实的苟同"① 本就让她倍感压抑，而"父"的伤害令这种忍耐上升到了极限，她的反抗就是决绝地离家。

离家出走的细节，反映出虹影独特的"野性"气质。同为经历过"文革"的作家，虹影的"野"不同于严歌苓的"文"、张炜的"悟"、阿城的"雅"、贾平凹的"（暗）俗"、王朔的"（明）俗"、余华的"狂"、哈金的"闷"、陈丹燕的"飘"。严歌苓创造的女性系列形象斯"文"优雅，就像她本人一样，永远安之若素、泰然不惊。严歌苓写小渔，面对意大利"假丈夫"的恶劣态度依旧不温不火，打扫卫生收拾房间，感动了原本对她充满敌意的意大利老头。《扶桑》中的扶桑，面对一切命运安排都逆来顺受，虽然不幸沦为妓女，但成了唐人街的当红头牌。余华的创作风格在写《兄弟》时转向"粗粝狂放、陌生怪诞"②：李光头的爸爸刘山峰厕所偷窃失足落坑而死，向林红求婚失败后李光头居然做了结扎手术自断子孙路，成为镇里首富后李光头异想天开举办了"处美人大赛"，等等。李光头所代表的无不是狂而再狂、怪而又怪的余华"狂"之精神。哈金的"闷"正如《等待》中想与糟糠之妻离婚的军医孔林，虽然孔林所在的部队医院有"夫妻分居满十八年后才可以不经过对方的同意而与其离婚"的奇特规定，但令读者感受深刻的不是规定的荒诞，而是他十八年默默的等待，着实令读者抓狂。这种"闷"的作品气质与哈金

---

① 曹文轩：《二十世纪末中国文学现象研究》，人民文学出版社，2010，第 242 页。
② 陈思和：《当代文学与文化批评书系·陈思和卷》，北京师范大学出版社，2010，第 142 页。

本人追求以相当简洁的英语书写"普世"的人性存在或中国"特色"的故事以迎合西方主流世界的阅读有关。

虹影被生活磨砺出来的气质更接近于莫言作品中充盈的"野"或者"力",即那种被莫言置于高于一切后天创设的文化规范的、人的天性和人的基本生存欲望——食与色——所产生的内驱力和价值基石。饥荒、革命和身世加诸小虹影肉体的摧毁之力,反被她承受、消化,并转化为自身抗击新的打击的适应力。小虹影在不自觉中形成的潜意识就是"我不能死,我必须活"①。看似弱者的逃离,实则是为了"反攻"而进行的战略撤退。在众叛亲离的目光中选择逃离,是经过革命和饥饿摧残过的身体发出的天不怕、地不怕的反击,逃离不是宣告失败,是为了保存力量,争回属于自己的命运。在小虹影离家出走的第一夜,她看见:

> 黑暗中站在小石桥上的花痴,她没有穿上衣,裸着两只不知羞耻的乳房,身边一切的人都不在眼里,虽然整张脸的脏和手、胳膊的脏一样,眼睛却不像其他疯子那么混浊。江风从桥洞里上来,把她那又肥又长的裤子鼓满了,她不冷吗?我走近她,有种想与她说话的冲动,她却朝我露出牙齿嘻嘻笑了起来。②

这段接近故事末尾的对石桥上花痴的描写,是对小虹影未来人生道路的预示,一种"重新发现了自己"③的女性复归。花痴"裸着两只不知羞耻的乳房",就像是与历史老师唯一一次发生关

---

① 虹影:《饥饿的女儿》,北京十月文艺出版社,2010,第253页。
② 虹影:《饥饿的女儿》,北京十月文艺出版社,2010,第249页。
③ Nietzsche, Friedrich. *The Birth of Tragedy*. trans. by Zhou Guoping. Beijing: SDX Joint Publishing Company, 1986, p. 30.

系时小虹影的身体，疯狂的爱情让她把自己"不知羞耻"般地、狂热地奉献给了对方，"身边一切"都视若无睹，眼里只有对方。花痴的身体虽然很"脏"（尘世污染的脏），但是"眼睛却不像其他疯子那么混浊"。疯子和花痴，都是疯，却疯得不一样，花痴是为爱而疯，所以眼睛不混浊，能折射出纯而"清"的爱，尘世的杂质无法污染它。这个"花痴"的形象，很可能就是小虹影在心中对自己的一个投影，所以"我"才有种想与她说话的冲动，"我"想与自己的内心对话，可她却冲"我"露齿而笑。笑而不语，是"花痴"不懂得说话，还是对人世无话可说？虽然不说话，却可以笑，笑是暗示着小虹影要笑对未来吗？虽然从虹影后面的作品来看，笑对未来并不容易，直到她的第九、第十部（也是目前最后两部）长篇小说《好儿女花》和《上海魔术师》问世，我们才从中看到微微一丝从容的笑意，一种托马斯·曼所说的"无所不包、清澈见底而又安然自得的一瞥"① 中所带的笑。

此外，"又肥又长的裤子"具有遮蔽性，显然与"裸露的两只乳房"不协调，前者其实是作为后者的潜文本出现的。肥长的裤子虽然遮蔽了身体，但它被从桥洞吹来的风鼓满，"风"象征着外界对身体的刺激——一种抚摸，那么"满"意味着身体对刺激的反应——一种充盈。这里只需稍稍借用弗洛伊德的理论，就能想象桥洞暗示着女性的性器官，而被风鼓满的肥长的裤子则相应暗示着男性的性器官。这种猜想不是对女性身体的胡乱想象和故意冒犯，相反，证据是很明白的。首先，因为这是一个为爱敢裸敢疯的、被称为花痴的女人的裤子，她对男性是自然而开放的状态，两性关系的想象是自然而然的；其次，就在小虹影见到花

---

① 托马斯·曼：《小说的艺术》，载哈斯克尔·M. 布洛克、赫尔曼·塞林杰主编《创造性的视野》，纽约，1960，第 88 页。转引自 D. C. 米克《论反讽》，周发祥译，昆仑出版社，1992，第 53 页。

痴之后不久，她发现自己怀孕了，和历史老师"仅一次就有了小孩"①。所以，"石桥遇花痴"的潜文本意味着：不顾一切为爱疯狂的女人与男人的关系，以及对这种关系很可能导致的后果的暗示（包括胎儿和未来）。

花痴"裸露的两只乳房"和"又肥又长的裤子"，多么像尼采所描述的希腊女人在酒神节狂欢时的状态，"奶子垂在外面，嘴里叼着长笛"② ——二者都有自由的双乳和对男性性器官的暗喻。这说明尽管只有在酒醉或疯痴的状态下，女性才敢彻底解放身体的束缚，并把它自由呈现在公共视野中，摆脱凌驾其上的男性压制和社会规范，但这也证明"身体快乐"的原则始终潜伏休眠在女性的体内，等待合适的环境爆发。在西苏的《美杜莎的笑声》中有一段话，与虹影的"石桥遇花痴"颇可应和，因为二者都充满了对人、对女性、对一个生命价值莫名而真挚的爱：

> 人物是这样出现在我面前的，首先，他们是生育到世上的。他们由胸膛那儿降临人世，你的心灵因孕育他们而鼓涨着。最初他们不过是只言片语，一个符号，一个微笑，实际上这就是他们自我介绍的方式……于是他们变成了我的近亲，变成了我补偿性的家人。也许有人以为他们会回到原来所在的想象世界中去。但并非如此，他们留下来，并与我们不可分离，他们变成了古老的活生生的现实存在。他们自己的生活虽已完结，但却永远栖息于我们的记忆里。③

---

① 虹影：《饥饿的女儿》，北京十月文艺出版社，2010，第253页。
② Nietzsche, Friedrich. *The Birth of Tragedy*. trans. by Zhou Guoping. Beijing: SDX Joint Publishing Company, 1986, p. 243.
③ 埃莱娜·西苏：《美杜莎的笑声》，孟悦译，载张京媛主编《当代女性主义文学批评》，北京大学出版社，1992，第230页。

　　回想那"黑暗中站在小石桥上的花痴，她没有穿上衣，裸着两只不知羞耻的乳房"，或者想得稍远一点，想到虹影的《英国情人》书末的闵，在自杀后半昏迷的状态中与裘利安的鬼魂交合，"她的衣服在被剥开，她的乳头一下硬了，他冰凉的手指一触，就痛"。这两句描写与西苏所说的人物是"由胸膛那儿降临人世"是多么神合。西苏的话语把虹影小说的深意以诗一般优美的方式回现了出来，因为她们都从女性立场出发，看到了女性之为女性最重要的美：胸膛外面有滋养万物的"乳房"，里面有一颗孕育万物的"心灵"。所以"人"不仅从子宫里诞生，更是从母亲的胸膛里降临，就像天使和神的"降临"一般。人，从一个"符号"和"微笑"变成了"家人"，不因为肉体的死亡而与我们有须臾的分离，因为他们永远"栖息于我们的记忆里"。既然如此，小虹影也许注定了要经历一段把"人"从子宫里剥夺的过程，这才算"圆满"了女性苦难的意义。

三　出走后的"娜拉"

　　革命不仅以暴力改变了社会体系，也改变了人们在这个体系中的位置和相互关系，更改变了人们谈论和阅读自己身体的方式。虹影在革命、创伤、女性、历史构成的四维空间中，筑起了独属于她的女性革命情结和叙述方式。被历史洪流、革命风暴裹挟着离家出走的"娜拉"，在更广阔的空间里会经历怎样的遭遇？

1. 以女性创伤书写历史

　　事实上，许多优秀的文学作品都讲述了战争、革命和战后创伤、后革命时代的故事。海明威的《太阳照常升起》、《永别了，武器》和《丧钟为谁而鸣》，约瑟夫·海勒的《第二十二条军规》，列夫·托尔斯泰的《战争与和平》，雷马克的《西线无战事》，鲍里斯·瓦西里耶夫的《这里的黎明静悄悄》，吴强的《红

日》，李存葆的《高山下的花环》，刘震云的《温故一九四二》，
严歌苓的《金陵十三钗》等，有多少战争和革命、流血和牺牲，
就有多少作品在表达惊惧与伤害、反抗与力量。

但在（女性）作家中，像虹影这样与战争和革命结下了"生
死未了情"的并不多见。从表 2 - 1 中可以看出，虹影的所有长
篇小说皆设定在战争或革命（变革）的大情境之下，战争和革命
已经成为化入她文本的鲜红背景。

表 2 - 1　虹影小说的战争或革命（变革）背景

作品	战争或革命（变革）背景
《背叛之夏》	1989 年春夏之交的政治风波
《女子有行》	虚构的未来斗争
《饥饿的女儿》	三年困难时期，"文革"
《英国情人》	抗日战争
《阿难》	"文革"，改革开放
《孔雀的叫喊》	现代化建设（基因工程，三峡大坝）
《上海王》	二战，抗日战争
《上海之死》	二战，抗日战争
《上海魔术师》	二战，抗日战争
《好儿女花》	改革开放

细捋下来，虹影的作品背景囊括了 20 世纪 30 年代到 21 世纪
初中国所经历的最重大的历史事件：抗日战争—第二次世界大
战—中国远征军入缅作战—三年困难时期—"文化大革命"—改
革开放—中国现代性进程，这些波澜壮阔的战争和革命交织成了
循着历史发展不断变化的大背景。第二次世界大战（1939～1945
年）以及作为二战太平洋战场重要组成部分的中国全面抗日战争
（1937～1945 年）是虹影长篇小说中使用最多的战争题材，《英
国情人》和"上海三部曲"皆以此为背景。中国远征军入缅作战

（1942～1945 年）①是虹影采用的革命背景中比较特殊的一例，它是抗日战争期间中国与英美盟国为抗击日本法西斯而进行的军事合作，与二战和抗日战争相辅相成密不可分，也成为《阿难》的次宏大背景。新中国成立后，三年困难时期和紧随的"文革"，构成了虹影作品中不可或缺的必然线索，《饥饿的女儿》和《阿难》就诞生于全国人民肚子和灵魂的双重"饥饿"中。"文革"结束，改革开放，经济复苏，解决了温饱问题，却把现代化进程的是是非非摆在了人们面前，《女子有行》、《孔雀的叫喊》和《阿难》表达了虹影对这些问题的思考和担忧。

革命与战争以创伤的形式内化为虹影作品永恒的情结，而任何事物——包括创伤——能转化为一种情结，就证明其中必然蕴含着让人念念不忘的某种东西。比如，蒂姆·奥布莱恩在《不堪重负》（*The Things They Carried*）中融入了对越南战争的责任和后果的深刻反思，同时也对个体记忆、革命创伤、历史局限和文学创作之间的张力进行了探索。故事的最后一章写出了奥布莱恩无法割舍战争与革命的原因，这同样也解释了虹影坚持写下去别无选择的情结所在：

说战争就是地狱，等于什么都没说，因为战争是神秘

---

① 中国远征军，是抗日战争期间中华民国政府为支援英国军队在缅甸殖民地对抗日本陆军及保卫中国西南大后方补给线安全，而组建、出国作战的国民革命军部队，是中国与盟国直接进行军事合作的典型代表，也是甲午战争以来中国军队首次出国作战并立下赫赫战功。1941 年 12 月 23 日，中英在重庆签署《中英共同防御滇缅路协定》，中英军事同盟形成，中国为支援英军在滇缅抗击日本法西斯，保卫中国西南大后方，组建了中国远征军。从中国军队入缅算起，中缅印大战历时 3 年零 3 个月，中国投入兵力总计 40 万人，伤亡近半。1942 年 3 月至 8 月，日军封锁了国际援华运输线，打开了西攻印度的大门，第一批远征军失败。1943 年初至 1945 年 3 月，第二批中国远征军完成了中国战略大反攻的全面胜利。中国远征军的特点是队伍中有许多知识青年，其军歌是孙立人所作的《知识青年从军歌》。

的，是恐怖的，是冒险，是勇敢，是发现，是神圣，是同情，是绝望，是渴望，是焦虑，是爱。战争是肮脏的，战争又是有趣的。战争很刺激，也很乏味。战争可以让你成为一个真正的男子汉，也能让你魂归西天。

真理注定是自相矛盾的。例如，说战争荒谬自然无可辩驳。但是，战争也可能是美的。战争尽管恐怖，但战场上那种庄严肃穆是具有震撼力的……战争不是好看，而是震撼，令人目不暇接，不敢怠慢。战争与和平一样，都是无法概括的。一切都是真实的，一切又不真实。只有当你面对死亡的时候你才会有生命的活力，才认识到生命的可贵。在那个时刻，你平生第一次认识到，应当珍惜你自己和世界上最宝贵的东西，因为那一切即将不再。

……

最后，"真实的战争故事讲的不是战争本身，而是阳光。真实的战争故事讲的是一种独特的感觉和体验：当黎明照亮河水的时刻，你知道你将要过河入林，去做你不敢做却又不得不做的事。所以，真实的战争故事讲的是痛苦与悲哀，是关于那些死去的、永远也无法给你回信的姐妹们的故事，是关于那些永远也无法再次聆听你的声音的人们的故事"。

那么，如何讲述一个真正的战争故事呢？

恐怕只有坚持讲下去，别无选择。①

奥布莱恩反复强调，战争（事实上革命也一样）虽然充满神秘与恐怖、创伤与焦虑，却始终有着渴望与神圣、庄严与震撼的伴随，更有爱与和平的呼唤。当他说出为了死亡而珍惜生命，为

---

① O'Brien, Tim. *The Things They Carried*. Boston: Houghton Mifflin, 1990, pp. 85—91.

了逝者而坚持讲述时，虹影对此想必深有同感。而当他认为讲述一个"真正的战争故事"只有靠"坚持讲下去"时，历史的真实与小说的虚构的传统界定已经颠倒了位置，小说因其逻辑真实、情感真实而代表了小说家对历史的真实解读和真诚展现的渴望。作为亲历过各种革命苦难的女性，虹影必定怀揣书写历史中的女性从灵魂到肉体的创伤并以此为女性正名的信念，才能度过那些黑暗的岁月。就像奥布莱恩在谈到小说的力量时期望的那样："哪怕是极为短暂的一刻，征服那现实生活中绝对的、亘古不变的法则。在小说里，奇迹可以发生。"①

《上海之死》就是虹影以女性之死反思和重置历史的一次尝试。官方史料中早有明确记载，二战期间日本成功偷袭了珍珠港，引发美国宣布对日开战，并以在广岛和长崎投下的两颗原子弹吹响了二战终结的号角。但正史对于日本何以能如此成功地偷袭美军、美军在遇袭前是否收到了情报、美军如何对待情报的延误问题等，始终语焉不详，这就为小说家预留下了想象的自由和虚构的空间。虹影的《上海之死》就在看似已经确凿无疑铁板一块的历史真实中，找到历史的缝隙，展开了以塑造于堇来构建"小说真实"的工作。

唐·德里罗（Don DeLillo）在其以肯尼迪总统遇刺案为背景而创作的小说《天秤星座》（*Libra*）的后记中这样写道："这是一部想象的作品。任何一部关于没有定论的重大历史事件的小说都想去填充现存档案记录中那些尚属空白的空间。为此，我对史实做了修改和填充，把真实的人物扩展到想象的时空之中，虚构了一些事件、对话和人物。"② 同样地，《上海之死》借用了珍珠

---

① 王建平：《美国后现代小说与历史话语》，中国人民大学出版社，2012，第 287 页。

② DeLillo, Don. "Author's Note." *Libra*. New York：Viking Penguin, 1991：458. 亦可参见王建平《美国后现代小说与历史话语》，中国人民大学出版社，2012，第 239 ~ 240 页。

港事件的历史空白，合理想象出了它的"前历史"阶段：于堇凭借身为美国特工的经验和智慧，加上女演员特有的演技和美貌，获得日军偷袭美军的确切情报，并设法通过养父休伯特向美方传递出虚假情报，目的是促使遭遇日本突袭的美国早日参加二战，解救中国于东亚战场独立苦撑多年的战局。

虹影的创作方法吻合了历史真实性的悖论。所谓历史真实性的悖论分为两方面。一方面，如同凯瑟琳·莫兰所言，"要说历史是枯燥无味的，那就怪了，因为大多数历史是编造出来的"①，这说明历史书写中存在不可避免的虚构性因素；另一方面，小说家可以效法历史学家，将历史学家"加工"过的史料进行整理、分析和再加工，洞见历史现象背后的某种内在逻辑，通过或真实或虚构的人物和事件，重新确立合乎想象逻辑的历史语境，达到另一层面的真实，即"诗化的历史"（巴斯语）。这一真实可能不是具体历史事实的真实（尽管这一真实再也无从知晓），却是符合历史逻辑、情感逻辑和人伦逻辑的真实，正如奥布莱恩所言，"有时候，故事的真实要比实际的真实来得更加真实"②。《天秤星座》之所以从多角度、多维度再现肯尼迪遇刺事件，目的是通过塑造奥斯瓦尔德这个小人物，将上述的这种"诗化的历史"与"故事的真实"现实化。在奥斯瓦尔德与特工艾弗莱特、妻子、母亲、朋友等人物的立体连接中，在美国、苏联、古巴等国多维时空的相互交织中，历史的一维性被打破。虹影通过《上海之死》对珍珠港事件历史悬案的再创作，阐发了与德里罗相似的一种潜在的、或然的后现代历史观。

《上海之死》以抗日战争为宏大背景，以更遥远更宏大的第

---

① 凯瑟琳·莫兰：《诺桑觉寺》，转引自 E·H. 卡尔《历史是什么？》犀页，陈恒译，商务印书馆，2007。
② 王建平：《美国后现代小说与历史话语》，中国人民大学出版社，2012，第295页。

二次世界大战为次宏大背景。在被称作二战的东亚战事的抗日战争中，中国人民所付出的艰苦卓绝的努力，对二战的最终胜利起到了巨大的支援作用。然而数万万人前赴后继的牺牲和艰苦卓绝的抗争，一直被西方殖民主导的强势历史叙述所忽略和漠视，其中尤以美国为甚。正如萨义德所说："自第二次世界大战开始，美国逐步在曾由法国和英国主导着的东方与东方学领域占据主导地位，并且以法国和英国同样的方式处理东方，在东西方所形成的动态机制中占优势的总是西方。"[①] 虹影创作《上海之死》的目的之一，即以虚构的小说反击所谓历史的真实，让高高在上的强势文化的历史注意到弱势文化存在的意义和付出的努力，争取国家与国家之间、文化与文化之间的平等与理解。但虹影并没有沿着正史的线索继续追述下去，反而笔锋一转，写传递出假情报后，于堇和养父分别以跳楼和服毒的方式让生命戛然而止，以身体的牺牲去争取对历史微不足道、对自我却至关重要的"认同"。

虹影此举的目的在于寻求虚构的历史下"小说真实"的可能性，进而证实一个始终被重要历史所忽略的要素：女性。女性的被忽略，正如二战中弱势国家、弱势文化的被忽略一样，于堇的身份和死亡因此具有了双重意义：她既代表着女性对历史的贡献，也代表着中国人对世界的贡献，其所追求的"认同"已经超越了虹影对自我（女性和私生女）身份的认同，达到了国别认同、民族认同的新高度。诚如以赛亚·伯林所言，在所有模式当中，国家是最重要的，并且是最高级的，它综合了所有模式，因为它是人类最有自我意识、最为训练有素和最为秩序井然的状态。[②] 这也正是从历史作品中比较少见的女性角度出发，对历史、国家、记忆和书写进行重新思考的结果。

① 爱德华·W. 萨义德：《东方学》，王宇根译，三联书店，2007，绪论，第6页。
② 以赛亚·伯林：《自由及其背叛》，赵国新译，译林出版社，2005，第98页。

于堇凭借女性特有的美貌和聪慧承担了虹影试图重新书写历史的重任，虹影选择女性作为主角，更重要的原因在于：女性天性之中对亲情、情感自然而然的倾向和亲近。费希特说，"人注定要在社会中生活；如果他离群索居，他就不是一个完整的人，他就会与自己的天性发生矛盾"①，简言之，"人只有在其他人中间才能成其为人"②，但这对女人是不够的，女人还必须在情感中才得以成其为人。于堇最终选择了忠于中国，那是一个情感可以皈依的地方，那是同胞国人的所在——这是她丰沛情感的天性使然，唯其如此，她才活得有意义。

2. 历史中的女性忏悔

虹影为什么念念不忘革命和战争？可以从三个方面考虑个中缘由。其一，因为"解决所有问题的答案似乎存在于历史之中"③，而革命和战争是最富争议性和矛盾性、最具广博内涵和意义的历史片段。其二，如何从历史中提炼出文学，再从文学进入历史，这不只是陈述历史事件或"事实"，而是质疑隐含在其中的强权意识和历史暴力的问题，革命和战争是接近这些问题核心的捷径。其三，小说家们试图通过笔下的小说向读者展现怎样的历史，又将如何解释历史？答案都在他们的选择中，"任何一次历史书写过程毫无例外的是一次选择的过程"④。小说家怀着什么样的出发点来选择，成为他将呈现什么样的历史的关键。

以当代文学对"文革"题材的反复运用为例，从暴露到伤痕

---

① Fichte, Johann Gottlieb. Johann Gottlieb Fichte's Sammtliche Werke. ed. by Immanuel Hermann Fichte. Nabu Press, 2001, Volume ⅵ, p. 306. Johann Gottlieb Fichte's Sammtliche Werke 是《约翰·戈特列布·费希特全集》。

② Fichte, Johann Gottlieb. Johann Gottlieb Fichte's Sammtliche Werke. ed. by Immanuel Hermann Fichte. Nabu Press, 2001, Volume ⅲ, p. 39.

③ 以赛亚·伯林:《自由及其背叛》，赵国新译，译林出版社，2005，第103页。

④ 王建平:《美国后现代小说与历史话语》，中国人民大学出版社，2012，第229页。

再到反思，从控诉到遮蔽再到解构，层层深入的实质是在坚持历史与现实的联系的前提下，重新思考和审视我们书写历史的语境，对国家宏大叙事之下个人历史片段的挖掘与复原。这呼应了从梁启超、《新青年》开始的 20 世纪中国文学逐渐形成的求"新"的传统。然而，若从历史上文化一元与多元的关系入手进行考察就会发现，一味趋新很容易以"新"排除其他文学形态，从而导向一元化的文化专制。破"旧"立"新"、砸烂旧世界的"文化大革命"就是这样的悲剧性后果。①反过来说，文学如果一味怀"旧"，不能将历史生态复杂多变的立体运行结构呈现出来，同样也会导致单向度与单一化的悲剧。对"文革"的书写就是具有这种危险的一柄双刃剑，在反复暴露与解构中，"文革"被"利用"成为深刻、反思的代名词。此时如若重读曾经在 20 世纪 80 年代轰动一时的礼平的长篇小说《晚霞消失的时候》，会发现这篇充满争议的知识分子群体的代表性作品，就凸显了 70 年代末至 80 年代初，知识青年思考和书写"文革"时难以摆脱的僵化模式，即对具体社会历史问题的抽象化、哲学化、道德化处理。这种典型的知青思维不仅在其他的"文革"题材小说中普遍存在，而且即使在今天看来也有很大的市场。②

此时，我们需要在"求新"与"守旧"的表达之间找到恰当的平衡点，需要一种"善"的创新，既怀着真诚的心来叙述历史，又不沦入文学旧形式的窠臼中。"五四"以降，有不少作家迈出了不一样的步子。鲁迅是第一个以"不严肃"的方式讲述 20 世纪中国革命的小说家③，《阿 Q 正传》、《风波》等小说以其辛

---

① 高旭东：《对 20 世纪中国文学一味趋新之教训的反思》，《扬州大学学报》2012 年第 6 期，第 62 页。

② 陶东风：《一部发育不全的哲理小说——重读礼平〈晚霞消失的时候〉》，《文艺理论研究》2013 年第 4 期。

③ 黄子平：《灰阑中的叙述》，上海文艺出版社，2001，前言，第 5 页。

酸幽默的穿透力挖掘出正史所竭力"涂抹"的片段。汪曾祺的《跑警报》创造了一种超越战争环境严酷性的"不在乎"的谐趣，不仅是中华民族顽强抗战的精神反映，也是汪曾祺儒道互补、超凡脱俗的精神境界的反映[①]。巴金在讴歌革命、揭露黑暗的热情创作与始终被排拒于革命主流之外的吊诡关系中，从未停止过对"真"的价值追求和向往乌托邦的冲动。

虹影的守"旧"从她未曾放弃对革命和战争的叙写中可见一斑，这种坚守与她的童年创伤有直接关系。同时，她的"革命情结"又是勇于求"新"的，她关注了正史话语与男性小说家忽略的女性创伤，并且以不断蜕变和进化的方式对待这些历史和创伤。小说家的进化是对历史的一种负责，克罗齐说过一切历史都是当代史，这意味着历史的本质在于人们以当下的眼光看待过去，以当前为立场审视过往，故而小说家们的主要任务"不在于记录，而在于评价"[②]，一种暗含的对历史的评价。

虹影在守"旧"与求"新"中发展出的对待历史的态度，就是领悟与忏悔。她希望《孔雀的叫喊》中的女主人公柳璀，在面对三峡大坝的跨世纪建设和两岸人民的生活福祉时，能够"生于一，嫁于二，悟于三"[③]，这看似深奥难解的话实际上表达了三种看待历史和变革的方式。"一"是柳璀之父柳专员的政治（理念）的方式：道德崇高伟大，手段服从目的，待民以"礼"——这是传统方式。"二"是柳璀之夫李路生技术（官僚）的方式：计算周详细密，细节服从大局，予民以"利"——这是现代方式。"三"是与柳璀惺惺相惜的恋人陈月明的人本主义方式：不切实际，不识时务，顺其自然——这是乌托邦式的未来方式。尽管第

---

① 孙绍振：《审美阅读十五讲》，北京大学出版社，2013，第263页。

② 王建平：《美国后现代小说与历史话语》，中国人民大学出版社，2012，第229页。

③ 虹影：《我听见美在呼救》，载《孔雀的叫喊》，山东文艺出版社，2005，第212页。

三种方式无法让人民在短期内见到好处，但在这个凡事技术第一、科学日益昌明的时代，拨开物质利益的迷雾，停下不断跋涉的脚步，暂时放弃对经济效益的追求，多考虑考虑人本主义背后的内涵，或许不无裨益。虹影所谓"生于一，嫁于二"，不仅指柳专员是生她的父亲，李路生是她所嫁的丈夫，其潜文本因应着女性在历史和现代进程中的地位：女性总是服从于传统道德的规训，视传统为"父"，接受"父"的传承是女性成长必经的道路；女性成年后脱离了"父"，嫁给了"夫"，后者所代表的技术正是现代化的奠基石，工业革命、西方帝国、殖民入侵无不证明了技术力量的不可抗逆，需要女性对"夫"亦步亦趋的追随和顺从。当代女性作为独立的个体，正逐渐从"生"和"嫁"的历史程序走向"悟"的未来高度，因为当下的政治生态和利益产出不是她的第一关注，所以她才能从人文的、审美的、诗意的、非功利的视角反思过去，重新进入历史。

　　为什么虹影希望重"悟"历史呢？因为她真正要"悟"的不仅是时间的历史，更是自我心灵的空间重塑，就像史宾格勒（Oswald Spengler）所说的，"个人的忏悔，并不一定是直认某一行动，而是在心灵深处的'最后审判'之前，展呈该一行动的内在历史"[1]。按照刘再复先生的定义，"作家直接作为忏悔主体的身世自叙，可称为忏悔文体的自传"[2]，《饥饿的女儿》和《好儿女花》是虹影分别写给父亲和母亲的忏悔之作。虽然她曾拒绝过生父给予的爱，在心中砌起过与母亲隔阂的墙，但她也为此付出了"天性残缺"[3]的代价。心怀怨恨离家出走后的虹影，在波折旅程的一次次打击和伤害中逐渐"悟"到家的意义和父母的温

---

① 史宾格勒：《西方的没落》，陈晓林译，桂冠图书公司，1975，第 180 页。
② 刘再复：《文学十八题》，中信出版社，2011，第 485 页。
③ 虹影：《好儿女花》，江苏人民出版社，2009，第 67 页。

暖，她在创伤中学会了宽容，重新拥有了爱的能力。

从中世纪奥古斯丁的《忏悔录》到 18 世纪启蒙时代卢梭的《忏悔录》，忏悔的目的从宗教感召转移到人性解放和精神自由上，后者的伟大之处在于"不顾一切世俗的目光，勇敢地撕破一切假面具，把自己的灵魂打开给读者看，把自己的经历和人性世界展示给人间去评说"①。从这个角度看，《饥饿的女儿》和《好儿女花》就是虹影的"忏悔录"，它们真诚地展示了虹影全部的人生历程和情感体验：从饥饿的出生到私生女的身份，从作为第三者的初恋到流产离家，从混迹地下先锋文化圈到姐妹共侍一夫，从母亲的情人到父亲的外遇，从母女的隔阂到父女的冷漠。虹影之所以勇于敞开灵魂、任人评说，是因为她坚信，忏悔并不是末日的裁决，而是展示内心的过程，是人性的见证。

卢梭的《忏悔录》虽然首开灵魂忏悔之先河，但它还是存有一丝功利的动机，那就是让世人来到他的《忏悔录》之前时，面对他的坦率皆感心有愧疚，没有人敢对他说"我比这个人好"②。19 世纪托尔斯泰的《忏悔录》，以其空前的忏悔深度与率真力度，完全抛弃了卢梭式的自我安慰，他只从内心的最深处听到悲惨的呼唤，只对良心进行毫不留情的自我审判。他说，"外在的证判与裁决都是多余的，唯有自己确认自己乃是参与共谋的犯人并衷心地赎罪才是最重要的"③。正是在这样高的灵魂忏悔的祭台上，托尔斯泰才能写出最为深刻的忏悔小说《复活》。当我们以托尔斯泰的标准衡量虹影的两部自传体小说时，必须承认完全看不到卢梭式的功利动机的保留，虹影贯彻始终的虔诚忏悔的意义在于，她承认自己就是"参与共谋的犯人"，而她在书中列举出

---

① 刘再复：《文学十八题》，中信出版社，2011，第 488 页。
② 让－雅克·卢梭：《忏悔录》，黎星译，人民文学出版社，1980，第 2 页。
③ 刘再复：《文学十八题》，中信出版社，2011，第 496 页。

的自我"罪行"实在太多：因为她的冷漠，默默关爱她的生父临死也没能与她父女团圆；因为她的自私，一生为她付出的母亲死前发了疯；因为她的软弱，她的前夫占有了她的四姐……甚至因为她的出生，母亲舍不得拿孩子的生活费救济三姨夫而导致其很快被饿死，这样的"罪行"虹影也桩桩件件呈堂列出。

虹影的忏悔与托尔斯泰的忏悔不仅在性别意义上是相反的，而且在出发点上也是相反的。托尔斯泰意识到自身处于大贵族的特权阶层而参与制造了底层奴隶苦难的罪恶，有意无意地成为"牺牲千万生灵"的共谋，他的《忏悔录》是从统治阶层、男性霸权的角度写就的背叛其阶级的灵魂忏悔。虹影恰恰是作为底层贫民中最不起眼的一员，把历史加诸其身的创伤和痛苦转移"嫁祸"到亲人的身上，有意识地成为"折磨亲情和人心"的主谋，她的《饥饿的女儿》和《好儿女花》是从女性本能、自然情感的意义上对她背叛了其作为人的灵魂的痛切批判。尽管两人的出发点截然不同，但托氏与虹影的"忏悔录"有着共同的目标：它们都是向着"人性"的宝座低头反思，向着"赎罪"的方向迈出脚步。只有对历史上曾经犯过的错误——不论是阶级的还是个人的——有所警觉、忏悔、弥补和救赎，才能避免未来再沦于同样的错误之中。忏悔是迈入历史之河的心灵武装。

3. 飞翔的命运之女

同样作为历史重要维度之一的空间，相对于时间来说，在一定程度上被忽略了。20世纪末，文化研究和社会理论领域出现了一个引人注目的空间转向。列斐伏尔说，"空间不是简单意味着的几何学与传统地理学，而是一个社会关系的重组与社会秩序的建构过程；不是一个抽象逻辑结构，也不是既定的先验的资本主义的统治秩序，而是一个动态的实践过程"①。虹影的空间处理效

---

① 吴冶平：《空间理论与文学的再现》，甘肃人民出版社，2008，第2页。

仿了列斐伏尔对城市日常生活状况的重视，她以空间作为"革命激情与政治的核心"①，把城市日常生活和动态实践过程两相结合，对小说进行了大胆的空间创新：《饥饿的女儿》中长江南岸恶劣的贫民窟与北岸进步的市中心的对比；《上海魔术师》中繁华的上海滩大世界与穷街陋巷里平民的黑暗空间的冲突；《孔雀的叫喊》中今人柳璀与古人度柳翠的古今"天地重合"②；《女子有行》中从上海到纽约再到布拉格的空间陷落和逃离。

一边是漫长无涯、永不止歇的革命和战争，一边是只争朝夕的个人与命运的搏击；"一边是开放的、正规的国家控制的地理空间，一边是晦暗的狭窄的贫民空间"③。在时间与空间、革命与个人、国家与贫民、过去与未来的诸多矛盾冲突中，文学不再仅仅是观照世界和历史的一面镜子，而成为笼罩一切的纷繁复杂的意义之网。在这个网中，文学对革命和个人的言说，其实是一种与官方历史抗衡的尝试，尝试恢复那些被正统话语所歪曲、忽视或浪漫化、边缘化了的"小历史"。女性恰是这"小历史"中一直被压抑和忽略的边缘个体。小历史与女性创伤之间的相辅相成，暴露了历史话语背后曾经隐藏的生动建构，有效地呈现了历史事实的多样、质感和隐含的多种可能性。

西苏说"飞翔是妇女的姿势"④，于董跳楼时那壮美有力的凌空一跃正如飞翔一般，以时间的凝止和空间的切换，大声宣告女性自身存在的意义。她彻底抛弃了束缚而孤独的饭店顶楼的"一个人的房间"，把身体落在了肮脏却结实的大地上，以死亡激发

---

① 刘怀玉：《西方学界关于列斐伏尔思想研究现状综述》，《哲学动态》2003 年第 5 期。

② 止庵：《一本好看的书》，载虹影《孔雀的叫喊》，山东文艺出版社，2005，第 230 页。

③ 吴冶平：《空间理论与文学的再现·前言》，甘肃人民出版社，2008，第 5 页。

④ 埃莱娜·西苏：《美杜莎的笑声》，孟悦译，载张京媛主编《当代女性主义文学批评》，北京大学出版社，1992，第 203 页。

读者对一个有血有肉、热爱生命、热爱同胞的普通女性的完整认同。与此同时，坐在椅子上安静而孤独地服下毒药的休伯特"像褪色的旧照片一样退到了"[1]于堇形象的背后。一直在父亲缺席的阴影中长大的虹影，让休伯特作为所有女性的父亲，为女儿于堇做出了弥补与追随。休伯特背叛了（美国）国家意志，从一个国家的政治符码变回了一个女儿的父亲，在女儿的身后——这是最适合一个父亲的位置——默默地支持和理解女儿，从父女代际关系上表明他对于堇的认可。于堇的高飞坠亡与休伯特的毒发身亡，在一高一低、一动一静的空间交错与张力中，仿佛复活了历史的两个碎片，把它们连接成父亲为女儿、男性为女性的飞翔铺垫道路的意义。

飞翔，以空间切换的强烈视觉冲击和高度的自由快感，唤起女性对历史、对命运的叩问与反抗。于堇的绝命一跃是如此，而筱月桂未曾迈出的脚步也是一种对女性飞翔的向往。新都饭店的开张仪式是筱月桂称王上海的顶峰。当她登上高耸入云的塔式摩天楼的电梯，在机器恐怖的轧轧声中越升越高时：

> 她的眼光越移越近，走到栏杆边上，看下面笔直千仞的谷底，是车水马龙的街道和行人。这个活人的世界，永无疲倦地运动的人和车，东去西往不知忙碌着什么。她看得着了迷，脱了鞋子袜子，一个腿跨过栏杆，骑在上海身上再次往下看。
>
> 楼下的马路开始往更深处沉下去，猛地往下落。她开始出现幻觉，觉得深渊底下是另一个世界，那里不再有她心头的沉重和苦恼，那是她最早见到的上海……
>
> 她索性把另一个腿也跨过来，都伸在栏杆外。

---

[1]　大江健三郎：《小说的方法》，王成译，金城出版社，2012，第69页。

现在她看到她自己的光脚，一双秀丽的脚，踩在整个上海之上。……深渊的诱惑使她的舞步分外轻盈，她觉得心境很久没有这样愉快了，天宽地阔，可得个大解脱。

突然，她紧紧抓住栏杆，害怕地问自己："大脚丫头，没出息的，你在可怜自己吗？"

有人从顶楼的楼梯间看见筱月桂在栏杆外面行走，慌张地奔回楼里，叫起来："筱老板跳楼！"

……

他们心急火燎地寻找，终于在楼下舞厅找到了筱月桂，她已经换了一件镶满闪闪银片的白旗袍，乳尖高耸，腰肢细软，正在朝宴会厅走。①

巴赫金将小说中的场所归纳为四大空间意象：道路、城堡、沙龙、门坎。筱月桂和于堇所处的大饭店就像一种现代式的"城堡"，整个剧烈变荡中的中国则像一个亟待打破的东方"城堡"，筱月桂和于堇筑就的女性"传说和传奇……激活了城堡的一切角落和它的四周"②，四周就是"各种命运可能在此相碰和交织"③的"道路"。"道路"在文学中始终有着"生活之路"、"历史的道路"④ 等丰富的隐喻，所以筱月桂和于堇的抉择既象征着听从自我、追寻自由的女性之路，也象征着女性对历史有所参与、"激活"和贡献的人生之路。巴赫金说"门坎"具有"高度情感价值力度"，"它最本质的补充是生活巨变与危机的这个时空关

---

① 虹影：《上海王》，江苏文艺出版社，2012，第295～296页。
② 米·巴赫金：《时间的形式与长篇小说中的时空关系：结论》，载吕同六编《20世纪世界小说理论经典》（下），华夏出版社，1995，第181页。
③ 米·巴赫金：《时间的形式与长篇小说中的时空关系：结论》，载吕同六编《20世纪世界小说理论经典》（下），华夏出版社，1995，第178页。
④ 米·巴赫金：《时间的形式与长篇小说中的时空关系：结论》，载吕同六编《20世纪世界小说理论经典》（下），华夏出版社，1995，第179页。

系"①。筱月桂所乘电梯的栏杆与于堇房间的窗台，就是巴赫金的
"门坎"，它成为"危机事件进行、失落、复兴、更新、恍悟和决
定人的一生的地点"②，虽然筱月桂没有迈过这道"门坎"，忍住
了追寻"大解脱"的冲动，最后还是回到现实世界中继续当她的
"女王"，但这里同样是她有所"恍悟"而决定了下半生道路的转
折点。筱月桂一身盛装回到宴会厅，与于堇在跳楼前做出人生抉
择时坐在饭店咖啡厅一样，借用巴赫金"沙龙"意象的来阐释，
就是"阴谋的开端形成于此，高潮也常常在此进行。最终，特别
重要的是，……主人公的'思想'、'激情'和性格也在此揭
示"③。当筱月桂从饭店顶层俯瞰下面的世界时，身体对空间的占
据亦随之达到顶点，往前一步既是超越身体，也是放弃身体，往
后一步则退回到对身体的继续驯服中。最终她撤退回到宴会厅，
意味着她内心中生活的目标还未完全实现，身体之力、本能之力
还要继续释放，她与历史和社会将继续发生角力的作用。

　　想飞而未飞的筱月桂与自由飞翔的于堇，是虹影中后期作品
中对飞翔女性的不同阶段的演绎。在这些中后期的作品中，战争
和革命已从早期作品的"罪魁祸首"式的描写对象，逐步淡化为
故事中的遥远背影，虹影也从苛责怨愤、向外索求的"饥饿的女
儿"，成长为反顾己身、向内自省的"母亲"。约瑟夫·坎贝尔曾
说："命运之子必须面对一段漫长的晦暗期。这是极度危险、充满
障碍或羞辱的时刻。他被向内抛入自己的心灵深处，或被向外抛到
未知的领域。不论是哪个方向，他所接触的尽是未知的黑暗。"④

---

① 米·巴赫金：《时间的形式与长篇小说中的时空关系：结论》，载吕同六编
　　《20世纪世界小说理论经典》（下），华夏出版社，1995，第183页。
② 米·巴赫金：《时间的形式与长篇小说中的时空关系：结论》，载吕同六编
　　《20世纪世界小说理论经典》（下），华夏出版社，1995，第183页。
③ 米·巴赫金：《时间的形式与长篇小说中的时空关系：结论》，载吕同六编
　　《20世纪世界小说理论经典》（下），华夏出版社，1995，第183页。
④ 约瑟夫·坎贝尔：《千面英雄》，朱侃如译，金城出版社，2012，第219页。

在对私生女问题、恋父恋母问题乃至乱伦问题的自我审视、自我批判和自我忏悔上，作为作家的虹影展现了非凡的坦诚与勇气，正是在这个意义上，她可以被称作命运之子。

但虹影不是普通意义上的"命运之子"，她实际上是"命运之女"。在她面对危险、障碍或羞辱的晦暗时刻，在她被抛向内心或外在的未知领域时，她是以"女性"的立场在感受黑暗，并与之搏斗的。女性之于男性的不同，女性的脆弱、敏感、被歧视、被看轻，都是"命运之女"在"命运"的重担之外，还必须承受的身为"女性"的额外压力。虹影找到了化压力为动力的途径，把传统思维中"女性"的不利因素变为有力工具，充分发挥了"女性"的独特气质和新颖视角。换言之，虹影将自己放逐到命运的"未知的领域"——肉体离散、远离故乡，又以独特的书写方式在"心灵深处"探索救赎的道路——精神离散、原乡追寻，她以简洁犀利的言辞讲述自己的悲伤故事，毫不留情地剖析曾经的晦暗时刻；同时，作为"女性"的她总是有意无意地在笔端流露出温柔敏感的内心对爱的渴望，在对自身救赎的艰难领悟之外，她更想以书写的方式传承几代（女）人的心路历程，充满了"母性"的衍续情怀。在多数人关注后殖民、后现代、女权主义的大环境下，虹影的创作从离散的土壤中开出的是女性寻根的花朵。与新时期的众多新移民作家，如严歌苓、哈金等人相比，虹影虽然背靠着相似的革命和历史事件，但她并不诉求社会对个人的引导与解救，相反，她选择以个人承担苦难，在绝望时放纵但绝不放弃，要坚持到被压碎的一刹那奋力背负起求赎者的十字架。历史的复杂性超出任何作家对其完整再现的能力，尽管如此，虹影仍孜孜不倦地说历史、写创伤、讲革命，因为"只有构建自己的叙述才能行使历史的权力"①，在虹影这里就是命运之女

①　王建平：《美国后现代小说与历史话语》，中国人民大学出版社，2012，第190页。

的权力。这正如养父休伯特在"孤男—养父—书店店主—于堇上级—父亲"的身体轮回中，以独身男性开场，以父亲的身份死去，成全了于堇，完善了自己。而于堇在"孤女—养女—演员—特工—无名英雄"的转变中，以身体的不断重置和身份的不断转变，实践着命运之女的历史使命。

第二节　饥饿的女儿

在前文所讨论的虹影被"革""命"的童年中，将"革"和"命"特意用引号区分开来，是为了强调革命的"革"与生命的"命"之间，既相互关联又相互独立的复杂联系。如同其他神圣意义的战争和革命一样，在破旧立新的"神圣意义"之外也带来了对人民身体最残忍最野蛮的摧残：死亡。力与力的争斗导致个体的死亡，这是"革"与"命"之间的直接关联。那么，我们该如何理解虹影作品中私生子/女、流产、离家出走这类问题在革命中的位置呢？这些问题概括起来，就是人的生存需求的问题。应该说，生存需求的问题并不是革命时代的"孤品"，但革命无疑加剧了这些问题的悲剧性，加大了解决问题的障碍，使希望更加遥远渺茫。因此，人的生存需求是作为革命的"外延"问题而存在于虹影浓厚的革命情结中的。满足生存的首要条件，就是克服"饥饿"，吃饱肚子，然后才有对道德、政治等一系列形而上问题的思辨。《管子》曰："仓廪实知礼节，衣食足知荣辱。"与"命"形影相伴的另一个巨大阴影就是"饥饿"，对虹影的诸多作品，此视角都可以作为解读的钥匙之一。

一　饥饿的王国

佛家云："生死根本，欲为第一。"欲望作为一个古老的哲学命题，是一个指涉多维而庞杂的话语空间。弗洛伊德认为欲望源于力比多的本能冲动，性本能是人与生俱来的内在心理驱动力，它被压抑在人的潜意识深处，但却能够影响、支配人的意识、行动。在弗洛伊德本能压抑理论的基础上，马斯洛提出了关于欲望的"需要层次"理论，进一步阐明了弗洛伊德未能明确区分的生理与心理之欲的含混关系。马斯洛以现代心理学的研究成果证明：人的需要中最基本、最强烈、最明显的一种，就是对生存的需求。假设一个人缺乏食物、自尊和爱，他会首先寻求食物，只要这一最基本的需求还未得到满足，他就会无视其他需求或把所有其他的需求都推到后面去。"如果一个人极度饥饿，那么，除了食物外，他对其他东西会毫无兴趣。他梦见的是食物，记忆的是食物，想到的是食物。他只对食物发生感情，只感觉到食物，而且也只需要食物。"①

随着女权主义文学批评和身体研究的兴起，西方文学作品中开始出现对饥饿相关主题的描写。如《呼啸山庄》中，希斯克利夫和凯瑟琳两人竞相绝食；《简·爱》中，简从小在罗沃德孤儿院缺衣少食地长大，她在得知罗契斯特有妻子后的逃婚之旅即饥饿之旅。②维多利亚时代的小说里有大量关于宴会、茶点和进餐礼仪的描写，但女主人公对食物却似乎没有多大兴趣。③卡夫卡在《饥饿艺术家》中将饥饿与囚禁的形象直接联系起来。与"肉体"相关的饥饿描写多是侧面的、附带的、不占据主要叙述地位的，与"肉体"对立的人格、自尊、灵魂、信仰等才是大部分作家关注的焦点，这一点与始自柏拉图的灵肉二元对立的传统不无关

① 弗兰克·戈布尔：《第三思潮：马斯洛心理学》，吕明、陈红雯译，上海译文出版社，1987，第40~41页。

② Gilbert, Sandra M. & Susan Gubar. *The Madwoman in the Attic: The Woman Writer and the Nineteenth-Century Literary Imagination*. New Haven: Yale University Press, 1979, pp. 53—59.

③ Helena Mitchie. *The Flesh Made Word*. New York: Oxford University Press, 1987, p. 12.

系。《简·爱》里虚伪苛刻的罗沃德孤儿院院长，对简（和其他女孩）在饮食上的克扣和虐待，被作者转化为对简的道德力量的一种逆向强化，年少的简反而因为这样饥饿艰苦的环境而被淬炼得更加自立、隐忍而坚强，而这种品德又成为吸引罗契斯特的一种特殊气质。可以说简的身体代表了西方灵肉二元对立传统中被灵魂所宰制的卑贱身体的典型，在尼采喊出"一切从身体出发"以前，"身体陷入了哲学的漫漫黑夜"。[①]

与西方对饥饿叙事的长期轻视相反的是，在中国五千年以农立国的历史中，王朝更替、政权抢夺引发的兵荒马乱，旱涝灾害、施政不力导致的歉收荒年，积贫积弱、落后挨打导致的民不聊生，使人民一次次陷入饥馑之中，史书中尸殍遍野、易子而食的记载不绝如缕，民间故事里诞生了"田螺姑娘"的幻想，圣人不断以"书中自有千钟粟"引诱着读书人为吃饱饭而寒窗苦读攻取仕途。

中国古代社会对"吃"的记载并非一蹴而就地达到相当高的程度，而是随着社会的进步、物质文明的提高，逐步释放出对"吃"的野心。饮食义动词"吃"始现于西汉，在物质文明比较不发达的朝代，动词"吃"带宾语的情况很少见于书面记载中。贾谊的《新书》中仅出现了一处用例——《新书·耳库》："越王之穷，至乎吃山草。"南北朝时期，刘义庆的《世说新语》中"吃"带宾语的用法也只见于一处——《世说新语·任诞》：（罗友）答曰："友闻白羊肉美，一生未曾吃得，故冒求前耳，无事可咨。"[②]唐代以后，随着封建社会物质文明的积累和进步，"吃"带宾语的比例有了明显上升的趋势。对宋元明清时期《张

---

① 汪民安、陈永国编《后身体——文化、权力和生命政治学》，吉林人民出版社，2003，编者前言，第 2 页。

② 谢晓明、左双菊：《饮食义动词"吃"带宾情况的历史考察》，《古汉语研究》2007 年第 4 期，第 91 页。

协状元》、《新校元刊杂剧三十种》、《水浒传》和《红楼梦》中
"吃"带宾语的情况进行统计可以发现①：

表 2-2　宋元明清时期四部作品中饮食义动词"吃"带宾语的数字统计

单位：次，%

	食物性宾语	非食物性宾语	总计
（宋）《张协状元》	25（78.1）	7（21.9）	32
（元）《新校元刊杂剧三十种》	39（68.4）	18（31.6）	57
（明）《水浒传》	422（58.8）	296（41.2）	718
（清）《红楼梦》前八十回	554（81.4）	127（18.6）	681
（清）《红楼梦》后四十回	105（77.8）	30（22.2）	135

《红楼梦》、《西游记》和《水浒传》中有不少"饥饿潜文
本"的存在。《红楼梦》中刘姥姥进大观园后，对园中美食繁复
奢侈的烹制过程啧啧称奇，孙子板儿见到稀罕的食物时嘴馋的模
样，诸如此类的细节描写从侧面烘托了大观园内外对食物的不同
拥有程度和对待方式，隐喻不同的社会阶层对权力和资源的占有
及支配地位。《西游记》从某种意义上，可以解读成唐御弟放弃
了世俗和特权阶层的温饱，为谋万民的温饱而远赴西域求取真经
的故事，唐僧对真经所象征的永恒意义充满仰慕渴望，内心充满
取回真经的坚定信念，也就意味着在尚未取得真经之前，他是如
何处于精神"饥饿"的状态。取经的过程也可以视作是对唐僧师
徒肉体的一次次考验，不论是千里跋涉风餐露宿，还是一路艰险
斩妖除魔，绝大部分都是饥饿的问题以不同形式反复呈现：要么
是师徒四人忍饥挨饿到处化缘，要么是妖怪"饿"了要吃唐僧
肉，不仅为了饱腹，更可凭此长生不老（永远不再被"饥饿"所
困扰）。即使是玉兔、树精、女儿国国王这样的半仙或女王要与

---

① 谢晓明、左双菊：《饮食义动词"吃"带宾情况的历史考察》，《古汉语研
究》2007年第4期，第93、95页。

唐僧成亲，也是缘于孤独了千年的女性产生了"性"饥饿所致。《水浒传》中的草莽英雄不论是落草为寇前，还是逼上梁山后，无不向往"大碗吃酒，大块吃肉""好不快活"的日子。梁山泊第一条好汉武松，接连喝了十五碗号称"三碗不过冈"的好酒"透瓶香"，又一口气吃下四五斤熟牛肉，赤手空拳打死了吊睛白额的"大虫"。在第二十九回里，武松、施恩足足喝了二三十碗酒后，用了"玉环步、鸳鸯脚"打得"有一身好本事"的"金刚来大汉"蒋门神倒地求饶。善饮能饭、气概豪迈，成为以武松为代表的梁山英雄最质朴的注释。这种英雄本色发展至鲁智深、李逵变成了无酒无肉就倍受煎熬，再到孙二娘开人肉作坊卖人肉馒头，直至宋江、晁盖取仇人心肝做醒酒汤，不仅把物质－肉体的欲望与英雄颠覆秩序的强大力量结合起来，而且已经显露出"恶"的自觉书写意识，代表着小说艺术在发展过程中对人和世界的一种新的看法。诚如巴赫金所言，"把一切高级的、精神性的、理想的和抽象的东西转移到整个不可分割的物质－肉体层面、大地和身体的层面"，这种"降格"意味着"贬低化"和"世俗化"①。

　　及至两次世界大战带来了严重的饥荒，小说家和评论家终于开始正视饥饿这一严峻的话题。诺贝尔文学奖得主君特·格拉斯坚持"通过感性的方式来启蒙"② 文学，他在《相聚在特尔格特》、《比目鱼》、《铁皮鼓》等小说中"多次描述饥饿带来的苦难以及饥饿的根源，对造成饥荒的人为因素进行鞭笞"③，引起了西方研究者的重视。在《比目鱼》中，格拉斯将女性的

---

① 钱中文主编《巴赫金全集》第六卷，李兆林、夏忠宪等译，河北教育出版社，1998，第 24 页。

② Gespräche. Werkausgabe in zehn Bänden. Bd. X. Darmstadt: Luchterhand, 1987, p. 172.

③ 张辛仪：《小叙事和大意象——论君特·格拉斯笔下的饮食世界》，《当代外国文学》2014 年第 1 期，第 116 页。

烹饪作为主题，书写了女性与饥饿、权力和战争对抗的历史。"在格拉斯看来，战争属于男人，历史也是男性书写的，而妇女在她们有限的舞台和权力空间——狭小的厨房中直接与饥饿抗争，也在间接地消除战争，对历史发展和人类进步作出自己的贡献。"①

许多20世纪50～60年代出生的作家对饥荒和挨饿并不陌生，包括虹影在内，莫言、张贤亮、余华、张炜、铁凝、阿城等著名作家都有源于自身饥饿记忆而写成的优秀作品。例如，张一弓的《犯人李铜钟的故事》，高晓声的《"漏斗户"主》，张贤亮的《绿化树》，阿城的《棋王》，余华的《许三观卖血记》，莫言的《老枪》、《丰乳肥臀》和虹影的《饥饿的女儿》等，都对粮食与肚皮的关系、饥饿所折射的历史背景等方面作了深刻的叙写。2000年，莫言以"饥饿和孤独是我创作的财富"为题在斯坦福大学进行了演讲，谈到他最早的创作动机就是为了过上一日三餐能吃到饺子的美好生活，虽然后来他明白，即使每天吃三顿饺子，人生还是有痛苦，"但我在描写人的精神痛苦时，也总是忘不了饥饿带给人的肉体的痛苦"②。由此推而广之，对一个古老的民族来说，在逐步告别饥饿走向小康的今天，其文明不断进步的动力绝不在于以消费主义占领当下的制高点，而在于这个民族能否跳出当下的立场和视野局限，从少加粉饰的历史下真正的肉体生存和精神渴求中窥见前人的不足和困境，并时时告诫于急功近利而健忘历史的子孙后代。所以，重读诸如《饥饿的女儿》、《丰乳肥臀》、《粥宴》这类的作品，具有促进反思和改进现实的意义。

① 张辛仪：《小叙事和大意象——论君特·格拉斯笔下的饮食世界》，《当代外国文学》2014年第1期，第118页。
② 莫言：《苍蝇·门牙》，上海文艺出版社，2001，第7页。

从格拉斯的"厨房"到虹影的"饥饿的女儿",都在诉说着饥饿与历史的关系,它"若非历史风云变幻的唯一中心,至少也是中心之一。吃什么……这对历史始终意义深远"[1]。

二　饥饿与情感

> 我刚走到天井,豆子扒进嘴里,还未咀嚼,便哇地一声从嘴里钻出蛔虫,整整一尺长灰白色肉虫子,掉在地上还在蠕动。我未尖叫,而是把手中的碗当球一样,朝上抛去,用劲太足,碗竟搁在屋檐上,豆子从半空坠落下来。地面上的青苔上洒了乌红的一颗颗豆子。我闭上眼睛,泪水夺眶而出,不顾一切地猛踩那在地上甩动的蛔虫。
>
> 这件事,我不愿意告诉任何人:一件本是很痛苦的事,被我的动作弄成魔术表演,大半滑稽小半可怕。[2]

蛔虫既是小虹影身体的一部分,又不是她身体的一部分,它是外来的、寄生的、有害的。香喷喷的食物原本是令小虹影忘却饥饿、"对抗混乱世界的一种力量"[3],可是在食物与蛔虫的意外遭遇中,食物落败于蛔虫。在这件事情上小虹影对自己的厌恶感更加深了一层,因为她不知该去责怪谁,从嘴里喷出的蛔虫深深刺痛了她尚未成熟却又分外敏感的女性自尊。连带着,她对自己的身体充满了厌恶和怒火,仿佛巴不得脚底下辗踏的不是蛔虫而是她自己。也正因如此,身体与尊严成为虹影书写革命历史过程中时刻不忘的、烙在其心底最深处的一个伤疤。

对饥饿的独特回忆充分体现了饥饿对虹影造成的严重影响。

---

① Zimmermann, Harro. Günter Grass under den Deutschen. Chronik eines Verhältnisses. Göttingen: Steidl, 2010, p. 364.

② 虹影:《饥饿的女儿》,北京十月文艺出版社,2010,第122页。

③ Neuhaus, Volker. Günter Grass. 3. Aufl. Stuttgart: Metzler Verlag, 2010, p. 164.

饥饿变成了生活中最重要的主角，它吞噬一切，动摇人的基本的价值观和伦理观，把人变成无法名状的生命。"饥饿感"如同寄生在体内的蛔虫一般，从它的寄生、挣扎、喷射与死亡上，小虹影仿佛看到了自己活生生的写照。蛔虫看似软弱，一脚就可践踏，但当它寄生于人体内的时候，人就是拿它没办法：这正如饥饿的感觉，正如人无奈于自己屈服于饥饿时的"软弱"。小虹影对自己的"软弱"感到刻骨的厌恶和自艾，但又无力将其摒弃，而只有被动地等待被对方（被饥饿）"抛弃"。

于是，饥饿与对饥饿的抗争，产生了明显的力的反作用，辐射开来，即泛化为对身边亲人的态度，就像对于饥饿和食物的感觉一样，充满了"求之不得、得而不欲"的矛盾，甚至是"得而憎之"的悖逆。从追寻到拒绝，再从失去到追忆，这就是革命、饥饿影响下的命运与个性的"相违相随"。这种饥饿力的反作用产生了情感的"类饥饿"感，它让人难以启齿言说，却又异常渴望倾吐：蛔虫是一种倾吐，书写也是一种倾吐。

食物对于小虹影的意义影响到了她对其他事物的追寻态度，换言之，在包括父爱、母爱、爱情、孩子等的重要情感与抉择中，她产生了"类饥饿"的矛盾心理，即在被"抛弃"后渴求，得到后排斥，失去了又追悔莫及。在饥饿的作用力和情感的"类饥饿"反作用力下，虹影不断地叙写，她笔下的饥饿也不断拓展，涵盖了欲望（《英国情人》、"上海三部曲"）、苦难（《阿难》、《好儿女花》）、生存（《女子有行》、《孔雀的叫喊》）等诸多母题。这种饥饿冲动正是恩斯特·布洛赫的人类学观点的核心。布洛赫认为，人类真正的基本冲动是"自我保存的冲动"，而在自我保存的冲动中，尽管饥饿并非唯一，可它具有压倒一切的决定性力量，它直接地与自身的载体即身体结合在一起，是建立在"身体的经济利益"的基础上的，所以只有"饥饿"（**Hun-**

ger）才是最可信赖的冲动。①

为什么饥饿能够超越性爱、呼吸等同样与身体结合在一起的其他冲动，而成为人"最可信赖"的东西？这是个有趣的问题。是因为极度饥饿必然导致死亡，所以这种因果关系"最可信赖"？还是因为饥饿对身体产生的影响最为根深蒂固，所以这种抹不去的记忆化作了"最可信赖"的集体无意识？虹影是否也因此在潜意识中对饥饿采取"最可信赖"的态度？对这个问题的探讨也许可以接近虹影作品充满饥饿冲动的根源。

三　饥饿与背叛

一方面，营养匮乏所带来的饥饿是生命延续的第一大障碍，所以消除饥饿是人的各种实践的深层驱力，即人的各项活动都以满足饥饿、消除匮乏为根本前提。虹影不断书写饥饿，因为这种书写活动是她所熟悉和擅长的，可以为她带来收入，保障她的生活，使她安全无虞地免受饥饿的威胁。

但另一方面，当虹影一遍遍回顾和叙写饥饿的生活时，她并不像莫言或余华那样能够"保持漠然静观的距离"②，而是一再返回探入到饥饿世界的最底层，以充满内疚和怜悯的情绪一遍遍地重温本就面目可憎的饥饿感。在虹影这种愈痛苦愈摩挲、愈摩挲愈痛苦的矛盾举动中，也许包含了与莫言等人的不同想法。

关于人的活动与思想意识间的关系问题，马克思曾做过形象的譬喻："最蹩脚的建筑师从一开始就比最灵巧的蜜蜂高明的地方，是他在用蜂蜡建筑蜂房以前，已经在自己的头脑中把它建成了。劳动过程结束时得到的结果，在这个过程开始时就已经在劳

---

① Bloch, Ernst. Das Prinzip Hoffnung, Frankfurt/Main. , 1959, p. 73. 恩斯特·布洛赫（1885—1977），德国马克思主义哲学家，代表作《希望的原理》。

② 王德威：《当代小说二十家》，三联书店，2006，第290页。

动者的表象中存在着，即已经观念地存在着。"① 也就是说，人的各项活动是一种对事先构想的观念进行"满足"的过程。那么虹影想要从对饥饿的书写中获得什么样的"满足"呢？

虹影与谢有顺的一段对话可以从旁稍作注解，"我说的'饥饿'，不仅仅是生理意义上的，也是我们心灵深处的饥饿，整个民族的饥饿。书中所写的'饥饿'，是我个人的生存饥饿、精神饥饿，甚至性饥饿，也是一种民族记忆的饥饿。苦难意识之所以变成饥饿，是由于丧失记忆。作为一个民族，我觉得我们失去了记忆，在这个意义上，《饥饿的女儿》这本书不只是写给六十年代的，实际上，是我们欠七十年代、八十年代，甚至九十年代、下一代，我们以后年代的一笔债：应该补上这一课，恢复被迫失去的记忆。我写这本书，就是想把饥饿与记忆永久锁合"②。

把"饥饿与记忆永久锁合"，从历史的叙述中召唤出记忆的存在，在被史书所叙述的"大历史"和来自个人生命的"小记忆"之间做出异常强烈的对照，感受生命的无助和痛苦，体验生命的极端顽强和极端脆弱。这个充满了民族责任感与历史道义感的回答，颇有布洛赫所谓"在实现自己的计划之前，预先推定杰出的、决定性的、激励性的某种向前的梦"③ 的期待精神，也可以被理解为虹影从书写饥饿中获得的某种满足感。

> 春天刚过，夏天来到，厕所里气味已很浓烈。她蹲在靠左墙的坑上，突然张开嘴，张开眼睛、鼻子，整张脸恐怖得变了形。虫从她嘴里钻出来，她尖叫一声，倒在沾着屎尿的茅坑边上。排在我前面的矮个子女人走过去，把女孩往厕所外空地

---

① 马克思：《资本论》第 1 卷，人民出版社，2004，第 208 页。

② 谢有顺：《应该恢复被迫失去的记忆——著名作家虹影专访》，《南方都市报》2001 年 4 月 12 日。

③ Bloch, Ernst. Das Prinzip Hoffnung. Frankfurt/Main., 1959, p. 85.

拖，一边没忘了警告我："那个坑该我了，不准去占。"

　　女孩被放倒在空地上，因为沾着屎尿，排队的人都闪避地看着。矮个子女人啪啪两个响耳光刮在女孩脸上，不省人事的女孩吓得醒过来。矮个子女人嗓门尖细地说："有啥子害怕的，哪个人肚子里没长东西？"①

　　蛔虫虽然不会害死人，但它是文明健康与蒙昧肮脏的一条"灰白色"分界线，微小却不容忽视。它寄生于人类身体中，和人抢夺着有限的营养，又在弃人而去时"无视"人类约定俗成的思维惯性，不在排泄物里出现，而竟从口中钻出，这是人类自己养大的"怪物"，就像一切战争和革命一样，它们寄生于人类，却反过来利用人性的弱点让人类自相残杀、自我鄙视。所以蛔虫作为饥饿的内部表现，其意义在于揭露包括女性在内的人类自身的不足。

　　面对人性尊严的缺乏和人类自身的不足，虹影的写作目的不仅仅是为了消除"饥饿感"，她还竭力要保留这种"饥饿感"，让鲜活常新的它不断刺激自己，只有不背叛这种从小折磨着她因此成为深入骨髓须臾不可分离的"饥饿感"，虹影（作品中）的预先推定能力、奇幻的想象能力才有了建立的基础，"预先推定杰出的、决定性的、激励性的某种向前的梦"才能以此为基础而筑建。人生活着、思考着、行动着，这本身就是一种贫困与不足的状态，这种状态就像"饥饿"，有了"饥饿"，才能产生憧憬和追求，从而实现人存在的意义和目的。回忆饥饿，重构创伤，是为了把事件回放到历史的长河中恢复"历史感"，以便更好地（向自己和后代）阐释饥饿的意义和饥饿所带来的创伤，把僵死的印象、褪色的感觉、破碎的记忆重新整合成"有逻辑组织的、有细

---

　　①　虹影：《饥饿的女儿》，北京十月文艺出版社，2010，第120页。

节支撑的、能用话语表达的、有时空感觉的"空间架构,易言之,虹影书写饥饿正是以哀悼、忏悔为手段的一种"积极地封存记忆"的方式。[①]"积极地封存记忆",不是为了消极的遗忘,而是以积极、主动的话语实现记忆的"开封",以开封完成封存,以"历史感"的确认达到对自我存在的确认,以否定实现肯定,以摧毁实现重建。这就是对饥饿"背叛"式的纪念———一种"为了忘却的纪念",为了怕遗忘,所以要纪念。

饥饿通过嘴巴来填充,嘴巴的主要功能除了饮食就是说话。饮食用于抵抗饥饿,说话用于对抗孤独,这二者是经历过饥饿考验或者对饥饿有着充分想象力的作家进行创作的重要动力。克尔凯郭尔(S. Kierkegaard)认为,认知是饮食在智力上的一种对应的活动。[②]饮食是外界物质进入身体的过程,身体在不断充实中获得满足感,而说话/创作则是将身体的"内分泌""排出"身体的过程,身体在一"吐"为快的过程中获得平衡感———收与支的平衡、获得与付出的平衡。身体的饥饿意味着匮乏,抵制匮乏的方法是用丰富的内容加以填充,这个方式的极端是丰足后的挥霍。虹影在语言上的风格如同她对食物的态度,精而简——精益求精、简洁干净。虹影的语言是饥饿过后主体不断地自我提示和自我控制产生的一种"后遗症",是把欲望压抑到最小后的产出。也许对于虹影,过于奢侈的语言也是对饥饿的一种"背叛"。

默德·艾尔曼(Maud Ellmann)曾指出:饥荒、战争、革命、疾病、宗教虔诚等多种原因都有可能造成饥饿;在不同的情境下饥饿指代的意义截然不同:在当代社会,饥荒带来的饥饿是指没有购买食物的能力;在宗教的斋戒中饥饿显示的自我牺牲是

---

① 李桂荣:《创伤叙事:安东尼·伯吉斯创伤文学作品研究》,知识产权出版社,2010,第36页。

② 转引自 Ellmann, Maud. *The Hunger Artists: Starving, Writing and Imprisonment.* Harvard University Press Cambridge, Massachusetts, 1993, p. 22.

神圣的铭记；在为苗条理想而节食的体验中，饥饿提示了主体的自我控制与成功的体验。[1] 虹影在叙述和语言风格上体现的，是艾尔曼所谓不同情境下不同饥饿意义的"融汇"，既有饥荒带来的食物购买力的缺乏（能力匮乏），也有类似于宗教斋戒中饥饿所象征的神圣铭记（自我牺牲），还有为理想而节食所暗示的成功快感（主体自控）。虹影的这种严格自控的语言到了近作《上海魔术师》的"杂语"尝试中，开始有了突破，在想象中创造语言，敢于戏谑游戏语言，这可以看作虹影在近"知天命"之年对饥饿阴影的一种放手（但不是摆脱）的尝试。她早已意识到，时代对一个人的馈赠一定会影响其写作方式和精神面貌，"在我临死时，会再次看到我不应该忘记的一切"[2]。

"历史的回报不是来自忘却或割断与过去的联系，而是来自卸掉历史包袱的勇气"[3]，虹影没有忘却历史，她得到了历史的回报，那些她坚守的尊严，"那些苦难中的爱，是她在饥饿时代得到的永远的营养"[4]。

第三节　历史空间的危机

一　站在边缘的女性

把"革命"一词从古籍里挖掘出来并且让它大行其时，是晚清康有为、梁启超、章太炎的功劳。这两个字代表的是西洋单词

---

[1] Ellmann, Maud. *The Hunger Artists: Starving, Writing and Imprisonment.* Harvard University Press. Cambridge, Massachusetts, 1993, pp. 4 - 5.

[2] 谢有顺：《应该恢复被迫失去的记忆——著名作家虹影专访》，《南方都市报》2001 年 4 月 12 日。

[3] 王建平：《美国后现代小说与历史话语》，中国人民大学出版社，2011，第 89 页。

[4] 荒林：《日常生活价值重构——中国当代女性主义文学思潮研究》，北京大学出版社，2013，第 218 页。

"Revolution"的意译，已经没有了"汤武革命"里改朝换代的本义。"革命"者，推翻旧制度旧秩序旧世界，建立新制度新秩序新世界之谓也。许多具有世界意义的宏伟革命洋洋大观摆在历史的陈列架上：英国光荣革命、法国大革命、美国独立战争、俄国十月革命、中国五四运动……这些革命如经典榜样一般，证明着革命本身的"神圣"意义，证明"这些不单是发生在空间异域的可供效仿的范例，而且是时间意义上的方向、潮流、趋势和'明天'"①。可惜的是，作为西南山城贫民窟出生的一个平凡女孩，虹影从未有机会站在"神圣"革命的中心与革命大潮同呼吸共命运。她不是秋瑾，不是刘胡兰，不是丁玲，也不是萧红。她始终处于革命之外，是隆隆前进的革命车轮辗过后幸存的历史蝼蚁。事实上，虹影的革命情结，只是她一厢情愿的感情凝结，是对大变革、新世界的个人期许。甚至她都不曾怀有过如此崇高的期许，革命对她的意义只是从学校的书本上学来的知识，只是可以用来改变围绕她的坏东西的"空想"而已。

神圣的革命之光可能照耀过她的梦想，她却无法拥有进入神圣意义的途径，神圣的革命之光终将黯淡下来。然后，她看见褪去"神圣"光环的革命的另一番模样。不论革命如何神圣伟大，也终难掩饰和改变其残酷混乱的本质过程，在这个过程中被牺牲和被侮辱的，就有许多像虹影的亲人一样的普通人。她的所见所闻，所居所感，无不充斥着死亡与痛苦，这种痛苦由诞生开始，被饥饿强化，经历亲人的死亡与流离，滋生出反叛的情绪，直至开出亵渎革命的"恶之花"。这是革命与个人的悖论关系：革命影响着个人，个人却无法直接参与革命。个人把对革命的情结化作各种表达的方式，反作用于"后革命"时代的世界。

正因如此，虹影用她的笔，写下"饥饿的女儿"和其他许许

---

① 黄子平：《灰阑中的叙述》，上海文艺出版社，2001，第21页。

多多和革命有关的女性故事，革命与女性的命运及个性，发生了错综纠葛的关系。作为虹影创作核心词语的"饥饿"和伴随而来的梦魇、死亡、变形、隔阂，不仅是小虹影带自娘胎的成长创伤，更是历史与革命在她个人命运里烙下的印记。"饥饿"挥之不去的阴影决定了她的个人性格：对忍受饥饿的人的尊严，始终保有最后的敬意。事实上，饥饿带给人的本应是苦难和对苦难的唾弃和背离。虹影憎恨过饥饿，也不是没有试图逃离过，但命运在此产生了悖论，越是憎恨，越是难忘；越是逃离，越是接近。否定之否定变成了"肯定"，并非肯定饥饿的"优点"，而是肯定饥饿考验了人的底线：尊严。也正是在"饥饿"与"尊严"这个结点上，革命（混乱与无序）与虹影的个人命运（饥饿与创伤）和个性（叛逆与坚韧）的形成发生了交汇，三者相违相随。饥饿下的最后尊严成为我们窥探虹影创作基点的一个切入口。

二　自审态度

从娘胎中带来的饥饿感和饥饿记忆，引发了虹影对食物的强烈渴望。"每天夜里我总是从一个梦挣扎到另一个梦"，即使"醒来一回想，我便诅咒自己，瞧不起自己"，可每次在梦里"为了一个碗，为了尽早地够着香喷喷的红烧肉，我就肯朝那些欺侮过我的人跪着作揖"。长大后的虹影"还是永远想吃好东西，永远有吃不够的欲望"，幻想着"以后的一天，能自己做主了，就天天吃肉"。① 虹影对于饥饿感，以及因为饥饿而情愿摧眉折腰的种种描摹，透入骨髓，低到尘埃，尽管是在梦中，可她还是为此而"瞧不起自己"。这样的梦，已经从布洛赫的"激励性的某种向前的梦"变成了真正的梦魇，是创伤渗入记忆深处后的产物。在梦

---

① 虹影：《饥饿的女儿》，北京十月文艺出版社，2010，第 40~41 页。

中暂时受到削弱的"清醒自我的审查功能"①，在醒来后立即发挥反扑式的强大作用，令虹影"诅咒自己"、"瞧不起自己"。

同样成长于饥饿环境的莫言，他营造的饥饿感与虹影是有微妙区别的。莫言把基调定为"当女人们饿得乳房紧贴在肋条上，连例假都消失了的时候，自尊心和贞操观便不存在了"②。正如他在《丰乳肥臀》中写上官金童目睹七姐乔其莎为了两个馒头被张麻子奸污时的"冷静"态度一般。

乔其莎是医学院的校花，是张麻子要诱奸的女右派名单里"最后进攻的堡垒"③。原本在食堂掌勺的张麻子根本不敢奢望聪明美丽又高傲的乔其莎能正眼看一看他，可是大饥荒让一切都颠倒了，张麻子手中拥有的调配食物的权力，经过饥饿的肚皮和空虚的大脑一发酵，就与占有女性、为所欲为画上了等号。这个原本平凡猥琐的男人凭借食物带来的力量上升成为最有权势的政治符码、核心话语，他不再是伺机而动的机会主义的窥视者，而是堂而皇之翻身成为机会主义的创造者，他改写了苏珊·布朗米勒在其研究强奸的名著《违背我们的意愿》中指出的"强奸是机会的犯罪"④的定义，把机会变成了权力的对应物从而可以无尽地、随时地、任意地索取。他以对（食物）资源的调度和配置的权力，迫使社会其他成员对其地位默认和屈服，以物质资源的有限性强化对弱者和边缘人物（尤其是女性，女性中又以女右派为甚）的优越感和征服欲。张麻子以食物为钓饵，几乎把全场的女右派诱奸了一遍，"右派中最年轻最漂亮最不驯服"⑤的乔其莎也被张麻子所代表的"吃人机器"所吞噬。

---

① Bloch, Ernst. Das Prinzip Hoffnung. Frankfurt/Main. , 1959, p. 91.

② 莫言：《丰乳肥臀》，作家出版社，2012，第43章，435页。

③ 莫言：《丰乳肥臀》，作家出版社，2012，第43章，436页。

④ 苏珊·布朗米勒：《违背我们的意愿》，祝吉芳译，江苏人民出版社，2006，第383页。

⑤ 莫言：《丰乳肥臀》，作家出版社，2012，第43章，437页。

　　张麻子有癞蛤蟆想吃天鹅肉的想法，并借助"天时地利"的优势，以食物的诱惑实施强奸，这并不奇怪。奇怪的是当乔其莎为了两个馒头而被张麻子强奸时，她的反应，或者说她没有反应的反应。布朗米勒曾说，"强奸代表着征服者的成就，旨在恐吓女性，引起她们的恐惧"①，而此时引起读者恐惧的是，乔其莎对强奸已经没有了恐惧，甚至完全没有了反应。她"盈着泪水"并不为了别的，只是因为抢食馒头而噎出的毫无感情的"生理性泪水"。男性对女性以食物为交换、乘"虚"（肚皮的虚，灵魂的空）而入的奸污，在莫言的笔下淡化成"屁股上受到沉重的打击"而已，语气好像一个孩子被父母责打屁股一样无辜。莫言冷静疏离的叙事，把人们对饥饿的感觉调整到观察者的角度，带有事不关己的看客的冷漠。虽然莫言可能是以刻意的冷漠来突出"在父权制下强奸的耻辱总是和女性紧密相连"② 这样的社会现实，但他是以何种立场来表现这种现实，很值得仔细推敲。

　　莫言果断地把自己对饥饿的感受过渡到张麻子的视角里，变成观看乔其莎的饥饿丑态与被凌辱时的麻木的痛快。莫言给出的理由是，"在每天六两粮食的时代还能拒绝把绵羊的精液注入母兔体内的乔其莎在每天一两粮食的时代里既不相信政治也不相信科学，她凭着动物的本能追逐着馒头，至于举着馒头的人是谁已经毫无意义"③。换言之，六两粮食之下人与动物还有所区别，人还有尊严，女人还有女性的敏感；一两粮食的时候人仅剩"动物的本能"了，除了食物其他东西毫无意义。位于生物链最顶端的人，达到了亿万年进化的制高点，可是一样无法逃脱被"动物

① Brownmiller, Susan. *Against Our Will: Men, Women and Rape.* New York: Fawcett Columbine, 1975, p. 324.

② Brownmiller, Susan. *Against Our Will: Men, Women and Rape.* New York: Fawcett Columbine, 1975, p. 512.

③ 莫言：《丰乳肥臀》，作家出版社，2012，第 43 章，436 页。

化"的命运。不仅乔其莎——像饿疯的猪狗一样抢食最普通的食物馒头——被动物化，张麻子——像发情的猪狗一样要征服视野之内的所有异性——也被动物化。张麻子并不因为是奸污动作的施动者，就比受动的乔其莎好多少。这就是莫言所担忧的"种的退化"吗？可是，根据布朗米勒对强奸的定义，"用暴力对身体进行的性侵犯，违背他人意愿侵入他人私人空间——简而言之，以各种方法各种途径进行的内部袭击——构成了对情感、身体和理智的故意侵犯，是恶意的可耻的暴力行为"①，在既无情感和理智，（除了饥饿感）对身体也毫不在意的乔其莎眼里，张麻子的暴行算是对她实施了女性意义上的"强奸"吗？这恐怕才称得上是最令人担忧的"种的退化"吧，因为它不仅仅是人种的退化，更是人格的退化，是人不成其为人、反成傀儡的惊骇画面。梁启超曾悲愤地说过"必自傀儡，然后人傀儡之"②，乔其莎正是"自傀儡"而后被张麻子"傀儡之"；但如果追问一句乔其莎为何自傀儡，答案可以是历史的、社会的、政治的，也可以是艺术的。在艺术效果上，莫言成功了，但在艺术灵魂上，莫言或许失败了。

如何在食物极度匮乏的情况下，既满足自己消除饥饿的本能需求，同时又不违背基本道德，君特·格拉斯曾将这个两难处境设置成拷问人性的试金石。在他的《相聚在特尔格特》中，忍饥挨饿许久的巴洛克诗人们自欺欺人地享用了格仁豪森从农民那里掳掠而来的美食，在真相大白之后，诗人们或呕吐或哭泣或祷告，责备自己为了口腹之欲而违背良心，他们意识到对食物来源有意回避是一种罪过，最后大家认为应对此负有共同的责任。诗

---

① 苏珊·布朗米勒：《违背我们的意愿》，祝吉芳译，江苏人民出版社，2006，第414页。

② 刘再复：《人论二十五种》，中信出版社，2010，第6页。

人们在这一事件中的罪责问题暗喻着，即使知识分子作为人类的精英，都难免在"欲"与"义"之间艰难选择，因而格拉斯并非在此谴责诗人们的过错，而是提出追根究底最该谴责的是饥饿的根源：战争和饥荒，以及导致战争和饥荒的人类贪婪暴力的本性。在这里，我们看到一位伟大的小说家对人们饱腹渴望的理解，对两难选择的思索，对人性黑暗面的忧虑和对普罗大众最温暖最深切的关爱。

把格拉斯与莫言对饥饿的处理两相对照，一个引人深思的细节浮出水面：语言/声音问题。格拉斯笔下的诗人们以祷告和哭泣主动表达内心的负疚，而莫言塑造的张麻子和乔其莎从始至终保持"莫言"，后者就像托克维尔所谓的"权力并不摧毁存在，它阻止存在……它压服人民，使其失去活力，变得沉默与愚笨"[1]，对语言/声音的回避，实际上是以动物性的沉默回避着人性的道德和良心的问责。与莫言的做法正相反，玛格丽特·阿特伍德在《强奸幻想》一文中，从女性视角出发对"交谈"（一种反抗式的交流）在强奸中的正面作用进行了"幻想"——"总之，我的（强奸）幻想总是有大量的交谈，事实上，在幻想之中，大部分的时间我都是在思考我要说什么，而他会说什么。我觉得如果你开始了对话，事情都会好起来。比如说，那家伙怎么可能对一个刚刚和他长谈过的人做出什么坏事来呢？只要你让他们知道，你也是人，你也有生命，我就不相信他们还会继续做出那种事情，对吗？我的意思是，我知道强奸还是会发生，但我就是不明白，这是我实在无法理解的事情"[2]。

回观虹影所书写的饥饿故事，她发出的声声质疑与呐喊就像

---

① 托克维尔：《论美国民主》，第 228 页。转引自以赛亚·伯林《自由论》，胡传胜译，译林出版社，2003，第 273 页。

② 玛格丽特·阿特伍德：《强奸幻想》，柯倩婷译，《外国文学》2006 年第 4 期，第 27 页。

格拉斯笔下的诗人们的哭泣与祈祷、阿特伍德笔下的女人们的不解与追问一样，始终以语言/声音的在场表达女性/人性的在场。虹影一直未能从童年的饥饿感中挣脱出来，她笔下每一个人物的饥饿和死亡都令她发出更强烈的人的声音。由此，饥饿不仅是小虹影永远的梦魇，而且在反复不愈的心灵伤口的意义上，饥饿几乎成为推动小说叙事的主要动力之一。她的"脑子里反反复复全是一个个问号：饥饿与我结下的是怎样一种缘由？在我将要出生的前几年，外婆，三姨，三姨夫，大舅妈，母亲的第一个丈夫，和我有血缘没有血缘关系的亲人们在一个个消失，而我竟然活了下来，生了下来，靠了什么"①？一般人若处在小虹影的境地，或许要庆幸自己在饥馑之年尚能侥幸生存，因为生存的本能总是大过于其他的想法，继续生存下去才是当务之急。虹影却一边挨饿一边不停地回忆、思索，把这种像由饥饿感延伸出的触角一般的追寻和叩问，遍布到了生活的细节中：清点饿死的亲人（不论有没有血缘关系，此时都是具有生命本真价值的"人"），怀疑自我存在的意义（"我思故我在"，此时已经快要沦为"我思故我何在"）。如此细致的清算，显现了虹影独特的女性本能；如此敏感的怀疑，具有女性主义者或曰女性代言人一样的追根究底的责任感。

《饥饿的女儿》里虹影出生前后饿死了不少人，其中包括她的三姨夫。三姨夫在饥荒前因为说错话，被人打了报告，给当作坏分子送去劳改。大饥荒一来，政府无力管辖，提前释放了侥幸活下来的劳改犯们，交给街道管制。三姨已经于三姨夫回来的前几个月饿死了，家里的房子被充了公，三姨夫来投奔小虹影的母亲，却遭到大院里几个"阶级觉悟高"的邻居直言直语的非议，于是他主动离开了小虹影的家。

----

① 虹影：《饥饿的女儿》，北京十月文艺出版社，2010，第166页。

三姨夫在周围流浪了几天，无处可去，当然没人给他上户口，给定量的口粮。他脸和身子都饿肿了，这种时候要饭也太难了，乞丐越来越多，给剩饭的人几乎没有。他夜里就住在坡下那个公共厕所里，没吃没喝的，冷飕飕的天连块烂布也没盖的，活活饿死了。"眼睛也没闭上，睁好大。"住着三姨房子的女人一边比画一边说。

……

"我怎个就给他两块钱？我身上明明还有五块钱，他是专来投奔我们的。那阵子我已经怀上了你，我是为了你，活活饿死冻死了他。以前他搭助我们时，真是大方。"母亲用牙齿咬断线，把针线收拾好，瞟了我一眼。那句她说过的话又响在我耳边：让你活着就不错了。

那个公共厕所，和每个公共厕所没多大差别，脏，臭，烂，脚踩得不小心，就会掉下粪坑。死在那种地方，比死在露天还不如。我觉得母亲的后悔药里，全是自圆其说——她可以顶住一切压力，让又病又饿的三姨夫在家中住下来，起码住几天是可以的。不过母亲如果能顶住那种压力，也太完美了点。她没有那么完美，她自私，她怕。米缸里没米，锅里没油，头上随时可能有政治"辫子"。为了姐姐哥哥们，更为了我，母亲畏缩了。①

母亲、三姨夫和小虹影的视角交替出现：有小虹影如何看待母亲的不完美，以及三姨夫死于公厕的悲惨；有母亲如何看待自己的畏缩，以及小虹影和家人的生命价值；还有三姨夫如何看待母亲对他的怜助，以及邻居的冷漠。在不同人物交织的视角下，既笼罩着一片革命、饥饿、政治所带来的阴影，又在这阴影背后

① 虹影：《饥饿的女儿》，北京十月文艺出版社，2010，第48~49页。

透出一丁点光亮——个体的尊严。

一方面，三姨父的自动离开，体现了他对母亲畏缩行为的理解，对他人在巨大环境压力下的行为选择的尊重。因为大家都处在类似的强压和困难之下，只有将心比心、放弃对自我利益的纠缠，才不会对他人、对历史、对社会产生一味的怨怼。另一方面，三姨父的不埋怨，激发了母亲对自身行为不足的忏悔，虹影描写的这一细节体现了她对传统伦理价值和善良人心的一种守望和信赖。虽然出生于一个没有宗教信仰的国家，又移居英国多年，但虹影在此有意无意地透露了她的"精神信仰"：不信神，而信人；不"罪人"，而"罪己"。正如李洁非所言，国人的"信仰真空"，是一种"中国人的精神危机，并非其文化上先天匮乏宗教所致……中国人的希望在于，能够回到自己固有的精神家园，简单地说，就是重新认同、肯定自己的历史、伦理和价值观，舍此别无他途"①。

柏拉图认为，食欲代表了灵魂的物质性。如果食欲没有被好好控制的话，那么人的灵魂就有下一世变成女人，下下一世又变成野兽的危险。② 从这个意义上说，柏拉图认为女人与野兽象征着无法被控制的激情，而柏拉图最爱的灵魂就有被激情拉下水的危险。毫无疑问，在柏拉图肉体与灵魂、男性与女性二元对立的哲思中，男性的灵魂抗拒着女人代表的向物质性的堕落。莫言比柏拉图前进了一步，他把男性与女性都抛进了激情（用莫言的方

---

① 李洁非：《为何去印度——对虹影〈阿难〉的感思》，《南方文坛》2002 年 6 月，第 56 页。

② 柏拉图认为，女人与野兽象征着无法被控制的激情。如果灵魂参与了这种激情，它将会有效地受激情的影响而转变成为本体论意义上的激情的符号——女人和野兽，它们就是被这种激情所塑造出来的。在他的宇宙发生论中，女人代表着向物质性的堕落。相关内容，请参考 Plato. "The Collected Dialogues." Edith Hamiltonand Huntington Cairns eds. , *Bollingen Series* 71. Princeton：Princeton University Press，1961.

式表现出来即为野性）的堕落中，即把男女同时"动物化"了。但是，很显然，在同为本体论意义上的激情的符号（野兽）时，男性仍比女性高出一筹。张麻子一手掌控乔其莎，一手掌控馒头（粮食）的姿势，正是莫言历来称道的野性力量的最好表现。

> 她（乔其莎）吃完馒头后也许感觉到来自身后的痛苦了，她直起腰，并歪回头。……张麻子为了不脱出，一手揽着她的腰，一手从裤兜掏出一个挤扁了的馒头，扔到她的面前。她前行，弯腰，他在后边挺着腰随着。她抓起馒头时，他一手揽着她的胯骨，一手按下她的肩，这时她的嘴吞食，她的身体其他部分无条件地服从他的摆布来换取嘴巴吞咽时的无干扰……①

"掏、扔、挺、随、揽、按"，张麻子如法炮制用食物诱奸了全场的女右派后练就了如流水作业一般连贯而熟练的"流水线动作"。他抛出早就准备好了的第二个馒头，这个因为连续冲击而被"挤扁了"的馒头象征着男性霸权冰冷而变异的"机器程序"。因为这样的机器程序，代表着男性利益最大化的政治符码。莫言对张麻子的态度，不仅是表面的冷静，其下似乎还隐隐透露出一点对其野性的"佩服"，因为这正好抵制了莫言所担忧的"种的退化"，尽管是一种负面的抵制，却具有莫言本人所称道的野性气概。正如莫言塑造的《红高粱》中余占鳌的"事迹"——与戴凤莲的"白日宣淫"，杀死与母亲通奸的和尚，因为小妾恋儿而与戴凤莲翻脸——桩桩件件看似与传统道德和社会制度有违的勾当，都无损于"我"口中对"我爷爷"的怀念和景仰。在张麻子对乔其莎"赶牛驭马"般的折磨中，在同样沦为"动物"层面的

---

① 莫言：《丰乳肥臀》，作家出版社，2012，第43章，437页。

男女冲突中，莫言依然高置男性（雄性）于野性之力的上方，让男性成为行动规则和生存标准的制定者，而女性真正沦为了位于下方的弱势个体，除了嘴以外的身体"其他部分无条件地服从他的摆布"。一种支配和从属的"内部殖民"[①]之感跃然纸上。

《丰乳肥臀》中浓墨重彩的历史长卷，掩盖了这个最细枝末节因而也最容易被忽略的地方，在这里莫言断绝了女性存有最后一丝尊严的可能。女性的乳房可以饿瘪，例假可以断绝，但不可否认她还是女人，就像饥饿的男人们的睾丸收缩得"像两粒硬邦邦的鹅卵石"[②]时，依然是男人。可当女人的身体遭受侵犯时，连反抗的本能和流泪的本能都已丧失，以麻木不仁的配合把最后一丝尊严挥霍得荡然无存，这样的女性还能算得上是女人吗？所以，乔其莎不仅是被男性"野"的力量驾驭和征服的女性，事实上，除了吃，她已经沦为一个丧失了本能的、异化的、"非女性"的存在。那么张麻子在凌辱的到底是乔其莎的肉体，还是在"凌辱"莫言对于女性的身体、女性承受饥饿、女性尊严的底线等的"空洞化"设计？莫言在此处的人物和情节处理，正是伊利格瑞所说的"女人不是一种本质，她也不拥有本质"[③]，因为"女人"是被形而上学话语排除出去的东西，如同"女人"被柏拉图打入

---

① 参见凯特·米利特《性政治》，宋文伟译，江苏人民出版社，2000。美国女性主义文学批评家凯特·米利特（Kate Millet）在《性政治》（*Sexual Politics*）一书中，在对两性关系的制度进行客观的研究之后，对男女两性间不平等的关系做了进一步的总结：在整个历史的进程中，两性之间的关系就如马克斯·韦伯所定义的那样，是一种支配和从属的关系。在我们的社会秩序中，尚无人认真检验过，甚至尚不被人承认（但又十足制度化了）的，是男人按天生的权力对女人实施的支配。通过这一体制，我们实现了一种十分精巧的"内部殖民"。就其倾向而言，它比任何形式的种族隔离更坚固，比阶级的壁垒更严酷、更普遍、更持久。

② 莫言：《丰乳肥臀》，作家出版社，2012，第43章，436页。

③ 转引自汪民安、陈永国主编《后身体：文化、权力和生命政治学》，吉林人民出版社，2003，第202页。这是露丝·伊利格瑞在她关于尼采的《海上恋人》（*Marine Lover*）一书中所说的话。

冷宫一样。

三　"肉体勒索"

也许有人会辩称，乔其莎对张麻子凌辱自己时的反应，恰恰证明了饥饿的可怕。他们的潜台词是，历代史书中不乏饿殍遍野、"易子而食"的惨剧，相较之下，莫言对乔其莎的安排还算是笔下留情了，毕竟对于饿红了眼的人来说，贞洁也好，尊严也罢，在两个馒头代表的生存、本能、活命等根本利益面前，恐怕都不值一提。但我不得不说，这样污名化女性来强化饥饿的效应，是莫言的失策，是他隐藏在价值体系中固有的对女性的轻视，于创作实践中不小心露出的马脚。事实上，如果莫言污名化男性，一样不讨巧。因为这里要小心处理的不仅是男性作家对女性角色的态度，而是作家在思想根底上对异性角色（以及所有角色）持有怎样的一种态度和眼光，即作家对人的态度。

张贤亮在《绿化树》中强调了食欲和性欲交集而产生的所谓"性政治"矛盾，并最终衍生成了"女人是绿化树，是牺牲，是男人成材的源泉"[1] 的男权话语。张贤亮在《绿化树》中对待女性的态度与莫言对乔其莎的设置，有着本质上的同一性，即借助国家一元话语的威力掩盖作家自身男权话语的马脚。饿到如行尸走肉一般麻木不仁于男性强奸的乔其莎，成为莫言借以突出时代悲哀、强化小说艺术效果的一颗"强奸故事"的叙事棋子。

"强奸故事，因其具有非同寻常的暴力和黑暗色调，并且和国族耻辱有着修辞性的对应关系，而天然地和战争或政治故事相协调。"[2] 但是我们更要敏感地察觉到，"强奸故事"不仅与时代

---

[1]　荒林：《日常生活价值重构——中国当代女性主义文学思潮研究》，北京大学出版社，2013，第 144 页。

[2]　谢琼：《书写强奸的：被转移的言说——张爱玲〈半生缘〉中强奸故事的文学表现》，《南方文坛》2010 年第 6 期，第 71 页。

悲哀有关，更是专属于女性的悲哀，一种加诸女性的"肉体勒索"的暴行。在文学的世界中，我们很难找到男性为了活下去而发生类似"肉体勒索"的强暴案例。男性在走投无路的情况下，往往是出卖劳动力，例如，充当苦力杂役或者充军打仗，以减轻责罚、换取资源、寻求出路。正如猪八戒被贬下天庭，就是靠"出卖"劳力助唐僧西天取经作为赎罪的方式，而猪八戒在前往西天的途中依旧难断红尘，时时想着分了行李回高老庄，就是一种插科打诨之下的严肃隐喻：男性即使处于力量被剥削、自由被限制、思想被禁锢的状态下，依然有着重新入世的强烈意愿和可能性。男性通常不会将这样的情况视作"肉体勒索"而产生与女性一样强烈的被侮辱和被伤害的心理创伤。

从"抹布的灵魂"（脱利特司语）的角度来看，女性被强暴与男性被奴役都是社会底层的人发出的最悲痛的声音，但在此共性之外，其中的巨大差异性更为显著——女性被强暴体现了社会秩序的混乱以及两性间的"异质对抗"。它是国家权力对自然和谐的两性关系的暴力侵犯。二战期间，日本掠夺了大量周边被侵略国家的女性作为日军的"慰安妇"，就是明证。而比这更可悲的，莫过于女性为了生存而主动放弃对自我命运的维护和争取，卖身为妓。在德国战败的 1945 年，德国的美女只要一杯咖啡就能和美国黑人大兵睡觉；东德崩溃以后，少女们到柏林大街上拉客，抢了西德妓女的饭碗，遭到西德"同行"的抗议。战争与革命带来的对女性躯体的活生生的摧残，同样反映在文学史中。中国古代名妓杜十娘、莘瑶琴、李香君、玉堂春、李师师、柳如是，个个天姿国色，聪慧过人，为环境所迫而卖入娼寮，"不是爱风尘，似被前缘误"，她们"常常是文人的知己知音……具有性灵传统"①，却终究难逃红颜薄命的归宿，成为国家社稷、千秋

---

① 刘再复：《人论二十五种》，中信出版社，2010，第43页。

功业、男权意识的垫脚石和牺牲品。到了近现代，老舍先生《月
牙儿》中的母女两代、《骆驼祥子》中的小福子，曹禺《日出》
中的陈白露，严歌苓《扶桑》中的扶桑，以及西方文学中左拉的
《娜娜》，莫泊桑的《羊脂球》，大仲马的《茶花女》，皆难逃同
样的宿命，真是"红粉欲作茶花女，悲惨世界一娜娜"①。

我们必须承认，女性受到胁迫而被强奸，或者在特定的困难
时期沦为妓女，这个问题是政治性的、历史性的和世界性的。尽
管如此，小说家如何面对他笔下的女性，从何种道德观、价值观
来审视和表现，则是文学要关心、能关心的问题。文学对于"强
奸故事"的困境呈现，目的是"使强奸不仅成为无法忍受的事，
也成为不被忍受的事"②，而不是让它沦为一种放纵审美恶趣味、
炫耀高超叙事技巧的工具。斯洛文尼亚的齐泽克在谈到前南斯拉
夫时代萨拉热窝被围困的情状时说过：哪怕是在最糟糕的情况之
下，萨拉热窝的人们都在尽一切可能地、体面地生活着。因此，
"一个民族的文学和艺术，哪怕是在极端强调所谓现实主义时，
是不是还要为这个民族保留住一份最起码的体面呢"③？这种体面
就是刚才所说的尊严，而在"乔其莎"之流身上这应该努力保存
的东西却早已经荡然无存。

譬如雨果写妓女芳汀，确有"哀其不幸，怒其不争"之意，
却也深藏"悲哉斯人"之怜。芳汀轻信纨绔子弟多罗米埃所谓的
"浪漫爱情"而生下女儿珂赛特，又一次次地被收养女儿的德纳

---

① 苏童的《红粉》、雨果的《悲惨世界》、小仲马的《茶花女》、左拉的《娜
娜》等都是关于女性被迫出卖肉体沦为妓女的著名叙事文本。刘再复的《人
论二十五种》（中信出版社，2010 年）中专门作"肉人论"探讨有灵魂的妓
女与没有灵魂的妓女（肉人）之间的不同。

② Bal, Mieke. "Visual Rhetoric: The Semiotics of Rape." *Reading "Rambrant":
Beyond the Word-image Opposition: The Northrop Frye Lectures in Literary Theory.*
Cambridge: Cambridge University Press, 1991, p. 90.

③ 曹文轩：《二十世纪末中国文学现象研究·序》，人民文学出版社，2010，第
7 页。

第一家勒索欺骗，她拼命地出卖肉体赚钱，过着极俭朴的生活，以支付女儿不断高涨的"生活费"、"医疗费"。这个单纯到有些愚蠢的姑娘，不谙世事，又不吸取教训，简直浪费了上天赋予她的美貌和纯洁。可是当我们读到芳汀为了给女儿寄四十法郎治病的钱而不得不卖了自己的牙齿时，有多少读者可以忍住泪水、继续嘲笑她的愚蠢和执着？芳汀"一夜工夫，老了十岁"，除了因为在拔牙与不拔之间承受的巨大精神压力和折磨之外，更因为没有了门牙而致嘴唇萎缩塌陷，曾经天使一样的面庞骤然变得如老妪一般干缩。从忍饥挨饿到出卖色相再到毁容式的拔牙，肉体的牺牲层层递进，对灵魂产生了巨浪般的震撼和荡涤。在这么一个看似没有智慧、没有贞操、没有尊严、没有底线的女人身上，其实隐藏着雨果对她的爱怜，以及雨果对自身灵魂的深深叩问，这诚如鲁迅欣赏陀思妥耶夫斯基这个"残酷的天才"对灵魂审判的深刻一样：

> 凡是人的灵魂的伟大的审问者，同时也一定是伟大的犯人。审问者在堂上举劾着他的恶，犯人在阶下陈述他自己的善；审问者在灵魂中揭发污秽，犯人在所揭发的污秽中阐明那埋藏的光耀。这样，就显示出灵魂的深。[1]

虹影从创作初期就明确了"投入生命"的写作立场，她说"旁观是一个作家的特权，生命的投入却是一个人的义务"[2]。小说家尽管不是道德家，但小说家要写出"灵魂的深"，即使是以一个看上去没有灵魂的角色，也能写出那深度，因为那其实是深

---

① 鲁迅：《集外集·"穷人"小引》，《鲁迅全集》第 7 卷，人民文学出版社，1958，第 95 页。

② 虹影：《自由谈：记忆和遗忘》，《文学自由谈》1995 年第 4 期，第 50 页。

藏的灵魂，譬如《宠儿》中的塞思；但不可能以一个完全没有灵魂的角色写出灵魂的深度来，譬如乔其莎。英国当代评论家威尔·塞尔福在《英国当代小说》中，从灵魂的深度解释了创伤的意义："创伤如果是伤的话，也是看不见的伤，是没有伤的伤痛，创伤实际上是受伤者追寻致伤原因的一种效应。"①如果受伤者自己没有能力呢？那么代受伤者追寻致伤原因的责任就责无旁贷地落在了作者身上。在乔其莎受奸污的一幕中，莫言正面描写了两个肉体和精神都呈现为空白的"非人"男女，莫言自己却逃避了代受伤者追寻致伤原因的作家责任。究其根源，是莫言在《红高粱》时代高举的"男性躯体修辞学"——男性所代表的父权/男权优于女性生存权和话语权的一种形式——在《丰乳肥臀》中的残存。老舍先生，把对月牙儿、小福子的为妓生涯放到了背后，把对社会和制度的描摹和控诉摆在了当前，这一放一挡既体现了老舍先生的仁厚敦善，又突出了创伤的根源，是作家代"受伤者追寻致伤原因"的一种有良心的策略。

库切的《耻》写白人女孩露茜被黑人强暴，是作为南非摆脱殖民统治后在混乱无序的民主革命进程中的一个偶然事件而出现的，但它在偶然中又存在着必然，这个事件成为库切带领读者从微观层面走进南非后种族隔离时代种族矛盾和仇恨的一个桥梁，露茜的被伤害因此而超越了"肉体"的意义。当露茜得知自己因被强暴而怀孕，做出生下孩子的决定时，尽管父亲卢里将其视作奇耻大辱，说出"他们不是在强奸，他们是在交配"② 这样的话语，露茜却解释说"不管怎么说，这都是这片土地的孩子。他们大概不至于否认这一点"③。露茜一方面在努力尝试融入南非这块

---

① Self, Will. *The Contemporary British Novel*. London：Continuum International Publishing Group，2007，p. 201.

② J. M. 库切：《耻》，张冲、郭整风译，译林出版社，2003，第221页。

③ J. M. 库切：《耻》，张冲、郭整风译，译林出版社，2003，第239页。

土地，所以才会将腹中的孩子看作"这片土地的孩子"，另一方面她对于这种融入能否成功也并没有把握，所以她只能猜测这块饱受欺凌的土地"大概不至于"不承认这个孩子，为了保障这一点，她最终成为原来的黑人雇工的第三个老婆。露茜在面对强暴和处理怀孕时体现的无奈宽宥，以及她在面对农场被人抢夺、经济利益受损时体现的自强自立，其实是库切让我们在复杂的历史语境中去思考大变革后新南非的走向，代露茜追寻创伤的原因以及疗救的途径，让历史的覆辙不再重蹈。尽管这不会是一个简单、顺利的过程，但却是必经的阶段。

虹影写革命给底层女性带来的饥饿、死亡、流离、苦痛，以及女性在其中体现的善良、内疚、悲悯和尊严，虽然微渺却令人感动。就像露茜，她在迈出与父亲卢里不同的每一步时，都体现了她对脚下这片土地的认同和珍惜。虹影的作品或许不及库切的复杂深邃，但虹影立足于其所亲历的过去和当下，通过女性命运与革命的特殊叙事角度和细腻敏感的观察，以小见大，在日常生活的点滴中折射出历史进程的深刻蕴涵。既不一味地为革命的摧枯拉朽而欢欣鼓舞，也不一味地因革命带来的混乱无序而扼腕叹息，因为这既无益于整个革命所带来的政治、经济、文化、思想的结构性变化，也无益于被排斥在革命大潮中的边缘小人物的坎坷际遇。只有不断探索，不断书写，不断求问。除了"女性命运与革命"以外，"身体与母亲"是虹影另一特殊的叙事角度，后者是前者的具体化与细节化，也因此让读者更深入地看清历史中的"自我"与"他者"。

第三章

审"美"危机

美丑空间的边际突破

"河母"藏污纳垢、滋孕生命的特质，成为以女性化创伤之"丑"为力量的一种诗学上的美。在庞大的文化体系和复杂的文学历史中，审美无疑作为一种上进的、肯定的积极因素而长久占据着感性学（Aesthetics）的堡垒。审美不仅提供阅读的愉悦，还以潜移默化的约束性鞭策着人们趋向崇高、优雅、纯净的精神境界，避让邪恶、丑陋、肮脏的沦落之途。职是之故，文学中的审美尽管与善是不同的范畴，却在很大程度上与善互为表里。丑作为美的陪衬和恶的"连襟"，一直处于美丑二元辩证的下风。可是，当某些善的观念和信条因与时代的发展现状相悖离而被视为过于天真纤弱乃至虚假矫饰时，与善相应的美就惨遭毁弃。于是，丑作为长久以来被压抑的感情心理的另一面，开始受到肯定和重视。在战火、血污、阴谋、暴力、混乱、死亡、残酷、虐待面前，丑的迅速复苏和赫然呈现，刺激并唤醒了一种新的世界观感，结结实实、狰狞有力的丑陋带着振聋发聩的力量极大地拓宽了人类整个感性心理的空间，至纯和美的世界在与赤裸裸的丑的对峙下产生了对"美"繁复多样的可能意义的期待。丑向着更具穿透力的底层"堕落"，美则向着更高层次的美上升，二者间越来越显著的落差恰恰满足了这个翻天覆地变化着的世界的好奇心。本章将简单回顾中西美、丑演化史，并在此基础上，以女性视野下对丑的呈现、颠覆和审"美"重建为中心，探讨虹影笔下化丑为"美"的创作飞跃——恶之花的诞生。

第一节　女性主体与审丑

一　颠覆审美传统

首先，美是什么？《说文》（羊部）解析为"美，从羊从大"，其本义"甘也"。由此可以推测，中国人对美最原始的意识，起源于对"甘"这一味觉的感受。此处的"甘"并非五味（酸、甘、苦、辛、咸）之一的甘甜之意，只要是令人觉得愉悦的味道，都可称为"甘"。① 因此，"美"在古人看来，就是体形肥大、膘肥膏满的"大羊"的美味，这是古人残存了原始人在生存艰难的环境下，对于膏肥脂满、美味耐饿的食物的强烈渴望，并把它化为一种对美满幸福向往的集体无意识融入汉字的创造中。为什么是"羊"呢？不仅因为羊肉美味，羊毛可以御寒，而且在祭祀会盟时，羊常被用作高贵的祭品，尤其是在作为可以交换和买卖的经济生活资料的意义上，羊对人类具有较高的生存意义和价值。"羊"又通"祥"，有吉祥之意。故而，"美，从羊"有着从视觉感、味觉感到生存感、幸福感的密切关联。触发中国人原初审美意识的契机在于味觉美，而"美"这一文字又很快地作为表现视觉性、触觉性美感的词被

---

① 《说文》"甘部"把"甘"释为："美也，从口含一。"《释名》："甘，含也。人所含也。"马叙伦认为，训为好吃之意的"甘"，应作"香"。《说文》"甘，美也"应是"昔"的字义。参见马叙伦《说文解字六书疏证》卷二，"昔"字；卷七，"美"字；卷九，"甘"字；卷十三，"香"字。《淮南子》有"梨、桔、枣、栗不同味而皆调于口"，也说明人各有所好，能与自己感官相和谐的即为"美"。

类推地引申通用。① 美与"芳"和"色"之间的关系也是明显而多证的。《孟子·尽心下》说:"口之于味也,目之于色也,耳之于声也,鼻之于臭也,四肢之于安佚也,性也。"概而言之,"食色,性也"——对于满足人最重要的本能的自然性欲求的官能性快感即为"美"。

当然,美的对象,并未停留在对生理和感官的直接嗜好和欲求上,它"几乎向一般涉及自然界、人类的全部……对人的精神和物质经济生活方面带来美的效果的所有对象扩大、推移"②,例如,山川景致、诗赋画作、文饰雕琢、伦理道德、富贵名望、学问技艺等,总之,事物的优长、高致、和谐、对称、光辉、充实、清净、明朗等,皆可为美。这里不仅显现为美的对象在精神、伦理、社会、情感方面优异价值的扩大,更在这种推移中出现了美意识的"变质"——事物的纤弱稚拙、悲怆哀愁亦可为美,这在《文选》所收的诗赋文章中屡见不鲜,譬如《魏文帝与朝令吴质书》:"高谈娱心、哀筝顺耳","悲歌微吟……斯乐难常"。同时,因为社会伦理道德的介入,促进了"美"和"善"的价值取向的靠拢,又因为佛家、道家的影响,与"道"、"自然"、"禅"等意义接近的"真"也逐渐与"美"融合。此时,"恶"和"丑"被作为与"真善美"完全对立的内容被扬弃了。

丑又是什么呢?"丑"在繁体字中写为"醜",《说文》(鬼部)解"醜"字曰:"可恶也。从鬼、酉声。"段注:"非真鬼也","以可恶,故从鬼"。也就是说,段玉裁认为"丑"之所以"从鬼",是因其有"可恶"之意。为什么"鬼"有"可恶"之意呢?所谓"鬼",按照《说文》(鬼部)的解释,是指人死后

① 笠原仲二:《古代中国人的美意识》,魏常海译,北京大学出版社,1987,第36页。
② 笠原仲二:《古代中国人的美意识》,魏常海译,北京大学出版社,1987,第51页。

的灵魂之所归。对崇生恶死的古人而言，死意味着人所珍视的生命的消亡和否定。因此，古人以对"鬼"的忌讳和厌恶表达对死的忌讳和厌恶，这成为中国原初"丑"意识的来源之一。日本汉学家笠原仲二进一步对"丑"字进行了阐释："根据《说文》，'丑'的原初意识可以说是来源于人们对死的本能的畏恶感。这种意义不久就进一步扩展，凡是人们畏惧、嫌憎、忌讳的对象，换言之，凡是使人忧患、悲哀或苦痛的事物，束缚，压抑人们精神畅达与自由的东西，也都用'丑'来表达。概括地说，'丑'意识是对于象征、意味着人类生命力的否定、毁伤、消弱、消耗实体或姿态性的本能的感情和意识。"①

《说文》（亚部）又曰："亚，丑也，象人局背之形。"段玉裁解释说，"亚、恶、丑"之间有互训关系，"亚"（亞）本指"局背人"或"局背"的形象。因为"局背"显示出缺乏健康、衰弱变异的躯体特征，给人以矮小丑陋、嫌憎厌恶之感，所以"亚"包含"丑"的意思。正如罗丹所说："在自然之中，残缺不全的东西都是丑的，引起疾病和苦痛之念的东西都是丑的。在现实中，罗锅儿、乞丐任何时候都是丑的。"② 这与笠原仲二对"丑"的说法不谋而合。

回溯了中国的美丑传统，让我们漫游到 Aesthetics（美学）的发源地古希腊去探寻美的根源吧。

> 希腊人心目中的天国，便是阳光普照之下的永远不散的筵席，他的神明是"快乐而长生的神明"。他们住在奥林匹斯的山顶上，"狂风不到，雨水不淋，霜雾不降，云雾不至，

---

① 笠原仲二：《古代中国人的美意识》，魏常海译，北京大学出版社，1987，第96页。

② 高村光太郎译：《罗丹言论续编》，新潮文库本，第209页。转引自笠原仲二《古代中国人的美意识》，魏常海译，北京大学出版社，1987，第98页。

只有一片光明在那里轻快地流动"。他们在辉煌的宫殿中，坐在黄金的宝座上，喝着琼浆玉液，吃着龙肝凤脯，听一群缪斯女神"用优美的声音歌唱"。①

在古希腊优美的宗教传说中，阿芙洛狄忒是众神中的特殊，她作为爱神和美神集原始冲动和升华象征的秉性于一身：她既作为人们性欲冲动的对象——爱神，又作为人们审美观照的对象——美神，既妩媚撩人，又神圣高洁。阿芙洛狄忒的灵肉合一使其成为古希腊最具资格的美感之神。黑格尔曾说："希腊人以自然和精神的实质合一为基础，为他们的本质，并且以这种合一为对象而保有着它，认识着它……希腊人的意识所达到的阶段就是'美'的阶段。"②

为什么要用古希腊的宗教和传说表达"美"的遐思？也许有人会说，关于"美"的传说中国也古来有之，早在《列子·汤问》中，就有一段与"希腊人心目中的天国"十分相似的记载：

> 禹之治水土也，迷而失涂，谬之一国，滨海之北……，其国名曰终北。……无风霜雨露，不生鸟兽虫鱼草木之类，四方悉平，周以乔陟。……有水涌出，名曰神瀵，臭过兰椒，味过醪醴。一源分为四埒，注于山下，经营一国，亡不悉偏。……不君不臣，男女杂游，不媒不聘；缘水而居，不耕不稼，百年而死，不夭不病。其俗好声，相携而迭谣，终日不辍音，饥倦则饮神瀵，力志和平，过则醉，经旬乃醒。

---

① 丹纳：《艺术哲学》，傅雷译，人民文学出版社，1963，第 266 页。
② 黑格尔：《哲学史讲演录》第 1 卷，北京大学哲学系外国哲学史教研室译，三联书店，1957，第 160 页。

　　虽然在对向往世界的描摹中，我们的先人和古希腊人惊人的一致，但中华民族一向压抑内敛的性格让我们把对此类"桃花源"的渴望强留在了想象的世界中，不允许、也不可能让自在欢娱的精神放纵于泱泱大国之上；而古希腊人正好相反，他们在感性中神化了天国，更用这种天国来神化自己的感性。换句话说，古希腊的宗教是充满人情味的宗教，集爱与美于一身的感性之神阿芙洛狄忒和其他诸神才会把爱与美发扬到"美的宗教"的高度。

　　可是，随着雄霸欧洲几千年的"一种最深刻的希腊信仰"（罗素语）的破灭，"美学"所代表的西方文明传统中的那种由理性乐观论所派生的乐观感性论也随之发生了根本性逆转①，Aesthetics 开始褪去其"美学"的外衣，显露出其感性的另一面——美的反范畴——丑。雨果在他那篇被称为浪漫主义宣言的雄文《〈克伦威尔〉序》（1827）中指出，作为与"崇高优美"相对的另一种典型，"滑稽丑怪""收揽一切可笑、畸形和丑陋。在人类和事物的这个分野中，一切情欲、缺点和罪恶，都将归之于它；它将是奢侈、卑贱、贪婪、吝啬、背信、混乱、伪善"②。雨果以浪漫主义的名义一举确立了艺术表现滑稽丑怪的权力，而《巴黎圣母院》中的卡西莫多也成为他本人对"丑"艺术的身体力行。值得注意的是，早于雨果《〈克伦威尔〉序》大半个世纪的柏克（Edmund Burke）的《对吾人之崇高与美丽观念起源的哲学探讨》（Philosophical Enquiry into the Origin of our Ideas of the Sublime and Beautiful，1756 - 1759）一文指出，当我们目睹风暴巨浪、崎岖危崖、深渊绝谷、洞窟瀑布时会感觉到崇高，那是因为"我们觉得一件事情恐怖，但这事情不能控制或伤害我们时，这些印象就

①　刘东：《西方的丑学——感性的多元取向》，北京大学出版社，2007，第174页。
②　维克多·雨果：《雨果论文学》，上海译文出版社，2011，第36~37页。

会变成快感"①。柏克在雨果讨论"丑"作为美的反范畴之前，就已经以审美的眼光把"崇高"纳入快感的领域，这是希腊化时代伪朗吉努斯（Pseudo-Longinus）② 提出崇高主题，由波瓦洛（Boileau）的《论崇高》（*A Treatise on the Sublime*，1674）重申后的一次重要转折，"关于美的辩论，重点从寻找规则来定义美转为思考美对人的作用"③ ——柏克所说的恐怖引发的"快感"即为美对人产生的作用之一。

　　歌德的《浮士德》是寻美历程上的里程碑——"有一种强大的魔力，一种对于恶本源的歌颂，一种恶的陶醉，一种思想的迷途失径，使读者颤栗……似乎尘世的统治一度掌握在魔鬼手里"④。"美与丑从来就不肯协调"，却又"挽着手儿在芳草地上逍遥"⑤，丑开始从被美覆盖的感性世界中挣扎出来，向美的超越地位挑战，反映出人类感性心理的两极共存。卢卡契曾这样论述歌德笔下丑的力量爆发的源泉："歌德和黑格尔生活在资产阶级最后的伟大的悲剧的时代的开端。摆在这两个人面前的，已经是资产阶级社会的不可解决的矛盾，已经是从资产阶级社会里产生出来的个人与人类的分裂。"⑥ 的确，歌德在他所身处其中的充满矛盾和

---

① 翁贝托·艾柯编著《丑的历史》，彭淮栋译，中央编译出版社，2012，第272页。
② 伪朗吉努斯唯一保存下来的作品是论文"Peri Hupsous"，现在通译为《论崇高》。在这篇论文中，他主要对高尚和宏大的语言进行了探讨，以期对"ek-stasis"（激昂慷慨）这种特殊审美感知的原因做出解释。《论崇高》是一篇重要的文艺理论论文，它的主要抄本据说是朗吉努斯所著，在很长时间里，人们以为这个朗吉努斯就是公元前3世纪的希腊演说家和哲学家卡西乌斯·朗吉努斯。但现在一般认为，从论文的内容看，它的作者应是生活在公元1世纪的一位无名作家，只好以"伪朗吉努斯"或"托名朗吉努斯"（Pseudo-Longinus）称之。pseudo意为"假的，冒充的"。
③ 翁贝托·艾柯编著《丑的历史》，彭淮栋译，中央编译出版社，2012，第272页。
④ 斯太尔夫人：《德国的文学与艺术》，丁世中译，人民文学出版社，1981，第191~192页。
⑤ 歌德：《浮士德》，董向樵译，复旦大学出版社，1983，第509页。
⑥ 卢卡契：《青年黑格尔》，王玖兴译，商务印书馆，1963，第142页。

分裂的时代悲剧性中，创造了《浮士德》那美与丑的剧烈冲突。

1853 年德国哲学家卡尔·罗森克兰兹的《丑的美学》一书，提出"丑是美的契机"这一核心思想，并为艺术表现丑确立了合法性，直接影响了后来的浪漫主义和唯美主义。波德莱尔以惊世之作《恶之花》实现了对浪漫主义在继承上的突破，堪称"丑艺术的真正宗师"①，《恶之花》"堪与那些最杰出的、最博大的作品相提并论"②。波德莱尔宣称："艺术家之为艺术家，全在于他对美的精微感觉，这种感觉给他带来醉人的快乐，但同时也意味着、包含着对一切畸形和不相称的同样精微的感觉。"③ 正如中国古人在发展审美观念中把对称、和谐的事物当作美一样，西方艺术家同样把"一切畸形和不相称的"的东西视为丑的。

而为什么欧洲在 18～19 世纪开始出现对丑的世界的倾向和偏好呢？程抱一在《论波德莱尔》里说得相当精辟：

> 颓废派诗人，这是人们很快就给他们加上的帽子，吸毒，饮酒，追求肉欲，梦幻死亡，这些都是无可否认的细节。可是在那背后，你可以感到凛然不可犯的决心：拒绝把生活空虚地理想化，拒绝浮面的欢娱与自足。他要返回存在的本质层次，以艺术家的身份去面对真正的命运。如果生命是包孕了那样多大伤痛、大恐惧、大欲望，那么，以强力挖掘进去，看个底细，尝个透彻。所以待到了他手里，不再是浪漫式的幻想和怨叹，而是要把至深的经历、战栗、悔恨、共鸣，用凝聚的方式再造出来。④

---

① 刘东：《西方的丑学——感性的多元取向》，北京大学出版社，2007，第 184 页。
② 保尔·瓦莱里：《文艺杂谈》，段映虹译，百花文艺出版社，2002，第 167 页。
③ 夏尔·波德莱尔：《波德莱尔美学论文选》，郭宏安译，人民文学出版社，1987，第 202 页。
④ 程抱一：《论波德莱尔》，《外国文学研究》1980 年第 1 期，第 59 页。

　　"深入渊底，地狱天堂又有何妨？到未知世界之底去发现新奇！"① ——《恶之花》最后一首《远行》中的最末两句诗行，充分表达了诗人对不再"唯美"、荒诞异化世界的绝望与厌倦，他要凭艺术家的良心和力量到"未知世界之底"去求索，那里，就是"丑"的世界。

　　卡夫卡作为描写丑的小说鼻祖，一边坚持"人是不能没有一种深怀不灭的对某种事物的永恒的信念而活着的"，一边却在《乡村婚事》里坦露了他对"永恒信念"的失望，"目的虽有，却无路可循；我们称作路的东西，不过是彷徨而已"！他寓严峻于荒诞，寓深刻于幻觉，寓批判于沉沦，用他独创的反唯美的丑表象，描绘了异化的政治（《城堡》和《审判》）、异化的家庭（《判决》）和异化的人（《变形记》），从绝对的意义上否定了世间的价值。正是由于他对异化世界的表达与西方社会理性崩塌之后的丑学思潮的合拍，他对于冷漠阴沉、凄凉怪异的社会的勾勒才会引发经久不衰的热潮。萨特的《恶心》、约瑟夫·海勒的《第二十二条军规》、尤内斯库的《秃头歌女》、加谬的《局外人》、詹姆斯·鲍德温的《另一个国家》等，无不是在弗洛伊德心理学和存在主义哲学的影响下，对卡夫卡开创的丑世界的致敬和发扬。这一潮流在几十年后蔓延到了中国的当代文学阵地，在以韩少功的《爸爸爸》、莫言的《红蝗》、残雪的《苍老的浮云》、洪峰的《瀚海》等为代表的小说中，审丑意识就像"艺术暴动"一样把"一只粗鲁但却有力的皮靴践踏于美的额头之上"②。

　　匆匆浏览过中西方美丑的源起和发展要络，我发现了一个问题，那就是女性的相对缺乏。除了无一例外地被当成审美对象的

　　① 夏尔·波德莱尔：《恶之花》，郭宏安译，广西师范大学出版社，2002，第349页。
　　② 南帆：《冲突的文学》，江苏大学出版社，2010，第130页。

一小部分（女"色"），那个古希腊神话中代表爱与美的女神阿芙洛狄忒时常隐身，文学艺术中难寻女性"主体"的身影。虽然，18世纪西方小说兴起的同时伴随着文学中女性地位的兴起，在诸如《摩尔·佛兰德斯》、《帕美勒》、《玛丽亚娜的一生》、《朱丽叶：新爱洛易丝》等作品中，女性不仅是小说中女主人公的人物形象，而且还成为她们同名小说文本中的叙述者。[①]但是直到19世纪初期的英国，"女性个人叙述声音"才"基本成形"[②]，以勃朗特三姐妹和乔治·艾略特为代表的一批杰出女性小说家，塑造出简·爱、玛吉等具有沉默而卓然的女性独立意识的角色，以爱和同情为生存哲学反叛和超越了维多利亚时代的传统观念和男权社会的规训模式，成为塑造和发掘（女性）美的女性主体。遗憾的是，她们在绝对数量上依然是少数派，女性文学的领土就像肖尔瓦特在《她们的文学》里所评价的那样，是"奥斯汀巅峰、勃朗特峭壁、艾略特山脉和伍尔夫丘陵"包围之中的"荒漠"，难以在瑰丽巍然的文学艺术殿堂中占据显眼优势位置。并且，她们对自己操纵笔头的欲望仍时时感到"僭越"的恐惧，饱受作家身份焦虑之苦。玛格丽特·尤赛曾指出，这种现象甚至持续到了20世纪20年代：女性生活太狭窄，或者太隐秘，敢于诉说自己身世的女性，马上会遭到责难——不恪守妇道。[③]她们作为审美主体开始形成的叙述声音也被视作"在'民主'观念下与男权达成了更为有效的妥协"[④]。

---

① Nancy K. Miller. *The Heroine's Text: Readings in the French and English Novel 1722—1782*. New York: Columbia University Press, 1980, p. X.
② 苏珊·兰瑟：《虚构的权威——女性作家与叙述声音》，黄必康译，北京大学出版社，2002，第203页。
③ 苏珊·兰瑟：《虚构的权威——女性作家与叙述声音》，黄必康译，北京大学出版社，2002，第202页。
④ 苏珊·兰瑟：《虚构的权威——女性作家与叙述声音》，黄必康译，北京大学出版社，2002，第31页。

当然，有人会抗议说，在丑的世界里存在着为数不少的女性。和雨果同时代的法国浪漫主义绘画大师德拉克洛瓦在他的画作中表现了大量丑陋的女人，丑得连雨果都斥之为"蛤蟆"。《恶之花》中不仅描写了大量丑陋恶心的女性形象，更以女性作为丑世界的暗喻核心，如《恶之花·死兽》中写道"皮肤热似焚，浑身流汁毒。坦腹卧泰然，朝天翘双足。有如淫贱妇，放浪不检束"。而波德莱尔在主张诗人应该投入现实生活时说："一个诗人不管如何抒情，难道他能永远不从那个缥缈的地方下来、难道他能永远感觉不到周围生活的流动、看不见生活的场景、人类这傻瓜的永久的怪诞、女人的令人作呕的愚蠢吗？"[1] 波德莱尔不仅在诗歌中写丑陋的女性形象，更是在诗论中以"女人的令人作呕的愚蠢"表达他对诗人脱离现实的"痛恨"。而讽刺的是，萨特恰恰认为波德莱尔有着非常敏感细腻的灵魂，"这一灵魂是女性化的、脆弱的，一旦遇上了生活的撞击，就出现了裂缝"[2]。这证明在存在主义与荒诞主义的现代潮流引领下，女性虽然更多地出现在了文艺的范畴中，却因为男性始终牢牢把握的话语权而被理所当然地视为丑（或偶尔是美）的代名词，在本质上，此时的女性是审丑时离不开的对象，但其不可或缺性也仅限于此，因为她们是主体世界之外的感性"客体对象"而已！

就如同阿芙洛狄忒一样，她是主神宙斯创造出来的爱神与美神，或者是人类传说中诞生的爱神与美神，但她是被创造出来的客体对象，她"生"而主爱主美。她从来没有问过"为什么"以及"是什么"的问题，而这正是我们想问的。我们感叹女性"主体"——以女性主体视角看世界——在诗学领域的缺乏，这成为

① 夏尔·波德莱尔：《波德莱尔美学论文选》，郭宏安译，人民文学出版社，1987，第134页。
② 克洛德·皮舒瓦、让·齐格勒：《波德莱尔传》，董强译，上海人民出版社，2007，第175页。

感性世界里极大的缺憾，也成为现代世界异化荒诞表象的一个组成部分。

二 "丑"的疆域

现代女性作家虽未达到女性主体意识的理论自觉的高度，但她们已经开始结合国家动荡混乱的时局以及"五四"启蒙运动对封建思想痼疾的冲击，深刻而积极地思考女性生存的意义和女性解放的必要，其切入点就是对各种女性"丑"的审视，代表作家就是张爱玲，她以阴郁变态的寡妇和疯女人的形象为女性在男权社会中的挣扎与牺牲做了最好的注释。

张爱玲在《金锁记》里塑造了一个与她所推崇的"大神勃朗"那粗硕丑陋充满原始生命力的"地母"形象完全背离的丑恶的女性曹七巧，"颇有《狂人日记》中某些故事的风味"[1]。她既不像凌叔华笔下的胡少奶奶、敬仁太太般沦为传统道德礼教的牺牲品，也全不似胡樱《某少女》中闺阁少女怀有以追求爱情拯救自我的幻想。被贪财的哥嫂卖给姜家患了骨痨病二少爷的曹七巧，在长期焦虑与性压抑之下本能地把世界对她的残酷化作了自我的变态和对他人的报复，熬成婆婆的她把姜家变成了上演着人与人之间的情感暴力、充斥着女性生命死亡悲剧的人间地狱。在对儿子长白畸形的"母爱"、对女儿长安的贬损控制、对儿媳寿芝的嫉妒折磨中，她也成为沦落在情感和欲望世界中丑陋而孤独的个体："七巧似睡非睡横在烟铺上。三十年来她戴着黄金的枷。她用那沉重的枷角劈杀了几个人，没死的也送了半条命。"[2]

表面上看起来是曹七巧在掌握了曾经伤害过她的财富后，反

---

① 傅雷：《论张爱玲的小说》，《张爱玲文集·第四卷》，安徽文艺出版社，1996，第423页。

② 张爱玲：《金锁记》，《张爱玲文集·第一卷》，安徽文艺出版社，1992，第130页。

过来又在用财富报复他人。事实上，被这副黄金枷锁"劈杀"的人中也包括了曹七巧自己，而这黄金枷锁不仅是对"人为物役"的暗示，也是对男性控制财富从而间接控制了女性的隐喻。不要忘了，曹七巧代表的是姜家的财富，她依然是姜家的人，包括儿子在内的所有的人对她的顺从和听命，实际上表达的是对姜家的财富的顺从和听命；曹七巧牢牢控制儿子、疯狂嫉妒儿媳的举止也从旁佐证了她对男性家族继承的默认和依赖。沦为男权话语傀儡而不自知的曹七巧，越是变态地迷恋儿子、虐待媳妇，就越说明以财富为中介的男性对女性的控制和伤害正愈演愈烈。正因为张爱玲看透了这一点，看透了这些"焦虑的、压抑的甚至破碎的、丑怪的女性形象，她们依然是男性中心社会中从属的暗哑的挣扎着的一族"①，所以才把曹七巧的丑恶刻画得如此入木三分。

可惜，张爱玲式尖锐的女性性别思索和人性剖析到 20 世纪 50 年代以后，随着女作家们的销声匿迹而归于无形了，"培养元气，徐图大举"②的女人们留下了未竟的事业。尽管现代女性作家笔下这些作为"负面"、边缘意义而存在的"丑"的女性，既无法体现女性主义思想的体系性和对自我文化建设的思考，在她们身上也"永远无法感到争取积极的善，而是与消极的恶没完没了的斗争"③，但是女性意识的觉醒与女性自我意识的萌芽是难能可贵的。

当代女性作家比现代女性作家具有了更为激烈的审丑意识。譬如，残雪《黄泥街》和《苍老的浮云》中有粪水四溢的厕所、满是灰鳞的细腿、绿龟子大的苍蝇、污水沟里死猫死狗发胀的尸体、坐在马桶上玩弄鼻涕的老头、往纸盒里不断吐痰的老女人等

① 王艳芳：《女性写作与自我认同》，中国社会科学出版社，2006，第 12 页。
② 张爱玲：《谈女人》，《流言》，湖南文艺出版社，2003，第 87 页。
③ 西蒙·波伏娃：《第二性》，西苑出版社，2004，第 187 页。

肮脏污秽的丑的形象。遗憾的是，女性审丑的主要对象和男性审丑的主要对象是基本吻合的，很难清楚地说出女性作家在"丑"的审视与展现上与男性作家有什么不同。莫言《红蝗》中有性格像狼与狗的九老爷、被升华成宗教仪式的大便、好似鸭子在水中觅食的接吻声、被车碾成一片血污的肉感女人；韩少功《爸爸爸》中有绿眼赤身的蜘蛛蜈蚣老蛇、械斗之后分食人肉的画面、只会戳蚯蚓搓鸡屎抹鼻涕翻白眼的白痴儿……这与残雪的那些丑陋低贱的意象何其相似。他们把想象力纵情挥霍在对丑的不厌其烦的描摹上，呈现"隐含了某种刻毒的快感"，这是作家抗衡丑陋的现实、"摆脱焦虑"的一种手段，同时也"不啻于一阵痛苦的精神鞭笞"，令人产生对如此丑陋生存方式之下"生命意义的怀疑"。[①] 尽管如此，男女作家审丑的区别何在？女性作家又如何体现这审丑对于女性自身的意义？

有个别女作家对丑的审视发展出了不同的维度，可以视作一种有别于男性作家的丑的自审。张洁在《无字》中写道："自一八七九年的娜拉出走到现在，女权主义者致力于男女平等、妇女解放的斗争已经一百多年，可谓前仆后继。岂不知有朝一日，真到男女平等、妇女解放的时候，她们才会发现，女人的天敌可能不是男人，而是女人自己，且无了结的一天，直到永恒。"[②] 此外，虹影的加入为女性作家视野下丑的审视增添了不一样的"丑"的意境。她不以残雪那紊乱、晦涩和龌龊的丑意象为目的，而是偏向张洁所谓的"女人的天敌可能不是男人"一途，但在此路上，她并不始终与"女人自己"为敌，而是设想从丑到美的途径，设想人与自然、女性与男性、女性与女性"讲和"的可能性。

---

① 南帆：《冲突的文学》，江苏大学出版社，2010，第133页。
② 张洁：《无字·第一卷》，北京十月文艺出版社，2002，第111页。

既然虹影并不始终与"女人自己"为敌，她对女性的丑的反映就不是放纵地丑化女性或客体对象，而是着意于寻找女性视角、女性人格、女性内心里的特有的美与丑的交锋，或丑之下的意义。罗丹在讨论现实之丑与艺术之美的关系时说："在自然中被认为丑的事物，较之被认为美的事物，呈露着更多的特性。一个病态的紧张的面容，一个醉人的局促情态，或是破相，或是蒙垢的脸上，比着正则而健全的形象更容易显露它内在的真。"① 莫言在《丰乳肥臀》中写上官鲁氏挺着大肚在炕上土堆中费力挣扎挪动的躯体，在婆婆眼中尚不如同时难产的母驴更有价值。这种丑陋笨拙、变形夸张的身体，在莫言带有人性平等的视角之下，显得哀怜更甚于丑陋。比起严歌苓《第九个寡妇》中时常睁着一对大圆眼睛的少妇王葡萄，比起她天生的无畏能干、克服一切困难的神奇力量，恐怕还是鲁氏的笨拙哀怜之丑更能显露人性"内在的真"。就像虹影母亲因养家糊口而变形的身体是"真"，她与虹影生父的婚外之恋也是"真"，但在这"内在的真"和"外在的丑"的冲突与张力中，我们看见了美。

三 虹影审"丑"

虹影的小说不乏美的形象，但令人印象深刻而回味悠长的还是那些关于丑的描写，而后者的数量也占据了文本的重头。归纳起来，虹影的审丑文本呈现为三个主要方面：自然风物、社会与人、心理与梦。虹影对丑的呈现，尤其是对人物丑的呈现并不刻意为之，也不似象征派、荒诞派那样丑到极致；它是包含了这些外表丑而又超越了外表丑的审美的"丑"。丑之所以能成为审美的范畴，是因为美所呼唤的情感意义能在丑中找到共鸣。正如朱

---

① 罗丹述《罗丹艺术论》，葛赛尔记，傅雷译，天津社会科学院出版社，2006，第40页。

光潜所说的："'丑'、'美'一样是美感范围以内的价值，它们的不同只是程度的而不是绝对的。"① 当美的概念从"大羊"的古代训字意义发展丰富之后，就已经升华为一种情感价值了。情感丰富即为美，如林黛玉、杜十娘、安娜、简·爱，把情感看得比生命更重要，所以她们是美的化身。还有外表丑而情感丰富的是另类的"美"，如巴黎圣母院中的卡西莫多，甚至如猪八戒。徒有外表美而情感空洞的，是美的空壳，如薛宝钗。相反，麻木无情叫作丑，譬如贾政、周朴园，譬如鲁迅笔下鲁镇的人们和咸亨酒店的看客。而若外表美而内心恶的就是"恶之花"，如繁漪、王熙凤等。在诗歌中有象征派以丑为美的原则。波德莱尔对"美"的定义是，"忧郁才可以说是美的最光辉的伴侣"，"最完美的雄伟美是撒旦——弥尔顿的撒旦"，他要"从恶中发掘美"。"其实，把这种对于社会病态的病态描绘说成美，还不如干脆说它是丑，——是取代了 Aesthetics 中美的主导地位的主导性的丑。"② 虽然如此，假若能在对"社会病态的病态描绘"中体会到发泄的乐趣、批判的快感、痛击的酣畅和拯救的希望，也不失为一种寻美的历程了。

1. 自然风物

虹影笔下的江河少有惊险雄峻的风姿，多见阴郁凄凉的格调，尤其是《饥饿的女儿》中对"母亲河"长江的描写，给人留下满江死尸、夺人性命的深刻意象。有一次顽皮的三哥把大姐刚出生不久的婴儿偷偷丢入江中浮水，差点逼疯了大姐。历史老师的弟弟在"文革"武斗中，被对方派系的火轮炸中，船覆人亡，连尸骨都未曾找到，历史老师为此深深自责。身为领航员的养父因困难时期严重的营养不良，工作时从轮船上跌入江中导致重

---

① 朱光潜：《朱光潜美学文集》第一卷，上海文艺出版社，1983，第158页。
② 刘东：《西方的丑学——感性的多元取向》，北京大学出版社，2007，第187页。

伤。故此，虹影小时候，母亲三番五次严令她不许去江边玩耍，深谙水性的三哥下水从不敢带着她，小虹影作为"Daughter of the River"（大河的女儿）却不会游泳，从小叛逆的她偏偏只在这件事上听了母亲的话。

大江不仅威胁着活人，更是以发泡肿胀、恐怖狰狞的浮尸证明着它的邪恶威力绝非虚言。三哥经常为生活所迫下水捞点死人的东西补贴生活，就因为江上的浮尸实在不少。长住江边的人发明出一套分辨男女浮尸的方法，尸面朝上即为女人，朝下则为男人。甚至传说如有亲人前来认领，早已面目全非的浮尸会七窍出血以助相认，欲归以葬的迫切之情连生死之界都可以"跨越"，可以想象其漂浮江上之苦楚。

当然，大江大河绝不只有险恶的一面，试看虹影笔下的长江和张承志笔下的黄河，领略不同的江河意象所传达的不同的作者心境：

> 拂晓乌云紧贴江面，翻出闪闪的红鳞；傍晚太阳斜照，沉入江北的山坳里，从暗雾中抛出几条光束。这时，江面江上，山上山下，灯火跳闪起来，催着夜色降临。尤其细雨如帘时，听江上轮船丧妇般长长的嘶叫，这座日夜被两条奔涌的江水（长江和嘉陵江——作者注）包围的城市，景色变幻无常，却总那么凄凉莫测。[1]（虹影《饥饿的女儿》）

> 他看见在那巨大的峡谷之底，一条微闪着白亮的浩浩荡荡的河正从天尽头蜿蜒而来。蓝青色的山西省的崇山如一道迷朦的石壁，正在彼岸静静肃峙，仿佛注视着这里不顾一切地倾泻而下的黄土梁峁的波涛。大河深在谷底，但又朦胧辽

---

[1] 虹影：《饥饿的女儿》，北京十月文艺出版社，2010，第4页。

阔，威风凛凛地巡视着为它折腰膜拜的大自然。① （张承志
《北方的河》）

虹影与张承志的共同之处是在自然风貌的描绘中巧妙地注明
了故事的地域环境：虹影的长江——北有山坳，江上鸣轮，雨细
如帘，两江夹渝；张承志的黄河——山西崇山，峡谷之底，天之
尽头，波涛倾泻。正如李庆西所言，这方面的描述远不是地理学
的说明，同时还暗示了相应的文化形态，从而表明了人与环境的
实践关系。②

此外，他们笔下的大自然已经成为其艺术风格的显示物，深
深打上了作家个性经验的烙印。就像比较过《遍地风流》与《厚
土》，读者不难看出哪座是阿城的山，哪座是李锐的山一样，比
较过《饥饿的女儿》和《北方的河》，我们也能一眼分辨上面两
段哪条是虹影的江，哪条是张承志的河。张承志的小说不像虹影
那样充满压抑和抗争，他始终以一股不顾一切的刚猛之气驾驭固
执而沉重的精神探索，这使他的河既简单质朴，又具有一种令人
生畏的严峻气势。而这，就是"人的自然"。孙绍振曾以一个极
简单的例子说明这个问题。同样写雪景，谢安之侄谢朗说"撒盐
空中差可拟"，谢安的侄女谢道韫言"未若柳絮因风起"，岑参则
作"千树万树梨花开"，换作李白就成了"燕山雪花大如席"，四
个不同的作家主体所追求的风格和气度在笔下的雪景中一览无
余，尤其是谢道韫的女性身份使其诗句充满雅致温婉的情感气
质，而李白的诗句则显现其豪迈夸张的诗仙风度。③

"人的自然"，使自然山水被赋予了人的性格，成为一代人的

---

① 张承志：《北方的河》，花城出版社，2009，第一章。
② 李庆西：《大自然的人格主题》，《上海文学》1985年第11期，第81页。
③ 孙绍振的相关论述，参见《审美阅读十五讲》，北京大学出版社，2013，第
   七讲。

精神象征物。这种人文精神决定了文学对于自然的审美情致。[①]其实，大自然的山水草木亘古如斯何尝有变？而我们的审美情致却受制于世代更迭的文化传承。所谓“缘情写景”，即以人的社会性和文化性审视大自然，使其介入当下从而获得抽象意义上的解读，上升为一种形而上的社会文化符号。从这一角度来看，虹影所写的长江与张承志所写的黄河，虽然各有千秋，但前者有着更为曲折含蓄的自然观／人生观。张承志的黄河充满了浩荡而强烈的人生信念和理想主义色彩，有着诗一般的美和力量。他的黄河直接暗示着某种强悍、奔放与自由的生存方式，那生气勃勃、强烈奔涌的气势让他“触摸到了朴素外表后面深沉而悠远的搏动”[②]，那是一种“血性的”[③]青春状态。张承志的河不是单纯地理意义上的河流，而是富有生命的北方大河，象征着诱惑、力量与生命，“象征着苦难与生存的大美境界”。[④]虹影的长江则凄凉复杂得多，它代表着割裂重庆南北的天堑，江南岸变成“这大城市堆各种杂烂物的后院，没法理清的贫民区，江雾的帘子遮盖着不便见人的暗角，这个城市腐烂的盲肠”[⑤]。那是因为，长年在长江南岸遥望江北，看着那“到处是红旗”，“人们天天在进步”的“另外一个世界”[⑥] 的小虹影，把社会和革命加诸其身的创伤反射回自然的江河之上。从“人的自然”到成为一种社会文化的符号，虹影的长江在象征意义上已经被编入了政治符号体系。

2. 社会与人

长江如此，何况人乎？虹影笔下的人物多半是不美的。母

---

① 南帆：《冲突的文学》，江苏大学出版社，2010，第15页。
② 南帆：《冲突的文学》，江苏大学出版社，2010，第20～21页。
③ 张承志：《语言憧憬》，《荒芜英雄路——张承志随笔》，上海知识出版社，1994。
④ 曹文轩：《小说门》，人民文学出版社，2010，第297页。
⑤ 虹影：《饥饿的女儿》，北京十月文艺出版社，2010，第6页。
⑥ 虹影：《饥饿的女儿》，北京十月文艺出版社，2010，第6页。

丑，已陋，是虹影笔下两个突出的"丑"形象。不仅从记事起母亲就是丑陋变形的，虹影看自己也是横眉冷眼："我六岁时，连狗都嫌，黄皮寡脸，头发稀得打不起一个辫子，头脑迟钝得连过路收破烂的老头都惊奇。终于，母亲也失望了"①，"我快到十八岁时，脸一如以往地苍白、瘦削，嘴唇无血色。衣服的布料洗得发白，总梳着两条有些枯黄的细辫子"②。这并不十分丑的画面，吸引人的其实是它背后隐藏的故事和秘密，正如波德莱尔对德拉克洛瓦所画的丑女的评价一样——"她们的眼中好像有一种痛苦的秘密，藏得再深也藏不住。她们的苍白就像是内心斗争的一种泄露"③ ——虹影对包括自己在内的丑形象的塑造中，总留着那些因时代、环境、社会而强加于个体之上的创伤的线索，总是包含着"痛苦的秘密"，使之成为丑的根源，也吸引着读者对这并不突出却耐人寻味的平凡的丑陋多作思量。

虹影母亲与一般女性丑陋的不同之处在于她对丑的态度：放纵。她的疲惫丑陋、冷硬粗暴皆拜生活的磨砺所赐，而她既没有时间精力，也没有想法欲望，去阻止岁月在肉体上刻下伤痕。她在放纵身体的丑陋变形，似乎欲以当下的丑报恩于丈夫对她曾经美丽时犯下的过错的宽容：他对怀了私生女的妻子的原谅和对私生女虹影一贯的关照，他把家庭的权威无偿让渡给了妻子，他捍卫着妻子的尊严哪怕是子女也不容侵犯。波德莱尔深刻地指出，所谓丑女，其实是在"疲惫或狂暴"的举止之下有着不为人所理解的"狂热或古怪"的光彩的女性，这正是母亲和成大后的虹影所代表的创伤"河母"的特点——"无论她们因罪恶的魅力或圣

① 虹影：《我到三峡走亲戚》，载《孔雀的叫喊》，山东文艺出版社，2005，第197页。

② 虹影：《饥饿的女儿》，北京十月文艺出版社，2010，第22页。

③ 夏尔·波德莱尔：《恶之花》，郭宏安译，广西师范大学出版社，2002，第379页。

洁的气息而卓然不群，还是她们的举止疲惫或狂暴，这些心灵或精神上有病的女人都在眼睛里有着狂热所具有的铅灰色或她们的痛苦所具有的反常古怪的光彩”。①

在男性形象的塑造上，虹影同样并不执着于极度夸张的丑的表现，而是从女性敏锐细腻的视角出发细细寻、慢慢看，在丑中见美，在平凡中看出深意。小虹影深深迷恋的历史老师长相普通：“他头发总剪得很短，叫人不明白他头发是多是少，是软是硬，看起来显得耳朵大了些。一件浅蓝有着暗纹的衬衫，是棉布的，不像其他教师穿的确良衬衫，整齐时髦……他的那张桌子，一点粉笔灰渍也没有，很干净。他不抽烟，却一个劲地喝茶……他的眉毛粗黑，鼻子长得与其他器官不合群，沉重得很。仔细想想，他没什么特殊的地方。”② 虹影在对历史老师平凡甚至“不合群”的面容描写中，有意无意地夹杂了对非肉体的物质细节的议论。这些看似平淡无用的细节，首先是家庭背景、社会状况的反映，“洗得发白”的衣服，说明“文革”时期经济的倒退，人民的贫穷；“浅蓝暗纹”的棉布衬衫，让人回想起全民非黑即蓝的统一着装，这是思想僵化的最好象征。其次，这些附着于身体又从身体引申开去的物质描写，也是探寻人物性格的最好线索。“一点粉笔灰渍没有”的办公桌，爱喝茶不抽烟的习惯，让人想到他性格的直截坦率，让一个普通的已婚男人在“文革”这样混乱无序、黑白颠倒的社会里，显得格外可爱和可贵，虽然仔细想来他并不特殊，但小虹影就是沉沦于其中难以自拔。他的平凡孤陋、他因反映四川饥馑问题而遭受的政治迫害，在她看来反而都具有了“出淤泥而不染”和“举世皆浊我独清”的别样意味，而

① 夏尔·波德莱尔：《恶之花》，郭宏安译，广西师范大学出版社，2002，第379页。
② 虹影：《饥饿的女儿》，北京十月文艺出版社，2010，第21页。

这恐怕也是当时每一个世人对那个时代的一种情怀寄托吧。

吊诡之处在于，历史老师显然是作为小虹影眼中的"模范男主人公"出场，可她没有套用"模范男主人公"应有的高贵帅气，反而把历史老师刻画得平凡孤陋，这是为什么呢？因为历史老师本质上不是依照男性的标本而创造的，而是小虹影"女性幻想的产物"，它"与影响力和权威的关联大大甚于浪漫爱情"①。从小虹影对他爱慕的细节可以看出，所有她用以观察、解读、分析他的依据，都来自她自己的"观点的投射"——简朴的衣服、干净的习惯、品茶的雅致——都是她黑暗拥挤污浊的生活中所缺乏的东西；甚至他剪得很短、叫人分辨不清发量多少、发质软硬的头发，也是虹影对自己那"稀得打不起一个辫子"②的一头黄发做出的合理的变异式想象。她对他不仅仅是"恋父情结"，也不单纯是初恋激情，而是她根本上想让自己变成这样的人。这种不过分的"意愿满足（wish-fulfillment）现象实出自女性的欲望：她们但愿自己是男人，能享受男性才有的更大的自由和活动范围。她们的男主人公与其说是她们的理想情人，不如说是她们所设想的自我"③，有克制的想象之下的自我。既然如此，被想象的"模范男主人公"是平凡孤陋的，那么返回想象的"原型"，它该是多么丑陋不堪，或者说，这"原型"在自己眼里是多么丑陋不堪，亦不难想见了。

在丑形象的刻画上，尤其特别的是，虹影擅长于写人物由美而丑的"变"：历史老师由平凡直率生出的可爱之美一转眼变成了吊死鬼的恐怖丑陋，母亲由江边青春洋溢的浣衣女变成了背驼

---

① 伊莱恩·肖瓦尔特：《她们自己的文学——英国女小说家：从勃朗特到莱辛》，韩敏中译，浙江大学出版社，2012，第127页。

② 虹影：《我到三峡走亲戚》，载《孔雀的叫喊》，山东文艺出版社，2005，第197页。

③ 伊莱恩·肖瓦尔特：《她们自己的文学——英国女小说家：从勃朗特到莱辛》，韩敏中译，浙江大学出版社，2012，第127页。

皮糙的疯妇等,美丑的强烈对比冲击着读者的神经,而美丑转变的个中缘由则令人掩卷深思久难平静。事实上,虹影《饥饿的女儿》和《好儿女花》中潜藏了一个由美而丑的重要却不显眼的形象,她就是虹影的四姐。

> 四姐在我们家长得最漂亮,和大姐的粗犷不同,她两条细眉,不用描画,黑淡有致,眼睫毛和眼睛最动人,乳房高挺,留着齐耳的短发。那阵子,街上一些从不登我家门的婆婆嘴,老与我父亲搭话:你家四姑娘真是一夜就出落成人尖尖了![①]

四姐应验了母亲"穷人家漂亮的女孩命薄"的预言,同村男友德华一回城就抛弃了相恋多年的四姐转而追求厂里支部书记的女儿,因为"婚姻能改变一切",爱情"在户口面前不过是个笑话"。讽刺的是,四姐与德华作为同村知青,热恋多年没有结婚就是怕回不了城,德华实现了回城的梦想,也同时击碎了四姐结婚的梦想。无计可施的四姐用服敌敌畏自杀换来了与德华的一纸婚书,可是躺在医院里的她"头发纷乱,面颊灰白,眼睛里光都散了"[②]。德华无疑是丑陋的,而四姐更是由美变丑的典型。作为心灵窗户的动人明眸,现在却连"光都散了",可以想象打击的巨大,而变丑的根源就在于当时僵化思维下诞生的不合理的计划经济和户口政策。可见,"在任何一个社会里,身体都受到极其严厉的权力的控制"[③],尤其是对涉世未深、怀着满腔热血上山下乡的知识青年来说,这种控制是多么残酷无情,德华与四姐都成

---

① 虹影:《饥饿的女儿》,北京十月文艺出版社,2010,第138页。

② 虹影:《饥饿的女儿》,北京十月文艺出版社,2010,第138-140页。

③ Foucault, Michel. *Discipline and Punish*. trans. by Liu Beicheng and Yang Yuanying. Beijing: SDX Joint Publishing Company, 1999, p. 155.

为权力与制度的牺牲品。更令人扼腕的是，四姐不仅没有意识到自我的可悲，而是已经把政治规训与男权话语深深地同化到女性的意识判断和选择冲动中，完全丧失了女性身体所孕育的蓬勃生命力，她宁死也要投奔于权力的祭台，以带着"文革"烙印的身体自我献祭于无爱的婚姻，变成了伊利格瑞所说的"女人商品"：父权制社会秩序下，"女人是'产品'，被男人使用和交换。她们的地位是货物，是'商品'"①。这也造成了她日后是非道德、人伦判断的进一步丧失，卷入与虹影丈夫的情网中。事实上，是四姐自己走上了男权的祭台，成了"女人祭品"，因为她早已根深蒂固地认为，"强权是你无法抵抗的东西"②。

四姐的"变"在四姐夫德华病故后变本加厉，她成为介入虹影和丈夫小唐③之间的第三者，《好儿女花》中上演的这出"姐妹共侍一夫"的人伦闹剧，把得知真相的母亲给憋屈得发了疯，虹影也对四姐失望透顶，与丈夫离婚。在家人齐聚为母亲奔丧期间，四姐追着虹影试图解释她与小唐已经断绝关系，"几乎就是这个追我的过程，她一下子老了，样子看上去好可怜，好让人心痛"④。从最漂亮的"人尖尖"变成双眼无光以死逼婚的女知青，从离异女人变成无耻的第三者，再从第三者变成让人可怜心痛的"老"女人。虽然四姐的年龄并不算太老，面容也并不太丑，但她经历过坎坷情路的心已经斑驳破碎、垂垂"老"矣了。从最可爱变成最无耻，四姐经历了从美的波峰堕落丑的波谷的过程。母

---

① Irigaray, Luce. *This Sex Which is Not One*. New York: Cornell University Press, 1985, p. 84.

② 汀布莱克·韦滕贝克：《夜莺的爱》，参见马丁·麦克多纳等《枕头人：英国当代名剧集》，胡开奇编译，新星出版社，2010，第232页。

③ 小唐是《好儿女花》中女主人公虹影的丈夫的名字，根据此书自传性小说的特点，小唐应该是指作者虹影的前夫赵毅衡。之所以起名为小唐，因为虹影认为他是"中国唐璜"（《好儿女花》第201页），以这个家喻户晓的西班牙传说中的"情圣"暗喻他风流多情的性格和处事风格。

④ 虹影：《好儿女花》，江苏人民出版社，2009，第199页。

亲的死和虹影的伤，逐渐唤醒了四姐的良心，让这个没有爱就不能活的女性放弃了不伦不洁的所谓"爱情"，从最可鄙最丑陋的渊底爬了上来。她"追"虹影，既"追"回了她的自尊，也"追"回了宝贵的亲情，赢得了虹影的原谅。丑和怨转化为谅和恕，这个过程无疑是审美的。

不论作家对人物如何发挥想象，最终都脱离不了人物所处的历史背景和社会环境。虹影所写的人物之丑陋因为暗合了社会动荡、人生流离的纷乱无序而显得真实可感，例如，上吊的历史老师虽然抛弃了小虹影，死得面目可憎，但因其所处的"文革"背景让小虹影对他的"背叛爱情"有了悲悯和谅解；与妹夫偷情的四姐虽然犯了乱伦的大错，但考虑到四姐当时身处英国，孤独无依的离散之感无疑加重了她对爱的攫取的疯狂，从德华到妹夫，这是偶然之下的必然。尽管以文学反思历史是文学的应有之义，但如何避免落入简单化的二元对立、非此即彼的思维定式，虹影所尝试的通过忏悔和包容而实现的丑中见美、反丑为美的文学叙事是一种可行的思路。

3. 心理与梦

日有所思，夜有所梦。小虹影每天夜里"总是从一个梦挣扎到另一个梦，尖叫着，大汗淋漓醒来，跟得了重病一样"[①]，这就是梦魇。梦魇多来自心理创伤，是心理创伤在睡梦中的反复出现，是对创伤事件的不断"闪回"，这种片断式的飞快的回忆，证明了创伤经历的影响巨大，致使发生梦魇之人"被定格在其创伤上"[②]。因此，相较自然与人而言，梦魇的丑及其指涉的恶带着更为浓重的象征色彩和剧烈的扭曲意味。虹影的作品有许多梦魇

---

① 虹影：《饥饿的女儿》，北京十月文艺出版社，2010，第40页。

② Freud, Sigmund. *Beyond the Pleasure Principle*, *Group Psychology and other Works*. London: the Hogarth Press, 1955, p.13.

的描写，其象征复杂多变，象征的意义在于增加——精神底蕴的增加①。

综观文学史，大多数作品中的自然和人物也都具有解读上象征意义丰富的精神底蕴。《老人与海》若不具有象征性，就只不过是一个老渔夫出海打鱼的故事。象征手法让大海的无穷能耐和桑地亚哥老人的顽强精神充分展开、激烈冲突，读者才会为老人所代表的人在重压之下的优雅风度所震撼；而带着一身疲累返港的老人看着小男孩像天使一样的睡姿，让人不禁对人与自然的力量悬殊的较量的必要性产生怀疑。小说无尽的意义和内涵借助象征的翅膀从明暗两个层面的意义缝隙中振翅而出。

那么虹影的梦魇有何特别之处，它的背后隐藏了怎样的心理暗示？在之前的章节中，我们讨论过梦魇作为意象链条中的重要成分，是根植于虹影童年的一个沉郁阴影，梦魇意象与孤岛意象和死亡意象多重交纽，并与其他意象一起构成了虹影作品的有机脉络。在此处再谈梦魇，不为重复，而是强调梦魇的另一个特点：它在女性审丑视野下的象征关系。

"阁楼"是承载梦魇意义的核心介质，虹影的梦魇集中于对儿时居住的小阁楼的不断闪回式的重温。有时还未等及她睡着，梦魇的脚步就已迫不及待地逼近，这种清醒状态下的梦魇是虹影对传统"借梦成魇"的一个突破，它把梦魇的强大力量凸显到清醒的意志力也无法克制的程度。所以，虹影的梦魇有时是清醒的梦魇：

> 月光蓝幽幽，从屋顶几小片玻璃亮瓦穿透下来，使阁楼里的漆黑笼罩着一种诡秘的色彩。房顶野猫踩着瓦片碎裂的屋檐，那么重，像是一个人在黑暗中贴着屋顶行走，窥视瓦

① 曹文轩：《小说门》，人民文学出版社，2010，第297页。

片下各家每户的动静。这个破损败落的院子，半夜里会有种种极不舒服的声响。忽然我想起那个跟踪我的男人的身影，他为什么老跟着我，而不跟别的少女？我头一回因此打了个冷战。①

　　首先，在文体上，上面的这个片断具有梦魇描写的主要特征，即多以诗歌或散文的形式出现，逻辑破碎而跳跃，时时逸出小说的框架和小说自有的文体形式。例如，下面这一句即可采用诗歌的方式阅读："房顶野猫/踩着瓦片碎裂的/屋檐/那么重/像是一个人/在黑暗中贴着屋顶/行走/窥视/瓦片下/各家每户的动静。"从这个角度来看，虹影小说的梦魇意象是一种以诗歌和散文承载的"幻"——幻想、幻觉。小说与诗歌、散文三种文体的差异性在此形成了冲突，这种文体冲突之"丑"承托下的"幻"，却依靠作者对三种文体的自如把握与转换，产生了诗学意义上的美。

　　其次，阁楼在小说中常常代表着两个极端的象征：一种是常见于儿童文学和儿童电影中温馨甜蜜的阁楼印象，如汤素兰的《阁楼精灵》，美国电影《阁楼里的外星人》、《勇敢者的游戏》等，阁楼成为儿童眺望星空的睡房、成人储放童年记忆的地方、藏着精灵的密室或通向另一个世界的神奇所在等，象征着神秘、探索与勇敢、奇迹；另一种则是小说中更为常见的幽暗逼仄的阁楼噩梦。虹影对家中阁楼的回忆，毫无疑问是后者。如同《简·爱》中关着伯莎·梅森的阴森阁楼，或《阁楼上的耶稣降生模型》②里耶稣模型几乎成真而雕刻者却仿佛变成无生命的模型一

---

① 虹影：《饥饿的女儿》，北京十月文艺出版社，2010，第54页。
② 何塞·马利亚·梅里诺：《阁楼上的耶稣降生模型》，李静译，《当代外国文学》1997年3期。

样，儿时的阁楼是虹影身体和心灵幽闭窒息的场所。一方面是躯体的幽闭，她因发育中的身体被狭小的阁楼和床铺所局限感到十分局促，阁楼与楼下父母兄姐所住的同样拥挤的房间形成了空间上叠加的压抑，其阴暗拥塞的特质暗示着长江南岸贫民窟里极端恶劣的生活条件和居住环境。另一方面是心灵的窒息，四姐和男友德华就在阁楼一帘之隔的另一张床上，对方的一举一动，哪怕是"太响的小便声"、"成人的尿臊气"①都牵引着她青春萌动的心。原本因为条件所限，虹影从小已经习惯于兄弟姐妹间男女混杂的居住环境，现在德华作为一个非血缘的异性挤进这个小阁楼，而且就在一帘之外，如此近距离的非家庭成员的异性入侵，看似与虹影没有任何关系（因为他是作为四姐的男友而加入这个家庭），但实际上，这里所呈现的人际关系已经从空间感的挤占和剥夺上升到对隐私权和羞耻感的忽视和侵犯，这是青春期的少女独有的阁楼噩梦，是她们所难以忍受的"丑"恶。

继而，这个梦魇又牵扯出了两个重要的故事线索：第一，跟踪小虹影的男人从现实到噩梦中都不断地出现，作为生父他缺席于虹影的成长，但作为影子和噩梦他却始终纠缠着虹影。可是从虹影母亲的角度来看这个"噩梦"，这应该是痛苦的爱的"美梦"，因为它是被世俗和法律禁止的父爱强大到要以跟踪和入梦来作为补偿。第二，四姐与小虹影的情感纠葛就此开始。在阁楼里，四姐无意中把异性（四姐的男友德华）带入了小虹影的世界，在未来异国的另一个房间里，四姐却有意地把虹影世界里的异性（虹影的前夫）抢走了。所以小虹影"蓝幽幽"的阁楼梦魇是联系着过去与未来、男性与女性、亲情与爱情间种种阴暗复杂关系的象征。

---

① 虹影：《饥饿的女儿》，北京十月文艺出版社，2010，第53页。

第二节　美丑空间重构

一　审丑的性别意义

从上面的审丑文本分析不难看出，无论是自然风景、社会现象、人物外表还是心理梦境，虹影的描写都带有浓烈的女性色彩。有研究者把虹影的风格概括为一种西苏式的"阴性书写"（Ecriture feminine）①，即以无等差、去中心的书写方式，在男女双性文化语境中重新审视和调整女性写作，寻找属于女性特有的发声工具，以"阴性书写"的女性身体和生命意识为核心手段，为开放式的两性对话和思想交锋提供一个契机。② 但在个人的创作实践中，虹影或许出于一种隐忧，担心她的写作会偏离"无等差、去中心"的理想轨道，成为一种"（女性）性别专制"的代名词，所以她一直声称自己的女性主体"是隐蔽的"，自己进行的是一种"超性别写作"③。虹影的立场与玛格丽特·摩尔斯是一致的——"作为一个女人，在男性主导的、贬抑肉体的技术世界里，我的斗争就是反对我自己被具体化为一个女人——尽管仍是文化地建构的女人"④。"阴性书写"也好，"超性别写作"也罢，不可否认"一个女人写的东西总是女性的；它没法不是女性的；……不仅是情节和枝节方面的显著差异，也是选择、

---

① 关于埃莱娜·西苏的"阴性书写"，可参见埃莱娜·西苏《美杜莎的笑声》，张京媛主编《当代女性主义文学批评》，北京大学出版社，1992。
② 关于虹影的"阴性书写"，可参见王迪《女性话语的突围之路——论埃莱娜·西克苏"阴性书写"进行时》，《外语与外语教学》2010年第1期。
③ 虹影：《答杨少波八问》，载《英国情人》，现代出版社，2009，第190页。
④ 玛格丽特·摩尔斯：《虚拟女性：身体与代码》，徐晶译，载汪民安、陈永国编《后身体——文化、权力和生命政治学》，吉林人民出版社，2003，第239页。

方法和风格方面的无穷区别"①。从母亲家乡的三峡大坝，到小虹影与历史老师的两性故事，再到童年的阁楼隐喻，时与空、人与物、美与丑等诸多方面都反映出虹影女性主义的性别审视特点，那是一种既铭刻着时代烙印，又超越了具体时代束缚的内涵丰富的女性潜文本。

1. 人格倾慕与性爱冲动

虹影在对历史老师外貌形象的客观描写中，偷偷加入了一些很容易被忽视的主观评判，注意到这些细节就能接近她对笔下人物的价值取向的设定。历史老师不像其他教师一样穿"整齐时髦"的的确良衬衫，这不是说历史老师不整齐不时髦，反而似乎在表露小虹影对不从众、不一般的历史老师的仰慕：就算是身着棉布衬衫，他也是非常吸引人的。"鼻子长得与其他器官不合群，沉重得很"，岂止是在写一个突兀的鼻子？分明是为后来历史老师被派别打压的阴郁心态的提前曝光，至少可以理解成是小虹影对所爱之人由关切而产生的焦虑。就像西苏说过的那样，"对爱的焦虑和信赖使我痛苦，使我发现"②。虹影对于女性身体的把握，不是从一开始就充满曼妙的体验和充分的自信，相反，十八岁时的身体是绝望的，"这呼吸着的身体，已很羞人地长成了一个女人的样子，有的部位不雅观地凸了出来，在黑夜中像石膏那么惨白"③。

性别的意义在男女间的爱情萌生之后才有了概念。爱，即使是平凡的男性，也让女性变得非凡。而如果他还有点不合时宜的

---

① 弗吉尼亚·伍尔夫：《评 R. 布里姆利·约翰逊〈女小说家〉（The Women Novelists）》，载《泰晤士文学增刊》（1918 年 10 月 17 日；1968 年 10 月 17 日重印），第 1183 页。转引自伊莱恩·肖瓦尔特《她们自己的文学——英国女小说家：从勃朗特到莱辛》，韩敏中译，浙江大学出版社，2012，第 261 页。
② 埃莱娜·西苏：《美杜莎的笑声》，孟悦译，载张京媛主编《当代女性主义文学批评》，北京大学出版社，1992，第 231 页。
③ 虹影：《饥饿的女儿》，北京十月文艺出版社，2010，第 54 页。

丑，那正是最好的安排和证明。"在这个世界上你会遇上一个人，你无法用一种具体的语言去描述，不用语言，只用感觉"，"感觉哗哗地往外溢"，"就在漆黑中撞进了通向这个人的窄道。一旦进了这窄道，不管情愿不情愿，一种力量狠狠地吸着你走，跌跌撞撞，既害怕又兴奋"①。

女人是感性的动物，当她对"丑"不再害怕，习以为常，甚至能从中看出"美"来的时候，她就开始付出全部的情感，包括躯体的奉献，性爱的投入。我们不难从"在漆黑中撞进了通向这个人的窄道"，"一种力量狠狠地吸着你走"这样的文字中，意会出两性交合的神秘与冲动，而"既害怕又兴奋"，是女性对此前视作"石膏那么惨白"的身体最好的道歉和发现。

女人也同时具有社会的属性。在从女孩到女人的成人化过程中，生理第二性征的明显变化令没有接受过基础生理卫生的女孩手足无措，就像她面临对异性朦胧的好感一样，那是"不雅"的，"凸"现的，"羞人"的，这些负面的自我身体评价即来源于社会教育的缺失，而这种缺失即使在21世纪的今天也还是处于尴尬对待的阶段，因为女性的社会属性不仅次于男性，女性的身体更是必须被遮蔽的"不洁"的诱惑。最可悲之处在于，连女性也这么认为的时候，可以想象整个社会对于女性躯体、两性和谐、享受性爱的态度是如何苛刻和鄙薄了。

而在《上海魔术师》中再次出现的阁楼意象则张开了虹影对两性和谐的期待的萌芽。张天师领着张家班租住在上海一幢弄堂的房子里，房子烂朽狭窄，兰胡儿和燕飞飞就挤在小阁楼上住着；而所罗门带着加里也租了小南门一个小客栈里的亭子间，所罗门晚上出门时就把加里锁在里面，加里忍住对黑暗的恐惧，

① 虹影：《饥饿的女儿》，北京十月文艺出版社，2010，第21~22页。

"这是长大成人唯一的办法"①。因为《上海魔术师》吞下血泪扬起微笑的主基调，所以故事并不反复强调兰胡儿和加里在阁楼与亭子间的噩梦，加里甚至还做过令他自己脸红的"春梦"，但以阁楼和亭子间作为兰胡儿和加里的栖身之所（而且是得之不易的被视为"家"的地方），本身就是虹影童年对阁楼和家的噩梦的重现，作家心理阴影的内驱力在文本细节上的反映还是十分明显的。尽管如此，《上海魔术师》的阁楼已经从《饥饿的女儿》中梦魇的代名词，向着光明希望的方向发展变化，里面住着的不再是连自己都瞧不起的小虹影，而是憧憬着美好爱情和拥有无畏勇气的少年男女。一间阁楼分化为两间，这不仅是数量上的变化和阴郁压抑气氛的堆积，更是虹影在为两间阁楼/亭子间里拥有相似的情感少男与少女，以相同的处境来铺设的桥梁。封闭狭窄的阁楼中因此有了"朋友"和"同类"，有了伸展和开放自我的可能与希望，当一个人在这间阁楼里想到另一个身处阁楼的人而心生温暖的向往时，阁楼就从丑陋的"此在"淡化隐退下去，变成了"幻"之美好。这就是虹影写作风格的转变在阁楼象征上的体现：幽暗狭丑的阁楼变成了蕴含着美丽少年和美好爱情的"黑土地"，从中开出的很有可能是美丽的花朵。

　　2. 残忍而宏大的美

　　性爱冲动是虹影发挥其特有的敏感和感性，从自身经验出发而叙写的女性成长秘密，它既害羞又神秘，既是启蒙的又是本能的，既是女性专属的又具有社会属性。但女性对异性的人格倾慕与性爱冲动只是女性发现自我，实现审"美"重建的一小部分，或者说是必需的第一步，更大更深刻的部分则是由美学裂变后转生的"丑"——一种与崇高、喜剧和荒诞等紧密关联的美学范畴构建的。虹影作品中常见的题材——革命和战争，即与崇高有着

---

　　①　虹影:《上海魔术师》，江苏文艺出版社，2012，第68页。

难分难舍的意义粘连。虹影并不以男性视角中的伟大英雄或国家意义上的崇高作为写作榜样,而是着眼于从革命和战争中血淋淋的"生存残酷"中表现崇高。残酷的生存造成了身体的丑陋,人必须勇敢地直面这份残酷,人还必须勇敢地呈现这份丑陋,作家的使命就是表现出丑"可以完全和一个崇高的观念相协调"①,此时,作家笔下的作品就爆发出一种"残忍而宏大的美"的力量。

历史老师曾对小虹影说,"别相信你的肉,别相信你的骨头,把石头扔进腹中。灰火哑哑作响时,我们就能抛开天堂危险的重量"②。当时被吓坏了的小虹影不解其意。在他自杀后,于悲伤无奈之外感到了背叛和抛弃的小虹影,突然明白了历史老师话里的弦外之音:不要相信躯体的诱惑,只有死亡才是永恒的解脱。作为对此残忍遗言的回击,虹影也自我安慰道,"我从你身上要的是安慰,要的是一种能医治我的抚爱;你在我身上要的是刺激,用来减弱痛苦,你不需要爱情,起码不是要我这么沉重的一种爱情"③,她对他的"落荒而逃"充满了蔑视和上当受骗的感觉,"他值不得我在这儿悲痛,这么一个自私的人,这么个自以为看穿社会人生,看穿了历史的人,既然看穿了,又何必采取最愚笨的方式来对抗"④。

如果只是写到这里,残忍与宏大都无从说起。但是虹影继续写道,是她偏爱他对命运的"病态的悲观",把同病相怜"自以为是"地转化为爱恋,这一切并非为了他,而是为了她自己,用一种制造出来的、纯洁向上的感情,把自己"从贫民区庸俗无望中解救出来"!原来如此。刚刚懂得一点爱情,就把爱情残忍地

---

① 埃德蒙·柏克:《关于崇高与美的观念的根源的哲学探讨》,载孟纪青、汝信译,古典文艺理论译丛编辑委员会编《古典文艺理论译丛》(第5册),人民文学出版社,1963,第60页。

② 虹影:《饥饿的女儿》,北京十月文艺出版社,2010,第34页。

③ 虹影:《饥饿的女儿》,北京十月文艺出版社,2010,第242页。

④ 虹影:《饥饿的女儿》,北京十月文艺出版社,2010,第244页。

剖析为被自己利用来解救庸俗的手段，而且还"彻底失败"了①，多么痛的领悟，多么残忍的少女情怀的创伤。

可即使如此写，还是显得残忍有余而宏大之美不足，一个女人失去了她的初恋，小小创伤何来宏大可言呢？虹影没有停笔，她突然想象他与她交换了身份和位置，"好像我是他，而对面那张凳子坐着的是我"，谁也没有在意少了一个历史老师的时候，"好像只有我感到生命里缺了一块"，但是"天空和树木照旧蔚蓝葱绿"。感受死者的平静和解脱，感受世界的充盈和自在，然后她明白"他该有决定自己命运的自由"，因此，他选择这样离去，就由他走好了。生命的意义在于选择的自由，苟活还是解脱，都值得尊重。从个体的死亡上升到生命意义的守护与解脱、自由选择的价值与尊重，这是宏大而壮美的，是具有普世意义的。

直到此时，小虹影才明白历史老师临死前为什么一字不留，因为他清楚，他们对于彼此并不重要，他用沉默的离别纠正她对他疯狂的钟情，让她看到"在人世的荒原之上，对峙着欢乐和绝望的双峰"②。对于女性作家而言，残忍虽然在她们的社会性别（Gender）面前显得更为强大，可同时也因为她们的生理性别（Sex）而被意外破解。这里当然不是指女性作家以身体写作作为方法，而是指女性作家以女性特有的隐忍、柔和、坚韧、母性，把丑陋苦难残忍的东西包孕并化解，就像蚌贝含沙、蕴结珍珠一般，破壳取珠、珠映天地之时就是残忍而宏大的美的刹那。

3. 身体符号的"多名性"

就像人有名字一样，身体也有或美或丑的躯体表达，不同的躯体表达就是身体实现其社会、文化、政治、经济、自然、生理等诸功能的不同方式，即"多名性"。在小说这个独立的王国里，

---

① 虹影：《饥饿的女儿》，北京十月文艺出版社，2010，第244页。
② 虹影：《饥饿的女儿》，北京十月文艺出版社，2010，第245页。

身体的“多名性”是占据洞悉一切的至高位置的作家最有利的武器。阁楼里被压抑的身体，自我鄙视的身体，对异性倾慕冲动的身体，生命被放弃抽离的身体，都是女性视角下躯体的“降格”，也是身体符号“多名性”的审丑表现，它们构成了虹影笔下疯母、孤女、花痴、妓女潜在的身体意义，是与位于中心、高级的事物相反的边缘的、低级的存在。

在革命、战争这一类中心指向性极不稳定的混乱时局中，要想体现时代的实体，就不能把视点放在社会阶层的中心，中心的动荡及不确定性要求作家的视线必须跟随民众的流向而转投到社会的边缘，只有把握边缘事物才可能从整体上把握社会。虹影呼吸着时代变革的混沌气息，产生了见荒诞之怪而不怪的意识，她的小说总是把聚焦于边缘，即那些被降格的、被抛弃的、变异的人，他们的边缘性最明显地体现在躯体的“多名性”上。躯体的“多名性”在更高的程度上把荒诞现实主义变成了审“丑”的现实主义——就如同大江健三郎所说的“在新的光辉里表现整体”①，这“新的光辉”就是美的光辉，因为“美学是作为有关肉体的话语而诞生的”②。

身体的“降格”包括疯癫、残废、畸形、死亡等，小虹影从小在石桥上遇到的那个花痴就是疯癫的一种俗世变相。疯癫使她智力低下，生活不能自理，黑乎乎的手指，能搓成泥条的污垢，遮得不是地方的脏兮兮的衣服，见人就脱的裤子，这些异于常人的外表和举止让她显得怪异丑陋。与污秽的外在截然相反的是，花痴有着少女的脸庞，丰腴的大腿和臀部，总是张开嘴笑呵呵。这是属于女性的美好——健美的身体和姣好的笑容。可惜，由于

---

① 大江健三郎：《小说的方法》，王成译，金城出版社，2012，第151页。
② 特里·伊格尔顿：《审美意识形态》，王杰、傅德根、麦永雄译，柏敬泽校，广西师范大学出版社，2001，第1页。

她的疯癫，这一切的美好就变成了暴行的理由，她总被无名的恶人玷污，每隔一两年她的肚子就大起来，春怀秋生，可生下的孩子也不知所踪。外表的丑—本质的美—身体的玷污，在审丑—审美—审丑的循环往复中，花痴身体的"多名性"形成了激烈的冲突与矛盾。虹影以疯癫为理由让读者对女性个体无法自我保护的易受侵犯性感同身受。但即使不疯癫，一个有理智的女性在男性主宰的变乱无序的世界中就能独善其身自保安全了吗？从小虹影到她的母亲和她的四姐，到莫言笔下的上官鲁氏、乔其莎，再到严歌苓笔下的扶桑、小渔，事实证明，女性始终处于身体审美和身体控制的下风，身体符码的被降格和被边缘化是女性"丑"的典型象征。

既然就花痴而言，身体的美好反而变成了吸引恶的目光的致命诱惑，那是否意味着放弃身体的美好，彻底沦落到内外俱丑的境地就能多一些安全感呢？花痴本身是这样想的吗？或者我们在审丑"高度"上引发的忧虑对花痴有意义吗？

> 正在这时，我看到花痴逆着我们走来。秋日白灿灿的光线下，她脸不怎么脏，头发被人剪得像个男孩，但浑身湿漉漉的，可能被人耍弄推到江水里去过，一件破旧的男人制服紧贴她的身体，肚子扁平。她与游行队伍交错而过。……她走得专心专意，无论这个世界发生了什么，将要发生什么，都与她无关。①

大量的信息在短短几行字中蜂拥而出，代替无言（抑或无思）的花痴说出她的想法：与革命游行队伍逆向而行——证明她的身体拒绝做政治斗争的机器；因为被推入江中反而被洗净了的

---

① 虹影：《上海魔术师》，江苏文艺出版社，2012，第135页。

脸——证明江河还给了她本来的面目，她同样可以是藏污纳垢孕育生育的“河母”；男人制服下扁平的肚子——花痴身上所穿的男人的“制服”与男性“制服”女性产生谐音双关，但“制服”之下是女人扁平的肚子，证明女人的身体拥有男人无法垄断压制的自由。至此，对花痴的丑的审视豁然开朗，她从被欺辱、被玷污的傻女形象上升到了专注于内心世界的自由女性的象征，她就是“秋日白灿灿的光线”，温暖、洒脱、随遇而安。无知无识、无思无虑，就是她的美。正如张爱玲说过的：“将来的荒原下，断瓦颓垣里，只有……这样的女人，她能够茕然地活下去，在任何年代，任何社会里，到处是她的家。”①

此时我们不禁想起了莫言《丰乳肥臀》中的上官鲁氏，她因有着不断隆起又不断瘪下的腹部而与石桥花痴有相似之处，但两人又是极不相同的。花痴不断于毫无意识的情形下怀孕生子，孩子也并不作为她的血缘而成长，不知所踪的孩子其实成了别的家庭继承香火的工具；而上官鲁氏苦于丈夫的不育而四处求子，生下的孩子虽然不是上官家族的血脉却延续着上官家族的传承。上官鲁氏不仅是“乳汁母亲”，更因为不断怀孕（生育了八子一女）而始终大腹便便，她也可以被称作“大腹地母”。从象征学上看，把地母比拟为“腹”，遵循的是一种以局部代表全体的换喻（me-tonymy）逻辑，即以孕育时隆起的腹部代表地母及其生育功能。纽曼（Erich Neumann）指出，大母神象征系统是以隐喻女性躯体的巨大容器为核心意象而建立起来的。② 不论是乳汁，还是大腹，在上官鲁氏这里都成为“丑”的象征。乳汁哺育的是无能的恋乳狂儿子上官金童；而大腹则暗示了上官鲁氏为了能给不能生育的

---

① 张爱玲：《传奇·再版自序》，载《张爱玲典藏全集·散文卷四》，哈尔滨出版社，2003，第 144 页。

② Neumann, Erich. *The Great Mother*. Princeton University Press, 1972, p. 39.

丈夫"传宗接代",而四处借种的被迫的"不忠"行为。借种,是对女性身体的极大的不尊重,直接将女性作为生育的工具而不是家庭的成员。而当上官鲁氏生下前面七个女儿后,全家人对她的生产失去了关心的动力,宁可围着难产的母驴团团转,也没有人腾出手安抚在土炕上挪动巨腹、上下折腾的鲁氏。鲁氏在孤独痛苦的待产中祈祷自己腹中能诞下男婴,这是继偷情借种行为后,她对自我身体作为生产机器的又一次承认,这不仅是对女性因怀孕而肿胀的母性腹部的否定,更是在"父权时代"对人类史前文明中"女人=躯体=容器=世界"的普遍象征公式①的降格和羞辱。故而说,上官鲁氏与花痴是判然有别的两个丑女形象,前者是在丑的形象上审出丑、审出悲、审出愤来,并且因情绪的方向性始终一致而显得越来越压抑、越来越显著;而对后者的审丑则先得悲,后得美,带给人情绪上的强烈起伏。

身体"降格"的终极形式非死亡莫属。长江上的浮尸是虹影身体符号"多名性"的一个特殊例子。《饥饿的女儿》中写道,久住南岸的人总结出一个规律,如果长江上的尸体漂到岸边的时间在淹死七天之内,就会维持最后一个可以判定性别的特征:女的仰着,男的俯着。虹影知晓男女之事后,再想起江中浮尸的俯仰,心中怦然一动:"江水泡得那些男男女女肉烂骨销,不就是在拥抱他们,给他们最后的爱抚,性的爱抚?"②死而后爱,肉烂骨销亦不为惧,这是文学作品中相当少见的"性爱"狂想。当男女的躯体在江水的浸泡之下已经不易辨出性别时,男女的区别就随着外在特征的消亡而失去了它一贯不言自明的基础,漂浮的姿势成为区分他们的唯一根据。在恐怖怪异的残损躯体的对照之下,这个姿势已不再作为男性"躯体修辞学"的判断标准,只能

① Neumann, Erich. *The Great Mother*. Princeton University Press, 1972, p. 39.
② 虹影:《饥饿的女儿》,北京十月文艺出版社,2010,第110页。

是成为男女"相合"的证明，因为江水始终一视同人地抚摸他们，也毁灭他们。在以浮尸激起读者厌恶之情后，虹影以性爱和谐的联想作为化尸体之丑陋恐怖为美的手段，并以此表达对两性高低有别、性爱枷锁和性爱规则的彻底解构和全面颠覆。

兰胡儿与加里王子的"兄妹谜团"是身体符号"多名性"的另一个重要例子，它关乎身体内部流淌着的血液，是隐性却至关重要的身体构成。兰胡儿与加里到底是不是被张天师与所罗门分别收养的孪生兄妹？故事中没有解决这个问题，相反，因为这个问题引发了两个矛盾冲突。首先，因为兄妹谜团的证据不足，就兰胡儿和加里到底能不能在一起，张天师和师娘的态度与所罗门截然不同。师娘苏姨明确表示："表兄妹绝对不行，亲兄妹绝绝对对不行，双胞胎兄妹就千千万万个不行！干干脆脆一个'不'字！"① 这个态度代表了伦理纲常那冰冷而绝情的意见，与现代科学理念亦不谋而合，因为亲兄妹的乱伦是大禁忌、大耻辱、大丑事，它不仅牵涉到兄妹的血缘关系，更将影响到下一代的质量，这个底线是绝不允许触碰和逾越的。而所罗门虽然并不想违背人伦大常，但他充满激情的心就像西方的浪漫主义传统一样，理智的天平向两个年轻人的真爱倾斜了："我不是百分之百，甚至不是百分之五十同意那个张天师的道德主义。天下第一对男女亚当夏娃，就是有血缘关系。"虽然两方长辈都疼爱兰胡儿与加里，但他们的两种意见却代表了东西方对身体关注的不同焦点。张天师和师娘想帮兰胡儿确定血缘，因为寻根求本、追根溯源是中国人传统的重中之重，如果加里是兄长，兰胡儿就不再是孤儿，倘若证明了这一点就要以爱情为牺牲，也别无选择；而所罗门想让加里获得真爱，但前提是无论两人是否兄妹，加里都要随他回到耶路撒冷，因为有信仰的人必须回到信仰中去，"父王"与"王

---

① 虹影：《上海魔术师》，江苏文艺出版社，2012，第211页。

子"的身体必须皈依于圣城。张天师和所罗门代表着东西方对身体"多名性"的不同阐释——东方以血缘为"根"，西方以信仰至上——但双方针锋相对的冲突，暗示着双方从不同目的出发，却指向共同的目标，即对年轻身体的抢夺和占有。即使这样的抢占不是为了一己私利，而是为了宗族、民族、信仰、虔诚这样的大义，也不能否认这种抢占行为"私"的本质，因为这是以个体利益、个体自由和个体幸福（例如，爱情）为代价的所谓"正义"的追求。从这个意义上说，张天师和所罗门是善意的丑的代表。

其次，虹影在情节设置上有意拖延血缘问题的解决，每到解决问题的关键处就重陷于暧昧不清。在与普世道德规则的冲突中，这种延宕把兄妹谜团所引发的躯体的"多名性"似是而非性不断地重复、放大、增强，在这个过程中，各方力量试图对身体进行宰制、改造、矫正和规范，这种对身体的管制和编码是损害个体的"丑"的行为。在审"丑"的层面上，《上海魔术师》对《饥饿的女儿》做出了质的突破和创新，把母亲肉体的变形之丑和母亲与诸多男性间两性关系压抑痛苦之丑，上升到两性关系的"和谐隐患"之丑，是在和谐的表象之下埋伏着不和谐的隐忧；同时，也把审丑的标准从躯体的客观条件上升到以躯体为基础的血缘和两性关系的抽象高度；并且，因"丑"和审"丑"的内涵变化，相应产生了对"美"和审"美"的不同要求。"丑"，既然是作为自由、自在、自信的对立面而存在，那么"美"也就不只限于躯体之美、动作之美、心灵之美，而是表达一种自由地相爱、自在地生活、自信地面对的最"美"的生存状态。

二　男权讽喻与文化祛魅

女性美丑的自审离不开男性对女性态度的参照，也离不开其所处的具体历史环境。所以女性自审的意义在于理清女性与男性和历史的关系，既然女性与历史间的鸿沟不可能一蹴而就地迅速弥合，女性的边缘位置也不可能转眼间得到扭转，女性有必要了解自己之前和现在的处境。

现实的强大惯性依然不紧不慢地沿着既有的男女轨道运行，女权主义也好，女性主义也罢，其所争取到的远不及"半边天"的大小。从"自己的一间屋"到"自己的一段史"之间，横亘着一条巨大的天堑。反过来说，许多女性也并未执着于以男性开创霸业的方式去赓续女性的历史，她们更关心的是确立历史中的女性视角，尽可能开辟出一条女性解放的通道，让女性在严密排外的男性话语圈中占有一席之地。既然"男人们受引诱去追求世俗功名，妇女们则只有身体"①，那么作为区别于男性的女性根据地，女性首先要为自身躯体的独立和自由的存在而努力，只有以身体为突破口，开启对男权视角、菲勒斯中心的批判，拨开男性话语千年的文化迷雾，女性才有可能看见"自己的半边天"。

1. 反菲勒斯之"难"

罗杰斯的《烦人的另一半：文学中的厌女史》指出，西方文学史中始终存在着一种"厌女症"的传统，其原初模型可追溯到夏娃引诱亚当堕落和潘多拉打开魔盒放出灾难的神话。这两个故事从男性的视角解读女性的性欲望，视女性（欲望）为导致人类被逐出伊甸园和人类黄金时代终结的罪魁祸首。凯特·米利特（Kate Millett）说，从此"女人、性和原罪常常联系在一起，构成了西方男权思想的根本模式"②。在中国古代文学中同样存在"厌女症"的倾向，"红颜祸水"和"妒妇"、"悍妇"的形象反复出现就是明显的表征，在经典小说《西游记》和《水浒传》中

---

① 埃莱娜·西苏：《美杜莎的笑声》，孟悦译，载张京媛主编《当代女性主义文学批评》，北京大学出版社，1992，第202页。

② 凯特·米利特：《性政治》，宋文伟译，江苏人民出版社，2000，第63页。

尤其突出。夏志清如是言："《水浒》中的妇女并不仅仅是因为心毒和不贞而遭严惩，归根到底，她们受难受罚就因为她们是女人。"① 这番话也可以视作对《西游记》中企图引诱唐僧却被孙悟空和各路神仙降伏或打死的妖精美女的"申诉状"。

在"厌女症"的背后，是"一种自我爱慕、自我刺激、自鸣得意"②的菲勒斯中心主义（Phallocentrism）在作祟。菲勒斯，是后现代哲学与女性主义思想中父权与男权在语言文化层面的代名词，是中国传统社会中代表父权秩序和宗族继承的男性阳具，是弗洛伊德学说中女性崇拜的男性生殖能力的象征。在西方，从劳伦斯宣扬女性对男性生殖器的渴慕到亨利·米勒和诺曼·梅勒的性暴力美学，许多强悍的以男性为中心的作家乐此不疲地把女性卑贱化、性欲化、丑陋化，有意无意地延续着菲勒斯式的"厌女症"传统。其愈演愈烈之风正如莱丝莉·费尔德勒在《美国小说中的爱与死》中所指出的：19世纪文学中性感而倨傲的"玫瑰"到了20世纪，变成了海明威笔下的"美国婊子"，而到诺曼·梅勒手里，更是每况愈下——"他使她更婊了"。③

在中国现当代女性作家中，"厌女症"受到了以张爱玲和张洁为代表的女性主义作家"新的反叛的写作"④强有力的反击，她们展开了对男性自以为是的菲勒斯中心主义的嘲讽和批判，对男权的无情讽喻。张爱玲以自己父亲吸食鸦片、虐待儿女、三妻四妾的阴暗暴戾的形象为原型，进行了反菲勒斯中心主义的书

---

① 夏志清：《中国古典小说导论》，胡益民等译，安徽文艺出版社，1988，第110页。
② 埃莱娜·西苏：《美杜莎的笑声》，孟悦译，载张京媛主编《当代女性主义文学批评》，北京大学出版社，1992，第193页。
③ 唐荷：《女性主义文学理论》，扬智文化事业股份有限公司，2003，第55页。转引自南帆、刘小新、练暑生《文学理论》，北京大学出版社，2008，第196页。
④ 埃莱娜·西苏：《美杜莎的笑声》，孟悦译，载张京媛主编《当代女性主义文学批评》，北京大学出版社，1992，第193页。

写，其深刻之处在于揭露了女性在性别政治的压迫下沦为男性菲勒斯中心主义的共谋者。上文提到过的《金锁记》里的曹七巧，一方面是菲勒斯中心主义的受害者，被贪财的哥嫂卖入一场无性无爱的婚姻中；另一方面，她对儿子的挑逗和对儿媳的嫉妒，证明她已"异化"为菲勒斯中心秩序的维护者，她以把持儿子作为执掌家族（菲勒斯中心）的手段。《阿小悲秋》里的哥儿达和《茉莉香片》中的聂传庆成为张爱玲笔下男性肉体孱弱、精神残疾的典型代表：哥儿达"那脸蛋便像一种特别滋补的半孵出来的鸡蛋，已经生了一点点小黄翅"①，而"跟着他父亲二十年，已经给制造成了一个精神上的残废"的聂传庆成了屏风上飞不动的鸟儿，即使"他有方法可以躲避他父亲，但是他自己是永远寸步不离的跟在身边的"②。张洁《无字》里女主人公吴为的幻觉成为男权讽喻的绝妙意象：幻觉中的黄牙和臭嘴讽刺了男人的躯体腐朽、个性丑陋；幻觉中头戴纱帽、身穿朝服的男人象征着男权统治的久远历史；男人脸上"刻满隶书"是排斥女性的男性专属的文化密码。而比幻觉中的讽喻更为"露骨"和直接的，是张洁对菲勒斯的解构和批判。在张洁《无字》第二部的一开篇它就遭受了无比尖锐的嘲讽："世界各个角落都有不少准男人在较量这个抛物线的射程。当他们成长为一个男人之后……更会互相攀比这一物件的孰优孰劣，用这种办法证明他们伟乎其大的男人品德。"③ 政权、控制、暴力、与（男性）性霸权在此被既隐晦又明白地譬喻成为主人公胡秉宸的"枪"和"抛物线"，一举把中国文学主流话语中的革命英雄气概从菲勒斯神话的巅峰无情地打

---

① 张爱玲：《桂花蒸·阿小悲秋》，载《张爱玲文集·第一卷》，安徽文艺出版社，1992，第181页。

② 张爱玲：《茉莉香片》，载《张爱玲文集·第一卷》，安徽文艺出版社，1992，第56、59页。

③ 张洁：《无字·第二卷》，北京十月文艺出版社，2002，第5页。

回到生理性工具的现实最低处。

虹影在张爱玲和张洁的反菲勒斯中心主义的道路上，走向了她们的"反面"，或者说放弃了直接排斥的态度，转而采取了迂回曲折的方式：她的女主人公对男性性器官经历了"厌恶—渴望—失望—抗争—质疑"的变化，这一心理过程象征了女性在情感成长中对男性的经验过程，多少免除了意识形态设计的嫌疑，对男权的抵抗从单纯的讽喻上升到了文化祛魅的层面。

厌恶—渴望：在历史老师给了小虹影一本《人体解剖学》后，小虹影仿佛夏娃得到了开启智慧的"苹果"一般，对男性（器官）的感觉发生了彻底的开悟和颠覆："这不是我生平第一次见到这种图画，但这次完全不一样：照片上被枪毙的男人，天井里洗澡的男人，他们的器官叫我恐惧厌恶，脏得如同厕所里的画，而这本医学书上的裸体与器官，我却感觉洁净，甚至很美，危险而诱惑。"[1]

渴望—失望：历史老师背弃了小虹影上吊身亡，当她见到历史老师的尸体时，之前的欲望与美好瞬时幻灭为恐怖的震惊："吊死的人，舌头吐出来，歪嘴翻眼，阴茎朝前冲直，屎尿淋漓。"[2] 那"危险而诱惑"的菲勒斯完全失去了洁净的美感，与屎尿共存于尸体之上，萎缩为一瘫臭不可闻的死肉。

失望—抗争：尽管前有历史老师之死造成的阴影，但对异性的渴望是一种无法压抑的本能，所以虹影借健康帅气、英俊多才的裘利安，再现成熟女性对精英男性的梦想。裘利安与闵之间的彼此吸引充满了自然原始的力量。"房中术"里闵与裘利安的两性合一是女性主导下女人与菲勒斯的美丽相遇，文学与女性躯体之间缔结了新的关系，"女为悦己者容"的男性崇拜遭到了"希

---

① 虹影：《饥饿的女儿》，北京十月文艺出版社，2010，第 133 页。
② 虹影：《饥饿的女儿》，北京十月文艺出版社，2010，第 242 页。

欲女快意"的彻底改写，女性的躯体开始从压抑、屈辱、被动的
形象下挣扎出来，做出了姿态撩人、不无示威性的展现。"房中
术"不仅仅是文学话语的一个内部事件，其中"隐含的挑战锋芒
却指向了整个男性话语领域，指向了父权的象征秩序"，"从而重
新设置男性与女性的相互位置"① ——闵的丈夫郑与闵的父亲就
是被指向的"父权的象征"。郑被塑造成为集学术强人与性爱弱
者为一身的典型中国传统"卫道士"的形象，他的平凡在裘利安
的对比之下变成了无能，一种菲勒斯的无能，更是一种道德束缚
之下的男性无能。闵的父亲是父权矛盾的典型形象。一方面，他
是生活的强者与性爱的强者，地位高贵有权有势，在改朝换代的
历史动荡中他稳居潮头，成为时兴的"改革派"，并以女儿成为
"新派"诗人而自豪，对"房中术"的修行让他身强体健到七十
岁时还想娶第十四房姨太太；但另一方面，"房中术"暴露了他
对男性话语的霸权心理和外强中干的虚伪本质，《玉房经》本是
闵的母亲带来的陪嫁物品，却成为"他的独占品，决不刻印，决
不传世，决不让人知"②，即使是他宠爱的女儿闵也无法从他手里
"偷"得此书修炼。两个无能、矛盾的男性作为闵抗争女性性爱
权利的反面形象而存在。

　　抗争—质疑：身体的健美和思想的单纯并不等于两性和谐的
同盟就此达成，来自东西方不同的婚恋观，及其所赖以支撑的文
化观、价值观，一并产生了严重的冲突，造成了与菲勒斯中心主
义质同形不同的矛盾焦点。美好的男女，美好的开端，激情的高
潮，潜伏的矛盾，悲惨的结局，这是虹影对男权精英进行解构的
一个创新，它并不像张爱玲和张洁的故事，女性与男性的矛盾从
一开始就磨刀霍霍剑拔弩张，而是在美好中包藏隐忧，在高潮时

---

① 南帆：《文学的维度》，中国人民大学出版社，2009，第140页。
② 虹影：《英国情人》，现代出版社，2009，第63页。

爆发矛盾，让读者在美与丑的失落对撞中感受对男性精英的解构和文化祛魅的必要性。

前文对身体符号"多名性"的研究，指向了一个与"多名性"有关的"多义性"（女性）对象——K。《英国情人》一书在被状告侵权之前，本名为《K》。为什么虹影想用这个毫不起眼的字母来象征闵？她在 K 里寄托了对菲勒斯中心主义什么样的态度？这个字母与"房中术"有何指涉关系？

起初，K 只是 26 个英文字母里的第 11 位，被刚到中国充满猎奇心理的裘利安当作闵的代号，她是他的第 11 号情人，与之前深眉大眼白皮肤的十个外国女友并无不同。K 的初始意义就从浅薄而直接的地方开始了。

随着裘利安对闵的了解和喜爱逐步加深，K 所代表的意义不断转化。在裘利安与闵闹分手期间，他前往中国西北实现他参加大革命、大战争的男儿志向，艰苦而血腥的革命战争与他以往优沃而安逸的生活形成了陡然的落差，他猛然意识到生命的可贵和闵的不可缺少，此时的 K "分明就是第一"，是"能主宰他生命的人"，因为"在叙利亚或者巴勒斯坦的一本犹大经书里说，K 是那个能左右生命的字母"[①]。

最后，当两人的婚外情关系被闵的丈夫郑撞破，裘利安怀疑闵以此作为逼郑离婚和逼他娶她的手段，于是西方人的傲慢和种族主义的自大让他毅然退出了这段感情。在回国的船上，他突然想起，"K，是'神州古国'，中国古称 Cat hay 的词源 Kitai，不仅是左右他的命运的字母，也是他命中注定无法跨越的一个字母"[②]。

闵以"房中术"主导她和裘利安的两性关系，正是对裘利安

---

① 虹影：《英国情人》，现代出版社，2009，第 160 页。
② 虹影：《英国情人》，现代出版社，2009，第 170 页。

所代表的男性菲勒斯中心主义的颠覆。同理，在不断展开的关于K的多义性故事中，虹影针对的是裘利安所代表的西方精英文化圈以字母所象征的男性话语和先进文明来审视东方（女性）的高高在上的姿态。不论是英文字母的编序，犹大的经书，还是古中国的拼法，看似层层深入的对K的阐释，其实无一不宣示着西方主观意志强加于中国（女性）的身份认定，也见证着西方意志对这种认定的一次次否定和背离。K，与其说是裘利安对闵是何种女人的定义，倒不如说是对他与闵之间关系的定义，他对这段关系的反复犹豫、猜疑、修改、变更，就像是西方与中国的近代政治关系一样，中国每一次的军事行动、外交斡旋、战后和谈，都成为掌握着主动权的西方列强玩弄欺辱羸弱中国的一个机会，中国总是被动的一方。

讽刺的是，裘利安口口声声说K能左右他的命运，是他命中注定无法跨越的字母，可他最终殒命于西班牙战场，这证明K对于他是无效的，他还是跨过了这个字母；而真正跨不过命运的人，是闵。闵利用"房中术"中"人与鬼交"的大禁忌唯求一死，她把K对男性（裘利安）生命的左右能力以悖逆的形式完全践行在了中国女性的身上。在她的身上显现着东西方国家关系、权力意志的角斗，（女性）身体成为政治力量斗法的战场，女性牺牲的法场。

在当代社会中，K被赋予了更复杂更高科技的含义。K可以是代表语言影响力K值的计算公式："按照使用某种语言人口、使用该语言的母语人口、将该语言作为第一、二外语的人数，以及多语种人数等多变量共同考量的公式，英语的K值是汉语K值的140倍。"[1] K还可以是一种基于统计学的计算机分类技术：K

---

① 吴瑛：《文化对外传播：理论与实践》，上海交通大学出版社，2009，第32页。

邻近算法，有学者采用此种技术，用分类的方法对《红楼梦》作者进行了鉴定研究，试图以科学的方法证明红学界对《红楼梦》前八十回和后四十回的作者进行的文学判断是否正确。① 可以想见，K 已经成为机器时代真正的符号和代码，它在扩展其自身符码的外延的同时，也无限远离了它作为字母诞生之初，所蕴含的人与人之间交流的欲望和温暖的感觉。

《阿难》也是基于解构男性精英这一出发点而写就的一部作品。阿难从摇滚明星到金融巨贾再到跨国逃犯的身份变迁，是对精英男性的莫大讽刺，这一过程所伴随的中国当代历史的几次剧变更为阿难之死增添了文化解读的意义。在"文革"结束后阿难成为摇滚明星，这是从"文化"层面对国家和个人所经历的那场巨大浩劫的一种弥补，尽管对于宏大历史而言它是微不足道的，但却改变了"我"和苏菲的人生，使我们两个女性从此与阿难结下了不解之缘，同时也借此消解了历史的宏大性。在改革开放的大潮中阿难摇身一变成为商业天才，并与苏菲联手赢得了巨额的财富，这是从"经济"层面对国家和人民损失进行的弥补，而就是在这个过程中人性产生了迷失，自我膨胀过度的阿难滑向了经济犯罪的深渊。但也正是从这一刻开始，沦为逃犯的阿难在从"道德"层面对自我和父辈进行着弥补和赎罪。他未曾纪念过身为中国赴印度远征军军官的父亲，也未曾知道身为印度贵族却愿意放弃身份下嫁给父亲的母亲，作为遗腹子的他一直处于"文革"、改革的洪流中身不由己地做人、做事。只有当他成为罪犯，他的身世被"我"一点点挖掘出来时，读者才有机会与他一起，把文化与经济的重担卸下，回归到人之子、人之初的层面反思自我。而最终阿难不顾苏菲和"我"的劝阻自尽于恒河，不论他是

① 张运良等：《基于句类特征的作者写作风格分类研究》，《计算机工程与应用》2009 年第 22 期，第 22 页。

以此证明对佛教的皈依，抑或是表达了无牵挂的决绝，虹影都借阿难"部分"地实现了对男性精英文化的解构和对文化迷思的祛障。之所以说是"部分"实现，是因为要撼动上千年的男性中心文化，实为至"难"矣，对此虹影也已借阿难之名以及"我"和苏菲对阿难的感情，予以提前备注了。

2. "王"的丑

在《英国情人》和《阿难》对男性精英解构的基础上，虹影运用了自我暴露式反讽的手法，对《上海魔术师》里的所罗门王的塑造实现了男权讽喻的突破与创新。自我暴露式的反讽是指"反讽者完全抽身事外，创造在不知不觉中嘲讽自己的人物"①。所罗门王五尺半的身高，鹰勾大鼻子，只要魔术戏装穿戴起来，胡子再抹上金刚蜡，"只怕就是整个远东最神气的人物"。所罗门被渲染和烘托成为男性"精英中的精英"——王者，而他似乎也深深陶醉于这样的自我欺骗，常不无得意地宣称自己会讲"鸟语和鬼语"②，炫耀自己受主的差遣写下《传道书》，开头就是"虚空的虚空，凡事都是虚空。一代过去，一代又来"③，霸气十足，漠视众生。

他动辄说自己"昼夜辛劳，见证一个一个新王朝，最后到达东方"，"见日光之下，有人孤单，无家无母，极重的劳苦"④，一副忧国忧民的君王气派。其实这个"王"忧的只是他和养子的命运。他是为了躲避战乱一路从俄国经波兰、过德国，最后来到中国的落魄犹太人，只要仅有的那套戏装一脱，他"就比以往任何一年都更潦倒"⑤。他口中"血统纯正"的加里王子是花两百

---

① D·C. 米克：《论反讽》，周发祥译，昆仑出版社，1992，第87页。
② 虹影：《上海魔术师》，江苏文艺出版社，2012，第12页。
③ 虹影：《上海魔术师》，江苏文艺出版社，2012，第3页。
④ 虹影：《上海魔术师》，江苏文艺出版社，2012，第3页。
⑤ 虹影：《上海魔术师》，江苏文艺出版社，2012，第12页。

两银子买来的中国孤儿，是兰胡儿口中的"野路外国王子"①。所罗门与加里父子二人靠表演魔术卖艺为生，其本质与张天师和兰胡儿的张家杂耍班并无二致。所罗门王却时时张扬自己的"高贵出身"，处处瞧不起张家班子。在上海滩大世界表演，所罗门王被迫与张家班子合作，颇为自己屈尊降纡愤愤不平，可又扛不住吃饭糊口的基本需要，所以态度时倨时恭，前后不一。这是"王"的丑的第一面。

一个想谴责某种罪恶或蠢行的讽刺者（比如作者），只需要让自认聪明或自诩贤良的人物说出自相矛盾的意见，即可很有效地达到目的。所罗门王对自己在舞台上戏服和动作的配合充满自信，"不必照镜子，所罗门知道他这身衣妆气焰不可一世。一国之君主，哪怕只有一个兵，照样有帝王之风"。可是一转身，杂技班的张天师请他"移驾赏脸"到罗宋大餐馆商讨合作事宜时，"好多年没有上过正式餐馆"的王立刻就流了口水，旁白曰："真所罗门王可集千军万马。他没有那么伟大，只能心口分开，心属于主，口听从这个张天师。"②故而说，这个可怜的王，只有在舞台上时是王，只有穿着戏服时是王，只在他自己的信仰中是王。回到现实中，他只是表演魔术的艺人，栖身于巷子深处亭子间的老人。他的自诩高贵与窘迫的生活，造成了表里不一、心"口"不一的矛盾，这是对"王"的一大讽刺。这个"口"字代表了对男权虚伪本质进行讽刺的突破口：口，既指口中的言语表达，也指口腹之欢的欲望满足，口有时候表达了心，有时候又背叛了心，有时说真话，有时又扯大谎，"口"本身就是可疑的、不可靠的身体器官之最（当然，"心"也许更难捉摸）。这是"王"的丑的第二面。

---

① 虹影：《上海魔术师》，江苏文艺出版社，2012，第28页。
② 虹影：《上海魔术师》，江苏文艺出版社，2012，第30页。

虹影对所罗门王的讽刺，不仅表现在他心口不一的自相矛盾上，更体现在这种矛盾的排列并置上，即把互不相容的现象紧贴着呈现，把两种矛盾陈述或不协调意象不加评论地摆置在一起，从而把反讽技巧再次推进了一层，构成了直接矛盾式反讽。上面一段中所罗门王的自我陈述和旁白就是自我暴露式反讽与直接矛盾式反讽的综合。我们可以再举两个小例子，说明直接矛盾式反讽。例如，蒲柏《夺发记》(*The Rape of the Lock*) 中对女主角比琳达 (Belinda) 梳妆台上混乱不堪情况的简洁描述，是直接矛盾式反讽的典型："粉扑、香粉、饰颜片、《圣经》、情书。"再如，福楼拜在《包法利夫人》的第 2 卷第 8 章中，描述了在永镇举办的农业展览会，一面是会上俗套的讲话和奖赏，一面是罗道尔弗与少妇爱玛的谈情说爱的陈词滥调，二者并排安置穿插而行，堪称直接矛盾式反讽的经典：

> 他握住她的手；她没有抽回去。
> 主席喊道："一般种植奖！"
> "譬方说，方才我到府上……"
> "甘冈普瓦的比内先生。"
> "我怎么晓得我会陪伴您？"
> "七十法郎！"
> "许多回，我想走开，可是我跟着您，待了下来。"
> "肥料奖。"
> "既然今天黄昏会待了下来，明天、别的日子、我一辈子，也会待了下来！"
> "阿格伊的卡隆先生，金质奖章一枚！"
> "因为我和别人在一道，从来没有感到这样大的魅力。"
> "基弗里－圣马丹的班先生！"
> "所以我呐，我会永远想念您的。"

　　　　"一只美里奴种公羊……"

　　　　"不过您要忘记我的，我会像一个影子般消逝的。"

　　　　"圣母村的……柏劳先生。"

　　　　"哎呀！不会的。我会不会成为您的思想、您的生命的一部分？"

　　　　"种猪奖两名：勒埃里塞先生和居朗布先生；平分六十法郎！"①

　　直接矛盾的陈述和不协调意象的并置，虽然作者不加评论或旁白，但矛盾和不协调的"另一方"似乎正好是对"这一方"的讽刺性的评价。当爱玛故作娇嗔地说她如何知道自己会陪着罗道尔弗时，大会的奖赏恰巧是"七十法郎"，这是否暗示着爱玛的一次陪伴就值这价呢？同理可推，罗道尔弗跟在爱玛的身后待了下来，得到的奖赏是"肥料奖"，当他表白要"一辈子"留下来时，其奖赏相应提高到"金质奖章一枚"。而他想成为爱玛思想、生命的一部分时，其分量可比"良种猪"矣！这番有来有去的"错位"讽刺，分开来看，句句都符合逻辑，交叉在一起读时，就全都错位了；但正是在错位阅读之间，对丑的幽默辛辣的讽刺，才能发挥得如此淋漓尽致而又回味无穷。

　　在虹影的《上海魔术师》中，也有这般简洁但更富深意的直接矛盾式的男性讽喻存在：

　　　　"你明明是算盘精的犹太人！居然自称俄国人？"张天师讥笑起来。

　　　　所罗门一点不生气，他看看头顶有点乌云的天空，然后慢慢地说："难道我关进集中营，你就能独占戏场子？这年

────────

① 福楼拜：《包法利夫人》，李健吾译，人民文学出版社，1958，第127~128页。

头，不就是俄国人才能打进柏林？哪个不是好汉？"①

所罗门说，"难道我关进集中营，你就能独占戏场子"，点出了两个"精英"男性（王与天师）的矛盾本质，他们两人间的矛盾是次要的，因为他们的地位是次要的，他们与唐经理间的矛盾才是主要矛盾。二人为了蝇头小利而你争我夺处处设防，皆因唐经理利用手中权势刻意压榨盘剥、挑拨离间所致。再进一步看，他们与唐经理间的矛盾也不是问题的核心。想想他们为什么会受唐经理的摆布？是为了在混乱的时局中混口饭吃。而导致战争的是无能的政府，是"集中营"这样邪恶力量的存在，它们恰恰是唐经理之流的靠山。比在大世界里争场子要宏大得多、恐怖得多的人类恶斗正在世界的各个角落不断发生，他们两人的祖国——中国和俄国——也正遭受着战火的蹂躏。所罗门强调"俄国人才能打进柏林"，是要证明凭自己的俄国血统，自己也是一条"好汉"。好汉本是爱憎分明、有仇必报、伸张正义的，但战乱之下的"好汉"只能像所罗门王与张天师这样徒有一番雄心壮志，却依然要卑躬屈膝讨口饭吃。两人的这番意味深长的对话，讽刺之余蕴瓦解了王、天师、经理在名称掩盖之下虚假的男性霸权，同时也戳破了男性之间弱肉强食的倾轧文化的伪装，提醒读者注意到男性内部时刻存在着的"丑而恶"势力的角斗。这是"王"的丑的第三面。

3. 精英的求助

不论是货真价实的男性文化精英（裘利安、阿难），抑或是自戴高帽的"精神贵族"（所罗门），男性精英在由男性与女性两大性别造成的——诸如主与从、尊与卑、中心与边缘、强大与柔弱等——二元对立中开始失守其曾经高高在上的位置。在激进的

---

① 虹影：《上海魔术师》，江苏文艺出版社，2012，第60页。

女权主义者的眼里，"女性"几乎已成为"革命"的同义语："'女性'即是申诉、即是谴责，即是对数千年来男性所统治的社会宣战。这是一场由历史上弱者所挑起的性别之战，性别之战的目的恰恰在于抛弃女性的弱者身份。"① 不可否认，虹影的作品中有大量"革命"之于女性意义的重要内容，但女性存在的价值就仅限于申诉、谴责与宣战吗？当然不应如此。女性应该有区别于对抗的其他存在方式，同样也能展示女性自身的力量、智慧和与男性齐头并进的能力，甚至可以成为男性的依靠，就像女性也依靠男性一样。

《上海魔术师》中被黑帮绑架到火车上的加里，靠着成功表演所罗门的魔术秘技"火车带字"，从黑帮大先生手下死里逃生。但这个救命魔术得以成功的关键，是他被绑走时在大世界门口向兰胡儿匆匆做的一个手势：三次竖了四个手指头的动作。

> 这个意思太模糊，他无法估计兰胡儿能明白。
>
> 但是她竟然懂了，明白在这第四套魔术，要（在火车上——作者注）贴的就是四楼办公室里这幅写了四个字的直条。
>
> ……
>
> 加里知道，最难的地方，是如何弄上火车……
>
> 他没有想到，跳上火车的竟然是兰胡儿。
>
> 这一天一夜，就是这一天一夜，天翻地覆，冤仇离合，最后这一生最大的冒险赌博，兰胡儿应对得天衣无缝，救他于困境险难之中，救了他一命，他激动得无言以对。
>
> 他们转过身来，正对着街墙上美丽牌香烟广告词"有美皆备，无丽不臻"。②

---

① 南帆：《冲突的文学》，江苏大学出版社，2010，第40页。
② 虹影：《上海魔术师》，江苏文艺出版社，2012，第264~265页。

兰胡儿有谋（仅凭简单的手势猜出加里的意图）有胆（孤身跳上火车迅速贴好大字），加上她青春朝气的脸庞、技艺精湛的身段，虹影简直把她当作经济独立、能文能武、才貌双全的完美女性来塑造。且不论作者这样放纵自己对人物的偏好是艺术手段的要求，还是创作心理的驱使，此处令人颇感兴趣的是兰胡儿出人意料地成为加里"王子"的依靠——一个普通少女成为"精英"男性的求助对象，也许这才是虹影真正的目的。尽管加里只是所罗门眼中的"王子"，兰胡儿也曾经骂他是"野路王子"，但"王子"一词象征的依然是高贵凛然、不可侵犯的气质。当"王子"落难时，小女子兰胡儿舍身相救，结局圆满，虹影的用意就像美丽牌香烟广告一样昭然若揭——"有美皆备，无丽不臻"。

如果说这个美女救英雄的戏码因为配合《上海魔术师》一书的风格而显得太过"露骨"，那么《饥饿的女儿》中历史老师与小虹影的一段对话或许能从另一侧面给出证明：

> 他（历史老师）站起身，我（小虹影）以为他去取他的茶杯，结果却是一盒纸烟，他点了一支，抽起来，我从未看见他抽烟。他说，有些"文革"造反的积极分子已被区党委通知去学习班，而学校已通知他下周去谈话，虽然他不知道学校将和他谈的内容，但他的直觉告诉他，他马上就要进那种私设的"学习班"监牢。
>
> 我从床上坐起，摇摇头。
>
> "你不相信？"
>
> "你绝不会的。"
>
> 他把烟灰直接抖在三合土的地上，说："终有一天你会懂的！起码到了我这个年龄。"如果我仔细一点，就会发现屋子有点乱，气氛不太正常。但我没注意，我的眼睛只在他的身上。

"现在就是算清账的时候了，"他说，"既得利益集团不会放过我们这些敢于挑战的人。"

我站了起来，对他说，"不会的，你是'文革'的受害者，没干过这些坏事。"大概是我说话的劲头太一本正经了，他竟停住要说的话未说，来听我说。而我只能重复相同的话，他坐在床边的凳子上。

"我算是'杀人犯'。"

"胡说！"

"说我杀了我弟弟，说我是指挥开炮的人。"

"没有的事。"我几乎要哭起来。

"这是真的，我就是杀了亲弟弟的杀人犯，"他相当平静地看着我，"你可以走了！"他说，却把我的手握在他宽大厚实的手里。①

小虹影的"你绝不会的"、"不会的"、"胡说"、"没有的事"，在短短几句对话中的反复出现构成了这段对话的隐性结构脉络。在历史老师所陈述的真伪难辨的历史事件和严峻险恶的政治环境面前，她的话是天真质朴的"笨女人"唯一能做的表达，却在无意中质疑着错综复杂的伪善，暴露出偏见的荒谬，修辞意义上的层层矛盾引导着读者探究历史老师到底是不是"绝不会"这么做，从而把作者对历史老师的怀疑与贬抑之情暗示了出来。

在把弟弟之死归罪于自己后，历史老师的情绪突然从之前需要靠抽烟来克制的焦躁激动，变得"相当平静"，开口让小虹影离开他家；可是他的肢体动作——"把我的手握在他宽大厚实的手里"——却出卖了他的真实情绪。显而易见的两对矛盾——焦躁与平静、驱逐与紧握——是内外的"力"在个体身上的肆意冲

① 虹影：《饥饿的女儿》，北京十月文艺出版社，2010，第197～198页。

撞的结果。外部的平静与驱逐，暗示了内心的焦躁与紧握（不放），外松内紧的冲突使得这个片断呈现出各种力量的撕扯争斗，整个空间充满张力，处于将裂未裂的崩溃边缘。在父亲缺席、身份不明的阴影中成长起来的小虹影看来，历史老师那平凡的面容、朴素的衣着、整洁的习惯、曲折的经历、正义的气质、深邃的思索，都曾代表着她对男性一切完美的想象。她曾深深自卑于自己黄皮寡脸、头发稀疏，配不上这样的男子。尽管同处于生活的底层，但在小虹影所能接触到的世界里，历史老师从肉体到精神都代表着"精英男性"的典范。然而，就是这样令人仰慕的精英男性，当他的精神世界趋于崩溃之时，他紧紧握住的是不论在力量、智慧、性情，还是相貌、年龄、阅历上，都更为有限的女孩的手。在不匹配、不对称的"求助"中，男性高高在上的强者基石被从根本上彻底粉碎与根除，女性成为可以被信赖和依靠的对象，担负起拯救与祛魅的意义。

虹影的"精英求助"与莫言的"解英雄化"、"去英雄化"，在对男权的解构上是判然有别的，前者是女性作家以相对柔和细密的笔法构筑男女彼此互涵的美学范型，后者则是男性作家以相对坚硬刚烈的风格摧毁男权文化的桎梏。二者异曲而皆妙也。

三 性爱"反驱离"表达

西苏说，"如同被驱离她们自己的身体那样，妇女一直被暴虐地驱逐出写作领域"，女性要想重返写作领域，就"必须把自己写进文本"，"通过自己的奋斗嵌入世界和历史"。[①] 虹影的女性性爱"反驱离"表达，正是女性重返自己的身体，守护这块女性属地的大胆表现。

---

① 埃莱娜·西苏：《美杜莎的笑声》，孟悦译，载张京媛主编《当代女性主义文学批评》，北京大学出版社，1992，第 188 页。

1. 饥饿感：女性被剥夺的性爱要求

在弗洛伊德学说和性解放运动的影响下，性爱成为西方文学一种司空见惯的文学形式和表现内容。但在中国，性爱始终被视为闺房秘事羞于启齿，从古至今都难登大雅之堂。传统文学对性和性爱的描写，即使在通俗文学中其分量也微乎其微。不可否认，《金瓶梅》、《肉蒲团》、《隋炀帝艳史》等个别小说里出现了大量赤裸裸的性描写细节，但作者的目的皆是从道德上谴责纵欲无度以期警醒世人。"五四"文化启蒙期间，郁达夫的短篇小说《沉沦》首开"风气"，不仅直写手淫、性欲，更探究性犯罪心理；丁玲的《莎菲女士的日记》则颇有胆魄地以女性作家之手描绘了一个开明女子的性渴望，即刻在被传统价值观念牢牢禁锢的读者感情上掀起重重波浪，引发了文艺界的轩然大波，也为性爱主题攻开了高雅文学世界的一条门缝。及至抗战时期，苏青作自传体小说《结婚十年》，因书中颇多性描写而被左翼作家斥为"春宫贩子"，但这并不妨碍这部小说成为 1943~1945 年最畅销的小说之一①，足见人们对性的本能好奇和长期压抑之下的逆流反弹。究其原因，20 世纪 30 年代共产党领导的左翼作家联盟提倡文学关注社会，使得这一时期的多数小说以反映社会问题为主，书写性爱的情色小说被批判为世纪末颓废情绪的表现。上述种种因素，使得 1942 年路翎的《饥饿的郭素娥》的诞生颇为令人震惊。乍看书名，"饥饿"这个词很容易令人误解为食物的匮乏，但实际上，付之阙如的不是食物而是性爱——《饥饿的郭素娥》在中国小说史上是一部少见的公开描写性渴望的小说。使它与郁达夫、丁玲和苏青的小说具有本质区别的是，它不以放荡不羁的城市知识青年为描写对象，而是把目光投向了情欲要求遭到

---

① 耿德华：《被冷落的缪斯——中国沦陷区文学史（1937—1945）》，张泉译，新星出版社，2006，第 72 页。

剥夺的劳动者。《饥饿的郭素娥》既展现了女性作家在这一主题上异于男性作家的感受能力，也为女性主义文学颠覆男权话语开辟了一个崭新而广阔的视域。

早在 1852 年，G·H. 刘易斯（George Henry Lewes）在"两性差别论"中就提出"只有不快活的、受挫折的女人才写书"的女性文学的"补偿"（compensatory）原则：

> 如果她的处境中一些意外的事情让她感到孤单并了无生气，或者因为她的感情遭遇挫折，把她挡在了发自整个身心所向往的甜蜜家庭与母性领域之外，这时她转向文学，好比转向了另一个领域……①

这一提法针对女性小说家们——这其中也包括他那大名鼎鼎的伴侣乔治·艾略特在内——的贬抑论调偏颇失当，并且明显过分沉醉于维多利亚时期由工业革命的突破和顶峰时期的不列颠帝国所带来的繁荣安逸，从而忽略了对战争、动荡和贫穷等极端不利因素加诸女性作家身上的写作动力的考虑。尽管如此，但刘易斯确乎指出了女性文学的两个特点——压抑与补偿，只是在为何压抑和如何补偿上刘易斯的说法大有值得商榷之处。

或许是压抑得愈久反弹的力量就愈强的缘故，又或许因为生理的结构导致性爱主题特别适合女性作家来表现，到了 20 世纪 80 年代，日益宽容、多元的文化语境为性爱主题的发展提供了机遇，女性作家笔下的性爱作品一发而不可收，就如林白所言，

---

① G·H. 刘易斯：《淑女小说家》，载《威斯敏斯特评论》新系列第 2 卷，1852，第 133 ~ 134 页。转引自 Showalter, Elaine. *A Literature of Their Own: British Women Novelists from Bronte to Lessing.* Princeton: Princeton University Press, 1999, p. 84. 亦可参见伊莱恩·肖瓦尔特《她们自己的文学——英国女小说家：从勃朗特到莱辛》，韩敏中译，浙江大学出版社，2012，第 78 页。

"我对关于它（性——作者注）的描写有一种奇怪的热情，……它经由真实到达我的笔端，变得美丽动人，生出繁花与枝条"①。尤其到了 20 世纪 80 年代中后期，爱与性之间欲说还休的"分离性"开始被逐渐克服：张洁的《爱，是不能忘记的》就以女性口吻说出了对性爱的需要和对性爱欢乐的期望，王安忆的《小城之恋》更写出了被性驱力的火焰"烧灼"、"燎烤"着的男女之苦，而陈染的《与往事干杯》则以第一人称的叙事口吻把"我"对性爱的渴望与体验往个人化、私语化推进了一大步，读来就像是"饥饿"的女性在现实中向你喃喃倾诉。

　　对于虹影而言，刘易斯所谓"不快活的、受挫折的女人"似乎就是专指她的。意外事件（私生女谜底的揭晓）、感情遇挫（历史老师的自杀）在她身上一一应验，于是"甜蜜家庭与母性领域"都与她无缘了。更重要的是，被刘易斯所遗忘的社会骤变——战争和饥荒——结结实实地砸在了虹影身上，于是前文讨论的"饥饿"在此产生了能指意义的多层叠加。"饥饿"不仅是虹影从出生到成年的噩梦，不仅是腹中空空的食物匮乏，不仅是令她痛失亲人的悲伤回忆，而且，从人之为人的本质出发，"饥饿"这个词更是指向了一直被藏藏掖掖的"性饥渴"的暗示。古人所云"食色，性也"，就说明对食物和性的渴求是须臾不能分离的人的两种本能。事实上，在物质较为充裕的现代文明生活中，"性可能比饥饿更多地进入了人们的意识范畴"②。1962 年出生的虹影，青春期与特定的历史时期的不幸吻合，大饥荒和"文革"浩劫的合力作用，把人对食物和性的欲望压抑到最小值。长期被压抑和被剥夺所造成的反弹——欲望洪流——必然要形成壮观的"浩大奔突"，以寻找欲望的发泄口并尽情释放，所以《饥

---

① 林白：《守望空心岁月》代跋二，花城出版社，1996。
② 南帆：《冲突的文学》，江苏大学出版社，2010，第 41 页。

饿的女儿》有大量的篇幅用在了书写虹影对父母之爱的渴望、对性发育的羞耻迷惘、对性冲动的犹疑接纳和与历史老师的性爱交锋上。

> 母亲从未在我的脸上亲吻，父亲也没有，家里姐姐哥哥也没有这种举动。如果我在梦中被人亲吻，我总会惊叫起来，我一定是太渴望这种身体语言的安抚了。每次我被人欺辱，如果有人把我搂在怀里，哪怕轻轻拍拍我的背抚摸我的头，我就会忘却屈辱。但我的亲人从未这样对待过我。这里的居民，除了在床上，不会有抚摸、亲吻、拥抱之类的事。没有皮肤的接触，他们好像无所谓，而我就不行。我只能暗暗回忆在梦中被人亲吻的滋味。①

只敢在梦里偷偷渴望着亲吻，梦却会被亲吻惊醒，惊醒后再暗暗回忆那滋味。如此的愁肠百转，念想千回，在不断累积的欲望的裹挟下，虹影必然走向流浪，就像张欣在《年方二八》中所写的那样，“假如有假如，我将在无数的前途中选择流浪”，因为只有如此才能“跨过道路上横陈的所有祭坛”（牛八《大突围》），在身体向外的流浪中实现女性向内的回归，就像西苏呐喊的那样——“现在妇女从远处，从常规中回来了，从‘外面’回来了，从女巫还活着的荒野中回来了；从潜层，从‘文化’的彼岸回来了”②。

2. 失语症：女性性爱主题的“影响的焦虑”

中国文化传统在性爱问题上对女性的态度是相当偏颇失当

---

① 虹影：《饥饿的女儿》，北京十月文艺出版社，2010，第109页。
② 埃莱娜·西苏：《美杜莎的笑声》，孟悦译，载张京媛主编《当代女性主义文学批评》，北京大学出版社，1992，第190页。

的，因而必须质疑与检讨。正统儒家文化影响下的妓女书写就是视女性为红颜祸水的明证；佛教要求戒除淫欲的首要目的就是排除女性对男性的干扰和诱惑，因为男人是七宝金身，而女人是五漏之体；道家虽然宣扬男女双修长生不老之说，但所谓采阴补阳的实质多是把女性当作男性修炼成仙的工具。在这样的传统文化浸淫与约束下形成的传统性爱叙事，不可避免地发展出一套完整的男性话语规范，其基本特征就是：以"斥骂（假道学）或把玩（文人癖性）"① 女性为乐事、趣事、高雅之事。相应地，女性对于性爱的书写则一直处于"失语"的状态中，远未找到和建立起属于女性独有的性爱言说方式。王安忆就曾经很尖锐地指出，中国没有一种好的性语言，甚至像《红楼梦》这样的名著中的性语言都是狎妓性的。② 当代女性文学创作中出现的"身体经验的沉迷与放纵、私人景观的封闭与模式化、底层世界的漠视与缺失"等写作误区，就像一间闭锁的"房间"一样，成为女性个人化写作的种种局限，走出误区的关键是敞开门户，寻求个人与外部世界链接的多种路径。③

在主张女性话语权力的实践过程中，历史经验和教训让西方（激进）女权主义者意识到，女性的彻底解放既不需要男性的合作，更不能指望男性的自觉，相反，她们把希望寄托于排斥了异性之后女性之间和女性自身的自足关系——"姐妹情谊"和在此基础上萌生的自觉意识。④ 这种被弗洛伊德蔑称为"性倒错"的

---

① 赵树勤：《快乐原则与主体地位的确立——论当代女性文学的性爱主题》，《文艺争鸣》2002 年第 5 期，第 50 页。
② 赵树勤：《快乐原则与主体地位的确立——论当代女性文学的性爱主题》，《文艺争鸣》2002 年第 5 期，第 50 页。
③ 关于当代女性文学创作的"房间"意象及说明，参见赵树勤《误区与出路——当代女性文学创作及批评的反思》，《中国文学研究》2007 年第 2 期。
④ 关于女性的"姐妹情谊"和同盟关系，参见桑德拉·吉尔伯特、苏姗·格巴《镜与妖女：对女性主义批评的反思》，载张京媛主编《当代女性主义文学批评》，北京大学出版社，1992。

情感倾向，在弗吉尼亚·伍尔夫的笔下成为女同性恋文学叙事，它既是对菲勒斯中心主义下强制的异性恋文化的反叛，也成为当代女同性恋理论和文学发展的思想基础。中国当代女性主义文学不可避免受其影响产生了相应的文本表达：林白的《一个人的战争》，仅从标题就透露出深重的自恋意味；陈染《私人生活》中禾寡妇与"我"之间的肉体抚摸"目的并非占有对方，而是以此再创造出自我"①；万芳在《纷纷落地》中委婉又直白地写出女性性自慰的过程与感受："她一瞬间地把手放在自己的腹部，轻轻地抚摸着，这孕育生命的腹地，宽阔而平坦，温如暖玉，而它的下面却是一片黑暗，那是一片一望无际而又葱茏蓊郁的黑暗。千千深深地吸了一口气，她的手指静静地深入到那片黑暗中……"② 女性作家对女性自身躯体的敞开、抚摸、探索、交流与欣赏，是张扬女性意识的重要手段，是一种在精神层面上对以男权为中心的菲勒斯中心主义的反抗与超越。女性作家企图以女性整体的同一性来对抗男性同一性，建构一套与男权系统分庭抗礼的别样叙述策略。

即使如此，就实现女性写作的话语自立的庞大工程而言，林白、陈染、海男、王安忆、徐坤、铁凝、张抗抗、卫慧、棉棉等女性（先锋）作家的"个人化叙事"、"身体叙事"的努力依然略显单薄，因为她们尚未能摆脱西方（激进）女权主义话语的影响，而"影响的焦虑"成为能否建构全球化语境下中国本土女性话语体系的重中之重。虹影在此展现了其旅居英国多年，在借鉴和利用西方话语资源的灵活性上的优势：她较早就自觉地把对自恋和异性恋的关注，从肉体吸引上升到了精神同盟的高度，对两性和同性关系中的嫉妒进行了批判，借以呼唤女女、男女之间女

---

① 西蒙·波伏娃：《第二性》，李强选译，西苑出版社，2004，第176页。
② 万芳：《我的谁的谁是谁》，中国文联出版社，2000，第94页。

性性爱的"同等感情"的要求。其早期代表作《女子有行》中的康乃馨俱乐部就是女性"姐妹情谊"的精神同盟的象征：

> 我是一个不会再去爱男人的女人，那么女人呢，我承认我从来都爱，并对我所爱的女人怀有同等的感情，决无嫉妒之心，毫无条件，嫉妒是性关系中最可悲的一环，我们为之而奋斗的康乃馨精神就是要摆脱这个万恶之源。①

在中国传统文化中难登大雅之堂的自恋与同性恋，就这么堂而皇之地结成了令男性心惊胆寒的现代女性"乐园"——康乃馨俱乐部。这些被男性伤害过的女性知识分子，不仅"在性甚至是社交方面都不需要男性"②，而且变成了手拿利刃阉割男性的"恶"的同盟，在备受威胁的男性眼中这些美女们因恶而生丑，但在女性的心里，团结和反叛的精神却能化丑为美。

可惜的是，"我"与俱乐部其他女性成员的矛盾、猜疑使得这个原本令男性心惊胆寒的女性共同体开始走向分崩离析，女性成员的离间与逃离原因是她们灵敏地"嗅到了康乃馨隐秘发展的腐败"。虹影借"我"之口提出了对女性出路（自恋及同性恋）的迷惘与质问，从侧面反映了对西方女权主义话语在中国式实践中所产生的"影响的焦虑"：

> 当花园里一个人也没有的时候，悲哀笼罩了我，刀从我的手里滑落到草地上。康乃馨已经开始腐败，而且现在腐败开始降落到我自己的身上。
>
> ……

① 虹影：《女子有行》，文化艺术出版社，2006，第55~56页。
② 西蒙·波伏娃：《第二性》，李强选译，西苑出版社，2004，第176页。

"你去哪儿?"

"一个我也不知道的地方!"她的声音夹着一股冰凉的风。[1]

"花园"是对女性同盟的又一个隐晦称谓,当女性曾经自足自乐的花园仅剩"我"一人时,"刀"所代表的对男性的报复、女性的自我保护以及"我"作为女性同盟的领袖意义,都已经随着它的滑落而被一概否定。女性同盟腐败了,"我"也开始腐败,这种腐败滋生于女性对自我和同性关系的满足的土壤之中,是对男女关系失衡的一种隐喻批判——"女性在逃离男性压迫的借口中,又成了她扮演的角色的奴隶,她不想被女人的处境所束缚,却又受到同性恋者的处境约束"[2]。当俱乐部的其他成员开车驶往不知名的未来时,"我"又该去何从呢?也许,摧毁了才能在废墟上重建,失语过才懂得话语权的重要,虹影以提问的方式尝试着对女性性爱话语的重新建构,虽然没有给出女性文学走出尴尬与焦虑的解答,但至少问题的提出指引了一个思考的方向。

这个方向就是"创伤共同体"(traumatized communities)的形成及其可靠性。康乃馨俱乐部代表受过男性伤害的女性共同体,这使我们想到托尼·莫里森在《乐园》里虚构的鲁比(Ruby)社区及其所象征的受过白人伤害的黑人共同体。女性与黑人,作为同属于社会边缘地位的典型群体,恰好说明了"创伤共同体"是如何形成的,即"同样经历创伤的不同个体因为承载同样的痛苦经历,使得创伤事件具有构成社群的向心力,让这些生命同样受到危害而幸存的受难者,认同彼此而发展成共同体"[3]。

---

① 虹影:《女子有行》,文化艺术出版社,2006,第58页。
② 西蒙·波伏娃:《第二性》,李强选译,西苑出版社,2004,第177页。
③ Caruth, Cathy. *Unclaimed Experience*: *Trauma*, *Narrative*, *and History*. Baltimore: The John Hopkins University Press, 1996, p.187.

在社会主流意识中，这种"创伤共同体"即等同于"弱势共同体"，这一群体很可能因此而被其他多数未经历创伤事件的群体所孤立，使得创伤具有了一种来自外部压力下产生的社群离心力。另外，正如康乃馨俱乐部以"阉割"男性为乐事、鲁比社区里的九位男性射杀了修道院里的白人女性一样，"创伤共同体"难以遏制的报复与反抗的冲动，使得这种社群离心力不断加剧，并内化为共同体内部的瓦解。最终，因创伤而聚拢成形的共同体逐渐与社会脱节，变成漂泊而分裂的"孤岛社群"。虹影对康乃馨的处理是以俱乐部的解体和"我"的不断逃离为结局，莫里森对鲁比的处理则以五位被害女性尸体的离奇消失为隐喻，两位作家不约而同地选择了对以暴制暴行为的放弃，强调女性/黑人应该与男性/白人的霸权与暴力所带来的创伤进行斡旋与妥协，在自立自强中实现"人的共同体"。我们可以把这理解为在更高层面上对女性问题核心——性爱问题——的乌托邦式的指引，它是摆脱"影响的焦虑"的有效武器，虽然难以在短时间内实现。

3. 反驱离：女性性爱立场的自我表达

女性作家在以男性为中心的社会里操控对性爱主题的想象和书写，是一件仿佛走在悬崖边缘的危险事情，很容易堕入情色的深渊，或陷于理性的迷思。但失语也好，迷乱也罢，女性作家创作的脚步是不会停止的，在对性爱继续的关注与描写中，不同的作家形成了不同的性爱立场和表达风格。张爱玲的性爱立场就是洞悉世间冷暖后冷静尖刻的报复，诚如傅雷解读曹七巧的病态时所说的："最基本的悲剧因素……她是担当不起情欲的人，情欲在她心中偏偏来得嚣张……爱情在一个人身上不得满足，便需要三四个人的幸福与生命来抵偿。可怕的报复！"①

---

① 傅雷：《论张爱玲的小说》，《张爱玲文集·第四卷》，安徽文艺出版社，1996，第418页。

　　虹影既对女性偏爱有加，其作品中女性性爱的表现形式自然极为多样：《饥饿的女儿》中的小虹影（与历史老师）是懵懂中带着野性的狂热，《英国情人》中的闵（与裘利安）是享受中夹杂怀疑的犹豫，《女子有行》里的"我"（与桑二法王）是崇高中彰显逃亡的宿命，《上海王》里的筱月桂（与常爷、黄佩玉、余其扬）是欲望里走出成长的孤独，《上海魔术师》里的兰胡儿（与加里）是殷切里张扬青春的勇气。

　　可是，历史老师死了，裘利安死了，桑二死了，常爷、黄佩玉都死了，用依利加雷的话说就是："他，施爱者，被送回到超越的境界；她，受爱者，陷入深渊。"① 女人们该怎么办呢？

　　陷入深渊的女性不等于坐以待毙：小虹影选择离家出走，石桥上遇到的"花痴"教会她笑着面对未来；筱月桂即使被余其扬背叛，也要缩回跳楼的那只脚，继续当她的"上海王"；"我"虽然没有了桑二的保护，但更明白了女性独立的意义，哪怕要继续逃亡的旅程。当然，女性并不总是坚强，所以虹影并没有回避女性在性爱关系中因无法承受失去爱人之恸而赴死之举。譬如闵或苏菲，孤意自杀绝不苟活。值得我们关注的是，不论生或死，女性们都表达了强烈的"反驱离"立场——生、死要由女性自我把握，如同性爱关系中女性的自由奉献一样，来去皆由我！她们共同的目标，就是要反抗将女性处境看作不可逃避的宿命的意识形态倾向，在那些貌似永恒正义的社会规训后面寻找到人为设置的蛛丝马迹，即如波伏娃在《第二性》中开宗明义所提出的观点："一个人之为女人，与其说是'天生'的，不如说是'形成'的。"虽然女性无法完全摆脱被"形成"的环境，但这种"形成"可以从负面的意义中生出积极的精神指向，它干脆地让女性

---

　　① Irigaray, Luce. *An Ethics of Sexual Difference*. trans. by Carolyn Burke and Gillian C. Gill. Ithaca: Cornell University Press, 1993, p. 188.

陷入深渊，而后激发其寻图自救的途径。正如福柯在《性史》中倡导建立一种"身体的历史"①一样，因为它能够对"身体里最为物质的、最为重要的东西都是被灌输进去的这样一种特性"进行深入探究。②

其中最为引人注目的莫过于闵以"房中术"为指导与裘利安间欲仙欲死的两性性爱。裘利安来自一个"有见于齐而无见于畸"的从抽象的"思"出发的主体意识哲学传统。在"以同裨同"的无视具体、忽略差异的主体观念之下，身体意义在其视域中消失了几千年。直到尼采和福柯，"历史终于露出了它的被压抑一面。一切的身体烦恼，现在，都可以在历史中，在哲学中，高声地尖叫"③。所以裘利安来到东方，怀揣对身体解放的两个终极追求：与东方最美丽的女性相遇，再投入一场轰轰烈烈的革命。裘利安对革命的残酷和血腥、混乱与无序完全没有概念，他不是从政治、国家、权力的打破重组的层面来理解革命，而是要摆脱英国布鲁姆斯伯里圈子的精英知识分子惯以为常的生活轨迹，在对东方艳遇的期待中加入一些对男性身体更具象征意义的所谓"革命"。事实上，闵的"房中术"和中国西部的革命确实颠覆了他对身体的有限想象，的确让他惊讶到"高声地尖叫"了。

与裘利安对身体的肤浅认识形成鲜明对比的，是闵所珍藏的"房中术"。"房中术"中包含的阴阳哲学在闵的女性主体视角下，产生了与"采阴补阳"的传统意义完全背离的另一种阐释。中国传统哲学强调的身体一直都是有"性别"之身，"性别"就是

---

① Foucault, Michel. *The History of Sexuality*, Volume One. Paris: Gallimard, 1978, p. 152.

② Foucault, Michel. *The History of Sexuality*, Volume One. Paris: Gallimard, 1978, p. 200.

③ 汪民安、陈永国编《后身体：文化、权力和生命政治学》，吉林人民出版社，2003，《编者前言——身体转向》，第 21 页。

"两性之有别",是两性身体上最不可还原的根本差异。这种对统属于身体的性别的关注,即蕴藏着男女两性"惟异生感"、因感而"合一"的身体原发性关系,"'阴阳哲学'这一中国特有的学说正是'近取诸身'于男女两性之感的产物"①。"房中术"从男性剥削、控制、欺骗、利用女性的淫秽代名词变成了女性主导、性爱和谐、享受性爱、天人合一的现代先进理念。正是在与闵认真探讨并亲身体验了"房中术"的种种奥妙之后,裘利安开始懂得了他的心灵之父罗杰·弗赖为何对中国周代的青铜器那么敬畏而又挚爱——"因为铸匠与其妻子在炼制的关键时刻,会双双跳进熔化的金属中,使青铜器得到完美的阴阳配合"②。中国传统哲学中的阴阳合气本是玄之又玄的神奇理论,可是裘利安一个洋人经过"房中术"的实践和闵的点拨,由"人"到"物",一通百通了。这就证明"房中术"绝非仅"以触犯禁忌的刺眼行为证明女性躯体的到场"③,更在其下包蕴着中国传统哲学的阴阳调和的天地理论,这为女性的性爱"反驱离"立场树起了一面历史与传统的巨大旗帜。

虹影在性爱表达中的"反驱离"立场缘何而生?她为什么与其他女性作家有如此的区别?《饥饿的女儿》道出了根本原因:私生女的身份把虹影的童年逼迫到身份认同暧昧不清的边缘地带。十八岁离家流浪的那一刻,她的身体中就沸腾着身份不明的血液:既然不属于这里,那么处处皆可为家。二十八岁虹影作为当代新移民作家中的一员远嫁英国,其作为"边缘人"的流浪特质发挥无遗。黑眼睛、黄皮肤的"先天性符号"自然带来了与周围环境的距离与隔阂,"生活于两种文化的'夹缝'之中,在悬

---

① 张再林:《作为身体哲学的中国古代哲学》,中国社会科学出版社,2008,第58页。
② 虹影:《英国情人》,现代出版社,2009,第68页。
③ 南帆:《文学的维度》,中国人民大学出版社,2009,第140页。

浮的状态里"①，她永远无法摆脱的边缘情结无法克制地要转化为倾诉的欲望流诸笔端，成为隐匿于文字之下的深刻的流浪感。从作品的语言角度分析，虹影多年来始终坚持以母语进行创作，就是她徘徊流浪于晦暗地带之时，用以抵制外界对自我的驱离、守护自我之根的一种本能手段。虹影的前夫赵毅衡曾用德语 Das Sein 的音译"打伞"形容虹影在英国的创作历程，而这也不妨当作对虹影"反驱离"状态的一种写真：

> 打伞者，德语 Das Sein，存在。
>
> 哲人说，存在无法定义，它不是上帝，不是世界的基础，不是现存的秩序。既不是我们已有的东西，也不是我们没有的东西。
>
> ……
>
> 打开伞，存在自身显现，敞开即领悟……
>
> 虹影打伞：作为思想并写作的人，她探入想象这个存在唯一的家园。②

虹影以肯定自我存在的敞开式领悟，思想着，写作着，她探入想象这个"唯一的家园"，在创作中弥补流浪无家、身份无主的缺憾。因此，从她作品中密集呈现的女性性爱表达来看，女主人公们不论生死爱恨，都坚持走自我选择之路，就是对"反驱离"立场的支持和声援。尽管会碰到许多"失败的生命"，像《饥饿的女儿》中无法隐瞒妓女身世因而经常被丈夫家暴的张妈，《阿难》中以妥协收场屈服于"无爱"婚姻生活的"我"，或者如《女子有行》中失去了爱人和孩子并始终难逃流亡命运的

---

① 曹文轩：《二十世纪末中国文学现象研究》，人民文学出版社，2010，第263页。

② 赵毅衡：《虹影打伞》，《文学自由谈》，1996，第75页。

"我",又或者如《好儿女花》中发疯去世的母亲,《英国情人》中失去了裘利安而屡次寻死的闵,《上海王》中被女儿夺走了情人的筱月桂等,但"这些失败了的生命却以它们巨大的身影照耀着导引着我往前走在生活的路上"①,她们以多元、共构、互补的形式说明"反驱离"并不等于永远成功地固守主场,而是要随时做好重新出发的准备,"我舍弃所有的奔向它,为了融入其间。跋涉、追赶、寻问……我无法停止寻求……"②,妥协、流亡、跋涉、追问,为下一次的"反驱离"敞开了空间。

第三节　恶之花

一　恶魔性因素之主导

陀思妥耶夫斯基在《群魔》(上)的扉页上引用《路加福音》第 8 章里的一段话:"刚巧在不远之处,正有一大群猪在饲食。群鬼就要求耶稣准许它们进到猪群里,耶稣答应了。群鬼就离开了那人,投入猪群去。那猪忽然冲下悬崖,掉进湖里统统淹死了。"③ 陀氏借用了基督教经典中的"魔鬼附体",比喻"魔鬼"作为一种客体的冲动制约了主体的理性,同时,它又通过非理性主体的疯狂行为来完成一种灾难的创举。关于这样一种介于主客体之间的疯狂因素,在文学史上,有一个与之相对应的现象:the daimonic,被译为"恶魔性"。The daimonic 一词源起于古希腊,陈思和把古希腊相关文献中对 the daimonic 的各种复杂阐释进行了从辞源学到考据学的详细梳理,并把该词界定为:"一

---

① 王德威:《当代小说二十家》,三联书店,2006,第 347 页。
② 泰戈尔、朱自清等:《人一生要读的 60 篇美文》,中国和平出版社,2006,第 138 页。
③ 陀思妥耶夫斯基:《群魔》(上),南江译,人民文学出版社,1983,扉页。

个非反面的词，介乎人神之间的一种力量，既有客体性，又与主体密切相关，它是对社会某种正常秩序的破坏，但在强烈的破坏动机里仍然包含了创造的本能和意愿。"①

　　鲁迅比西方文学史批评家更早关注到文学现象里的"恶魔性"因素，并且第一个从世界文学史的角度论述之，他的杰作就是写于1907年的《摩罗诗说》。鲁迅在日本零星引进的西方诗文传记著述中注意到，在西方浪漫主义文学传统中，以拜伦为代表，包括雪莱、普希金、莱蒙托夫、裴多菲等天才艺术家，都具有一股傲然不羁、反抗强权的气质，尤其当他们的祖国被强国所欺凌时，他们"魔王"般的反抗精神就转变为强烈的爱国情绪和夸张的英雄主义。鲁迅从拜伦式的"魔王"精神中，创新性地提炼出一个"摩罗诗力"的传统："摩罗之言，假自天竺，此云天魔、欧人谓之撒旦，人本以目裴伦（拜伦），今则举一切诗人中，凡立意在反抗、指归在动作，而为世所不甚愉悦者悉入之，为传其言行思维，流别影响，师宗主裴伦，终以摩迦（匈牙利）文士。"②

　　中国现当代文学（包括海外华人华文文学）从一开始就被包含在"世界性的因素"③之内，但同时又与它所产生的现实环境和客观条件息息相关，所以当鲁迅以吃人的"狂人"揭示每个人都可能吃人与被吃，来效法拜伦式的魔鬼形象时，中国的读者对于"恶魔性"这种本源自西方文学传统的崭新意念并不感到突兀和陌生。循着鲁迅为中国的"恶魔性"开辟出的独创之路，中国现当代文学开拓出了东方半殖民地特有的恶魔形象空间：犯罪与

---

① 陈思和：《当代文学与文化批评书系·陈思和卷》，北京师范大学出版社，2010，第167页。
② 鲁迅：《摩罗诗力说》，《鲁迅全集》第1卷，人民文学出版社，1981，第66页。
③ 关于世界性因素的理论，请参考陈思和《关于20世纪中外文学关系研究中的世界性因素》，《中国比较文学》2000年第1期。

疾病。自"狂人"以降，疯子、罪犯往往与它的西方原型一样，成为"恶魔性"因素的主要承担者。

那么，"恶魔性"因素为什么能够成为审美的对象，纳入陀氏、拜伦、鲁迅这些大师之眼呢？对此孙绍振有过精辟的论述："审美是诗意的，但是，不仅仅是诗意的美的陶冶，而且包含着对恶的审视。艺术上往往有这样的现象，就是写恶事、恶人，也以一种艺术的眼光去审视，这种恶事、恶人，就和丑发生了错位，甚至变得可爱起来。"①《三国演义》中的曹操，"宁叫我负天下人，不叫天下人负我"的行为逻辑和黑暗心理以艺术的形式呈现，与读者的良知背道而驰，形成结合着痛感和快感的"情感逆行"，最终转化为读者的艺术享受。这就是亚里士多德《诗学》中的"净化"，或者孙绍振说的"洗礼"，也就是"恶魔性"因素能够在审美大行其道的文学世界中杀出一片天地的奥秘："情感的全面（如正面、反面）熏陶"②，恶丑错位，以恶为美。

二 女性主体意识之破界

在接下的论述中，我将暂时从"恶魔性"因素宕开一笔，放松一下被"恶魔"绷得太过紧张的神经，回到虹影作品的一个特殊性上，探讨她为什么偏爱女性，几乎每部作品都以女性为先为重。继而我们再回到"恶魔性"因素上，研究偏爱女性的虹影会制造出怎样的女性恶魔——恶之花，而女性恶魔又与鲁迅一脉的"狂人"、疯子、罪犯有什么同与不同。

1. 虹影强烈的女性主体意识

为什么虹影的长篇作品里，所有的视角和主角几乎都是女性？最直观的理解是，虹影是女性，且具有强烈的主体意识。大

① 孙绍振：《审美阅读十五讲》，北京大学出版社，2013，第18~19页。
② 孙绍振：《审美阅读十五讲》，北京大学出版社，2013，第19页。

部分作家都有从自我性别出发看世界的自然倾向，也是身体积极主动生产性的一种必然结果。这种不由自主的身体趋向和身份认同在作品中就反映为叙述视角或主角（至少是主角之一）的性别与作者的性别往往是等同一致的。

女性作家中，凌叔华用悲悯却客观的态度审视中国传统女性的弱点，《"我哪件事对不起他?"》里的胡少奶奶、《中秋晚》里的敬仁太太，她们作为妻子的愚昧忠诚远远压倒了作为女人的天性，更不用说作为人的尊严，最终落得个夫离家破的悲凉下场。《太太》、《送车》集中展示了家庭主妇们爱慕虚荣、自私狭隘、闲言碎语、尖酸刻薄的可笑又可鄙的情态，以大时代中的小叙事"在一种性别角色反思的高度上表明，女性狭窄的天空究竟狭窄到什么程度"①。事实上，狭窄的女性天空笼罩的不仅是这些太太、主妇们，也包括较为"先进"的知识女性在内，凌叔华敏锐地发现了即便是喊出"启蒙"、"解放"的五四运动，依然无法彻底摆脱封建思想和男权中心的表述系统，"女子已经叫男子当作玩物看待几千年了。我和你，都是见识太晚"②。新移民作家的代表严歌苓，从《天浴》、《少女小渔》到《扶桑》、《金陵十三钗》，再到《小姨多鹤》、《第九个寡妇》，她用少女、妓女、女学生、母亲、寡妇等各种成长阶段和社会地位的女性角色，构筑了人性透视下东方伦理视域中"一个女人的史诗"——地母形象系列。陈丹燕的"上海三部曲"（《上海的风花雪月》、《上海的金枝玉叶》、《上海的红颜遗事》）和《慢船去中国》，都是女性之间看似不同却又相似的命运。安妮宝贝在最新作品《春宴》中以意象、潜意识、幻相和暗示，描写了两个女子在各自人生中所

① 孟悦、戴锦华：《浮出历史地表》，河南人民出版社，1989，第86页。
② 凌叔华：《女儿身世太凄凉》，《凌叔华文存·上卷》，四川文艺出版社，1998，第12页。

经历的生命状态。但是这些女性多被设定为在史诗般的苦难中煎熬的形象，她们的“恶”的因素较为薄弱或者干脆是缺乏的（尤以扶桑为甚）。恶的是历史环境而不是女性——是我们从作品中把脉出的这些女性作家创作的预设心理。

　　男性作家中，偏好将文本的叙述视角和主角设定为男性的作家也相当之多，而且不乏名家大作。余华《兄弟》里同样是男性观察者的“我”叙述了作为显性结构的江南小镇上两兄弟李光头与宋钢的故事，在文本的隐性结构中李光头的爸爸刘山峰的厕所偷窥事件“承担了整个文本的纲目”[①]，余华从显隐结构上以对称而怪诞的现实主义手法展现出男性世界的恶与怪。莫言《生死疲劳》的叙述者是土地改革时被枪毙的地主西门闹，第一章“受酷刑喊冤阎罗殿”开篇即阐明：“我身受酷刑而绝不改悔，挣得了一个硬汉子的名声”，他以各种动物生命的轮回见证了家族和历史的兴衰；莫言的《红高粱家族》里回忆着“我爷爷”拉着“我奶奶”在高粱地里天人合一场面的也是家族未来的男性目击者和见证人。很明显，男性作家承担了文学叙事的主流，对男性人物的恶的评价体系即使以“厕所偷窥”、“高粱地野合”、“地狱轮回”这样的民间鄙陋小事为切入点，也必上升到国家、民族、革命、战争、阶级、人性等宏大背景的高度建筑叙事结构。

　　当然，大部分作家不甘囿于性别注定的视角中，而乐于以性别“反串”来大书特书异性主角，以此身之性别观察、感悟、揣测、想象、创造出异性对这个世界的体认，从而超越肉身的束缚，放纵想象的翅膀，而这种早已有之的大胆尝试也正包含在小说虚构性的应有之义中。莫言的《丰乳肥臀》展示了上官家族四代人从抗战直到改革开放以后的命运，不仅是农村家庭近百年来

---

①　陈思和：《当代文学与文化批评书系·陈思和卷》，北京师范大学出版社，2010，第147页。

兴衰荣辱的缩影，更是一个皇皇巨制的东方奇幻故事，而撬动如此厚重历史的支点却是一个丰乳肥臀、动作粗笨却充满力量的上官鲁氏（和她的乳房）。再回想为读者们所熟知的老舍的虎妞、大赤包，钱钟书的孙柔嘉，德莱塞的嘉莉妹妹等，都是在"男性叙事中的恶女人形象"①，对女性的恶的言说多集中于对男性所代表的家庭控制、爱情欺骗、人格侮辱、地位压制的反抗与报复。由于女性之恶被局限于男性立场观照之下的被丑化了的形象，是不够有气魄的"次一级"的恶，没有恶出让人叹服的女人之"美"来，所以说她们的"丑"大过于"恶"也许并不为过。

　　虹影始终以不变应万变，她所有的长篇小说皆以女性为叙述者，或侧重以女性视角叙述。有明确男主公的作品仅有两部（《英国情人》、《上海魔术师》）（见表3-1）。其余男性角色或缺席或逃避，或自杀或他杀，或老死或被弃，从他们在叙述中所占的比例分量，以及他们对核心故事的要件构成来看，只成为故事的配角（包括《阿难》）。即使以女性为中心，男性存在于虹影作品中的意义依然是不可否认的。意义一，男性"恶人"的存在是对女主人公的逆向"帮助"：因为他的坏与伤害，她学会了忍耐与成长；因为他的恶，她学会了宽容和妥协。譬如《女子有行》中的古恒对"我"的抛弃促成了康乃馨俱乐部的成立，而男性话语主导的国家机器对康乃馨俱乐部的封杀又促成了"我"的逃离和遇见桑二；《上海魔术师》中大世界的唐经理对燕飞飞的始乱终弃、对张家班和所罗门的欺凌压榨，让兰胡儿对男性和爱情有了更明晰的判断，对生存产生了更坚定的信念。意义二，从男性眼光里看出女人"恶"之下所掩盖的美的内涵，把"恶之花"从"恶"到"美"的过程提升到两性的冲突与和谐的高度。

① 李玲：《中国现代男性叙事中的恶女人形象》，《文史哲》2002年第4期，第90页。

例如，桑二眼里的"我"，不是康乃馨俱乐部里阉割男性的女魔头，而是可以诞下未来佛的"佛母"；休伯特和谭呐眼里的于堇，既不是美国的女特工也不是离异的女明星，而是柔弱之下挺立着坚强的中国女孩。

表 3-1　虹影小说的叙述角度及角色分配

作品（按年代）	叙述角度	女主人公	男主人公	男性配角
《背叛之夏》	第三人称	Lin Ying	无	Chen Yu
《女子有行》	"我"	"我"（盒�）	无	古恒、桑二
《饥饿的女儿》	"我"	"我"（小虹影）	无	生父、养父、哥哥、历史老师
《英国情人》	第三人称	闵	裘利安	郑
《阿难》	"我"	"我"	（隐性）：阿难	孟浩
《孔雀的叫喊》	第三人称	柳璀	无	李路生
《上海王》	第三人称	筱月桂	无	常爷、黄佩玉、余其扬
《上海之死》	第三人称	于堇	无	谭呐、莫之因、倪则仁、休伯特
《上海魔术师》	第三人称	兰胡儿	加里王子	张天师、所罗门王
《好儿女花》	"我"	"我"（虹影）	无	前夫小唐、哥哥们

当然，就如同不能夸大作者执着于某种性别视角的倾向，我们也不能夸大男性作家与女性作家之间对叙述角度的差异。这里把虹影的几乎是"纯女性"的叙述角度和对女主人公的偏好问题提出来讨论，并非要为那些选择了男性视角或全能型视角和以男性或男女同时为主人公写作的作家树立一个截然相反的对立面。相反，虹影和所有作家同样身处"男女自由选择"的创作环境，只不过她因为某些原因在创作上走出了独特的一条路（下文就要涉及这个问题），或者走得比其他作家更远一些罢了。虹影几近"纯女性"的叙述视角倾向，未必是其他作家未来效仿的方式，然而研究作家之间对叙述性别角度的选择，既要留意彼此的差

异，也不能忘记他们之间存在的共通性，而虹影与其他作家的差异性也只有在共通性的映照下，才可以看得更清楚。这其中的共通性，是小说的社会意义和文化价值所赋予作家的责任和自由，以及如何担负这种责任并在何种程度上享受创作的自由和快乐。其中的差异性，我想应该存在于作家的个人化写作中，而这正是作家与自身的责任和自由对接以及发生矛盾的场所。在诸多矛盾中，最突出的一个莫过于女性作家的"描写身体"，以及由此引发的"恶"的歧义和质疑。

2. 女性"描写身体"的歧义与"恶之美"

身体写作引发的争议是世界性的。20 世纪 90 年代，中国大陆女作家中，以陈染、林白出格的身体描写为代表的个人化写作引起了极大争议。世纪之交，又一批被称为"美女作家"的作品产生了轰动效应，以致人们习惯于将女性文学、女性小说、女性主义与私密叙事、性解放以及道德沦陷混为一谈并侧目而视。虹影虽然并未在这两次轰动性的争议中占据突出地位，但她在《女子有行》、《英国情人》等作品中对男性的阉割、对名人名誉权的"侵犯"和对"房中术"大胆的描写，也引发了 21 世纪中国文坛多次不小的震动。综而述之，我们就此借分析虹影作品中的"描写身体"，对女性主义者提倡身体写作的本意与具体语境、身体写作流行的讹误及恶果，进行理性的识别。

整个人类书写都浸透了男性中心主义或曰菲勒斯中心主义，就像西苏所批判的那样，整个写作史就是"菲勒斯中心主义传统的历史"[①]，所以我们要从让写作回归女性开始，让女性重建对世界的认知，同时让世界正视女性的存在。女性躯体在文学史上从不属于女性自己，而是被男性特权扭曲而僵死的躯体，没有什么

---

① 埃莱娜·西苏：《美杜莎的笑声》，孟悦译，载张京媛主编《当代女性主义文学批评》，北京大学出版社，1992，第 193 页。

手段比从描写女性身体的独特经验开始，更能让写作回归女性身体的了。描写女性躯体是使其复苏的方法，女性的"内驱力机制是巨大非凡的，……她的利比多将产生的对政治与社会变更的影响远比一些人所愿意想象的要彻底得多"①。

虹影是非常注重"身"的概念和"身体描写"的女性作家之一，除了因为她在饥饿环境下成长而练就的敏感性外，还因为她对女性的了解胜于从"父的缺席"中收获的男性经验。此外，我不揣冒昧要发挥自己想象的权利，对上一部分中分析的虹影创作具有如此明显的女性主体意识，做一个大胆的原因猜测。第一，虹影的纯女性视角是否代表了她女性意识的觉醒？第二，虹影的纯女性视角是否代表着被社会、历史、男性伤害过后的女性"全能"叙述，男性已经不再被她所需要？

第一个问题可以从虹影对角色的年龄设计上找到切入点。虹影对女性视角和女性主人公的偏爱，虽然代表了其女性意识的某种意义上的觉醒，但必须注意到的是，虹影安排的女主人公大多是女孩或年轻女性，而男性角色不论主、配角多为成年男性（即使是与兰胡儿年龄相当的加里王子，也处处显现出比兰胡儿老成稳重、能持大局的男性气质）。男女角色不仅在年龄上有差异和距离，这也造成男性在社会地位、人生阅历、成败历练、心态性格等方面，无意识地"长于"甚至"优于"女性，从而对女性起到引导、带领、拯救、支持的作用。所以虹影的女性意识依然不自觉地受限于男性的话语霸权，还残存着《饥饿的女儿》中小虹影的"恋父情结"的痕迹，她的作品或多或少在无意中充当了男权意识的代言。在解释自己为什么"从未敢在小说中创造一个真正的男性形象"的时候，埃莱娜·西苏强调了女性身体写作的所

①　埃莱娜·西苏：《从潜意识场景到历史场景》，孟悦译，载张京媛主编《当代女性主义文学批评》，北京大学出版社，1992，第232页。

指功能，"因为我以躯体写作。我是女人，而男人是男人，我对他的快乐（Jouissance）一无所知。我无法去写一个没有身体、没有快感的男人"①。为什么虹影不尝试非女性的叙述角度，西苏的理由应该能部分解释虹影的想法。但也正因为虹影局限于纯粹女性意识的探索和张扬，对男女两性的思考仍局限于非此即彼的二元对立之中，所以其女性意识的觉醒尚未抵达深刻而超越的自由阶段。

第二个问题，从对第一个问题的分析中可以看出，虹影在尝试的是女性的"全角度"叙述，而不是"全能"叙述。正因为女性受过伤害，而且依然不断地在继续受伤，女性争取她们在文学和历史中的合法地位的奋斗还远未完结，所以女性在根本上是不可能"全能"的。从虹影对生命、欲望的种种想象中，从"缺席的父"到勇敢的加里王子，男性的存在价值不论从正面还是反面，都是一直被需要的。虽然受着创伤的女性不是"全能"的，但女性可以在"恶魔性"中焕发全新的"毁灭与新生"。

3. 虹影小说中"恶之花"的创生

以波特莱尔的"恶之花"来命名虹影作品中恶而不丑、恶得漂亮的女性，是因为"恶的不一定是丑的"②，想想"阁楼上的疯女人"、《雷雨》中的繁漪，她们都是恶之花的典型代表。虹影小说多写革命战争的背景，又偏爱使用女性视角和主人公，在这二者的交汇点上革命被改造成为女性个人叙事。而女性个人叙事的自我性必然与革命叙事的宏大性之间产生冲突，这种冲突在虹影笔下就转化成为"恶之花"的诞生。"恶之花"是对创伤女性的觉醒的另类体现，同时具有"恶"与"美"、"恶魔性"与

---

① 埃莱娜·西苏：《从潜意识场景到历史场景》，孟悦译，载张京媛主编《当代女性主义文学批评》，北京大学出版社，1992，第 232 页。

② 孙绍振：《审美阅读十五讲》，北京大学出版社，2013，第 22 页。

"女人花"的特质。

虹影笔下恶之花的典型有:《背叛之夏》中的 Lin Ying、《女子有行》中的"我"、《英国情人》中的闵、《上海之死》中的于堇等。她们共同的特点是:温柔的暴烈,或如波德莱尔所说的"肮脏的伟大,崇高的耻辱"。但她们每个人的暴烈与温柔之处又都是不同的,既受到虹影某个创作阶段的个人经历、社会环境的影响,更与虹影的成长经验和自主意识的逐步完善密切相关,表现在外表美—手段丑—目的美的曲折演绎中。

成书于 1991 年的《背叛之夏》,根据虹影 1989 年在北京鲁迅作家学院学习时的亲身经历创作而成。在这部小说的英文版封面上,《洛杉矶时报书评》(*Los Angeles Times Book Review*)做了如下评论:"这是一部大胆而扣人心弦的小说……对政治挑战和性叛逆的炽热描写……充满力量。"[1] 肖瓦尔特在《她们自己的文学》中说,女性文学发展经历的第一阶段是"女性气质"(女人气,Feminine)阶段,第二阶段是"女权主义者"阶段[2]。在第一个阶段中,女作者们模仿正统的流行模式,不自觉地向占统治地位的艺术标准靠拢,并使之内化为自我的一部分;而在第二个阶段中,女性逐渐发现了其中的问题,开始反对正统的文学标准及其价值,从而进入倡导和建立不同价值标准、要求自主权的时

---

[1] Hong Ying. *Summer of Betrayal.* New York: Grove Press, 1997, cover.

[2] 肖瓦尔特在《她们自己的文学》中,把女性文学发展经历的三个阶段分别命名为:女性气质(女人气,Feminine)阶段、女权主义者(Feminist)阶段和女性(Female)阶段。这三个阶段在时间上并不那么截然分明,有时一位作家身上也会同时出现三个阶段的特征。那么这种划分的意义或初衷是什么呢?首先是为了说明,女性的文学书写活动不可能与现实截然分开,不可能一开头就与她们的生存环境相脱离。其次,当女性明火执仗地、坚决地与现有价值观念进行较量,表现出反叛和对抗的时候,这固然是一种自觉,但同时也是一种依赖。女性要进入一个独立创造的阶段,获得自然健全的自我意识,要经历对抗,也要超越对立。参见玛丽·伊格尔顿编《女权主义文学理论》,胡敏等译,湖南文艺出版社,1989,第 20 页。

期。《背叛之夏》作为虹影的第一部长篇小说，几乎跨越了女性文学创作的第一阶段，直接进入了第二阶段。例如，《背叛之夏》中有这样一个片段，主人公 Lin Ying 在被破门而入的警察锁上手铐带走之前，"以孤独静默中的一段裸舞表达最后的蔑视与挑衅"①，就是很好的例子。女性这种反对正统和要求自主的现象，产生的缘由首先在于，虽然女性的文学书写活动基本不可能与现实截然分开，不可能一开头就与她们的生存环境相脱离，但由于虹影是在移居英国后才开始文学创作的，所以她的小说视角从一开始就相对自由，就得以从女性自主审视（回顾）生存环境的"高度"出发，并且在跨文化的比较中产生对中国正统主流文学模式的反叛和对抗。但是不难看出，虹影的自觉意识中依然存在着相当的依赖性，也就是说，反抗主流价值反而成为主流价值存在的另一种方式。就《背叛之夏》而言，女主角表现为充斥着绝望颓靡情绪、缺乏超越自我意识的"恶之花"，就像有评论家认为 Lin Ying 的这段裸舞是"华丽的徒劳中一种回忆的姿势"②。

与《背叛之夏》的 Lin Ying 相似的还有《女子有行》的第一部《上海：康乃馨俱乐部》中的"我"。"我"组织了一个阉割不忠男性的纯女性组织"康乃馨俱乐部"，在先锋、前卫甚至是恐怖的"阉割"下，掩盖的是"我"对不忠的前男友古恒的逃避和抗拒。在年代不明的未来社会里，"我"的创伤、不安全感和复仇心理依然像过去的数千年一样，来源于男性。男性对女性情感的伤害，遭到了女性对男性肉体的报复。"我"因阉割男性、触犯禁忌而招致"恶"的罪名，"恶"却从反面证明了"我"其实是容易受伤的"女人花"。这就像黄碧云在《烈女图》扉页上

---

① King, Richard. "*Daughter of the River*, and: *Summer of Betrayal* (review)." *China Review International*. Volume 7, Number 1, Spring 2000: 96.

② King, Richard. "*Daughter of the River*, and: *Summer of Betrayal* (review)." *China Review International*. Volume 7, Number 1, Spring 2000: 96.

所说的："许多的暴烈，乃因哀伤无处可逃。"① 由于"阉割"行为类似恐怖分子的活动，康乃馨俱乐部很快从内部被瓦解，讽刺的是，曾经共同受过男性伤害的女性所结成的同盟并不稳固，共同的出发点并不导向共同的目的地。在这样的打击下，"我"开始逃亡。男人与女人的不可靠性和互相伤害性，说明了"我"自身的不可靠性，女性间的分离和背叛，成为继男性之后对女性自身的又一沉重打击。

《女子有行》第二部《纽约：逃出纽约》，写"我"在逃亡与反思中，遇到佛教领袖桑二，"我"几乎成为桑二的伴侣和未来的"佛母"。表明虹影的女性文学创作正在从第二个阶段（女权主义者）进入第三个阶段，即女性阶段。在这个阶段中，女性要发现真正的自我，从对敌对派别的依赖中挣脱出来走向独立。所以，第二部是对第一部"康乃馨俱乐部"的自我否定。在第三部《布拉格：城市的陷落》中，"我"因桑二的死亡而重陷逃亡的怪圈，"我"在经历了与男性对抗的阶段后，开始明白只有超越这种对立，才有希望进入独立创造的阶段。虽然"我"的故事未完成，但"我"完成了女性的成长史是一部流亡史的讲述。《女子有行》的原名叫《一个流浪女的未来》，"流浪"和"未来"暗示了女性报复男性、女女结成同盟的"恶"的方式是行不通的，只会导致女性更加的流离失所，所以男女异性之间、女性同类之间不应只有冲突和对抗，而应该有其他的合理共存方式。《女子有行》的英译名为 *Far Goes the Girl*，我认为此处的"行"不仅指行走、远行（go），还可解释为行为、行动（behave, act, move），虽然这个双关的韵味无法在英译名中体现，但我们应该可以想象虹影在这个"行"字里融入了对女人采取行动，主动出击，寻找解决两性和同性关系的新途径的期待。由此可见，《女

---

① 黄碧云：《烈女图》，大田出版有限公司，1999，扉页。

子有行》中"我"作为恶之花的新阶段，明显已经与《背叛之夏》中 Lin Ying 所代表的"恶"大有不同。

《英国情人》中的闵，以有夫之妇的身份，主动向裘利安投怀送抱，甚至为了逼婚，设计让丈夫郑发现她与裘利安的私情。闵的身上有一股狂热追求爱情的勇气，不怕打破人伦道德社会纲常，不怕以身体毁灭为代价，更不惧触犯社会道德底线，与《雷雨》中的繁漪颇为相似。但是，比起牺牲他人性命（四凤）维护自己爱情的繁漪，闵的举动更为疯狂——她豁出了自己的性命。书中饱受争议的"房中术"，其存在的价值并不是为了吸引读者、制造噱头，虹影的用意首先在于强调"房中术"是一种男女双修、性爱和谐、强身健体、共享"性"福的古老媒介，并且在其中凸显了女性在"房中术"里的主导和引导的地位。"房中术"的这一潜文本意义因为过于强烈的表层文本意义（对性禁忌的突破和挑战）而被遮蔽了。裘利安战死沙场后，闵选择在鬼节当天跳楼，而且临死前在昏迷中与裘利安的鬼魂交合。"房中术"明确禁止"人与鬼交"，否则人必殒命。深谙此道的闵，在唯一愿与之施行"房中术"的男性对象裘利安死后发现，"房中术"所具有的唯一价值就变成了"触犯禁忌"，把利于身体的规则变成伤害身体的利器。所以，"房中术"是以"被违背"的目的性存在于第二层潜文本意义中的，"房中术"的实质是：顺之则昌，逆之则亡，男女和谐，自然规律，不可违背。相应地，闵所代表的"恶"其实是女性身体象征的自然力量的毁灭式呈现，是女性自我认同的极端形式。

《上海之死》中的于堇是最不"恶"的一朵"恶之花"。说她最不"恶"，是因为于堇的恶不是普通意义上的邪恶、罪恶、恶毒，她的"恶"的特殊性可以从两个层次进行分析。首先，从虹影为于堇设置的女性社会身份上考察，于堇是上海滩家喻户晓的美女明星，表面上看，这与恶不仅毫无关系，而且简直是美的化身。可如果我们深究"明星"一词背后的内涵，就会发现现代社会早已赋予这个以女性为主的行业与表象相反的意义——"高级妓女的最新的表现形式是电影明星"，"妓女和艺术的分界线始终模糊不清"①。尽管波伏娃的这种说法显得过于刻薄且有以偏概全之嫌，但不可否认，她的话有一定的事实依据，不论是当年还是现在，历史都在以惊人的一致性重蹈覆辙，明星界和演艺圈往往充斥着肮脏的潜规则。我们当然可以根据故事情节了解到于堇的为人，她不是交际花式的高级妓女，而确确实实是演技出众的演员，更是心怀大义的潜伏特工。但是，在她的明星伪装与她善良本质的矛盾冲突中，体现了"恶"的第一层含义：女性因外表的美好而获得的成功被世俗所误解的巨大可能性。

其次，于堇忠于养父还是忠于祖国，看似自由的选择背后，隐藏着"这种自由本身的消极性"②。换句话说，不论怎么选择，于堇都无法避免伤害其中的一方而被迫成为"恶"的施行者。于堇最终"背叛"了养父，她的"恶"是为了"忠"于祖国而不得不付出的代价，是为了"善"的目的而踏上的"恶的道路"。若她忠于养父，即忠于美国，她获得的日军偷袭美军的二战情报就要如实递出，及时避免美军的牺牲，这也是养父和上级培养她做间谍的目的，是她的职业责任。若她忠于血缘，即忠于中国，就不能如实传递这份情报，要让美国在太平洋战场遭受重创，迫使它放弃袖手旁观的姿态而加入耗时弥久的世界大战，给予嚣张的日本军国主义以致命的打击，挽救苦苦独撑抗日局面的危亡中国和苦难大众，这是她的情感责任。不论选择忠于哪一方，在道德意义上都是正确的，但选择只能有一个。于堇的困境，是道德

---

① 西蒙·波伏娃：《第二性》，西苑出版社，2004，第217页。
② 西蒙·波伏娃：《第二性》，西苑出版社，2004，第219页。

的困境，是"善"的困境，是历史压迫在女性个体身上的巨大困境。虹影为于堇设计这样的困境，目的只有一个，在利益的反复权衡和狠心决断中，于堇必然不得不牺牲其中一方的利益，从而不得不亲手为自己戴上"恶之花"的荆棘之冠。

她纵身跃出上海最高的饭店顶层，以优美的姿势向这个世界谢幕，就如西苏所说的"飞翔是妇女的姿势"一样美丽。可是，她那躺在冰冷地面上染血的、毫无生命的尸体是丑的，是又一次以血淋淋的丑陋躯体对唯美"女神"的亵渎。她跳楼的举动又是"善"的——她以自我了断提前向她的养父（同时兼上级）谢罪。她明白假情报会害了这个视她为生命的老人，所以她以命相抵，报答养父的养育之恩。她的跳楼而死先于养父的服毒自尽，成为一种"预设的补偿"，以提前的死亡为滞后的死亡道歉，因而她又化身成了美。在美—丑—美的转化间，她的"恶之花"形象渐趋饱满。

三 恶之花"丑"之再变异

1. 从忏悔到"恶魔性"

莫言曾把《丰乳肥臀》比作自己的"精神自传"，上官金童身上最大的弱点就是懦弱，不敢坚守自我，这也是莫言认为自己身上最大的弱点。莫言在《红高粱》里创造了像余占鳌和戴凤莲那样敢于表达内心，敢于坚持自己，敢作敢为的枭雄豪杰，就是莫言对自身缺乏的一种补偿。概括来说，莫言是用作品中的主人公反映自我、填充自我，继而表达自我、超越自我。例如，莫言写饥饿，其主旨并不是为揭示社会问题，而是将满足饥饿的欲望作为人的生命活动方式去描写，他更重视的是人的生命体验（表达自我）和艺术体验（超越自我）。

虹影同样意识到自己的不足，因为自己内心没有感受到爱，所以也没有爱，需要不停地从外面寻找爱来填满自己，这种爱的

"饥饿"就是个体的孤独,而当她看清孤独的必然性这个真相时,就再也不会试图用外在的人或事来填补了(如《饥饿的女儿》中小虹影追寻父亲,恋上历史老师)。所以虹影作品的自我悲悯和自我忏悔色彩要重于莫言等作家,后者可以用替代自我和超越自我的角色来说话,以疏离冷静的风格写作,而虹影则长时间局限于所谓的"孤独的真相"中,无法自拔,于是形成了虹影在革命叙事上寄生的自我意识——忏悔的恶之花。正如马克思所言:"作为确定的人,现实的人,你就有规定,就有使命,就有任务,至于你是否意识到这一点,那都是无所谓的。这个任务是由于你的需要及其与现存世界的联系所产生的。"[1]

对于虹影作品中忏悔式的悲剧特色,也许在与当代文学中农村生活题材的悲剧性作品的比较中更容易看出其特色。和其他作品一样,"大跃进"、"共产风"之后的三年困难时期和十年"文革",这两段给当代中国农村造成巨大灾难的历史时期(或曰"革命"年代),是经常缠绕困扰在虹影笔下的艰难"回忆"。不仅如此,虹影还将目光投向更遥远(二战与中国远征军)更广阔(改革开放)的人类战争与经济革命。但是,从政治、经济、战争等种种"革命"及其所带来的灾难对人们生活造成的破坏的角度落笔,与从人的心灵在这样一种淡远漠然的背景下所进行的甚至没有直接关联的活动着眼,二者不但是出于艺术视角的不同,更重要的是其中表现出观照生活、理解生命的理念和心态的不同。不同的艺术视角,带来不同的发现和不同的生活观、生命观。从什么角度看生活和从生活中看到什么,几乎是互为表里、密不可分的,前者是后者破解迷踪的钥匙和途径。

曾经被誉为继承了鲁迅的现实主义精神的高晓声,关注的是

---

[1] 《马克思恩格斯全集》第3卷,人民出版社,2008,第329页。

农村的贫困、经济上的剥夺给农民带来的生活拮据、在衣食住行各方面的举步维艰,《李顺大造屋》写"住",《"漏斗户"主》讲"食"。古华的《芙蓉镇》借一个小镇民风乡俗的变化,揭示20世纪六七十年代"左倾"政治给人们造成的身心创伤。但是,我却很难用政治、经济乃至文化等范畴描述虹影作品中的悲剧,政治、经济、文化在她的作品中都有所涉及,但又不是表现的中心,甚至隐约退居幕后。虹影倾力于生命本体的悲剧——生的悲剧、死的悲剧、性爱的悲剧。生命悲剧之于政治、经济、文化等原因造成的悲剧的不同,在于后者造成的悲剧会随着悲剧原因的改变或消失而改变或消失,而生命的悲剧却是无论遇到何种境况都贯穿于命运的始终,永不消弭的。李顺大在错误的农村经济政策之下,几十年住在猪圈中,一遇政策拨乱反正,经济见好,他就美滋滋地造起新屋。陈奂生也摆脱了"漏斗户"主的帽子,悠悠然进城去卖油绳了。

然而虹影笔下生命的悲剧却与生命的诞生一起降临,忏悔与觉悟的情绪随着生命的成长而蔓延。小虹影、于堇、筱月桂,都是如此。即使不同如阿难,作为男性,其忏悔与顿悟之前经历了重大的波折,但也无碍于他最终以生命的代价来悟与悔。阿难,从父辈远征军的阴影下以遗腹子的命运出生;经历"文革"的压抑和折磨,失去最后一个亲人,自我放逐于云南边陲;在改革开放的大潮中成为摇滚明星和商业巨贾。压抑的撤除、命运的翻转、欲望的实现,一夜之间突然到来,但这一切仿佛稍纵即逝的幻象,使他转瞬陷入更大的痛苦之中。即使外部的政治渐明、经济好转、文化进步,却仍无法弥补他心中的痛苦和缺憾,于是他的欲望化为罪恶的天才,他在步步追逐欲望的过程中沦为跨国逃犯。生命,自由,欲望,罪愆。虹影的"阿难"就像莫言的"黑孩",黑孩把他的全部欲望都凝结到透明的红萝卜上,但是当他拔光了满地的萝卜却发现一切都是徒然,毫无所得。欲望是难以填充的，即使短暂地实现了又会被新的欲望所取代。正如叔本华所说：生命是一团欲望，欲望不能满足便痛苦，满足便无聊。人生就像钟摆，在痛苦和无聊之中摆荡。此时，忏悔是对此最好的救赎。正如反思"文革"的第一个理论突破就是以巴金为代表的老作家提出的真实与忏悔，为后人的"文革"叙述提供了一个高贵的人格榜样。

2. 从"恶魔性"到包容性

威尔海姆·赖特说人的性格结构有三个层次。在表面层次上，正常人是含蓄的、彬彬有礼的、有同情心的、负责任的、讲道德的。赖特的第二个层次代表着他的老师弗洛伊德的"无意识"和"被压抑的东西"，是残忍的、虐待狂的、好色的、贪婪的、嫉妒冲动的。赖特的第三个层次是诚实的、勤奋的、合作的、善良的，是自然健康的人的基础，代表人最基本的生物核心（类似中国古代"人性本善"的观点）。但是第三个层次产生的利比多冲动在经过第二个层次时发生反常"扭曲"。① 几乎所有的战

---

① 奥地利精神分析学家、马克思主义社会学家威尔海姆·赖特是弗洛伊德的得意门生，他把性格结构划分为独特的三个层次。而赖特的"人性三层结构"（《法西斯主义群众心理学·序言》，张峰译，重庆出版社，1990，第 1 ~ 3页），与孙绍振教授的"情感错位说"[《文学创作论》（1986）、《审美阅读十五讲》（2013）] 有异曲同工之妙，都抓住了一个核心，在赖特那里叫"扭曲"，在孙绍振处是"错位"。威尔海姆·赖特说人的性格结构有三个层次。在表面层次上，正常人是含蓄的、彬彬有礼的、有同情心的、负责任的、讲道德的，孙说，要"打出常规"，因为在平常状态下，人物均有荣格所谓的"人格面具"，打的就是那"含蓄的、彬彬有礼的、有同情心的、负责任的、讲道德的"所谓"正常人"。赖特的第二个层次代表着他的老师弗氏的"无意识"和"被压抑的东西"，是残忍的、虐待狂的、好色的、贪婪的、嫉妒冲动的，孙则用朴素的语言归纳为要"深化心理"，因为人物被打出常规后，就进入第二环境，暴露第二心态，这就是人的深层心理结构，它跟表层结构形成反差。只有反复地冲击要害，内在的心态才来不及掩盖，才会暴露出来。赖特的第三个层次是诚实的、勤奋的、合作的、善良的，是自然健康的人的基础，代表人最基本的生物核心（类似中国古代"人性本善"的观点），孙则化为四字箴言"情感错位"，错位的幅度越大，情节就越是生动，人物就越有个性，故事就越有戏。孙创造的"错位"，就是从赖特的 （转下页注）

争、革命中，人们的性格都与之类似，当下层群众在反对第一层面的社会虚伪规范时，造反的情绪往往集中在第二层面上，做出了强烈的歪曲性的表达，转化成恶魔性的欲望化现象。

于董在面对第二次世界大战和抗日战争的时候，她的"造反情绪"就强烈到背叛了养父和养父所代表的强大的美国力量，她对中国的"善"与"忠"的表达要以牺牲自我和养父的生命来完成。虽然牺牲小我以保护国家是天经地义的道理，但是当"小我"中包括了养育自己的"父"（不是作为他者存在的"父"）也要一起被牺牲掉，这个抉择毫无疑问是艰难的。此时，以扭曲情感和牺牲自我（及家人）的方式去达成一个善的目标，是在精神和肉体上对根本人性的双重违背，这凸显了战争压迫下女性"恶魔性"的爆发是如何成为抉择的关键。以手段之恶实现结果之美，这是虹影的"恶之花"的一个特点。

一方面，以历史比较的方法来研究不同战争和革命，每一场战争与革命间都存在着巨大的差异性；另一方面，从表面的历史知识来看，小说里国家机器、残酷战争与爱、欲的关系也确实存在着巨大的分离性。但如果我们引入恶魔性因素来考察两者间的关系，它们恰恰是同一个恶魔性体系内的不同欲望因素。就像于董没有因为忠诚的父女之爱就消解了革命与国家的意义，相反，在她的意识里，两者是可以互相涵盖的，至少是可以互相理解的，所以于董用自己的死亡向养父赎罪，正因为她认为这个罪是

（接上页注①）第三个核心层次产生的利比多冲动在经过第二个层次时发生反常的"扭曲"。"错位说"侧重于情节的安排和情感的交错，是从文本出发总结出的理论。而"三层结构说"则更多关注人的本性，是把精神分析学运用于文学分析。值得强调的是，孙的"错位说"是把人分成两种情况，个人和社会的人。就个人而言，打出常规，是表层到深层；但人是社会的，不可能是绝对个人的，特别是小说，写的是人与人之间的动态关系，即使是最亲密的亲情、友情、爱情，也要发生错位，在错位中显现出人的深层心理奥秘。

可以赎的。正如罗洛·梅把 the daimonic 定义为："是能够使个人
完全置于其力量控制之下的自然功能。性与爱、愤怒与激昂、对
强力的渴望等便是例证。它既可以是创造性也可以是毁灭性的，
而在正常状态下它是同时包括两方面的。"①

---

① 罗洛·梅:《爱与意志》，冯川译，国际文化出版公司，1987，第 126~127 页。

"中间地带"与"隙缝人"

一　东西之间

"这是一个大时代，也是一个灵魂受苦的时代"，谢有顺的这番话一方面指出了时代变革之下的"问题丛生"，另一方面揭露了众生难以超拔的"欲望的痛苦"①。如果把视野推回到 20 世纪，这句话依然有效：一面是民族危亡中的国家在大变革中艰难维系，另一面是渺小的"赤裸生命"（阿甘本语）在边缘处苦苦坚持。两方面的挣扎求存，把人置于一种难以言说的夹缝中的绝境，这是 20 世纪现代中国的巨大悲哀。走向独立和自强的苦痛过程中面临着民族危机和国家兴亡的中国，在这样的窘境中无法保护自己的国民，而无序、混乱和暴力、饥饿亦不可逃避，必然将个体抛入这样的"赤裸生命"状态。虹影前期的作品坦率地向我们呈现了"赤裸生命"，尤其是被抛入悲惨世间的女性"赤裸生命"（女婴，女孩）的原生态痛苦和彷徨，这是中国在走向现代的进程中所付出的无尽代价中最不应该被忽略的一个部分，因为它涉及这个民族最坚韧也最苦难的底层女性。

---

① 《中国当代文学的有与无》，谢有顺《文学的常道》，作家出版社，2009，第 1 页。

　　与"赤裸生命"所诞生的饥饿贫民窟相比，虹影移民英国后面对的西方文明显然是另一个世界。西方科技先进发达，西方文明也大异于东方传统，科学理性的思考方式和自由宽容的书写氛围对虹影产生了深远的影响。但愈是痛苦的便愈是难以忘却的，对于虹影来说，最刻骨铭心的依然是远方的家和曾经的记忆，正如饥饿已成为她的创作"无意识"而融入她对历史思考的方方面面一样，家的记忆已经成为她的叙事基调和叙事基点。正因如此，尽管她徘徊于主流文明和非主流文明两个世界——就像勒克莱齐奥总结自己的创作分界时所说的"我一直在这两个世界中游走"① ——但贫民窟的成长背景、私生女的身份认同和女性的社会属性，使得她的精神焦点和情感重心往往集中在非主流世界之中。她对处于欧洲文化中心的英国文化的认同，始终带有既欣赏又抗拒的痕迹，《英国情人》里裘利安和闵的两性关系，即暗示了这两种文化交融过程中潜伏的冲突。

　　虹影从中国走向西方，中国也在从传统走向现代。在中国向现代性迈进的过程中，女性如何于一个紊乱颠倒、危机四伏的环境里自处？不论是冲突抑或融合，都必须有一个媒介作为联系虹影与非主流世界的主要诉诸手段，此时，"边缘性"成为虹影与非主流世界间的最大公约数。

　　她如何界定"边缘性"这个最大公约数呢？首先在创作手法

---

　　① 　许钧：《勒克莱齐奥的文学创作与思想追踪——访诺贝尔文学奖得主勒克莱齐奥》，《外国文学研究》2009 年第 2 期，第 4 页。勒克莱齐奥出生在法国，中小学和大学教育都是在法国完成的，所以法国是他关注的一个世界。另一个世界与他的父亲有关，他一直是英国籍，可是生活在第三世界的非洲尼日利亚。勒克莱齐奥有两个国籍，最早是法国籍和英国籍，后来毛里求斯独立后，英国籍变成了毛里求斯籍。在毛里求斯英辖时期，他有几个姑妈在那里生活，生活很困难。所以他对处于辉煌地位的法兰西文化的认同也一直有些困难。他的身上，有一部分是属于在经济上处于落后地位的世界。关于创作，正是因为他个人的这些经历，有时会着重于法兰西世界，有时会关注另一个世界，也就是处于主流文明之外的那个世界。他一直在这两个世界中游走。

上，虹影在小说中刻画底层人民所承受的灾祸、流离、死亡、创伤，以小见大表现了社会整体之下的隐性结构，即以个人之伤叙写社会之伤、现代性之伤，坚持以女性的独特视角解读她所出生和成长的时代及前时代，以女性创伤这种独特的"站在边缘上"[①]的方法把握现代危机的本质，即摒除中心形式、官方导向和权威说辞的诱惑，保持与边缘的一致性。例如，《女子有行》中从上海一路逃亡到伦敦和布拉格的"我"（盒槿），《上海王》中从妓院丫头一步步走上"上海王"位置的筱月桂，《上海魔术师》中在混乱的时局下不惧与唐经理代表的黑暗势力对抗的杂耍艺人兰胡儿与加里等，都在地缘空间、生理属性、社会属性等多重结构上体现着女性与创伤的密切关系。其次在创作立场上，作为女性群体的一员，虹影一直背负边缘和弱势的十字架，她从自身站立的位置出发所做的观察和表达，代表了边缘群体对时代和社会的观感。即使在她离家、移民、成名之后，她也有意识地保持"不与时俱进"的撤退姿态，在语言上坚持用母语创作，跨洋关注故乡的变化和祖国的现代性进程，通过对父辈的追忆来纠偏并恢复自己的历史记忆等，这些都可视作她对边缘社会的执着坚守和代为发声的努力。《孔雀的叫喊》中留洋归来回到母亲老家三峡良县的女基因科学家柳璀，《好儿女花》中向疯逝的母亲忏悔赎罪的虹影等，都是小说家虹影坚守边缘立场的化身。

当然，虹影以何种立场来代为发声，或者她的代为发声是否表达了真正的边缘群体的呼吁和诉求（既然身为英籍著名女作家，她也许已经不那么边缘化了），这些都是值得探讨的另一个层面的问题。无论如何，即使她是叙事对象的"他者"，虹影也在尽量成为"内部"的他者，而拒绝被划归为"外部"的他者。她一直在尝试通过文学想象和文学语言创造出或复原出"真正"

---

① 大江健三郎：《小说的方法》，王成译，金城出版社，2012，第153页。

位于边缘的典型人物，并贴近这些人物思考未来，这其中最明显的努力是她复原自己和母亲的两部自传性小说——《饥饿的女儿》和《好儿女花》。通过引进"我"和母亲两个典型的边缘人物，虹影迈向了自我批评、自我忏悔、自我救赎的道路。当然，作为小说家自我批评和救赎的手段，引进不同的人物和事物才是创作出充满活力的结构的关键，但从小说总体层面的构思上说，作家需要把结构整体化，而虹影以"女性立场"的贯穿始终作为实现这种整体化结构的重要途径。

边缘性是如何与女性身份发生关系、互通款曲的呢？虹影的答案是：借助女性的身体。针对"我该如何使我的受到规训与惩罚的身体和我的女性主义理想共同发挥作用"[①]的问题，虹影选择了写女性身体的"创伤"和对创伤的"包容"。边缘性在虹影小说中不仅体现为两个世界的冲突与矛盾，更主要地是以女性创伤书写的形式层层展开：阉割之伤（《女子有行》），轮回之伤（《好儿女花》），身世之伤与饥饿之伤（《饥饿的女儿》），现代性之伤（《孔雀的叫喊》），成长之伤（《阿难》）和离散之伤（《上海王》），等等。创伤本是难以言说和书写的，因为"它超出了人类把握、传达或想象一件事的能力（和意愿）之极限"[②]。虹影一遍遍地书写创伤，包容创伤，她的目的是什么呢？她的目的是要探索历史——个人的历史、家园的历史、国族的历史、一切隐藏在女性创伤背后的历史。"旅居"海外的经验让她学会了"掇拾偏僻、边缘、零散的材料，经一番整编、训练，偏师突起，修改历史图景"[③]，在新的历史呈现中讲述与宏大正史既相关又远离

---

① 玛格丽特·摩尔斯：《虚拟女性：身体与代码》，徐晶译，载汪民安、陈永国编《后身体——文化、权力和生命政治学》，吉林人民出版社，2003，第239页。

② Felman, Shoshana & M. D. Dori Laub. *Testimony*: *Crises of Witnessing in Literature, Psychoanalysis and History*. New York and London: Routledge, 1991, p.84.

③ 李敬泽：《"行者"虹影追阿难——评〈阿难〉》，《涪陵师范学院学报》第1期，第53页。

的小民的历史，女性眼中的历史。一生离散的命运已经让她停不下脚步，在颠沛流离的旅途上，以其特有的不屈不挠的女性韧劲和即使受伤也要爱到底的顽强生命力，用行走和书写把命运加诸其身的苦难全都还给命运。正如虹影所说的："哪怕我在其他城市长大……我生来就应该到这个城市闹一场革命。"①

二 中间地带

在 20 世纪末到 21 世纪初社会人文关怀逐渐兴起的语境中，虹影的女性立场落实为"女性的写实主义（feminine realism），女权主义的抗议（feminist protest）和女人的自我分析（female self-analysis）"② 三者的结合，这是对以莫蒂默、莱辛、德布拉尔等女性作家为代表的 20 世纪社会政治关注的发展。事实上，莱辛对虹影而言是非常重要的，前者的小说和诗歌中展现的"生活经验和内心世界"、"无奈和彷徨"以及"爱的习惯"，都对后者的写作产生了影响。③ 虹影指出，她的《女子有行》"时间空间跨度极大，把个人问题、国际问题等等，安放到未来某个年代的上海、纽约和布拉格，里面涉及了性与爱的冲突，宗教信仰与控制，灵魂转世和女权问题"，这部"包含了我所有的困惑"的小说就是她受莱辛影响的产物。④ 虹影的成名作《饥饿的女儿》和《好儿女花》也留有莱辛《金色笔记》中文献记录式自传的痕迹。

向女性主义小说家的借鉴不等于虹影丧失了自我思考的能力，这种结合了中国当下情境和发展变化的思考，在虹影的小说

① 虹影：《女子有行》，文化艺术出版社，2006，第 30 页。
② Showalter, Elaine. *A Literature of Their Own: British Women Novelists from Bronte to Lessing.* Princeton: Princeton University Press, 1999, p. 304. 亦可参见伊莱恩·肖瓦尔特：《她们自己的文学——英国女小说家：从勃朗特到莱辛》，韩敏中译，浙江大学出版社，2012，第 282 页。
③ 《谈我的写作》，虹影《虹影中短篇小说自选集》，新世界出版社，2012，第 1 页。
④ 《谈我的写作》，虹影《虹影中短篇小说自选集》，新世界出版社，2012，第 1 页。

中体现为一种女性主义内部不停切磋协调的矛盾性：一方面注重作为其基础的自然性别（Sex）和社会性别（Gender），另一方面意识到性别只是社会身份的多重机体（multiple matrics）众多坐标轴当中的一个①。例如，在《阿难》中，"我"尽管一路追寻精神偶像阿难并深受阿难之死的启示，最终却未能与丈夫离婚，这代表"我"向权力话语的顺从和妥协，好像夏洛特·代尔伯（Charlotte Delbo）在诗中所写的状态，"生活又回来了，此时生活就在我面前，好似面对一件衣服，但却不能穿"②。只有偶尔的梦泄露了"我"内心的渴望——"终于，那门外的脚步声响起，朝我走来"③。在梦里朝"我"走来的究竟是什么？在虹影的女性主义的背后还潜藏着什么秘密？或者说，还有什么重要的坐标参数影响着女性性别，使后者成为虹影作品中最显眼的特点，而它自己却不露声色？

在所有意义的紧张与冲突的阴影之下，虹影自觉或不自觉地频频遭遇并努力克服着的，是一个"中间地带"。那是虹影自创的集边缘人物（私生女、小人物）、边缘性别（女性）、边缘身份（离散作家）于一身的混合杂糅的晦暗模糊的边界地带，她在寻求女性家园和身份归属的过程中，意识到暴露创伤、对抗逃离都不是解决之道，只有在进入他者、交流对话的机制中，将自我身份的认同归结于"多重自我"的妥协与和解，才能实现从中间地带走向任何方向的自由。中间地带是转折点，是缓冲区，是可能

---

① 苏珊·斯坦福·弗里德曼：《超越女作家批评和女性文学批评》，载马元曦、康宏锦主编《西方女性主义文学文化译文集》，广西师范大学出版社，2008，第105页。

② Delbo, Charlotte. *Days and Memory*. trans. by Rosette C. Lamont. New Haven: Yale University Press, 1985. Quoted by Brison, Susan J. "Outliving Oneself: Trauma, Memory and Personal Identity," in D. Tietjens Meyers ed. , *Feminists Rethink the Self*. Boulder, CO: Westview Press, 1997, p. 19.

③ 虹影：《阿难》，文化艺术出版社，2006，第228页。

性与多样性的储存站。正如奈保尔在离开他位于特立尼达的童年
生活 20 年后，作为看破生死的成熟离散作家，"发现了他的第二
种生活，一个他平生从未知道的安全之地"①。

从中间地带的角度就不难理解"我"与阿难间的关系：处于
中间地带的"我"暂时放下了心头的阿难，也放下了女性主义的
反抗和抱怨，向丈夫和生活妥协，因为它们是"我"现实中的家
园。但"我"的梦境偷偷敞开了想象的通道，让"我"无限接近
中间地带的自由，正因怀揣对理想家园的希望，"我"才能在现
实的妥协中坚持下去。在男性与女性之间、现实家园和理想家园
之间、他者与自我之间，每一个"我"都有存在的理由，"我"
成为一个"多重"角色的叠加，一个"多重自我"。

中间地带不仅潜藏在虹影女性视角之后，也同样埋伏于虹影
所经历的中国文学与中国现代性这两大问题中。陈思和曾焦虑于
中国 20 世纪文学陷入了从"少年情怀"到"中年危机"的困境
中②；有研究者对此提出反驳，认为 21 世纪的中国文学并无"中
年危机"，有的只是"成长危机"③；对此，陈思和又提出寄希望
于"下一个十年"，指出"新世纪十年的文学真的不足以产生新
的自我审视自我批判的青年先锋因素"④。这种关于文学发展的上
下求索式的论辩固然透辟，可惜从内容到形式均局限于时间的线
性一维，忽略了中国文学的空间维度。如果用"中间地带"的视
角重新看待陈思和的"中年危机"与反方的"成长危机"，或许

① Hamner, Robert D. "Review V. S. Naipaul, The Enigma of Arrival." *Journal of Postcolonial Writing*. 27：2，1987：289.

② 参见陈思和《从"少年情怀"到"中年危机"——20 世纪中国文学研究的一个视角》，《探索与争鸣》2009 年第 5 期。

③ 参见张丽军《新世纪中国文学陷入"中年危机"了吗——与陈思和先生商榷》，《探索与争鸣》2009 年第 8 期。

④ 陈思和：《期望于下一个十年——再谈对新世纪十年文学的理解》，《杭州师范大学学报》（社会科学版）2011 年第 2 期。

会有新的想法。例如，在陈思和批判部分青春主题存在"话语中的幼稚、粗暴和简单的对抗性"与反方所赞美的该主题"相反倒是充满了深刻的思索和义无反顾的理性自觉"的两个极端之间①，实际上存在着一个中间地带，不少作家都曾经在"幼稚、粗暴和简单"与"深刻的理性自觉"之间徘徊过，或许摆脱前者是不难的，但后者的抵达绝非一日之功。带着这样的思路从泛泛的文学发展落实到具体的小说文本中，我们会发现虹影从早期的《背叛之夏》的幼稚简单，经过《饥饿的女儿》的忏悔反省，逐渐发展为《好儿女花》里的深刻自觉。此外，她也在小说的细节处预留出了空白的中间地带，等待主人公和读者去发掘和穿越。

　　《饥饿的女儿》中离家出走的小虹影仰望着石桥上的花痴时，河水是两个人所代表的不同人生状态——束缚与自由——的中间地带，而石桥的坚固挺立与上桥下桥的动作就是穿越的暗示：以女性的自立自强和宽容放下作为解放自我的唯一途径。《英国情人》结尾处，闵于临死前的昏迷时刻与裘利安的"魂魄交合"也是对中间地带的一种隐喻。两人的爱情受到了东西方迥异的文化观和婚恋观的冲击，人世间已无他们的容身之所，天堂、地狱的不同信仰也让他们无法在死后如梁祝般化蝶相会，那么"魂魄"的最后一次缠绵就是人鬼殊途前的宝贵缓冲地带，这个无人管辖的中间地带是女性边缘人放逐身体后的避难所、复乐园，尽管它只有一次性的短暂有效期。《女子有行》里的伦敦，是"我"从上海到布拉格的中转站，在那里"我"与法王桑二的相遇以及差点儿成为"佛母"的经历，使"我"得以从康乃馨俱乐部时代的虚伪先锋女性转变成为坚强有力能够自我保护的真正女性，伦敦就是"我"成长的中间地带。事实上，伦敦也是作为离散小说家

---

① 张丽军：《新世纪中国文学陷入"中年危机"了吗——与陈思和先生商榷》，《探索与争鸣》2009年第8期，第25页。

的虹影成长的中间地带，没有伦敦，就没有虹影才华的自由挥洒，也就没有挥洒释放过后进入"他者"（譬如母亲、养父、丈夫）的空虚和反思。伦敦成为上接重庆下启北京的重要转折点，虹影在此获得了赎罪的清醒，积累了回归的力量。

必须警惕的是，中间地带不是万能的安乐窝、中庸的避风港，中间地带是设置在女性自我与女性自由之间的双刃剑，既可能阻隔女性走向创伤后的极端反应，让女性获得休整和解迷的空间，也可能阻隔女性的斗志，使得女性安于一片和光同尘的世俗妥协。诚如黄碧云在《罪与罚》中所言："她便因为追求坚强，而变得软弱了。因此反反复复，活在地狱里。"[①]"中间地带"就像《孔雀的叫喊》里的三峡大坝，呼唤着勇敢者的跋涉穿越，却也可能使目光短浅者安于其下。三峡大坝，象征着阻断与分隔，又象征着连接与沟通，它是自然风物、社会人文、心理与梦想三者汇集之所，是中国现代性进程的中间地带。第一，大坝是切断了自然之美的大怪物。长江是中国的母亲河，三峡是长江上最壮丽的风景带。读过刘白羽《长江三峡》的人都会对由瞿塘峡、巫峡、西陵峡组成的三峡心生向往。大坝建造在长江三峡之上，拦河蓄水，切断了自然连贯、气势如虹的长江，从这个意义上说，它是阻隔自然的大怪物。第二，大坝体现了社会快速发展和人民长远利益之间的隐蔽矛盾。大坝不仅是中国现代化进程中最宏伟的工程之一，也是世界上最大的水利枢纽工程。大坝建成后，将对防洪、发电、库区交通、南水北调、经济发展等重大国计民生起到显著的促进作用；但同时，大坝建设引发的库区内文物保护、生态环境和移民工程等一系列社会问题的严峻形势也不容小觑。因此，大坝所带来的得失利弊的权衡和协调将是长期而艰巨的工作。第三，大坝象征着长江两岸百姓的历史与梦想。大坝的

---

① 黄碧云：《罪与罚》，载《温柔与暴烈》，天地出版社，1994，第150页。

兴建要淹没库区蓄水线以下的美丽风景和珍贵文物，它是以摧毁一切“旧”事物、横扫一切阻碍者的压倒性力量在缔造着“新”的神话。它既蕴藏着人民对自然风光和家园故土的眷恋与回忆，又包含着人民对未来发展和经济腾飞的期许，其中牵扯到现代性千丝万缕的复杂联系。“孔雀的叫喊其实是三峡发出的声音，……是从另外的角度重新反思历史……孔雀的叫喊实际是一个记忆的叫喊，关于中国的历史、人民的历史的一个记忆的叫喊。”[①]

从《饥饿的女儿》开始，私生女虹影一直致力于探究个人的历史，这种精神延续到了《孔雀的叫喊》中并扩展到女性家园的追寻。女主人公柳璀是留洋归来的基因科学家，她的研究对象是人类最本源的遗传代码，基因工程之浩繁复杂，绝不亚于其丈夫李路生所参与的三峡工程。就探讨人类存在的基本构成，或者说，就“一个人或一个时代最隐秘的境地”[②]而言，基因科学家与小说家的工作何其相似，虽然一个针对形而下的具体生物领域，一个针对形而上的抽象精神世界。在这微妙的重叠中，虹影把对生命历史体察的重担悄悄转移到了柳璀的肩上，场景也从虹影小时候的重庆贫民窟切换到了正在被消费主义、功利主义所冲击的新兴中国城市。三峡的兴建给曾经是虹影儿时乐园的忠县（小说中化名为良县），或泛而言之，给三峡两岸带来了全新的资本运作和全球化影响。当全球资本主义以一种“帝国”式的公平正义的先行经验出现在发展中国家和欠发达地区的人民面前时，如何才能不被其宣扬的万美皆备的道德正当性所蛊惑？跨海归来的虹影，坚持回到最底层的地区和人民中间来思考这个问题。虹影让柳璀以留洋科学家的身份出现在小说中，一方面使得柳璀提

---

① 张颐武：《猜一猜，孔雀为什么呼喊》，载虹影《孔雀的叫喊》，山东文艺出版社，2005，第224页。

② 解玺璋：《追寻着历史的身影》，载虹影《孔雀的叫喊》，山东文艺出版社，2005，第220页。

前一步见识了全球化的优劣，另一方面又让柳璀站在原乡故土的立场上思考全球化的利弊。

当柳璀面临着父亲柳专员、丈夫李路生和恋人月明时，就好像虹影小时候面对着"三父"（生父、养父和精神之父）时的情形，只不过现在的虹影已经从少年时的情感饥渴中超拔出来，取而代之的是柳璀对女性家园的一种责任意识和以此出发对中国现代性进程的真诚思索。现代、资本、全球、进步，这一系列看似带着天然正义感的高级字眼，掩盖着它们发展过程中所充斥的物欲征逐的丑恶代价，诚如著名经济学家马歇尔（Alfred Marshall）说过的，"必须用一切可能的办法警告人们注意，只考虑引起行动发生的一种原因……而不考虑其他的原因，但其他原因的后果却和这一原因混合在一起"①。只有全面思考大坝对两岸人民的长远影响，不因眼前的利益失去判断的能力，才能理解孔雀叫喊的意义——对自然、历史、家园的焦虑与捍卫，对功利化、物质化、GDP 至上倾向的警觉与抵制。

大坝的利弊思考与女性有什么必然关系呢？男性，譬如历史学家、经济学家、小说家们，不也一样可以从事这样的反思工作吗？首先，我们可以看一个有趣的例子：英语中通常用代词"她"（she）指代江海和船只，这是古英语流传下来的语言习惯，可以猜测它是出于人们对美好事物与女性之间关系的自然联想。所以，在有性别指向的西方语言习惯中，女性与江海已经建立起了直接的对应传统。其次，当女性与江河湖海并置时，总唤起一种内在的相似的感觉，约瑟夫·康拉德在《金箭》中写道，"女人和大海是一起呈现在我面前的，……一个浩瀚无垠，一个具有不可名状的诱惑力，……大海那变动不居的力量和女人形体所具

---

① A. C. Pigou. ed. *Memorials of Alfred Marshall.* New York：Macmillan Co.，1925，p. 428. 转引自 E·H. 卡尔《历史是什么?》，陈恒译，商务印书馆，2007，第 188 页。

有的极致魅力——她体内搏动的不是血脉，而是神力”①，这不是神一般的巨力，而应该是神秘神奇的蛊惑魅力。男性与江海间的描写与想象在文学中也不少见，然而多是雄壮恢宏的力量类比，或充满征服与被征服的抗争搏斗，如海明威的《老人与海》、张承志的《北方的河》。虹影的大坝与长江，无疑代表了女性个体对历史的敬畏、对记忆的眷恋和对家园的皈依，大坝的利弊思考之下暗藏着女性对破除现代迷思的渴望。陈晓明说过，《孔雀的叫喊》是“两个女性的对话”②，是虹影与柳璀的对话，也是虹影与大坝的对话，因为实际上“后现代是一个非常温和的人文化”的思想，“它是孔雀，而不是雄狮子；它是草民，而不是霸权”。③ 这大坝是女性的大坝，大坝的阻隔恰恰激发了虹影身为女性不屈不挠的探究现代“秘境”的精神。

我们不妨以贾樟柯的著名电影《三峡好人》对比《孔雀的叫喊》。《三峡好人》以一个寻亲的外来客（山西人）的眼睛记录着千年古城奉节的消失，贾樟柯借三峡之事，突出的是普世意义下小人物的命运和“好人”对未来的不确定性，是人性之善在环境之变下的精神坚守。相反，《孔雀的叫喊》专注于爱“美”女性的个体命运，对“美”的濒临灭亡发出女性的呐喊。虹影运用“轮回转世”的古典叙事技巧，用几十年前被柳璀之父柳专员处死的妓女红莲和玉通禅师，冤死后转世为月明和柳璀的故事，导入对历史的反思。这绝不是简单的因果报应式的迷信思想，当往昔玉通与红莲的遭遇差一点要在柳璀与月明身上重演时，当面对着长江沧海桑田般的历史变迁时，柳璀心中泛起了一种

---

① 约瑟夫·康拉德：《金箭》，转引自 F·R. 利维斯《伟大的传统》，袁伟译，三联书店，2009，第 238 页。

② 陈晓明：《无法穿越的“现代性”之坝》，《涪陵师范学院学报》第 1 期，第 58 页。

③ 陈晓明：《无法穿越的“现代性”之坝》，《涪陵师范学院学报》第 1 期，第 58~59 页。

难以言说的女性心绪:"历史上曾经发生的一切,怎么可能不在现实中以另外的方式呈现出来呢?历史往往会有惊人的相似之处。"① 王德威曾说李渝小说中的河流"带动了历史想象空间","这河是空间的河,也是时间的河,无涯无际,苍茫萧索"②,这与虹影笔下河的女儿对长江和大坝的忧思有着相似的历史情怀与人性感悟。

大坝的那一头,对于女性,尤其是像虹影这样离散多年的女性而言,其本质上是家园的呼唤,那是可以外化为一切行动的无限内驱力。因此她的追寻和反思一方面抵达前世的历史,另一方面降到底层的民间,在时空的维度里不吝气力上下追寻。故事在良县展开,那里是柳璀母亲——其实也就是虹影母亲——的老家,现实中的忠县为什么在小说里改名为良县?"良"者,"娘"也!娘家一样的地方,充满了离乡多年的游子返归家园故土的情怀。为什么要返归?因为柳璀和虹影已经离开了太久——思念,因为良县(娘家)就要变化和消失——担忧,更因为自己的根寻不到了——皈依。

遗憾的是,伦理道德与历史发展是无解的二律背反。文学家与哲学家多从道德、思想的高度出发,对创造了巨大财富的现代文明深怀敌意,因为在他们的心目中,人类的许多"美"正在现代机器的巨大轰鸣中土崩瓦解,在肤浅狭隘的眼前利益中消失殆尽。因此,从沈从文的湘西小说到李杭育的葛川江系列,从巴尔扎克的"人间喜剧"到福克纳的约克纳帕塔法,文学家常常站在批判与悲悯的角度质问:历史的发展究竟为人们带来了什么?同样地,有批评家从时代变化的角度解析尼采的"上帝死了",认

---

① 解玺璋:《追寻着历史的身影》,载虹影《孔雀的叫喊》,山东文艺出版社,2005,第222页。
② 王德威:《当代小说二十家》,三联书店,2006,第351页。

为这是在价值、理想、意义纷纷缺席的情况下 "以创伤性的迷失描写现代性"① 的手法。

三峡大坝再一次将道德与发展的利弊冲突摆在了小说家的眼前。尽管深切忧虑于美的家园的丧失，正如书名《孔雀的叫喊》所暗示的那样，但这一次虹影并没有给出科学家般具体的建议和举措，只是作为小说家，"作为河的女儿，在大坝的面前，应该去表达她的声音"②，才能 "在烟尘狂躁中求得一点心灵安宁"③。当柳璀想从月明口中听到对大坝修建的明确臧否时，虹影借月明之口说出："有许多事，事先猜估利弊，与事后才能看到的利弊，几百年后看到的，一二千年后看到的，恐怕都不会一样"④，这代表了虹影对大坝既焦虑又期待的态度。

虹影的立场可以在恩格斯的历史 "合力" 论中寻到相似的理念："历史是这样创造的：最终的结果总是从许多单个的意志的相互冲突中产生出来的，而其中每一个意志，又是由于许多特殊的生活条件，才成为它所成为的那样。"⑤ 也就是说，作为一种动态的结构，"历史的真正面目是一切因素交互作用的结果……伦理关切和现实批判对历史的逻辑运动构成了强有力的制衡作用"⑥，《孔雀的叫喊》是虹影以文学家和女性/女儿的立场做出的态度表达，以其特有的抒发历史感想和个人情结的方式参与了历史的建构。承认了多方面因素协调、平衡、制约着历史的变

---

① Saunders, Rebecca. *Lamentation and Modernity in Literature, Philosophy and Culture*. Palgrave Macmilan, 2007, p. 19.

② 陈晓明：《无法穿越的 "现代性" 之坝》，载虹影《孔雀的叫喊》，山东文艺出版社，2005，第 214 页。

③ 虹影：《我听见美在呼救——〈孔雀的叫喊〉写作笔记》，载《孔雀的叫喊》，山东文艺出版社，2005，第 212 页。

④ 虹影：《孔雀的叫喊》，山东文艺出版社，2005，第 188 页。

⑤ 恩格斯：《致约·布洛赫 1890 年 9 月 21－22 日》，《马克思恩格斯选集》第 4 卷，人民文学出版社，第 478 页。

⑥ 南帆、刘小新、练暑生：《文学理论》，北京大学出版社，2008，第 191 页。

迁，也就在某种意义上认同了虹影自我划定的中间地带的合理性，但下一个问题紧随而至，中间地带到底将指向蓄势待发的契机，还是会变为惯性依赖的桎梏？穿越过中间地带后，虹影的女性主义究竟将去向何方？

虹影在第九部小说《上海魔术师》中涉及了中间地带的危险性及其突破问题。兰胡儿与加里乘船逃离大上海，不料遭遇海难，漂流到荒岛大难不死，两人本以为终抵世外桃源，读者也猜想这是虹影为吃尽苦头的兰胡儿设置的中间地带；但情节再次突转，驻扎在岛上的秘密部队有如神兵天降逮捕了二人，怀疑他们是偷渡往台湾的间谍，关押了兰胡儿，意欲处死加里。兰胡儿从关押她的铁皮屋里挖地洞逃脱，于"乌云翻滚"的茫茫大海上，在绝望之中看到加里驾"一艘小帆船从海水上飘驶过来"①，二人历尽艰险终于重逢。这刻意设置的重逢地点——大海，是虹影认为最能包容一切的"河母"意象之一，那里将包容兰胡儿和加里的爱情，为他俩创造奇迹。

然而，在这看似圆满的结局之下，想到二人在大上海经历的"火车带字"之险，逃离后遭逢的"海上遇难"之险，谁能说这次的"荒岛被俘"之险就是老天给他们的最后一次考验？即使能排除所有政治、党派、国家力量所施加的外在危险，二人是否亲兄妹的"血缘之疑"也将永远横亘于前方路途上。这正如陈思和评价张炜《古船》的结尾是于"圆满中藏伏了新的阴影"② 一样，虹影在此埋伏了中间地带的"不可靠性"，中间地带是女性命运的转折点、创伤的缓冲区，但不是一劳永逸的女性乐园。换言之，兰胡儿是虹影自己"精神饥渴"的产物，不论在小说里还

---

① 虹影：《上海魔术师》，江苏文艺出版社，2012，第288页。
② 陈思和：《当代文学与文化批评书系・陈思和卷》，北京师范大学出版社，2010，第312页。

是现实中，面临着如此严峻多变的氛围，如果虹影/兰胡儿继续留恋于"另一个幻想中的理想自我"和那块"未被缩减的往昔稚嫩性情的飞地"①，将是很危险的，女性的艰巨历史已经证明前路不可能一帆风顺。女性必须从中间走出，才能寻求中间地带的突破，才能面对更广阔的自由，才能开辟自己的半边天。

刘再复早已警惕地意识到，"边缘文化一旦发展，也可能取代中心文化，变成别一种风貌的中心文化"，就此潜在的危险他提出"无论处于中心或处于边缘，都没有自由，没有路，只有夹缝"②。做"隙缝人"，这或许就是虹影中间地带的可能的走出方向，也就是做"在社会的隙缝中生存和思索的人"③。历史证明，知识分子最活跃的时候正是社会秩序、政治权力因争夺、交替、动荡、混乱而留下较多隙缝的时候，例如，春秋战国时期、魏晋南北朝时期和"五四"新文化运动时期。同样，虹影所关注的革命（"大跃进"时期、"文革"时期、改革开放时期）和战争（20世纪的重大战争）时期，都是"国家不幸诗家幸"的时期，复杂的世界和艰难的人生正可磨砺她顽强的实践精神，培养她的耐力、宽容、理性和智慧，让她从愤怒、狂躁、迷惘的心态中平复下来，以清醒而谦逊的态度从被压迫的边缘走向自在的中间地带。而从中间地带走向隙缝的必要性在于，除了避免安于中间、失去自由的危险外，"知识者虽然身在隙缝，但心还是可以驰骋四面八方的。……所以知识者虽然是隙缝人，但往往又是博大的思想者"④。而女性作为传统意义上的边缘人，经历过中间地带后来到隙缝状态，并非回到原点的重复之旅，而是西西弗斯式的推石上山的过程，尽管要一次次回到山脚，但满怀对山上风景的期

---

① 利维斯：《伟大的传统》，袁伟译，三联书店，2009，第101页。
② 刘再复：《人论二十五种》，中信出版社，2010，第204页。
③ 刘再复：《人论二十五种》，中信出版社，2010，第204页。
④ 刘再复：《人论二十五种》，中信出版社，2010，第209页。

待与准备好经历沿途坎坷并具的心态，令下一趟启程的意义不可同日而语。

三 在"黑暗领域穿行"

尽管本书是在文本细读和观点创新的目标指导下写就的，但不可否认，在理论构架的自足性和完备性上还是显得有些捉襟见肘；对虹影长篇小说的分析尽管坚持了女性立场，突出了空间视域下革命、创伤、身体、审美重建等要素与女性之间的历史关联，但书中依然还有许多可尽完备之处。此外，虹影研究海外资料还不够充足，说明作品畅销的事实不等同于作家迎合了官方主流媒体的需求，所以尽管遗憾于海外部分的缺失，但我们所能做的就是利用手头的资料进行认真的研究，也借机安慰自己无须担忧如何摆脱"影响的焦虑"的问题。

谨以此书作为引玉之砖，期待更多被它触动而有兴趣进一步研究虹影的志同道合者的加入。相信虹影作为一名有故事也会讲故事的作家，会以更多更好的文学作品奉献于世人，而世人对其作品的关注与品评，不论毁誉臧否，皆代表着他们对虹影自成一体的"参照系"的尊重与承认，这将成为烛亮虹影"在混乱、残酷而又难以琢磨的黑暗领域穿行"①的希望之光。

---

① Padhi, Bibhu. "Naipaul on Naipaul and the Novel." *Modern Fiction Studies*. 30：3，1984：455.

参考文献

中文文献

小说、戏剧、散文类

J·M.库切:《耻》,张冲、郭整风译,译林出版社,2003。

陈染:《与往事干杯》,王铁仙主编《新时期文学二十年精选·中篇小说卷》,上海教育出版社,2003。

村上春树:《没有色彩的多崎作和他的巡礼之年》,施小炜译,南海出版社,2013。

陈思和、李平:《当代文学100篇》,学林出版社,1999。

福楼拜:《包法利夫人》,李健吾译,人民文学出版社,1958。

歌德:《浮士德》,董向樵译,复旦大学出版社,1983。

黄碧云:《烈女图》,大田出版有限公司,1999。

黄碧云:《温柔与暴烈》,天地出版社,1994。

何塞·马利亚·梅里诺:《阁楼上的耶稣降生模型》,李静译,《当代外国文学》1997年3期。

虹影:《阿难》,文化艺术出版社,2006。

虹影:《好儿女花》,江苏人民出版社,2009。

虹影:《虹影中短篇小说自选集》,新世界出版社,2012。

虹影:《饥饿的女儿》,北京十月文艺出版社,2010。

虹影:《孔雀的叫喊》,山东文艺出版社,2005。

虹影:《你在逝去的岁月里寻找什么》,载《绿袖子·鹤止步》,
　　文化艺术出版社,2006。

虹影:《女子有行》,文化艺术出版社,2006。

虹影:《上海魔术师》,江苏文艺出版社,2012。

虹影:《上海王》,江苏文艺出版社,2012。

虹影:《上海之死》,江苏文艺出版社,2012。

虹影:《英国情人》,现代出版社,2009。

克洛德·皮舒瓦、让·齐格勒:《波德莱尔传》,董强译,上海人
　　民出版社,2007。

林白:《守望空心岁月》,花城出版社,1996。

勒·克莱齐奥:《战争》,李焰明、袁筱一译,许均校,译林出版
　　社,1994。

凌叔华:《女儿身世太凄凉》,《凌叔华文存·上卷》,四川文艺出
　　版社,1998。

玛格丽特·阿特伍德:《强奸幻想》,柯倩婷译,《外国文学》
　　2006年第4期。

米兰·昆德拉:《生命中不能承受之轻》,作家出版社,1995。

莫言:《苍蝇·门牙》,上海文艺出版社,2001。

莫言:《丰乳肥臀》,作家出版社,2012。

乔治·艾略特:《米德尔马契》,项星耀译,人民文学出版社,1987。

让-雅克·卢梭:《忏悔录》,黎星译,人民文学出版社,1980。

萨尔曼·鲁西迪:《午夜之子》第一部,张定绮译,台湾商务印
　　书馆股份有限公司,2005。

苏青:《苏青经典作品》,当代世界出版社,2004。

汀布莱克·韦滕贝克:《夜莺的爱》,参见马丁·麦克多纳等《枕
　　头人:英国当代名剧集》,胡开奇编译,新星出版社,2010。

泰戈尔、朱自清等:《人一生要读的60篇美文》,中国和平出版

社，2006。

陀思妥耶夫斯基：《群魔》（上），南江译，人民文学出版社，1983。

托尼·莫里森：《宠儿》，中国文学出版社，1996。

万芳：《我的谁的谁是谁》，中国文联出版社，2000。

夏尔·波德莱尔：《恶之花》，郭宏安译，广西师范大学出版社，
　　2002。

严歌苓：《扶桑》，北京联合出版公司，2013。

叶兆言：《挽歌》，广西师范大学出版社，2001。

张爱玲：《张爱玲文集·第四卷》，安徽文艺出版社，1991。

张爱玲：《桂花蒸·阿小悲秋》，《张爱玲文集·第一卷》，安徽文
　　艺出版社，1992。

张爱玲：《金锁记》，《张爱玲文集·第一卷》，安徽文艺出版社，
　　1992。

张爱玲：《茉莉香片》，《张爱玲文集·第一卷》，安徽文艺出版
　　社，1992。

张承志：《北方的河》，花城出版社，2009。

张洁：《无字》，北京十月文艺出版社，2002。

理论著作类

D·C. 米克：《论反讽》，周发祥译，昆仑出版社，1992。

E·H. 卡尔：《历史是什么?》，陈恒译，商务印书馆，2007。

F·R. 利维斯：《伟大的传统》，袁伟译，三联书店，2009。

爱德华·W. 萨义德：《东方学》（第二版），王宇根译，三联书
　　店，2007。

埃德蒙·柏克：《关于崇高与美的观念的根源的哲学探讨》，载古
　　典文艺理论译丛编辑委员会编《古典文艺理论译丛》（第5
　　册），孟纪青、汝信译，人民文学出版社，1963。

阿尔森·古留加：《康德传》，商务印书馆，1981。

埃莱娜·西苏：《美杜莎的笑声》，孟悦译，载张京媛主编《当代

女性主义文学批评》，北京大学出版社，1992。

埃莱娜·西苏：《从潜意识场景到历史场景》，孟悦译，载张京媛
　　主编《当代女性主义文学批评》，北京大学出版社，1992。

保尔·瓦莱里：《文艺杂谈》，段映虹译，百花文艺出版社，2002。

巴赫金：《时间的形式与长篇小说中的时空关系：结论》，载吕同
　　六编《20世纪小说理论经典》（下），华夏出版社，1995。

勃兰兑斯：《十九世纪文学主流·德国浪漫派》，人民文学出版社，
　　1981。

布赖恩·巴克斯特：《生态主义导论》，曾建平译，重庆出版社，
　　2007。

柏拉图：《蒂迈欧》，载莫蒂默·艾德勒、查尔斯·范多伦编《西
　　方思想宝库》，《西方思想宝库》编委会译，吉林人民出版
　　社，1988。

陈思和：《当代文学与文化批评书系·陈思和卷》，北京师范大学
　　出版社，2010。

陈思和：《犬耕集》，上海远东出版社，1996。

曹文轩：《二十世纪末中国文学现象研究》，人民文学出版社，2010。

曹文轩：《小说门》，人民文学出版社，2010。

大江健三郎：《小说的方法》，王成译，金城出版社，2012。

丹纳：《艺术哲学》，傅雷译，人民文学出版社，1963。

傅雷：《论张爱玲的小说》，载《张爱玲文集·第四卷》，安徽文
　　艺出版社，1996。

弗里德里希·尼采：《悲剧的诞生》，周国平译，三联书店，1986。

弗兰克·戈布尔：《第三思潮：马斯洛心理学》，吕明、陈红雯
　　译，上海译文出版社，1987。

葛红兵、宋耕：《身体政治》，上海三联书店，2005。

郜元宝：《不够破碎》，吉林出版集团有限责任公司，2009。

黑格尔：《哲学史讲演录》第1卷，北京大学哲学系外国哲学史

教研室译，三联书店，1957。

荒林：《日常生活价值重构——中国当代女性主义文学思潮研究》，北京大学出版社，2013。

黄子平：《灰阑中的叙述》，上海文艺出版社，2001。

吉尔·德勒兹：《反俄狄普斯》，载汪民安、陈永国、马海良主编《后现代性的哲学话语》，浙江人民出版社，2000。

吉尔·德勒兹：《尼采与哲学》，周颖、刘玉宇译，社会科学文献出版社，2001。

加斯东·巴什拉：《空间的诗学》，张逸婧译，上海译文出版社，2013。

卡尔·马克思：《资本论》第1卷，中共中央马克思恩格斯列宁斯大林著作编译局译，人民出版社，2004。

卡尔·马克思、弗里德里希·恩格斯：《马克思恩格斯全集》第3卷，中共中央马克思恩格斯列宁斯大林著作编译局编译，人民出版社，2008。

卡尔·马克思、弗里德里希·恩格斯：《马克思恩格斯选集》第4卷，中共中央马克思恩格斯列宁斯大林著作编译局编，人民文学出版社，1972。

凯特·米利特：《性政治》，宋文伟译，江苏人民出版社，2000。

罗丹述《罗丹艺术论》，葛赛尔记，傅雷译，天津社会科学院出版社，2006。

刘东：《西方的丑学——感性的多元取向》，北京大学出版社，2007。

李桂荣：《创伤叙事：安东尼·伯吉斯创伤文学作品研究》，知识产权出版社，2010。

陆谷孙主编《英汉大词典》，上海译文出版社，2000。

卢卡契：《青年黑格尔》，王玖兴译，商务印书馆，1963。

罗洛·梅：《爱与意志》，冯川译，国际文化出版公司，1987。

鲁迅：《集外集》，《鲁迅全集》第7卷，人民文学出版社，1981。

鲁迅：《摩罗诗力说》，《鲁迅全集》第1卷，人民文学出版社，
　　1981。

笠原仲二：《古代中国人的美意识》，魏常海译，北京大学出版
　　社，1987。

刘再复：《人论二十五种》，中信出版社，2010。

刘再复：《文学十八题》，中信出版社，2011。

米兰达·弗里克、詹妮弗·霍恩斯比编《女性主义哲学指南》，
　　肖巍、宋建丽、马晓燕译，北京大学出版社，2010。

米歇尔·福柯：《规训与惩罚》，刘北成、杨远婴译，三联书店，
　　1999。

米歇尔·福柯：《主体解释学》，佘碧平译，上海人民出版社，2005。

孟悦、戴锦华：《浮出历史地表》，河南人民出版社，1989。

马元曦、康宏锦主编《西方女性主义文学文化译文集》，广西师
　　范大学出版社，2008。

尼采：《苏鲁支语录》，徐梵澄译，商务印书馆，1997。

南帆：《冲突的文学》，江苏大学出版社，2010。

南帆：《文学的维度》，中国人民大学出版社，2009。

钱钟书：《管锥编（一）》上卷，三联书店，2001。

钱中文主编《巴赫金全集》第六卷，李兆林、夏忠宪等译，河北
　　教育出版社，1998。

史宾格勒：《西方的没落》，陈晓林译，桂冠图书公司，1975。

苏珊·布朗米勒：《违背我们的意愿》，祝吉芳译，江苏人民出版
　　社，2006。

苏珊·S. 兰瑟：《虚构的权威——女性作家与叙述声音》，黄必
　　康译，北京大学出版社，2002。

苏珊·斯坦福·弗里德曼：《超越女作家批评和女性文学批评》，
　　载马元曦、康宏锦主编《西方女性主义文学文化译文集》，
　　广西师范大学出版社，2008。

孙绍振:《审美阅读十五讲》,北京大学出版社,2013。

斯太尔夫人:《德国的文学与艺术》,丁世中译,人民文学出版社,1981。

尚·拉普朗什、J·B. 彭塔力斯:《精神分析词汇》,沈志中、王文基译,行人出版社,2000。

唐荷:《女性主义文学理论》,扬智文化事业股份有限公司,2003。

特里·伊格尔顿:《审美意识形态》,王杰、傅德根、麦永雄译,柏敬泽校,广西师范大学出版社,2001。

翁贝托·艾柯编著《丑的历史》,彭淮栋译,中央编译出版社,2012。

王德威:《当代小说二十家》,三联书店,2006。

王建平:《美国后现代小说与历史话语》,中国人民大学出版社,2012。

维克多·雨果:《雨果论文学》,上海译文出版社,2011。

汪民安、陈永国编《后身体——文化、权力和生命政治学》,吉林人民出版社,2003。

汪民安、陈永国、马海良主编《后现代性的哲学话语》,浙江人民出版社,2000 年。

魏天真、梅兰:《女性主义文学批评导论》,华中师范大学出版社,2011。

吴瑛:《文化对外传播:理论与实践》,上海交通大学出版社,2009。

王艳芳:《女性写作与自我认同》,中国社会科学出版社,2006。

吴冶平:《空间理论与文学的再现》,甘肃人民出版社,2008。

夏尔·波德莱尔:《波德莱尔美学论文选》,郭宏安译,人民文学出版社,1987。

夏志清:《中国古典小说导论》,胡益民等译,安徽文艺出版社,1988。

西格蒙德·弗洛伊德:《精神分析引论》,安徽文艺出版社,1996。

西蒙·波伏娃:《第二性》,陶铁柱译,西苑出版社,2004。

谢有顺：《文学的常道》，作家出版社，2009。

伊莱恩·肖瓦尔特：《她们自己的文学——英国女小说家：从勃朗特到莱辛》，韩敏中译，浙江大学出版社，2012。

约瑟夫·坎贝尔：《千面英雄》，朱侃如译，金城出版社，2012。

约瑟夫·坎贝尔，比尔·莫耶斯：《神话的力量》，朱侃如译，万卷出版公司，2011。

以赛亚·伯林：《自由及其背叛》，赵国新译，译林出版社，2005。

以赛亚·伯林：《自由论》，胡传胜译，译林出版社，2003。

张爱玲：《传奇·再版自序》，载《张爱玲典藏全集·散文卷四》，哈尔滨出版社，2003。

张爱玲：《谈女人》，《流言》，湖南文艺出版社，2003。

张承志：《语言憧憬》，载《荒芜英雄路——张承志随笔》，上海知识出版社，1994。

朱迪丝·巴特勒：《身体至关重要》，吴蕾译，载汪民安、陈永国编《后身体：文化、权力和生命政治学》，吉林人民出版社，2003。

朱迪斯·巴特勒：《身体之重：论"性别"的话语界限》，李钧鹏译，三联书店，2011。

中国科学院哲学研究所西方哲学史组编《存在主义哲学》，商务印书馆，1963。

朱光潜：《朱光潜美学文集》第一卷，上海文艺出版社，1983。

中国社会科学院：《现代汉语词典》，商务印书馆，1997。

张京媛主编《当代女性主义文学批评》，北京大学出版社，1992。

张再林：《作为身体哲学的中国古代哲学》，中国社会科学出版社，2008。

期刊文章类

程抱一：《论波德莱尔》，《外国文学研究》1980年第1期。

陈思和：《关于20世纪中外文学关系研究中的世界性因素》，《中国比较文学》2000 年第 1 期。

陈思和:《从"少年情怀"到"中年危机"——20 世纪中国文学研究的一个视角》,《探索与争鸣》2009 年第 5 期。

陈思和:《民间的浮沉》,《上海文学》1994 年第 1 期。

陈思和:《民间的还原——文革后文学史某种走向的解释》,《文艺争鸣》1994 年第 1 期。

陈思和:《期望于下一个十年——再谈对新世纪十年文学的理解》,《杭州师范大学学报》(社会科学版) 2011 年第 2 期。

陈晓明:《无法穿越的"现代性"之坝》,《涪陵师范学院学报》2007 年第 1 期。

陈晓明:《专业化小说的可能性——关于虹影的〈K〉的断想》,《南方文坛》2002 年第 3 期。

程曦:《傅大脚:中国的地母形象与苦难之神》,《小说评论》2012 年第 3 期。

曹新伟:《女性在民间视角下的诗学观照——严歌苓作品中的女性形象解读》,《山东师范大学学报》(人文社会科学版) 2008 年第 4 期。

杜正乾:《论史前时期"地母"观念的形成及其信仰》,《农业考古》2006 年第 4 期。

高旭东:《对 20 世纪中国文学一味趋新之教训的反思》,《扬州大学学报》2012 年第 6 期。

虹影:《答杨少波八问》,《英国情人》附录三,现代出版社,2009。

虹影:《自由谈:记忆和遗忘》,《文学自由谈》1995 年第 4 期。

虹影、荒林:《写出秘密的文本才是有魅力的文本——虹影访谈录》,《上海文论》2010 年第 6 期。

蒋晔:《虹影:到彼岸改变命运》,《商周刊》2004 年第 12 期。

刘怀玉:《西方学界关于列斐伏尔思想研究现状综述》,《哲学动态》2003 年第 5 期。

李洁非：《为何去印度——对虹影〈阿难〉的感思》，《南方文坛》2002年第6期。

李敬泽：《"行者"虹影追阿难——评〈阿难〉》，《涪陵师范学院学报》2007年第1期。

李玲：《中国现代男性叙事中的恶女人形象》，《文史哲》2002年第4期。

李庆西：《大自然的人格主题》，《上海文学》1985年第11期。

李燕：《创伤·生存·救赎——奥古斯特·威尔逊戏剧作品研究》，苏州大学博士学位论文，2012。

史铁生：《答问自己》，《作家》1988年第1期。

宋小梅：《虹影小说女性悲剧命运深层意蕴探讨——基于文学伦理学批评视角》，《苏州教育学院学报》2012年第4期。

陶东风：《一部发育不全的哲理小说——重读礼平〈晚霞消失的时候〉》，《文艺理论研究》2013年第4期。

王安忆：《地母的精神》，《文汇报》2003年2月17日。

王澄霞：《试论虹影〈英国情人〉及其"东西方文化碰撞"之伪》，《华文文学》2006年总第72期。

王进：《〈英国情人〉：一种虹影式的性别焦虑》，《华文文学》2009年总第94期。

谢琼：《书写强奸的：被转移的言说——张爱玲〈半生缘〉中强奸故事的文学表现》，《南方文坛》2010年第6期。

谢晓明、左双菊：《饮食义动词"吃"带宾情况的历史考察》，《古汉语研究》2007年第4期。

解玺璋：《追寻着历史的身影》，《涪陵师范学院学报》2007年第1期。

谢有顺：《应该恢复被迫失去的记忆——著名作家虹影专访》，《南方都市报》2001年4月12日。

乐黛云：《中国式的后现代小说——评虹影的新作〈阿难〉》，

《涪陵师范学院学报》2007 年第 1 期。

叶舒宪:《中国上古地母神话发掘——兼论华夏 "神" 概念的发生》,《民族艺术》1997 年第 3 期。

周桂君:《现代性语境下跨文化作家的创伤书写》,东北师范大学博士学位论文,2010。

张娟:《王安忆小说的 "地母精神" 与现代市民价值观》,《求是学刊》2012 年第 3 期。

张凯乙:《虹影与郭小橹小说中 "新女性" 形象之探讨》,《浙江万里学院学报》2012 年第 3 期。

张丽军:《新世纪中国文学陷入 "中年危机" 了吗——与陈思和先生商榷》,《探索与争鸣》2009 年第 8 期。

张曙光:《身体哲学:反身性、超越性和亲在性》,《学术月刊》2010 年第 10 期。

赵树勤:《快乐原则与主体地位的确立——论当代女性文学的性爱主题》,《文艺争鸣》2002 年第 5 期。

赵毅衡:《虹影打伞》,《文学自由谈》1996 年第 1 期。

张运良等:《基于句类特征的作者写作风格分类研究》,《计算机工程与应用》2009 年第 22 期。

张颐武:《猜一猜,孔雀为什么呼喊》,《涪陵师范学院学报》2007 年第 1 期。

英文文献

A. C. Pigou. *Memorials of Alfred Marshall.* New York: Macmillan Co. , 1925.

Bal, Mieke. "Visual Rhetoric: The Semiotics of Rape." *Reading "Rambrant": Beyond the Word-image Opposition: The Northrop Frye Lectures in Literary Theory.* Cambridge: Cambridge University Press, 1991.

Barlow, Tani. "Theorizing Woman: Funv, Guojia, Jiating (Chinese women, Chinese State, Chinese Family)," in Joan Wallach Scott, ed., *Feminism and History*. Oxford, UK: Oxford University Press, 1996.

Barthes, Roland. *Roland Barthes by Roland Barthes*. Hill and Wang, 2010.

Berger, John. *Ways of Seeing*. London: British Broadcasting Corporation; Harmondsworth: Penguin Books, 1972.

Bloch, Ernst. Das Prinzip Hoffnung. Frankfurt/Main. , 1959.

Brownmiller, Susan. *Against Our Will: Men, Women and Rape*. New York: Fawcett Columbine, 1975.

Caruth, Cathy. *Unclaimed Experience: Trauma, Narrative, and History*. Baltimore: John Hopkins University Press, 1996.

Critchley, Simon. *Ethics, Politics, Subjectivity*. London: Verso, 1999.

Culbertson, Roberta. "Embodied Memory, Transcendence, and Telling: Recounting Trauma, Re-establishing the Self. " *New Literary History*. Johns Hopkins University Press, 26. 1, 1995.

Delbo, Charlotte. *Days and Memory*. trans. by Rosette C. Lamont. New Haven: Yale University Press, 1985. Quoted by Brison, Susan J. "Outliving Oneself: Trauma, Memory and Personal Identity," in D. Tietjens Meyers, ed. , *Feminists Rethink the Self*. Boulder, CO: Westview Press, 1997.

DeLillo, Don. "Author's Note. " *Libra*. New York: Viking Penguin, 1991.

Edwards, Louise. "Policing the Modern Woman in China. " *Modern China*. Sage Publications, 26 (2), Apr. 2000.

Ellmann, Maud. *The Hunger Artists: Starving, Writing and Imprisonment*. Harvard University Press Cambridge, Massachusetts, 1993.

Farrell, Kirby. *Post-traumatic Culture*. Johns Hopkins University Press,

1998.

Felman, Shoshana & M. D. Dori Laub. *Testimony*: *Crises of Witnessing in Literature, Psychoanalysis and History*. New York and London: Routledge, 1991.

Fichte, Johann Gottlieb. Johann Gottlieb Fichte's Sammtliche Werke. Volume iii. ed. by Immanuel Hermann Fichte. Nabu Press, 2001.

Foucault, Michel. *Discipline and Punish*. trans. by Liu Beicheng and Yang Yuanying. Beijing: SDX Joint Publishing Company, 1999.

——. *Language, Counter-Memory, Practice*: *Selected Essays and Interviews*. ed. by Donald F. Bouchard. Cornell University Press, 1981.

——. *The History of Sexuality*. Volume One. Paris: Gallimard, 1978.

——. *Power/Knowledge*: *Selected Interviews & Other Writings 1972 – 1977*. ed. by Colin Gordon, trans. by Colin Gordon, Leo Marshall, John Mepham and Kate Soper. London: Harvester Wheatsheaf, 1980.

Freud, Sigmund. *Beyond the Pleasure Principle, Group Psychology and other Works*. London: the Hogarth Press, 1955.

——. *Remembering, Repeating and Working*-Through Further Recommendations on *the Technique of Psycho-Analysis*, Ⅱ. London: Hogarth Press, 1958.

Gampel, Yolanda. "Reflections on the Prevalence of the Uncanny in Social Violence. " *Cultures Under Siege*: *Collective Violence and Trauma*. eds. by Antonius Robben, C. G. M. , and Marcelo M. Suarez-Orozco. New York: Cambridge University Press, 2000.

Gespräche. Werkausgabe in zehn Bänden. Bd. X. Darmstadt: Luchterhand, 1987.

Gilbert, Sandra M. & Susan Gubar. *The Madwoman in the Attic*: *The Woman Writer and the Nineteenth-Century Literary Imagination*. New Haven: Yale University Press, 1979.

Goodman, Lizbeth. *Contemporary Feminist Theatres*: *To Each Her Own*. London: Routledge, 1993.

Hamner, Robert D. "Review V. S. Naipaul, The Enigma of Arrival." *Journal of Postcolonial Writing*. 27: 2, 1987.

Heidegger, Martin. *An Introduction to Metaphysics*, trans. by Ralph Meinheim, New Haven: Yale University Press, 1959.

——. Nietzsche, volumes three and four. HarperSanFranciso, 1991.

Herman, Judith Lewis. *Trauma and Recovery*: *From Domestic Ability to Political Terror*. London: Pandora, 2001.

Hood, Johanna. "Creating Female Identity in China: Body and Text in Hong Ying's *Summer of Betrayal*." *Asian Studies Review*. Vol. 28, June 2004.

Hornby, A. S. et al. eds. *Oxford Advanced Learner's Dictionary of Current English*. Oxford: Oxford University Press, 1988.

Irigaray, Luce. *An Ethics of Sexual Difference*. trans. by Carolyn Burke and Gillian C. Gill. Ithaca: Comell University Press, 1993.

——. *This Sex Which Is Not One*. New York: Cornell University Press, 1985.

King, Richard. "*Daughter of the River*, and: *Summer of Betrayal* (review)." *China Review International*. Volume 7, Number 1, Spring 2000.

Lai, Amy Tak-yee. *Chinese Women Writers in Diaspora*: *Jung Chang*, *Xinran*, *Hong Ying*, *Anchee Min*, *Adeline Yen Mah*. Newcastle: Cambridge Scholars Publishing, 2007.

Laplanche, Jean & J. B. Pontalis. *The Language of Psycho-analysis*. trans. by Donald Nicholson Smith. New York: Norton, 1973. trans. of Vocabulaire de la psychanalyse. Pressess Universitaires de France, 1967.

Liddell, Henry George & Robert Scott. *A Greek-English Lexicon*. Oxford: Clarendon Press, 9th Revised edition, 1996.

Miller, Nancy K. *The Heroine's Text: Readings in the French and English Novel 1722 - 1782*. New York: Columbia University Press, 1980.

Mitchie, Helena. *The Flesh Made Word*. New York: Oxford University Press, 1987.

Moon, Beverly. ed. *An Encyclopedia of Archetypal Symbolism*. Boston & London: Shambhala Publications Inc. , 1997.

Neuhaus, Volker. Günter Grass. 3. Aufl. Stuttgart: Metzler Verlag, 2010.

Neumann, Erich. *The Great Mother*. Princeton University Press, 1972.

Nietzsche, Friedrich. *The Birth of Tragedy*. trans. by Zhou Guoping. Beijing: SDX Joint Publishing Company, 1986.

O'Brien, Tim. *The Things They Carried*. Boston: Houghton Mifflin, 1990.

Padhi, Bibhu. "Naipaul on Naipaul and the Novel. " *Modern Fiction Studies*. 30: 3, 1984.

Paz, Octavio. El laberinto de la soledad y otras obras. N. Y. : Penguin Putnam Inc. , 1997.

Plato. *The Collected Dialogues*. Edith Hamiltonand Huntington Cairns, eds. , Bollingen Series 71. Princeton: Princeton University Press, 1961.

Sainte-Beuve, Charles Augustin. "What is Classic?" In James Harry Smith and Edd Winfield Parks, eds. , *The Great Critics: An Anthology of Literary Criticism*. New York: W. W. Norton & Company, Inc. , 1932.

Saunders, Rebecca. *Lamentation and Modernity in Literature, Philosophy and Culture*. Palgrave Macmilan, 2007.

Scanno, Teresa Di. La vision du monde de Le Clézio-Cinq études sur lòeuvre. Paris: Nizet, 1983.

Self, Will. *The Contemporary British Novel.* London: Continuum International Publishing Group, 2007.

Showalter, Elaine. *A Literature of Their Own: British Women Novelists from Bronte to Lessing.* Princeton: Princeton University Press, 1999.

Tew, Philip. "Considering the Case of Hong Ying's K: The Art of Love: Home, Exile and Reconciliations. " *Euramerica.* Vol. 39, No. 3, September 2009.

Walder, Dennis. "Alone in a Landscape: Lessing's African Stories Remembered. " *Journal of Commonwealth Literature.* Open University, Milton Keynes, Vol. 43 (2), 2008.

Winter, Martin. "Die chinesische Literatur im 20. Jahrhundert (review). " *China Review International.* Volume 13, Number 2, Fall 2006.

Xu, Jian. "Subjectivity and Class Consciousness in Hong Ying's Autobiographical Novel *The Hungry Daughter.* " *Jounnal of Contemporary China.* 17 (56), August 2008.

Ying, Hong. *Summer of Betrayal.* trans. by Martha Avery. New York: Farrar, Straus, Giroux, 1997.

Young, Iris. "Pregnant Embodiment. " *Throwing Like a Girl: And Other Essays in Feminist Philosophy and Social Theory.* Indianapolis: Indiana University Press, 1990.

Zhao, Henry Y. H. "A fearful symmetry: the novel of the future in twentieth-cnetury China. " *Bulletin of the School of Oriental and African Studies.* Volume 66. Issue 03. October 2003.

——. "The river fans out: Chinese fiction since the late 1970s. " *European Review.* Volume 11 / Issue 02 / May 2003.

Zimmermann, Harro. Günter Grass under den Deutschen. Chronik eines Verhältnisses. Göttingen: Steidl, 2010.

虹影简介及主要创作年表、所获奖项

虹影："18 岁时一心想离开自己的家乡，28 岁时一心想离开中国，38 岁时一心想离开西方。每个人的命运里面有好几个关键的时刻，知道自己要什么不要什么。"

虹影简介

虹影，1962 年出生于重庆，原名陈红英。1991 年移民英国。享誉文坛的海外华人华文小说家、诗人。中国女性主义文学的代表作家之一。代表作有长篇小说《饥饿的女儿》、《K——英国情人》、《阿难》、《上海王》、《上海之死》、《上海魔术师》、《好儿女花》等。诗集有《鱼教会鱼歌唱》、《沉静的老虎》等。散文集有《小小姑娘》、《53 种离别》等。她的长篇小说被译成多种文字在世界各国出版。现居北京。

主要创作年表

时间		作品
1983 年	2 月	首次发表作品《组诗》，《重庆工人作品选》第 2 期
1988 年	4 月	诗集《天堂鸟》，《重庆工人作品选》
1991 年移民英国，居于伦敦		
1992 年	9 月	长篇《背叛之夏》，文化新知出版社

时间		作品
1993 年	4 月	诗集《伦敦，危险的幽会》，中国文联出版公司
	10 月	编著《墓床》，作家出版社（与赵毅衡合编）
	12 月	编著《以诗论诗》，北方文艺出版社（与于慈江合编）
1994 年	10 月	中短篇集《你一直对温柔妥协》，新世界出版社
1995 年	8 月	短篇集《玉米的咒语》，时代文艺出版社 中短篇集《玄机之桥》，云南人民出版社 散文集《异乡人手记》，云南人民出版社"她们文学丛书"
	12 月	编著《纽约的恋人们》，华侨出版社（与韩作荣合编）
1996 年	2 月	短篇集《双层感觉》，华侨出版社
	6 月	中短篇集《带鞍的鹿》（繁体字版），三民书局
	10 月	短篇集《六指》，北京华艺出版社 编著《海外中国女作家小说散文精选编》二卷，珠海出版社
1997 年	1 月	Zommer van verraad（荷兰文），Meulenhoff 出版
	2 月	《女子有行》（繁体字版），尔雅出版社
	4 月	Sviket Sommer（挪威文），Tiden Norsk 出版
	5 月	《饥饿的女儿》（繁体字版），尔雅出版社 中短篇集《风信子女郎》（繁体字版），三民书局 L'ete destrahison（法文），De Seuil 出版
	6 月	*Summer of Betrayal*，英国 Bloomsbury、美国 Farrar、Straus、Giroux 出版
	7 月	《里切之夏》（日文），青山出版社
	10 月	Der Verratene Sommer（德文），Krueger 出版
	11 月	L'Estate del Tradimento（意大利文），Mondadori 出版
1998 年	2 月	Er veranr de la traicon（西班牙文），Plaza & Janus 出版
	4 月	Svekets Sommer（瑞典文），Norsedts 出版
	7 月	诗集《白色海岸》，春风文艺出版社
	8 月	Sommerens Gorreaederi（丹麦文），Gyldendal 出版
	9 月	Honger-Dochter（荷兰文），Meulenhoff 出版
	10 月	*Daughter of the River*（英文），Bloomsbury 出版
	11 月	Figlia Flume（意大利文），Mondadori 出版

续表

时间		作品
	12 月	*Daughter of the River*，澳大利亚 Allen & Unwin 出版
1999 年	1 月	短篇集《辣椒式的口红》，四川文艺出版社 *Daughter of the River*，美国 Grove/Atlantic 出版
	2 月	诗集《快跑，月食》（繁体字版），唐山出版社 编著《镜与水》（繁体字版），九歌出版社
	4 月	Flodens dotter（瑞典文），Nordstedts 出版
	5 月	《 K 》（繁体字版），尔雅出版社
	8 月	Dag og Tid（挪威文），Tiden Norsk 出版
	9 月	英译短篇集 *A Lipstick Called Red Pepper*，德国 Edition Cathay 出版 Une Fille De La Faim（法文），De Seuil 出版
	10 月	Joen Tytar（芬兰文），Otava 出版
2000 年	4 月	中短篇集《神交者说》（繁体字版），三民书局 《饥饿的女儿》，四川文艺出版社
	8 月	*Daughter of the River* 舞台剧在英国木兰剧院上演
	11 月	K（荷兰文），Meulenhoff 出版
2000 年回到中国，现居北京		
2001 年	1 月	K，瑞典 Norsedts 出版
	4 月	《虹影精品系列》五卷，漓江出版社
	5 月	Verao da Tracao（葡萄牙文），Livros do Brasil 出版
	6 月	《饥饿的女儿》（希伯来文），以色列 Kinnernet 出版
	7 月	《海外中国作家小说散文选》四卷，工人出版社（与赵毅衡合编）
2002 年	1 月	《K》，花山文艺出版社
	2 月	《阿难》，湖南文艺出版社
	4 月	*K*（英文），Marion Boyars 出版
	5 月	《阿难》（繁体字版），联合文学出版社
	9 月	散文集《虹影打伞》，知识出版社
	10 月	Korn tou Potamou（希腊文），Govostis 出版
2003 年	1 月	《孔雀的叫喊》（繁体字版），联合文学出版社 《孔雀的叫喊》，知识出版社 Le livre des secrets de l'alcove（法文），De Seuil 出版
	3 月	Corka rzeki（波兰文），Bertelsmann Media 出版

续表

时间		作品
	4 月	短篇集《火狐虹影》，远方出版社
	5 月	《虹影精品文集》，知识出版社
	11 月	《英国情人》，春风文艺出版社
	12 月	《上海王》，长江文艺出版社
2004 年	1 月	《上海王》（繁体字版），九歌出版社 《鹤止步》（繁体字版），联合文学出版社 《火狐虹影》（繁体字版），九歌出版社
	4 月	Die chinesische Geliebte（德文），Aufbau 出版 K tehung tou epwta（希腊文），Metaichimo 出版
	6 月	Peacock Cries（英文），Marion Boyars 出版
	7 月	中篇《绿袖子》，上海文艺出版社
	8 月	《绿袖子》（繁体字版），九歌出版社 散文集《谁怕虹影》，作家出版社
	9 月	《饥饿之娘》（日文），集英社出版社
	11 月	EI arte del amor（西班牙文），Grup 62 出版
2005 年	1 月	中短篇集《康乃馨俱乐部》，江苏文艺出版社
	2 月	《上海之死》（繁体字版），九歌出版社 《虹影长篇修订本精选》三卷，山东文艺出版社
	3 月	《上海之死》，山东文艺出版社 《谁怕虹影》（繁体字版），联经出版社
	4 月	K（斯洛文尼亚文），Ucili 出版 K（意大利文），Ganzanti 出版 《鹤止步》，山东文艺出版社
	6 月	《大师，听小女子说》，文化艺术出版社
	10 月	《萧邦的左手》，学林出版社
2006 年	1 月	《绿袖子·鹤止步》，文化艺术出版社 《阿难》，文化艺术出版社 《女子有行》，文化艺术出版社
2007 年	1 月	《我们时代的爱情》，上海人民出版社
2009 年	1 月	《我这温柔的厨娘》，中国青年出版社 《我和卡夫卡的爱情》，陕西师范大学出版社
	9 月	《好儿女花》，江苏人民出版社

续表

时间		作品
	12 月	《神秘女子》，中国妇女出版社
2010 年	1 月	《那些绝代佳人》，重庆大学出版社 《第 14 个》，东方出版社
2011 年	2 月	《小小姑娘》，译林出版社
2012 年	10 月	《虹影中短篇小说自选集》，新世界出版社 散文集《当世界变成辣椒》，中信出版社
2013 年	7 月	自传性散文集《53 种离别》，江苏文艺出版社 《走出印度》，江苏文艺出版社

所获奖项

时间	所获奖项
1989 年	建国四十周年重庆文学奖
1991 年	英国华人诗歌一等奖
1992 年	《联合报》第十四届新诗奖
1994 年	《作品》全国新诗大赛奖 《创世纪》诗刊四十年诗优选奖 纽约先锋文学杂志 Trafika（《特尔菲卡》）国际小说奖／中国最优秀短篇小说奖
1995 年	《"中央日报"》第七届小说奖
1996 年	《联合报》第十七届小说奖 《"中央日报"》第八届小说奖
1997 年	《饥饿的女儿》获《联合报》读书人最佳书奖
2000 年	新浪网十位人气作家之首
2001 年	《中国图书商报》十位女作家之一
2002 年	K 获英国 Independent（《独立报》）Books of the Year（年度十大好书）之一
2003 年	《南方周末》中国最受争议作家
2004 年	《饥饿的女儿》入选台湾中学生自选教材
2005 年	《饥饿的女儿》、《背叛之夏》和《K》获意大利"罗马文学奖"，虹影成为获得此奖的第一个中国人
2008 年	《饥饿的女儿》获美国伊利诺伊大学年度图书
2009 年	《好儿女花》获《亚洲周刊》全球中文十大小说奖

图书在版编目(CIP)数据

身体·历史·审美:虹影小说的女性空间危机研究／
唐湘著. -- 北京:社会科学文献出版社,2020.1(2023.9重印)
ISBN 978 - 7 - 5201 - 5510 - 6

Ⅰ.①身… Ⅱ.①唐… Ⅲ.①长篇小说 - 小说研究 -
英国 - 现代 Ⅳ.①I561.074

中国版本图书馆 CIP 数据核字(2019)第 201289 号

身体·历史·审美
　　——虹影小说的女性空间危机研究

著　　者／唐　湘

出 版 人／冀祥德
组稿编辑／谢蕊芬
责任编辑／赵　娜
责任印制／王京美

出　　版／社会科学文献出版社·群学出版分社(010)59367002
　　　　　地址:北京市北三环中路甲29号院华龙大厦　邮编:100029
　　　　　网址:www. ssap. com. cn
发　　行／社会科学文献出版社 (010)59367028
印　　装／北京虎彩文化传播有限公司

规　　格／开本:787mm × 1092mm　1/16
　　　　　印张:19.75　字数:254千字
版　　次／2020年1月第1版　2023年9月第3次印刷
书　　号／ISBN 978 - 7 - 5201 - 5510 - 6
定　　价／98.00元

读者服务电话:4008918866